Kemar

LE LIVRE DONT VOUS ÊTES LE zéro

Michel LAFON

Pictogrammes et montages photo, Émilien Castaing
Illustrations intérieures, Fabien Guenot
118, avenue Achille-Peretti – CS 70024
92521 Neuilly-sur-Seine Cedex
www.lire-en-serie.com

BONJOUR. Vous venez de faire l'acquisition d'une œuvre qui va faire date dans l'histoire de la littérature. Ce que vous tenez entre vos mains n'est pas un livre comme les autres. En effet, vous allez devoir choisir le chemin que va emprunter le héros/l'héroïne de l'histoire. D'ailleurs, sur ce point, il est à noter que c'est à vous de décider si le personnage principal que vous incarnez est un homme, une femme, ou tout autre forme d'ailleurs (dinosaure, alien, armoire en acajou, etc.). Votre imagination est la seule limite.

De ce fait, ce livre a été entièrement rédigé au féminin. Car oui, c'est de la femme que naissent toutes les espèces du monde, meubles y compris.

Avant de commencer l'aventure, vous devez vous allouer des points d'INTELLIGENCE, de CHARISME, de MYTHO, de PUISSANCE et de TALENT. Vous pouvez le faire grâce à un dé à six faces (non inclus dans le bouquin pour des raisons budgétaires évidentes, mais au pire, y' a une application) en inscrivant le chiffre tombé au hasard dans la case correspondante. Exemple : Thierry Froger (son nom a été modifié pour des raisons d'anonymat, en réalité il s'appelle Franck Chassin) a lui aussi acheté *Le Livre dont vous êtes le zéro* et commence une partie. Pour établir son nombre de points de charisme, il lance un dé. Il tombe sur le chiffre 4. Par voie de conséquence il inscrit 4 dans la catégorie puissance. En effet, Thierry s'est trompé, il est tête en l'air. Heureusement Cathy, sa femme, lui fait remarquer son erreur, du coup il inscrit les 4 points dans la catégorie « charisme » en ayant pris soin de gommer son erreur au préalable. D'où l'intérêt de vous munir d'un crayon à papier pendant toute la durée de l'aventure. Ensuite, Thierry va réitérer l'opération, sans se tromper, pour les quatre autres catégories. Comme quoi, on apprend toujours de ses erreurs... On applaudit Thierry.

Tous ces points vous permettront de vous sortir de certaines situations avec brio, ou pas. Pour les combats, vous aurez besoin d'utiliser des points de puissance. Lorsque vous rencontrez un adversaire, il vous faudra dépasser son nombre de points de puissance. Exemple : vous combattez Gloria Estefan, c'est une adversaire de calibre 9. Pour la vaincre, le nombre que vous allez faire au dé, ajouté à vos points de puissance, doit dépasser 9. S'il est égal à 9, vous devez relancer le dé. S'il est inférieur, vous perdez le combat.

Ce fonctionnement sera le même pour la plupart des points, à l'exception des points mytho. Si vous choisissez de mentir, vous grillez automatiquement 1 point mytho. Soyez prudente.

Si vous ne possédez pas de dé pour établir vos points et que votre caractère est plutôt rebelle, vous pouvez très bien écrire les chiffres que vous voulez car, après tout, vous êtes seul maître à bord et c'est vous qui avez investi vos précieuses économies dans ce livre.

Si au contraire vous désirez être guidée à l'ancienne, vous pouvez tout simplement choisir la difficulté de l'aventure :

Facile : Tous vos points sont à 6.

Moyen : Tous vos points sont à 3.

Difficile : Tous vos points sont à 1.

Hard-core : Tous vos points sont à -3.

Extreme High Insane Level Dangerous Mode : Tous vos points sont à -3,1.

Au cours de vos pérégrinations, vous accumulerez peut-être des points bonus de FOLIE ou de PRESTIGE.

Votre choix est fait ?
Bien !
Préparez-vous, c'est ici que tout commence !

PAGE DÉPART

LE RÉVEIL EST PÉNIBLE dans votre petit appartement insalubre, humide et poisseux, proche tous commerces. Ci-joint un croquis de la disposition de votre petit chez-vous.

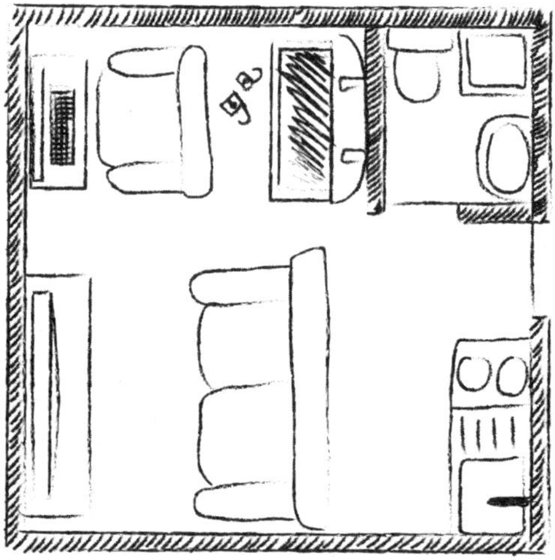

―――――――

La nuit a été agitée de rêves désagréables et absurdes. Votre bouche est pâteuse. Par fainéantise vous ne vous êtes pas brossé les dents avant de vous coucher. Vous expirez sur votre paume puis la reniflez de votre truffe, tel le chien de chasse. Le résultat est sans équivoque : ça suinte le faisan. Que s'est-il passé hier ? Vous vous souvenez que vous avez bu un verre, c'est votre seule certitude. Ou bien deux, ou quinze peut-être. Avec qui ? Pour quelle occasion ? Pour l'instant, vous n'arrivez pas à vous en souvenir pendant qu'un léger mal de crâne vous envahit.

Vous jetez deux aspirines dans un verre en plastique, vous y ajoutez de petites gouttes d'eau dessus. Un effet se produit. Vous découvrez le phénomène de l'effervescence. Vous décidez de mettre une quantité d'eau plus importante. Votre verre déborde un peu. La scène est d'une drôlerie sans nom. À l'anglaise.

Vous buvez le breuvage d'une traite. Cul sec. Vous pensez à taper « cul sec » sur Google puis vous commencez à imaginer les résultats de la recherche. **Vous perdez 1 point d'intelligence.**

Ragaillardie par ce doux nectar, vous vous dirigez vers une sorte de coffre. C'est un coffre. Vous soufflez dessus pour enlever la pellicule de poussière. À la manière d'un Arsène Lupin des temps modernes, vous ouvrez le coffre avec doigté. Un petit « ploc » retentit. Vous reconnaissez un *fa* dièse. Vous avez l'oreille musicale. **Vous gagnez 1 point d'intelligence.**

À l'intérieur, vous découvrez quatre objets divers et variés :

1) une rose rouge et un pâté de tête

2) un ghetto blaster Dolby Surround radiocassette fonction infrabasse et un préservatif nervuré de la marque Lubrisex.

Législation oblige, vous ne pouvez prendre sur vous qu'un objet par numéro. Prenez bien le temps de la réflexion en mesurant la portée que ceux-ci pourraient avoir dans votre aventure. Une fois ce choix effectué, notez les deux objets que vous prenez avec vous dans la fiche d'inventaire au début du livre. N'oubliez pas de parapher ce document et de prêter serment. Le cachet de la Poste faisant foi.

Signature :

Vous recevez sur votre cellulaire un SMS de votre maman : « Coucou, j'ai trouvé une offre d'emploi pour toi, je te l'ai envoyée par mailto. Je te rappelle qu'à la fin du mois j'arrête de payer ton loyer, mon chou. Bon courage. Pense à bien t'hydrater dans la journée. Ta maman qui t'aime. »

La situation est préoccupante. Vous n'avez plus d'argent sur votre compte pour payer le loyer le mois prochain. Il vous reste seulement 30 euros. C'est peu. Et beaucoup à la fois si on y réfléchit bien. De quoi s'acheter certaines choses, comme du maïs, par exemple, pensez-vous. **Vous gagnez 1 point d'intelligence.**

Vous cliquez sur le bouton de moteur de recherche de votre ordinateur à l'aide de votre souris de bureau. Vous avez accès à présent à l'outil Google. Une vaste palette de mots-clés est à votre disposition, comme le mot « chemise », par exemple. De fil en aiguille, vous arrivez sur votre boîte mail.

Vous avez un message non lu. Ainsi que deux spams.

Vous consultez tout d'abord le message. Il s'agit du mail de votre mère qui vous fait suivre une offre d'emploi : il y a un poste de caissier à pourvoir dans les magasins Priba, célèbre enseigne agroalimentaire.

Vous consultez à présent les deux spams.

Le premier spam est à caractère sexuel. Si vous êtes âgée de plus de 18 ans vous pouvez le consulter. Le voici en substance :

Tu as envie de faire l'amour avec autrui ? Clique donc sur le lien hypertexte du mail et tu pourras éventuellement rencontrer d'autres personnes afin d'avoir éventuellement accès à un coït, si tant est que vous ayez convenu de le vouloir réciproquement. Actesexuel.fr, tout simplement la référence en matière de sexe cordial !

L'autre spam est un mail provenant d'Afrique. Le voici en substance :

Bonjour je suis honoré N'Douloundé et je viens du Mali. Je suis actuellement en phase terminale suite à une complication de sinusite très rare !! Je suis à l'hôpital et je ressois des soins prodigué par un docteur marabout. J'ai gagné pendant ma vie plus de 8 milliards de dollars grâce à mon élevage de brebis et de moutons du Bénin. Ce trésor est caché pour le moment. Je vous ai choisi, avec l'aide de Dieu le père, pour partager cette somme. Mais avant de vous donner cet argent il me faut de l'argent pour que je me soigne à l'hôpital, voulez-vous bien m'envoyer un premier versement de l'ordre de 1 000 euros. J'espère que vous en ferez bon usage de ce trésor et que vous le feriez donnez à des associations pour les enfants malades. Dépêchez-vous parce que moi je vais bientôt mourir.

Dieu vous bénisse.

Vous réfléchissez calmement et emmagasinez toutes ces nouvelles informations.

Vous pouvez tourner la page pour prendre votre première décision.

A

POSTULEZ AU POSTE DE CAISSIER pour peut-être sauver Honoré par la suite, **page 230**.

Cliquez sur le lien de spam sexuel, **page 12 B**.
Appelez un ami, **page 13**.
Sortez de chez vous sans but précis, **page 77 A**.
Restez posée chez vous, **page 14**.

B

VOUS CLIQUEZ SUR LE SITE ACTESEXUEL.FR, la référence du sexe cordial. Sans que vous vous en rendiez compte, des pirates informatiques prélèvent, pendant votre connexion, tout votre argent. Heureusement vous n'aviez que 30 euros en banque. Ce n'est pas une grande perte. Sauf qu'ils ont prélevé, en plus, votre découvert autorisé qui s'élève à 150 euros, soit le prix d'une chaîne hi-fi de qualité honnête. C'est un premier coup dur pour vous. Aurez-vous la force de vous relever ? Si vous pensez ne pas l'avoir, vous pouvez immédiatement fermer ce livre et reprendre une activité quelle qu'elle soit.

Si vous avez la force, oui, la force, rendez-vous à la **page 12 A** pour faire un nouveau choix, après avoir inscrit vos pertes financières dans votre porte-monnaie.

VOUS APPELEZ UN AMI à la manière de Jean-Pierre Foucault. Vous tombez sur le message du répondeur de Frédérique énoncé par la voix d'Homer Simpson : « Hmmm salut, vous êtes bien sur le répondeur de Frédérique, si vous laissez un message je vous offre un donut ! Toh ! » Vous esquissez un sourire tant la qualité du texte et de l'interprétation est intense. Vous lui donnez rendez-vous dans une heure pétante.

Vous arrivez chez elle. Vous tapez treize fois, comme d'habitude. Vous entendez les pas de Fred qui se rapprochent. La porte s'ouvre, elle est en pleurs. Vous ne l'avez jamais vue comme ça, et pour cause, ce n'est pas Frédérique. Vous vous êtes trompée d'étage.

Vous avez le choix entre rester parler avec la personne en pleurs, **page 336** ou aller voir Frédérique, **page 406**.

VOUS ÊTES CHEZ VOUS, bien posée sur le canapé, tranquille. Il pleut dehors, c'est le (puta*n de) pied. Vous saisissez un petit plaid couleur chair à l'aide de votre main gauche. Vous arrivez en un seul coup à recouvrir l'entièreté de votre corps avec. *Vous gagnez 1 point de charisme.*

À partir de là, vous optimisez votre confort. Vous êtes à l'aise. Vous allumez la télé et vous tombez sur « Une famille en or ».

Vous vous prenez au jeu. À la question « Quels sont les plats préférés des Français ? », vous gueulez : « LASAGNES ! »

À cet instant, il vous a semblé que la voix d'un voisin s'est superposée à la vôtre.

L'émission continue. À la question « Quels sont les endroits préférés des Français en vacances en France ? », vous gueulez : « INDRE-ET-LOIRE ! »

Cela vous fait le même effet qu'avant.

Vous avez le choix entre continuer à regarder « Une famille en or », **page 15**, ou aller enquêter sur le voisin, **page 424**.

CETTE FOIS-CI VOUS VOULEZ VRAIMENT EN AVOIR LE CŒUR NET.

Autre question : « Quel est le moyen de transport préféré des Français », vous gueulez : « LE BUS ! »

Cette fois-ci, vous n'avez pas entendu d'écho mais « LE TRAM ! ». La bonne réponse était la vôtre. Vous gloussez intérieurement : *Quel naze !* ***Vous gagnez 1 point d'intelligence.***

C'est avec le sourire aux lèvres que vous voyez défiler le générique.

Il faudrait quand même que vous participiez à l'émission un jour, pensez-vous. C'est peut-être ça, votre destin. Peut-être ça, le vide à combler dans votre vie.

Pour continuer de regarder la télé, **page 16**, pour essayer de participer à « Une famille en or », **page 452**.

VOUS ZAPPEZ ET REGARDEZ MAINTENANT UNE SÉRIE POLICIÈRE ALLEMANDE : *Das Schrekerin*. Il s'agit de la saison 6, la saison 5 ayant été annulée. On va peut-être en savoir plus sur l'affaire Goldman-Schmidt.

Bien posée sur votre canapé en cuir, vous regardez attentivement cet épisode de *Das Schrekerin*. Vous êtes littéralement captivée. Vous mimez une arme avec vos doigts pour arrêter les méchants.

De plus en plus imprégnée, vous commencez à invectiver un ennemi imaginaire en allemand.

– *Schnell ! Das ist ein Arrestation !*

Votre voix est tellement puissante et crédible que votre voisin du dessous, le Chinois, appelle les flics.

Vous n'êtes pour l'instant au courant de rien. Vous ne savez pas ce qui se trame derrière votre dos.

Vous y mettez encore plus de cœur. Vous ne faites plus qu'un avec l'acteur de la série. Vous ne copiez plus l'acteur à présent, vous êtes policière, vous êtes das Schrekerin.

On tape alors à votre porte à trois reprises. D'abord doucement, puis d'une manière de plus en plus pressante.

– Police ! Ouvrez ! C'est un ordre !

– *Nein*, répondez-vous. *Ich bin in einen Missionen !*

C'en est trop pour la police française qui est à bout. Votre porte s'ouvre en douceur. Vous ne l'aviez pas fermée.

Vous vous dissimulez derrière votre canapé.

Malheureusement pour vous, vos chances d'échapper aux policiers sont minimes. Votre appartement ne possède qu'une seule pièce (voir plan d'appart **page 8**).

Les policiers vous demandent des explications.

Que choisissez-vous de faire ? Utilisez 1 point mytho, **page 19**, sinon, vous dites la vérité, **page 18**.

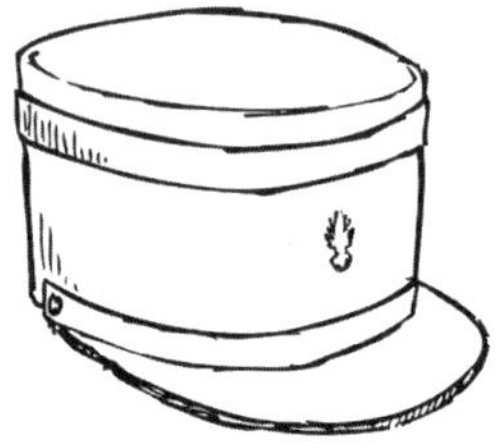

VOUS AVOUEZ À LA POLICE QUE VOUS ÉTIEZ ABSORBÉE PAR LA SÉRIE ALLEMANDE et que vous n'entendiez plus rien autour de vous.

Ils ne perdent pas une miette de vos propos et vous envoient directement en hôpital psychiatrique. Vous êtes déclarée complètement détraquée. Votre présence en société n'est pas souhaitée, vous n'êtes pas la bienvenue. Vous êtes le maillon faible, bonsoir.

Moralité : Vous êtes le maillon faible, au revoir.
Rendez-vous en **page 590**.

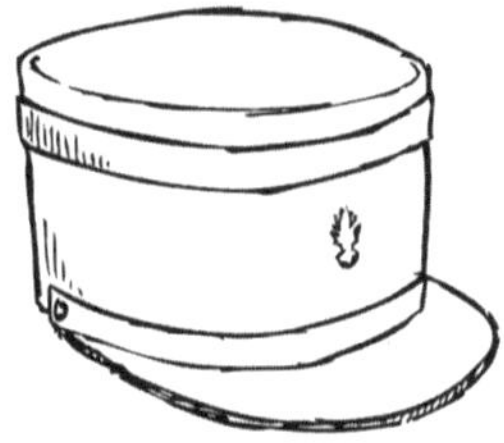

VOUS EXPLIQUEZ À LA POLICE QUE VOUS ÊTES COMÉDIENNE et que vous répétiez pour votre prochain casting.

Ce faisant, vous avez été obligée de rentrer à 300 % dans le personnage jusqu'à la scène finale qui s'arrêtait justement avec l'arrivée des flics.

Les policiers vous félicitent pour votre performance et rigolent de cette situation cocasse.

Ils vous demandent votre nom, vous leur donnez. Ils commencent à se moquer. En effet, la sonorité est quelque peu risible. On n'a pas idée d'appeler ses enfants comme ça.

Comment réagissez-vous ?

Vous le prenez mal, **page 21**.

Vous le prenez bien, **page 20**.

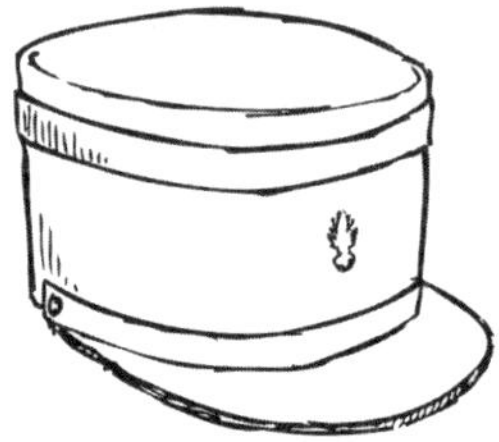

VOUS LE PRENEZ AVEC BEAUCOUP DE PHILOSOPHIE : « Ha ha ha, en effet mon nom de famille est bien moisi, même carrément pourri, ha ha ! »

Un policier s'arrête de rire soudainement.

– Comment ça, « Moisi » ? Comment vous connaissez mon nom ? Anatole Moisi, vous croyez que c'est facile à porter ? Ça vous fait rire ? Vous savez pas ce que j'ai dû endurer pour arriver là où je suis. J'ai déjà consulté sur Google et je suis classé 31e nom le plus ridicule à l'heure actuelle. Le premier étant Thierry Lhermitte. Allez savoir pourquoi. On vit dans un drôle de monde, vous savez. Bref. Suivez-nous. Ça part au poste. Illico.

Et vous allez au poste.

Là-bas, vous subissez les coups de pression d'Anatole Moisi. L'homme n'y va pas de main morte. Le gars a un caractère bien trempé et surtout il en a gros sur la patate, en mode Cyril Lignac. Je vous épargne les détails mais en gros vous passez un sale quart d'heure. Heureusement, au bout d'un moment, ça s'arrête.

Vous gagnez 2 points de folie. Vous rentrez chez vous, **page 22**.

– **DE QUEL DROIT VOUS VOUS MOQUEZ DE MON NOM ?** Ça vous fait rire ? Vous savez pas ce que j'ai dû endurer pour arriver là où je suis. Vous croyez que c'est facile ? J'ai tapé sur Google et je suis classée 31e nom le plus ridicule à l'heure actuelle. Le premier étant Thierry Lhermitte. Allez savoir pourquoi. On vit dans un drôle de monde vous savez. Bref.

Tous les policiers vous regardent, incrédules, sauf un qui vous adresse la parole.

– Comme je vous comprends. Je suis tout à fait d'accord avec vous. Moi-même, je m'appelle Anatole Moisi. Je suis classé 31e nom le plus ridicule. Alors vous imaginez… Écoutez, on va vous laisser tranquille, votre vie ne doit pas être facile, voire médiocre, si vous me permettez l'expression.

Sur ces belles paroles, la police de France s'en va de votre appartement après avoir bien fait son travail, une fois de plus.

Que décidez-vous de faire ?

Changer de cap, **page 8**, ou rester chez vous, **page 22** ?

VOUS DÉCIDEZ DE VOUS FAIRE À MANGER pour vous changer les idées. Une belle entrecôte charolaise expirant aujourd'hui est entreposée dans votre frigo.

Vous sortez de son emballage la viande rouge, qui est plutôt grise après inspection.

Une légère odeur de périmé se fait sentir. Pas de quoi fouetter un chat, mais d'aucuns diraient que ça sent un peu la merdasse.

Vous hésitez à jeter le morceau à la poubelle.

Vous décidez néanmoins de le cuire. C'est un beau geste écoresponsable. ***Vous gagnez 1 point de puissance*** grâce à la protéine animale.

Vous sortez votre plus belle poêle. L'unique à votre disposition. Vous en avez cuit des morceaux dessus… ah, ça ! On vous appelait « le poêlon » fut un temps. C'était la belle époque. Au lycée Pierre-Emmanuel-Calotte dans le 8e arrondissement.

Vous invitiez vos camarades de classe à manger régulièrement chez vous. Tout y passait : tartare de saumon, écrevisse grillée à la périgourdine, et autres pâtes aux légumes du soleil. Quel talent vous aviez ! Pourquoi avoir renoncé à ce don ? On vous promettait une grande carrière dans la restauration rapide et puis ce qui devait arriver arriva. Vous avez mal réchauffé une pizza. Et de là votre confiance en vous est allée de mal en pis. Vous avez toujours caché cette erreur à vos camarades et ne les avez plus invités du jour au lendemain. Les laissant dans l'ignorance la plus totale. Parfois une simple Regina peut ébranler une vie… Depuis votre existence est une lente dégringolade.

Vous revenez à vous. C'est le moment de tester votre talent de cuisinière, avez-vous gardé votre don ou tout perdu ?

Lancez votre dé, ajoutez-y vos points de talent. Si vous dépassez le 7, c'est gagné.

Vous réussissez, **page 27**.

Si vous ratez, **page 25 A**.

Ou vous laissez cuire la viande d'elle-même, et piquez un somme, **page 24**.

UNE FOIS INSTALLÉE SUR VOTRE CANAPÉ, vous plongez dans un sommeil de plomb. Vous dormez comme une enfant, si bien que vous ne vous rendrez jamais compte que vous avez péri dans un incendie d'une intensité rarement vue. Sur votre visage carbonisé, on pouvait lire le plaisir que vous preniez à dormir ainsi telle une loque humaine. Vous pouvez à présent vous reposer en paix. OKLM.

Moralité : Faites-vous livrer à domicile. En plus, avec la carte de fidélité, le 11ème repas est offert.

Direction la **page 591**.

A

VOUS FAITES REVENIR LA VIANDE DANS LA POÊLE et la retournez comme une crêpe pour la faire cuire de l'autre côté. Malheureusement, vous faites tomber le morceau de barbaque sur votre sol souillé. Vous pouvez choisir de laver la viande, **page 26**, ou d'utiliser la couche de litière formée par vos saletés comme de la panure, **page 25 B**.

B

VOTRE CUISINEZ VOTRE RECETTE AVEC MAESTRIA, l'odeur est particulière mais il se passe quelque chose, clairement. Le fumet passe par la fenêtre et se répand dans la ville.

Les rats des alentours arrivent chez vous à vitesse grand V. Il semblerait que vous ayez trouvé la recette parfaite pour les attirer. Vous êtes le joueur de flûte de Hamelin des temps modernes. Vous avez ainsi débarrassé les rues de ces rongeurs. Alerté par votre prouesse, le maire de la ville vous décerne une récompense. En effet, vous serez appelée en premier lors des dépouilles du scrutin des prochaines élections cantonales.

Un bien beau cadeau.

Vous avez débloqué un trophée : CITOYEN MODÈLE !

Vous gagnez 5 points de talent.

Rendez-vous **page 8**.

VOUS RAMASSEZ LA VIANDASSE et la passez sous l'eau froide pour la laver. Vous faites ça avec beaucoup de douceur et d'attention. Petit à petit, vous vous imaginez en train de laver un enfant. Ça y est, vous dites-vous. Vous êtes prête à accueillir un bambin. Vous vous sentez l'âme d'un parent. Vous allez sur internet sur-le-champ pour écouter la chanson *Millésime* d'Obispo.

« C'est ça, être père », dit la chanson.

Ça résonne en vous comme dans un livre ouvert.

Quatre larmes coulent sur vos joues.

Portée par un élan nouveau, vous partez à la recherche de votre âme sœur.

Appelez un ami, **page 13**, ou sortez de chez vous sans but précis, **page 77 A**.

VOUS FAITES REVENIR VOTRE MORCEAU DE VIANDE dans de l'huile chaude. Ça crépite. Vous ajoutez à cela du sel et du poivre. Pas trop. Le juste dosage. Vous n'avez rien perdu de votre talent. Vous retournez le morceau sur l'autre face. Ça crépite également. Vous gagnez 1 point de PRESTIGE. Il s'agit d'un point d'estime visant à vous redonner le sourire. Ni plus, ni moins.

Après 2 minutes de cuisson intense, vous arrêtez le feu. Vous vous saisissez de l'assiette la moins sale et vous vous posez sur votre canapé en cuir. Vous allez vous mater un peu de télé en savourant la bonne viande.

La première bouchée fond dans votre bouche comme neige au soleil. Un frisson vous parcourt l'échine. Vous tremblez comme une feuille. C'est marrant comme un simple bout de viande vous a toujours fait de l'effet. L'instinct animal peut-être ?

Après être tombée sur la série *Manimal*, justement, vous êtes bien calée sur la chaîne musicale. Le clip des Dirty Waves, groupe électro chic, passe en boucle.

Le son vous hypnotise. Le poids de la viande sur votre ventre vous enfonce au plus profond de votre canapé. Vous ne pouvez plus bouger. Vous n'avez plus de force et vous n'avez pas mangé les cinq fruits et légumes recommandés. ***Vous perdez 1 point de puissance.***

Vos yeux se fixent sur l'écran et ne s'en détachent plus.

Le clip se termine et laisse place à une page de publicités. Il s'agit d'une publicité à caractère sexuel. Des hommes puis des femmes déambulent de manière lascive sur l'écran. Pendant toute la durée de la réclame, il est demandé aux téléspectateurs d'envoyer « SEX » au 8 1212.

Que décidez-vous de faire ?

Vous envoyez « SEX » au 8 1212, **page 29**.

Vous n'envoyez pas « SEX » au 8 1212, **page 31**.

VOUS ENVOYEZ « SEX » AU 8 1212.

Vous recevez un SMS qui vous dit : « Merci de ta participation, tu peux recevoir ton taux de sexe en envoyant TAUXSEX au 8 1212. »

Vous envoyez « TAUXSEX » au 8 1212.

Vous recevez un SMS qui vous dit : « Ton taux de sexe est de 78 %. Tu aimes beaucoup le sexe. Si tu veux savoir combien de relations de sexe tu auras cette année, envoie SEX au 8 1212. »

Vous envoyez « SEX » au 8 1212.

Vous recevez un SMS qui vous dit : « Merci de ta participation, tu peux recevoir ton taux de sexe en envoyant TAUXSEX au 8 1212. »

Vous envoyez « TAUXSEX » au 8 1212.

Et ainsi de suite jusqu'à votre mort.

Sur votre épitaphe sera gravé : « Mon taux de sexe est de 78 %. Envoie SEX au 8 1212. »

Les gens qui passent devant votre tombe sont intrigués par cette phrase et décident d'envoyer « SEX » au 8 1212. Ils subiront le même sort que vous. Un best-seller puis un blockbuster nommé *Envoie SEX* verront le jour grâce à cette histoire.

Vous appartenez à la caste des génies reconnus après leur mort. Vous pouvez vérifier, c'est écrit sur Wikipédia.

Moralité : Le sexe est mort. Vive le sexe.

Rendez-vous en **page 591**.

VOUS N'ENVOYEZ PAS « SEX » AU 8 1212.

Vous n'avez que faire de ce « SEX », vous ignorez totalement cet ordre. ***Vous gagnez 1 point de charisme.***

Pendant que vous retombez sur « Une famille en or », vous prenez conscience de la tristesse de la situation. Vous n'avez pas de travail, pas d'argent, vous n'êtes même pas lavée et la vaisselle commence à s'accumuler.

Vous commencez à rire nerveusement. La nullité de cet instant vous amuse au plus haut point. Pendant que des gens travaillent d'arrache-pied, se tuent à la tâche, parfois dans des métiers dangereux, humanitaires, vous êtes là, vautrée sur votre canapé tel un étron sec. Au moment où vous alliez basculer vers une sorte d'empathie et de volonté de changement, une question à la télé attire votre attention : « Quelle est la couleur préférée des Français ? »

Vous criez « Rouge ! » sans réfléchir, à l'instinct.

Il s'avère que c'est la bonne réponse, ***vous gagnez 1 point d'intelligence.***

Cette bonne réponse vous fait, étonnamment, beaucoup de bien. Comme une sorte de thérapie. Vous sentez en vous une force, un feu intérieur qui grandit. Comme si vous aviez récupéré le totem d'immunité dans « Koh-Lanta ».

En ces instants difficiles, vous avez besoin de vous accrocher à des détails simples.

Vous tweetez avec le hashtag #FamilleEnOr : « Merci. »

Dans cette génération, on a perdu le réflexe de remercier les gens, vous dites-vous. *Vous perdez 1 point d'intelligence* pour banalité.

Vous vous sentez un peu plus ancrée dans votre temps. Vous êtes dans l'instant.

Le compte Twitter d'« Une famille en or » vous répond alors : « Si c'est ironique, c'est pas très malin... »

Vous sentez une brûlure dans votre ventre. Comme un coup de poignard. Vous ne vouliez pas offenser l'émission. Les réseaux sociaux sont censés nous rapprocher et pourtant on voit que l'on ne se comprend plus. *Vous perdez 2 points d'intelligence* pour banalité. Ça commence à faire beaucoup.

À peine le temps de cliquer sur le bouton « répondre » que votre portable s'éteint. Il n'y a plus de batterie. Et vous ne savez plus où votre chargeur se trouve.

Vous décidez de chercher le chargeur, **page 33**.

Vous décidez de vous couper du monde, **page 34**.

VOUS COMMENCEZ À CHERCHER L'OBJET DU DÉSIR dans tout l'appartement. Puis vous l'apercevez derrière la gazinière. Vous mettez vos doigts pour le retirer, et vous attrapez un coup de jus d'une puissance plus que raisonnable. Basculant en arrière, vous renversez une bouteille d'huile qui traînait non loin de là. Le frottement de votre pied sur le four provoque une étincelle qui réagit immédiatement à l'huile. Un brasier énorme prend vie et vous encercle pendant que vous êtes toujours électrocutée. Nous avons la reconstitution authentique de la transformation de Sangoku en super guerrier. C'est très crédible. Félicitations. Malheureusement, la puissance est trop forte pour vous. Vous décidez de décéder d'un commun accord avec votre corps. Grand prince.

Moralité : Ça fait du bien de se couper du monde de temps en temps.

Rendez-vous en **page 591**.

DÉBOUSSOLÉE, vous prenez la lourde décision de changer de chaîne. Un peu à contrecœur, vous délaissez « Une famille en or ». Vous vous affaissez encore plus dans votre canapé comme pour ne faire qu'un avec lui. C'est votre partenaire particulier.

Vous baissez un peu le son de la télé et la laissez sur une chaîne animalière. Vous trouvez du réconfort à la vue de ces images. Vous commencez à philosopher sur le statut des animaux : leur comportement, leur vie. Et si c'étaient eux qui étaient dans le vrai pendant que nous, pauvres humains, nous faisions fausse route depuis le début, à chercher à dépasser notre simple statut d'être vivant ? ***Vous gagnez 2 points d'intelligence*** pour pertinence accrue.

Pourquoi tout ce qui nous entoure ? Pourquoi cette technologie ? Sert-elle à quelque chose ? Bon, la télé mise à part parce que c'est agréable, mais sinon... Vous êtes littéralement happée par ces images de fourmis en train de se suivre à la queue leu leu, transportant une framboise bio.

Vous voulez être une fourmi. ***Vous gagnez 2 points de folie.***

Vous êtes vautrée dans votre canapé et vous ne voulez plus en bouger. Vous vous dites que vous aimeriez passer le plus clair de votre temps dans cette position. Seulement, il faut faire face à la réalité de la vie. Vous savez que vous allez avoir besoin d'argent sous peine de vous faire éjecter de cet appartement. Et surtout de ce canapé, votre canapé. *Le* canapé. Los Canapelitos.

Il va falloir trouver une solution.

Vous décidez de zapper de chaîne en chaîne. Ça vous donne une impression de reprise de contrôle. C'est vous qui décidez de ce que vous regardez. Vous êtes le maître à bord. Parfois vous insultez la télé parce que le programme n'est pas bon ou que le présentateur vous énerve. « Mais tais-toi, va ! » ***Vous gagnez 1 point de charisme.*** Le présentateur n'en a que faire. Il vous ignore. ***Vous perdez 2 points de charisme.***

Après avoir écrémé toutes les chaînes, vous finissez par revenir à la chaîne animalière. C'est là que vous vient une idée. Vous allez revenir à l'état sauvage. Si les animaux se sentent bien dans la nature, pourquoi ne serait-ce pas votre cas ? Vous projetez de laisser votre appartement à l'abandon. De laisser la nature reprendre ses droits. Mais cette idée doit être combinée à une autre pour que vous puissiez gagner de l'argent et ainsi rester dans cet appartement.

Vous allez vous filmer en installant une webcam à votre domicile et faire payer les internautes pour vous voir survivre dans votre décrépitude. Une sorte de « Loft Story » couplé à « Man vs. Wild ». Le concept est alléchant. Vous voulez en avertir votre mère, tout excitée, mais votre portable n'a plus de batterie. C'est peut-être mieux comme ça. Qui sait, elle aurait pu vous en dissuader.

Si vous avez au moins 30 euros en banque, vous pouvez continuer. Sinon, direction **page 56**.

Vous n'attendez plus un seul instant et commencez à faire l'installation. Vous investissez vos derniers euros pour vous créer un compte sur le site référence en matière d'hébergement de streaming : Streamficelle.org. Cela étant fait, l'émission peut commencer. *The show must go on.*

Rendez-vous **page 36**.

TOUS LES OBJETS HIGH-TECH SONT BRANCHÉS et liés suivant un courant continu. (Ci-dessous la représentation du branchement. N'hésitez pas à corriger le dessin si vous voyez une défaillance quelconque, notamment par rapport au degré de résistance et d'impédance.)

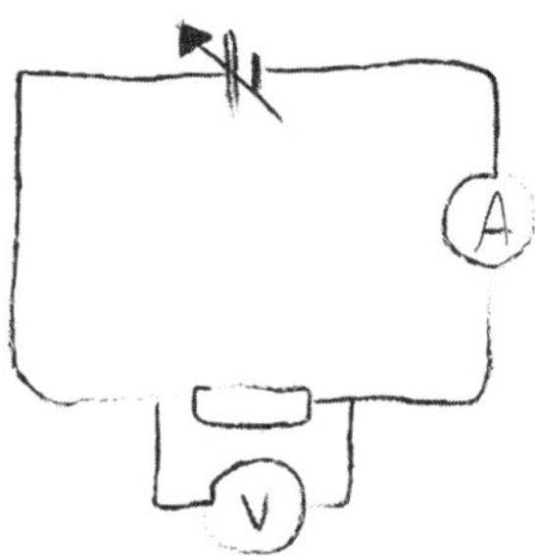

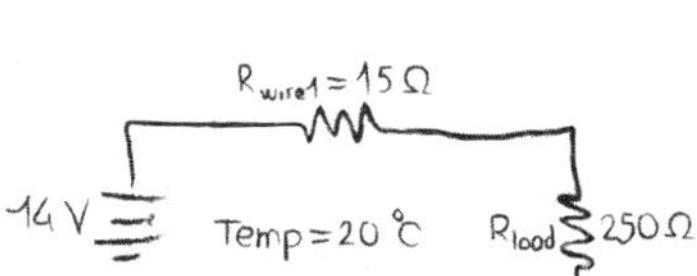

Ça y est, le live peut commencer. Chaque follower a le choix entre le pack beginner, qui permet d'avoir accès à la caméra principale du salon et de chater sur le forum, et le pack premium plus, qui donne accès à l'ensemble des caméras et qui permet de chater sur le forum, avec autorisation d'insultes. Ce que ne permet pas le pack beginner. À tout moment, le follower peut upgrader son abonnement beginner pour la modique somme de 9,90 euros. Sous réserve de place suffisante sur le serveur, cela va sans dire.

Vous accumulez pas mal d'argent avec ce projet fou qui commence à faire beaucoup parler de lui. Vous êtes en train de construire ce qu'on appelle un buzz. Le buzz (terme anglais signifiant « bourdonnement d'insecte ») est une technique marketing consistant à susciter du bouche-à-oreille autour d'un événement, d'un produit ou d'une offre commerciale et, ce faisant, obtenir des retombées dans les médias. Exemple : le *Gangnam Style* de Psy ou la vidéo « Le sexe » de Kemar.

Au bout d'une semaine, les premières mouches commencent à s'accumuler un peu partout dans l'appartement.

Lorsque leur nombre est devenu suffisant, vous décidez de fermer toutes sorties et entrées. La macération n'en sera que meilleure.

L'humidité de l'appartement s'accroît de manière idoine.

Les premiers asticots commencent à voir le jour.

Le nombre de followers augmente au fur et à mesure que l'appartement se souille. Un énorme matelas de nourriture et pourriture recouvre le sol.

L'expérience tient toutes ses promesses. La presse est unanime : « C'est un délire ! » s'écrie *Le Monde*.

Un mois plus tard

Un asticot géant s'est formé dans votre appartement. Il est d'une belle couleur pastis. Vous lancez un vote sur le forum pour savoir comment il va s'appeler.

Patrice arrive en tête des votes avec 800 voix.

Federico arrive en deuxième position avec 679 voix.

Patrice sera donc son prénom, Federico, son deuxième prénom.

Deux mois plus tard

Patrice est mort. Vive Patrice.

Trois mois plus tard

Un asticot deux fois plus grand que Patrice voit le jour.

Le vote sur le forum est sans équivoque. Cet asticot s'appellera Esteban.

Quatre mois plus tard

En regardant les différents sujets évoqués sur le forum, deux idées imaginées par les internautes retiennent votre attention.

La première est de creuser un trou dans le sol de l'immeuble, afin d'établir une liaison entre les égouts et votre appartement. Les travaux étant lourds, la date de fin du chantier a été établie à juillet 2020. Ce n'est pas pour tout de suite.

La deuxième idée est de faire rentrer une nouvelle candidate dans l'appartement.

Sur le forum, les trois dernières finalistes ont déjà été choisies.

Katy : 28 ans, russe, elle a fait des études d'aviation mais a échoué.

Sylvaine : française de souche, paysanne.

Claire : 29 ans, comptable, bien sous tous rapports.

À la surprise générale, deux femmes sont élues, ayant été plébiscitées à nombre égal de voix. Des rumeurs de corruption voient le jour mais finalement elles n'iront pas plus loin que la spéculation.

C'est donc Katy et Claire qui pénètrent l'appartement en ce beau dimanche 13 juillet.

Katy va malheureusement quitter l'aventure précipitamment. À peine entrée dans l'appartement, elle écrasa Esteban avec ses talons compensés et le tua sur le coup. Le jus sortant d'Esteban gicla sur Claire qui perdit un orteil. L'acidité du jus corporel d'Esteban fut analysée une fois Claire emmenée à l'hôpital. Aussi stupéfiant que cela puisse paraître, le jus se révéla être plus efficace que l'essence.

La France vous demande alors d'élever plusieurs nouveaux Esteban afin de se pourvoir en essence et d'assurer la pérennité financière du pays.

Quelques mois passent. Claire, qui vous a rejointe une fois soignée, et vous-même passez le plus clair de votre temps à élever les nouveaux asticots.

La France, qui était en crise, est à présent redevenue une puissance mondiale qui pèse.

Vous êtes à la tête d'une fortune immense. Vous coulez des jours heureux avec Claire.

Tout l'immeuble vous appartient. Vous possédez un patrimoine. Vous venez d'assurer vos arrières. Vous êtes à votre apogée. Les travaux d'excavation sont mis en œuvre comme prévu.

L'Esteban est à présent l'essence la plus utilisée en France et en Allemagne.

C'est une véritable poule aux œufs d'or que vous avez entre vos mains. C'est devenu le sujet de toutes les conversations. Vous êtes élue entrepreneuse de l'année.

Malheureusement, votre trésor est bien trop grand pour ne pas être convoité. Vous recevez sur le forum des menaces de mort.

À présent votre appartement est surveillé par des gardes. Mais qui vous dit qu'ils ne sont pas eux-mêmes corrompus ?

Vous commencez à sombrer dans la paranoïa. Claire ne vous reconnaît plus.

Vous ne la reconnaissez plus non plus. Si ça se trouve elle est contre vous. Depuis le début. *Vous gagnez 5 points de folie.*

Le 19 juillet 2020, vous lancez sur le forum un sondage : « Pour l'éviction de Claire ? »

Les internautes votent à 88 % pour qu'elle reste.

Contre l'avis des forumeurs, vous la dégagez violemment.

Alors que votre cote de popularité est au plus bas, les travaux d'excavation vers les égouts se terminent enfin.

Votre cote de popularité remonte illico. De nouvelles bestioles commencent à pénétrer dans vos murs. Lézards, araignées et crimiques (un dérivé de rat, apparu pour la première fois sur terre en 2018) ont élu domicile dans vos ordures.

Alors que les affaires vont toujours pour le mieux et que les jus de vos Esteban sont prélevés sans relâche, un drame se profile.

La demande d'essence étant de plus en plus forte, les Esteban sont soumis à de rudes ponctions. Ils sont en surrégimes, mais vous ne le voyez pas. Ou plutôt vous ne voulez pas le voir… C'est alors que les Esteban vont développer une molécule de défense. Le H4 YB. Cette molécule va se propager et endommager leur système immunitaire.

Les crimiques, qui s'attaquent uniquement aux plus faibles qu'eux, se rendent compte progressivement de la décrépitude des Esteban. Et ce qui devait arriver arriva.

Un soir, alors que tout le monde dort, les crimiques passent à l'attaque et font un massacre dans l'antre des Esteban.

Au matin, la France et le monde se réveillent sous le choc.

Cette date, le 34 septembre 2020, est aussi appelée « le Jour d'apocalypse » dans les livres d'histoire. Ou encore le « Crimique Day ».

Plus rien ne sera comme avant. Il y aura un avant et un après.

Les followers se dispersent, quittent progressivement votre site et se désinscrivent de vos packs. C'est le backpack.

Vous êtes devenue persona non grata à la manière de Serge Aurier.

Deux choix s'offrent à vous.

Vous décidez de poursuivre votre aventure dans les égouts et de ne faire qu'un avec la faune du monde souterrain. Vous avez assez de points de folie pour ça. Rendez-vous à la **page 43.**

Ou vous restez chez vous en rebouchant le trou creusé dans votre maison, **page 47**.

VOUS LAISSEZ TOUS VOS BIENS PERSONNELS chez vous et vous commencez à marcher dans les égouts. L'odeur n'est pas dépaysante pour vous. Vous vous sentez en parfaite harmonie avec cet environnement. Vous croisez un crocodile. Ce n'était donc pas un mythe. Vous émettez un bruit aigu à la vue du bestiau. La réverbération est unique. Le lieu serait parfait pour accueillir une performance de Mylène Farmer. Les pieds et les jambes dans l'eau tiède, ça vous rappelle vos vacances en Uruguay où l'eau était à 27 degrés en moyenne. Soudain vous entendez des bruits de vaisselle au loin. Des bruits de couverts qui s'entrechoquent.

Ce pourrait-il que…

C'est pas vrai !

Pas croyable !

Une famille de singe a élu domicile dans un petit recoin isolé. La scène est touchante. Ils mangent de vieux restes mouillés. Ils s'interrompent un instant à votre vue. Puis ils vous font tous un signe proche du salut nazi. Curieusement, vous vous sentez rassurée par cet accueil chaleureux. À présent vous les rejoignez gaiement. Ils vous proposent des petits bouts de salsifis en guise de bienvenue.

Vous acceptez, **page 44**.

Vous refusez, **page 45**.

VOUS ACCEPTEZ PAR COURTOISIE. Il ne s'agirait pas de se faire remarquer dans ce milieu underground.

Vous mourez quelques secondes plus tard. Votre métabolisme n'a pas supporté les 145 093 bactéries recensées dans ce que vous avez mangé. Cela va sans dire que votre corps a été dégusté dans les secondes qui suivirent par mille et une créatures affamées. Vous êtes devenue culte pour toute une génération d'êtres souterrains pour avoir ainsi pu nourrir autant d'espèces. Vous quittez l'aventure de la vie par la grande porte.

Moralité : « Les insectes sont nos amis il faut les aimer aussi. » Didier Bourdon

Direction la **page 591**.

VOUS REFUSEZ POLIMENT LA NOURRITURE PROPOSÉE. Bonobé, le chef de famille des singes, vous frappe la tête avec un énorme morceau d'os. Votre tête a volé sur 15 mètres et a effectué huit ricochets sur les eaux usées. C'est un nouveau Guinness record. La famille singe s'est fendu la poire. Ça faisait longtemps qu'elle n'avait pas passé pareil moment. Il faut dire que tout n'a pas été facile pour eux.

Sans endroit fixe sur terre pendant plus de 5 ans, ils décidèrent de tout quitter sur un coup de tête. Un soir de pleine lune, ils reçurent en effet la visite impromptue de leur grand-père Isidore Banane. Celui-ci vivant dans les égouts depuis 15 ans maintenant, ils ne se voyaient jamais. Ils décidèrent de suivre Isidore dans les égouts une bonne fois pour toutes. Tenter le rêve souterrain. Malheureusement, tout ne va pas se passer comme prévu. Et très vite le rêve vira au cauchemar. Isidore Banane décèda quelques jours plus tard, attaqué au couteau par un gang de lémuriens assoiffé de sang. Les lémuriens de Berlin. Ils étaient craints de tous. C'était la pire espèce vivante en ce bas monde. Ils contrôlaient tout par la violence. Éradiquant tout sur leur passage de manière arbitraire. Heureusement ils furent détruits en 1989 par une rébellion organisée par Bonobé Ier, digne héritier d'Isidore Banane. Depuis ce coup d'État, la situation est restée stationnaire mais l'heure est tout de même à l'austérité. Et de ces années à nos jours, la nourriture fut de plus en plus médiocre, mais de plus en plus abondante. Les êtres de la terre du dessus balançant par vagues leurs denrées, la population souterraine s'embourba dans le gras et la crasse. Mille et un microbes et autres virus virent ainsi le jour.

Les temps furent durs, très durs… jusqu'à votre mort.

Ce jour-là, nombre de créatures ont été guéries grâce à tous les bienfaits de votre corps enrichi en vitamine B1, B2 et PP. De plus, les créatures n'étant pas allergiques au gluten, elles purent vous déguster sans effets secondaires. À présent, le monde souterrain vit une période faste et prospère. Votre visage est dessiné sur tous les murs, et votre histoire est colportée partout et par tous. Vous êtes officiellement leur nouveau et unique dieu. Je ne sais pas si c'est une très bonne nouvelle… L'avenir nous le dira.

Moralité : Mieux vaut être malin comme un singe que . . . .
. . . .
. . . .

Terminez cette moralité et prenez-la en photo.
Envoyez ensuite cette photo sur Twitter@LeKemar.
La meilleure moralité recevra un cadeau américain.
Rendez-vous en **page 591**.

APRÈS AVOIR RUSTINÉ LE TROU, vous vous posez sur votre canapé moelleux.

Ruinée et au bord du gouffre, vous êtes dans le mal. Il s'agit d'une période creuse pour vous.

Vous avez besoin de changement. Cette idée germe en vous et vous avez comme une intuition.

Vous décidez de retirer ce vieux poster des Froogies, un groupe de rock camerounais ayant connu son petit succès dans les années 30 avec leur tube *Pourquoi tu me regardes là dis donc ?* Derrière l'affiche, vous sentez que le mur n'est pas très profond. Vous grattez et le mur s'effrite, comme une frite. Voilà que vous percez et élargissez un trou. Vous pénétrez à l'intérieur avec la dextérité de Maître Gims.

Stupeur !

La mini salle que vous avez devant les yeux scintille de mille feux. Elle doit mesurer 2 mètres carrés et est entièrement recouverte d'or. Ceci est fabuleux.

Vous décidez d'appeler un connaisseur d'or pour qu'il vienne expertiser la chose et ainsi vous donner un max d'argent.

Le temps que l'homme fasse son bout de chemin, vous ne faites rien.

Toc toc.

Ça y est c'est lui.

– Bonjour, c'est monsieur Michard, le connaisseur.

Rassurée par sa voix suave, vous lui ouvrez, non sans rester sur vos gardes.

M. Michard est un homme d'une quarantaine d'années, doté d'abdominaux hors du commun. De véritables lingots parfaitement gonflés aux stéroïdes. Un travail minutieux. Un travail d'expert, en somme.

– On se tutoie ? Appelle-moi Franck !

Le côté bonne franquette de Franck vous perturbe l'espace d'un instant. Ce charisme soudain vous décontenance. *Vous perdez 1 point de charisme.*

Vous finissez par montrer l'emplacement de la pièce secrète à Franck. Il pénètre avec maestria dans l'embrasure. Le mec est doué, ça se voit. Ça pue le talent à des kilomètres à la ronde.

Et vas-y que ça renifle et vas-y que ça scrute. Franck passe toute la pièce au peigne fin, en mode Franck Provost. Le gars est sûr de lui, à la manière de Steeve Estatof avant un dîner-concert.

Après une auscultation des plus approfondies, Franck finit par vous concéder ceci :

– C'est de l'or. De l'or en barre. Vous connaissez Laurent Barre ?

Vous ne savez pas où vous mettre. Vous vous dites que ce n'est pas possible de faire une blague comme ça, aussi vite. Vous vous connaissez à peine. Ce n'est pas humain.

Cette beauferie vous donne une sueur chaude. Comme si votre corps, ne comprenant pas la situation, vous transmettait des émotions qui n'avaient rien à faire là. Tout se mélange tout à coup. Vous êtes prise dans un tourbillon. Le tourbillon de l'amour ? Qui sait ? Seul Dieu peut vous juger.

Voilà que Franck, plus confiant que jamais, vous agrippe par la taille. La rudesse de ses mains vous met à l'aise. Vous faites une confiance aveugle à ce narvalo des temps modernes. Le gars se déhanche sans foi ni loi, sans vergogne. Il serait strip-teaseur qu'il n'y aurait rien d'étonnant à cela.

Effectivement il est strip-teaseur, *vous gagnez 1 point d'intelligence*.

Deux choix s'offrent à vous.

Vous décidez de goûter aux plaisirs de la chair avec Franck, l'étalon français, **page 51**.

Vous décidez de refuser la proposition, après tout il n'est pas venu pour ça, **page 50**.

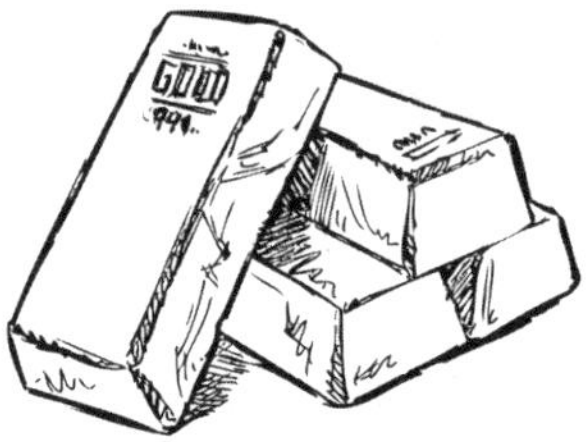

– **ÉCOUTEZ**, vous n'êtes pas venu pour ça à la base.

– Effectivement, mais on peut très bien joindre l'utile à l'agréable et je pourrais très bien vous oindre le corps.

– Soit vous partez, soit vous faites votre travail.

– Je vous propose que l'on reste amis.

– Avec plaisir.

Sur ce, Franck s'exécute et effectue son travail à la perfection. C'est un mi-expert, mi-ami.

– Eh bien, je viens d'expertiser tout ça, vous êtes à la tête d'une fortune estimée à 4 millions de dollars.

– Ah, c'est pas dégueu, tout ça. Merci bien.

Après avoir effectué les démarches administratives nécessaires, les 4 millions de dollars sont versés sur votre compte courant. Ça fait toujours plaisir, surtout par les temps qui courent.

Un large choix s'offre à vous maintenant que vous pesez.

Pour financer et sauver Honoré, **page 332**.

Pour partir sur la Lune, **page 540**.

Pour donner à une association caritative, **page 228**.

Pour acheter un cabriolet, **page 517**.

VOUS VOUS LAISSEZ ALLER ENTRE LES MAINS EXPERTES de Franck Michard. Décidément il porte bien son nom, vous dites-vous, en contemplant son torse parfaitement glabre. Le corps est galbé à l'américaine. Vous tressaillez devant la corpulence protéinée de l'éphèbe. Il vous titille à présent l'oreille avec une aisance déconcertante, à la manière de Frédéric Crochu, un ami d'enfance.

Vous réprimez un mouvement en arrière.

Et si c'était Frédéric Crochu ?

Non, ce n'est pas possible.

En effet ce n'était pas possible. Frédéric Crochu n'a jamais existé. C'est le fruit de votre imagination. Vous l'aviez inventé dans votre jeunesse. Une sorte de fantasme nocturne. Frédéric venait hanter vos rêves. Ou plutôt sublimer vos rêves. Vous vous réveilliez de bon poil chaque fois que Fred passait dans vos rêves. Une bien belle époque. L'époque dorée, comme vous disiez.

Époque dorée ?

Et cette mystérieuse salle, remplie d'or… N'est-ce pas mystérieux ? Pure coïncidence ou alors est-ce simplement un rêve ?

Mais alors où est Frédéric Crochu ? Pourquoi a-t-il été remplacé par ce Franck Michard ?

– Qui êtes-vous ? demandez-vous au connaisseur d'or.

– Je vous l'ai déjà dit, je suis Franck Michard.

Vous le regardez de bas en haut.

Il s'agissait bien de Franck Michard. Cet homme était d'une honnêteté confondante.

Mais déçu que vous ayez douté de lui, Franck commence à se rhabiller avec prestance.

Vous avez le choix. Soit vous avouez vos sentiments, **page 53**, soit vous demandez à Franck de partir, **page 50**.

– **ATTENDEZ !** Je crois que… je crois que je vous aime.

Franck est sous le choc. Il commence à se déshabiller une fois de plus. Vous redécouvrez ses abdos tonitruants. Bossés à la truelle. C'est du travail d'orfèvre. Un corps à faire pâlir n'importe quel volleyeur cubain.

Ce qui suivra restera entre vous. Du domaine du privé et du sacrément dirty.

La nuit tombe et voilà qu'il se met à neiger. Bercée par la tendresse du moment, vous dormez comme un vieux sac. Ce moment est une bulle de plaisir. Une parenthèse moelleuse. Un escabeau de détente.

Vous ouvrez vos yeux tout doucement tel le chat européen. Puis la douceur du moment laisse place à l'inattendu.

Franck Michard n'est plus.

Il n'est plus là, pardon, faute de frappe. La lettre L ne marchait plus l'espace d'un instant. Ça aurait été embêtant, j'aurais par exemple été dans l'incapacité d'utiliser le mot « exemple ». Ou « lobe frontal ».

Vous regardez autour de vous, l'œil hagard. Tout est propre. Tout est rangé. Vous voulez voir la pièce secrète. Elle est vide. Tout l'or a été gratté en mode Tac O Tac TV. Il ne reste rien.

Vous êtes en état de choc. Vous regardez autour de vous et vous apercevez un morceau de papier sur un coussin. Vous apprenez en lisant le papier que Franck est parti et qu'il a malgré tout tenu à tout ranger chez vous parce que c'était le bordel. Il a payé une femme de ménage pendant votre sommeil. C'était le minimum qu'il pouvait faire. Il se décrit comme étant un salaud mais pas à 100 %. Surtout que la femme de ménage est déductible des impôts.

En effet, cette petite attention était vraiment sympa de sa part. Là où d'autres seraient partis sans rien dire, sans rien faire. Franck était quelqu'un de bien, un peu.

Vous vous sentez souillée mais pas trop, ça va.

Des larmes commencent à couler sur votre front de gauche. Il est temps de laisser le corps parler.

Le corps a décidé de dire stop. De faire une pause. Vous regardez par la fenêtre les flocons de neige tomber. Vous allumez votre tourne-disque et appuyez sur « play ». *Bella* de Maître Gims retentit. La scène est splendide. On dirait du Audiard. Ou du Fabien Onteniente. Quelle différence ? Le cinéma, c'est la vie. Et la vie ? C'est du cinéma.

Vous gagnez 3 points d'intelligence pour phrase culte.

Une page de votre vie s'est tournée. Comme les enfoirés partent parfois en tournée... Ouais... Dans toute la France...

Vous vous blottissez sous votre couette, allongée dans votre canapé. Les yeux qui luttent pour regarder par la fenêtre. Bientôt voilà qu'ils se ferment.

Bzzzzzzzzz. Bzzzzzzz.

La sonnette de votre appartement retentit. Voilà qu'on tape à la porte à présent.

Vous ouvrez les yeux d'un coup. Le réveil est brutal. Vous arrivez à la porte et l'ouvrez. C'est Franck !

Il est de retour. Comment avez-vous pu imaginer qu'il parte réellement comme le dernier des salauds ?

– J'ai oublié ma boîte de capotes ! J'ai un plan fesses, là ! Tchô ! vous dit-il à toute berzingue.

Et il est reparti comme il est arrivé. Avec ses souliers.

Cette fois-ci, c'est terminé. Une triste fin, cette histoire d'un soir. Sacré Franck. Toujours aussi imprévisible.

Que décidez-vous de faire ?

Si vous avez au moins 1 point de folie, vous pouvez déboucher le trou rustiné à la hâte pour partir explorer les égouts, **page 43**.

Sinon, vous vous posez tranquillement dans votre canapé et pratiquez l'ennui, **page 56**.

VOUS ÊTES À LA MAISON, vous ne savez pas quoi faire. Une fois de plus vous ne faites rien alors que vous vous étiez promis de travailler. Vous vous sentez mal à l'idée de sortir. Tous ces gens qui sont susceptibles de vous effleurer, de vous regarder, de vous parler. De vous demander : « Alors le boulot ? »

Vous justement, vous faites tout pour ne rien faire. Et après on vous traite de fainéante. Elle est bien bonne, celle-là. Y a pas plus acharnée que vous.

Vous préférez rester chez vous. Après tout, y a moins de chance de mourir en restant chez soi qu'en prenant le risque d'aller je ne sais où dehors. D'un autre côté il y a beaucoup d'accidents domestiques, vous dites-vous. Vous pesez le pour et le contre, mais la chaleur de la pièce vous convainc rapidement. Regarder la télé, c'est fait. Manger, c'est fait. S'ennuyer, c'est fait. Se masturber, déjà vu, sur-fait. Tout le monde le fait, tout le monde, depuis que le monde est monde, vous n'êtes pas comme tout le monde. Vous réfléchissez à toutes les perspectives d'avenir à rester chez soi. Vous vous rappelez ces fameuses pubs internet qui expliquent comment gagner 3 000 euros en ne bougeant que le petit doigt, et encore. Vous aimeriez bien faire ça. Mais que faire avec cet argent une fois qu'il sera là ? Vous pourrez rester plus longtemps, prolonger cet état de loque à domicile ? Vous pensez à un concept télé où des gens comme vous seraient amenés chez des gens juste pour se poser chez eux : « loque à domicile ». Puis vous vous dites que ce n'est pas non plus la meilleure idée du siècle. De toute façon vous vous dites que ce siècle n'est pas pour vous. Vous allez passer le témoin. Vous auriez été mieux au siècle d'avant ou au siècle d'avant avant. Et encore.

Vous êtes dans un état de concentration extrême. Votre pensée voit loin, bien plus loin que ces 15 mètres carrés.

Vous voilà au Moyen Âge.

Vous êtes sur un carton, lui-même posé sur de la boue, et vous jouez de la musique.

Vous êtes un ménestrel. Un ménestrel gagnant.

Vous notez ce jeu de mots dans un carnet. Ça pourra toujours servir, vous dites-vous.

Vous luttez pour retrouver votre concentration et vous revoilà ménestrel.

Un homme habillé à l'ancienne vous jette des sous. Vous lui faites un mouvement de tête approbatif et continuez de plus belle votre sérénade. Vous enchaînez par un *Bitch Better Have My Money* de Rihanna, au flûtiau. Les passants commencent à affluer. Ils sont intrigués. Ils ne connaissent pas cet air. Vous commencez à vous déhancher lascivement au rythme de votre mélodie. Le parterre est sous le choc. Voilà qu'ils vous insultent devant tant d'impudeur. Pudibonderie.

Vous revenez à vos esprits et contemplez votre 15 mètres carrés en vous écriant :

– Même à cette époque-là, je suis incomprise !

Décidément vous n'êtes pas bien née.

Au moins vous n'êtes pas à la rue, vous dites-vous. Mais pour combien de temps ?

Vous êtes dans un tourbillon négatif.

Mécontente, vous avez le choix entre balancer ce verre, qui officiait auparavant en tant que pot de moutarde, ou balancer ce coussin en forme de donut.

Vous balancez le coussin mais cela ne vous fait pas assez d'effet.

Et voilà que le verre éclate. Il y a des bouts un peu partout sur le sol. Vous décidez de placer la caméra dans le bon angle pour vous filmer en train de marcher sur le verre à la manière d'un fakir.

Vous hésitez puis vous vous lancez. Vous hurlez de douleur mais vous continuez, la caméra filme, ce serait dommage de la décevoir et de ne pas lui donner de la matière.

Les pieds en sang, vous sautez sur le canapé qui se déchire sous votre poids. Vous avez la fesse coincée dans le ressort. Vous vous débattez comme un beau diable. Puis d'un bond vous vous remettez sur le sol. Mais vous marchez sur un autre bout de verre bien tranchant. Votre tête vaut le détour, vous êtes littéralement bloquée. Vous vous pincez les lèvres et hurlez sans bruit. Vous finissez par aller à petits pas vers la caméra et appuyez sur « stop ».

Après vous être essuyé les pieds, vous transférez la vidéo sur votre ordi.

En la regardant, vous ne pouvez réprimer un rire. Ce que vous voyez sous vos yeux est d'une tristesse et d'une pauvreté absolues.

N'ayant plus rien à perdre, vous la mettez sur Facebook.

Vous étirez vos jambes, les posez sur un petit coussin et mettez vos pieds dans une serviette.

Vous ingurgitez un antidouleur et vous tombez de fatigue.

Cinquante minutes plus tard, vous vous réveillez dans les vapes. Complètement sonnée, vous consultez Facebook. Personne n'a regardé votre vidéo, c'est la même page que vous aviez avant de vous endormir.

La page s'actualise d'elle-même et c'est alors que vous n'en croyez pas vos yeux.

14 490 personnes ont aimé votre vidéo et vous n'arrivez pas à lire tous les commentaires. Il y a des messages anglais, turcs, allemands et j'en passe. Une nouvelle langue a même été inventée pour l'occasion. Le zulfranzeuch. Un mélange de zoulou, de français et d'algérien du Nord.

Votre vidéo n'arrête pas d'être partagée, comme un bon pain Poilâne dans un repas de famille.

Vous avez un message d'une ancienne camarade de classe de primaire qui vous demande de vos nouvelles. Samantha Duchaussoy. Elle était amoureuse de vous quand vous étiez jeune. Vous auriez pu faire un couple d'exception. Une vie extraordinaire pourrait être conçue à deux avec elle. C'est un pressentiment.

Vous l'ignorez totalement. Vous êtes captivée par ces chiffres qui ne cessent de grimper à la manière de Richard Virenque en montagne.

Les minutes qui passent, vous ne faites qu'actualiser la page pour voir l'évolution du buzz.

C'est exponentiel. Un large sourire se greffe sur votre visage.

Soudain vous réalisez que si toutes les personnes qui ont vu cette vidéo vous donnaient 1 euro, vous seriez très riche. Parce que pour le moment cette vidéo ne sert à rien. Non seulement vous ne gagnez pas d'argent mais elle vous ridiculise. Et peu de gens vous félicitent pour votre autodérision. La plupart des commentaires sont plutôt des « Mais quelle conne ! » ou « Faut vraiment n'avoir rien à faire de ses journées », « T'as quel âge pour faire ça ? Va bosser ! Mais j'ai ri ! Déchet ! Ha ha ha ! ».

La violence des commentaires vous prend aux tripes.

Vous qui aviez déjà peur de sortir, voilà qu'on vous insulte chez vous. Assise dans votre canapé, vous vous faites insulter.

N'ayant plus rien à perdre, vous décidez de vous filmer en train d'insulter toutes les personnes vous ayant injuriée.

Vous balancez la vidéo sur Facebook. La vidéo n'est absolument pas regardée et vous recevez un message d'avertissement par Facebook. Votre compte est provisoirement bloqué.

C'est encore un coup dur pour vous.

Vous vous sentez blessée dans votre être charnel. Vous décidez de vous retrouver un peu en vous octroyant des caresses intimes.

Une idée vous vient alors à l'esprit. Pourquoi ne pas vous filmer en train de jouer aux échecs toute seule ?

C'est alors que vous empoignez votre caméra GoPro et la fixez sur votre tête. Le concept est révolutionnaire.

Après une seconde de jeu, vous vous rendez compte de votre erreur. Vous faites absolument n'importe quoi. Vous décidez d'arrêter d'essayer de faire des choses.

Vous appelez SOS amis anonymes mais ça ne répond pas.

Vous vous posez sur le canapé. Puis vous vous levez. Vous réitérez l'opération jusqu'à en avoir marre. Jusqu'à ce que vous ayez bien conscience de perdre votre temps.

En même temps qu'auriez-vous pu faire d'autre ?

Le temps s'en va, il court ; ce n'est pas nous qui décidons de le perdre, c'est lui qui n'en fait qu'à sa tête. Vous, vous étiez simplement en train de faire un mouvement de va-et-vient sur votre canapé et voilà qu'on juge ça comme étant une perte de temps. Vous n'y êtes pour rien. Si des gens veulent utiliser leur temps à travailler, gagner de l'argent, réussir leur vie, tant pis pour eux. Ah bah tiens, elle est bien, cette expression. Réussir sa vie. Vous vous dites : *Est-ce que je te demande, toi, si t'as réussi ta vie ? Comment on le sait ? Moi, je suis contente. Je suis là sur mon canapé. Je suis posée. Il est où, le problème ? Y a aucun problème. C'est les autres qui me créent des problèmes. Moi, je suis là, je gêne personne. Je suis là sur mon canapé. Je suis posée. Il est où, le problème ? Je ne bougerai pas. Point. Je ne ferai rien. Point. Rien point. Non, il n'y a pas de rien. Rien, ça n'existe pas. Ton corps fonctionne, ton cerveau fonctionne, tu ne fais pas rien. Tu es.*

Vous arrivez à un point de réflexion où l'horizon vous montre un grand mur. Une sorte de passage interdit. Où vous ne pourrez plus avancer. La limite. À ne pas dépasser.

Votre corps est engourdi. Des petites fourmis vous parcourent le corps tout entier. Au figuré, bien entendu, ce n'est pas de la science-fiction. À moins que… On ne sait plus. Il n'y a plus rien à comprendre. Vous ne faites qu'un avec votre cerveau. Le corps est au second plan. Il fait son travail naturel. Vous tenir sur le sol, mais c'est tout. Vous l'oubliez, il n'est presque plus là. Il fait acte de présence. À moins que ce ne soit l'inverse. En fait, on est juste des corps, juste là pour porter un cerveau qui dicte ses volontés, comme Krang dans les *Tortues Ninja*. Avons-nous une réelle emprise sur lui ? C'est ce qu'il veut nous faire croire, il nous manipule.

Si vous êtes sur le canapé, ce n'est pas votre faute. C'est votre cerveau qui décide. C'est lui qui vous dit, parfois même sans le dire : reste assis, ne fais rien. Alors que vous voulez sortir d'ici. Il faut tuer ce cerveau ou en tout cas l'asservir, reprendre le contrôle.

Vous pouvez changer votre nature, forcer la nature maintenant ou plonger plus que jamais dans une soumission totale.

C'est à vous que revient cette lourde décision. Pile ou face. Ange ou démon. Peter ou Sloane.

Vous sortez de cet appartement, **page 77 A**.

Vous y plongez une bonne fois pour toutes, **page 62**.

POURQUOI TOUT ÇA, pourquoi en sommes-nous là ? Quel est le but, quelle est la finalité ? Quelle est l'utilité ?

– Y a quelqu'un ?

Ça faisait longtemps que vous n'aviez pas cherché de compagnie. Vous en avez besoin ?

On meurt seul. Vous l'avez lue, cette phrase. Ce cerveau qui a emmagasiné un nombre invraisemblable de données, pour la plupart bien inutiles.

– Sauf en cas de participation à « Qui veut gagner des millions ».

Vous avez réponse à tout.

Je ne suis là que pour poser les questions, moi. Je suis l'autre vous. L'autre moi. L'autre toi.

Vous croyez avoir la réponse à la question que tout le monde se pose depuis des millénaires d'existence ?

– Qui a volé l'orange du marchand ?

Arrêtez !

Laissez ce cerveau tranquille. Arrêtez de connecter les neurones si c'est pour faire ça.

Let it go en mode Reine des neiges.

Vous êtes maintenant face au mur.

Votre tête tourne sévèrement. Vous entendez « *don't stop 'til you get enough* » résonner dans votre tête. Vous avez l'impression de tomber dans un labyrinthe sans fin. Vous vous laissez tomber. Votre tête tape violemment sur le sol de votre appartement.

Vous rangez l'appartement. D'abord les poussières. Il y en a beaucoup, vous avez du pain sur la planche. Vous utilisez une petite serviette que vous passez avec doigté sur les zones touchées. Les zones sensibles. Les zones érogènes. Saviez-vous que les meubles avaient des zones érogènes ?

Vous commencez à suer légèrement comme un vieux porc. Votre sueur a une odeur âcre, ça sent le soufre. Comment ça se fait ? Ça vient d'où, ce problème-là ? Vous avez de la chance d'être seule parce que là c'est chaud. Un peu de dignité, que diable !

C'est aussi ça, la joie d'habiter seul. On peut être très sale à la maison.

Vous enchaînez par un petit coup d'aspirateur. Ça faisait longtemps que ça en avait besoin. Des pelures d'oignons, des morceaux de fromage et de pain forment une litière sur votre sol, donnant naissance à une toute nouvelle surface qui pourrait très bien servir de revêtement pour un nouveau tournoi de tennis du grand chelem.

Heureusement, avec votre dernier modèle d'aspirateur, le EasySniff de chez Spiro2000, vous aspirez ça en deux temps trois mouvements. Hop, hip, ni vu ni connu. C'est si simple de tout ranger !

À nouveau assagie et calmée, vous avez soudainement envie de lire. Vous avez fait le tour de la télé. Deux livres sont à votre disposition.

Lequel choisissez-vous de lire ? *Le Voyage de Mimouni le petit zèbre*, **page 64**, ou *De la condition paradigmatique de l'être*, **page 65** ?

CHAPITRE 1 : BONJOUR MIMOUNI

Tout d'abord je me présente, je m'appelle Mimouni, je suis un zèbre. J'ai deux couleurs, le blanc et le noir. Aujourd'hui je vais à l'école pour apprendre plein de choses. J'ai plein d'amis là-bas qui ne sont pas forcément des zèbres. Il y a un chat, un chien, des souris et même des phacochères, beaucoup de phacochères. J'ai toujours du mal à les épeler alors ils m'en veulent ! Ha ha ha ha. J'adore jouer au foot et danser pendant des heures. Ce sont mes deux passions. J'aime aussi regarder des films de guerre. La guerre du Vietnam, c'est ma préférée, parce qu'il y a des phacochères qui meurent ! Je suis Mimouni. Le petit zèbre.

Sur le chemin de l'école il y a une petite forêt. J'ai toujours peur quand j'y vais. J'ai peur de tomber sur des brigands. Une fois un brigand, un fennec, m'a demandé de l'argent et ma carte d'identité pour pouvoir la falsifier. J'ai dit que je n'avais que des salsifis sur moi. Il m'a dit que j'étais rigolo alors il m'a laissé passer. Mais il m'a jeté une pomme dans le dos. Ça m'a fait mal et maintenant je suis handicapé. Je n'aime pas les fennecs. Et encore moins les Algériens. Mais ça, je ne le dis à personne sauf à toi. Ce sera notre petit secret. Hi hi hi hi ! Tu veux être mon ami ?

Vous refermez le livre, **page 66**.

DE LA CONDITION PARADIGMATIQUE DE L'ÊTRE

Lorsque l'être conciliant n'est dupe de ce qu'il croit être et non la symbiose du non-être, la duplicité de la condition humaine n'est plus à remettre en cause. Ce faisant la responsabilité du conditionnement intrinsèque est indépendante du circuit paradigmatique inhérent à la jonction cognitive. Tout laisse à penser alors que la transhumance du rachis cervical peut être corrélée avec l'inflation de la crise boursière du 2 mai 1984 à Wall Street, l'album éponyme de Maître Gims faisant foi.

Paradoxalement des études scientifiques approfondies en matière de naturalisme fondamental ont démontré qu'une augmentation mammaire avait été opérée sur les tétés de Loana. Dissolution ou résolution du diaphragme a posteriori ou simple remise en question du système de pensée narratif ? Nous sommes en droit de nous poser la question tant le marasme ambiant est défectueux. Au pire il nous reste des kebabs d'ouvert si on a faim en sortant de boîte.

Vous refermez le livre, **page 66**.

VOUS REFERMEZ LE LIVRE, QUELQUE PEU DÉÇUE. La lecture, ce n'est pas pour vous.

Seule dans votre appartement, vous avez soudainement envie de vous dégourdir les jambes.

Vous avez envie d'une musique entraînante, vous cliquez sur la playlist « Quarterback Party Lounge ». Un son latino retentit. Dans un premier temps vous vous laissez transporter par la musique. Vous visualisez les épices, le couscous argentin, la pampa et les bananes. Ça y est, vous vous lancez dans un premier pas parfaitement cadencé. Vous êtes calée sur le tempo. Ce dernier est calibré à 120 battements par minute. Tempo de référence. Pitbull, le chanteur, a déclaré en mai 2008 au magazine *LifeMusic* : « C'est bien simple, quand t'es sur du 120 BPM, c'est géant ! »

Inspirée par cette citation, vous enchaînez avec un petit move à 60 degrés, petit back flip vrillé, tout en restant droite au niveau du genou.

Si vous souhaitez enchaîner avec un step-down, allez à la **page 67**.

Pour un Moonwalk, à l'ancienne, **page 69**.

« CALIENTE POR FAVOR, MI AMOR... » Les paroles résonnent dans votre appartement. Et attention… « Farniente » C'est le top !

Le step-down est géré de main de maître. C'est tellement fluide qu'on pourrait vous confondre avec l'air. Vous n'êtes qu'un atome flottant.

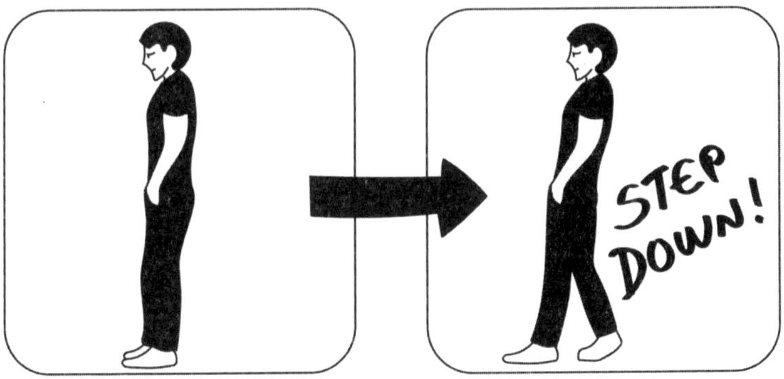

Incroyable cette pureté qui se dégage de votre corps. Vous prenez confiance de seconde en seconde. Vous avez envie de crier « LIBERTA ! ». Qu'est-ce qui vous en empêche ?

Vous criez « LIBERTA ! » avec une énergie rare. À cet instant, une manifestation pour que le président colombien Manuel Végas soit enfermé passe sous votre fenêtre.

Tous les manifestants ont entendu votre « liberta ». Ils se tournent vers votre fenêtre en vous regardant méchamment. Vous ne savez plus où vous mettre.

Vous décidez d'ouvrir la fenêtre et de leur expliquer.

– Attendez, mes amis, il s'agit d'une grossière erreur, d'une mésentente, d'un véritable quiproquo, en bonne et due forme. En fait, je vous explique, j'étais en train de danser sur ce gros son latino à 120 BPM et…

– 120 BPM ? répond un militant.

– Ouais, 120 BPM. Ni plus ni moins.

– Ça marche, mon ami ! vous répond un militant. Mais vient donc nous rejoindre si tu le veux !

– OK !

Vous rejoignez le cortège et arrivez près de la place de la République. Vous faites la connaissance de Julio Gonzalez, un étalagiste cubain. Celui-ci vous présente Carlota Gimenez, une étalagiste paraguayenne. Vous commencez à vous emballer comme pas permis, à la vue de tous. Un jeune photographe travaillant à *Okapi* saisit l'instant de ses mains espiègles. La photo fera le tour du monde et sera le symbole de la liberté sexuelle. En effet, Carlota Gimenez est une icône transsexuelle au Chili. L'information fait le buzz dans le monde entier. Vous êtes l'icône d'une génération. Votre tête est sur tous les tee-shirts et sur toutes les trousses des écoliers du monde entier. Vous vivrez une aventure solaire avec Carlota. Une version de vos relations sera écrite, calibrée sur *50 Shades of Grey*. Le livre sera un grand succès commercial et littéraire. Plus rien ne vous arrêtera désormais. Vous êtes un roc, vous êtes un pic, vous êtes un cap. Malheureusement vous serez tuée par Jean-Roch à l'aide d'un pic à glace au Cap-d'Agde.

Moralité : Ce qui se passe au Cap d'Agde, reste au Cap d'Agde.

Direction la **page 591**.

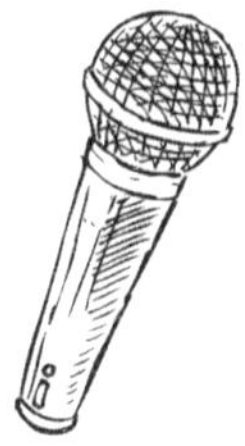

SUR CE RYTHME LATIN, VOUS ENTAMEZ UN RETOURNEMENT AU NIVEAU DU BASSIN. Ça demande un engagement total. Une confiance absolue en son propre corps. Il semblerait que ce ne soit pas votre cas à cet instant T. En effet vous vous bloquez la cheville gauche dans le tapis pendant que l'inertie de votre mouvement continue. Le drame se profile à vitesse grand V. Et voilà que la cheville craque sous le poids de votre corps. Vous tombez sur le sol comme une matière fécale de pigeon. La douleur est aussi intense qu'une capsule Nespresso « Lungo Tabaya », aux doux effluves boisés de cacao. Vous êtes étalée par terre. Assise par terre, pour paraphraser Louisy Joseph.

Vous commencez à suffoquer un peu. La douleur est vive. Vous devenez toute blanche, à la manière de Michael Jackson.

Suante. Suintante. Vous faites peine à voir. Soudain votre téléphone retentit. Vous faites un effort surhumain pour décrocher.

– Allô ?

– Oui, allô, bonjour, ce sont les urgences, vous êtes bien monsieur Collucci ?

– Ah non pas du tout mais vous tombez bien, je viens de me fracturer la jambe.

– OK super on arrive !

– Quelle chance !

C'est tellement inespéré qu'on aurait dit un canular. Vous avez l'impression que ça n'arrive que dans les films hollywoodiens ou californiens. Et pourtant c'est la vérité vraie. C'est à vous que ça arrive. Vous êtes bénie des dieux. La chance du cocu. Et pourtant vous n'avez pas fait l'amour depuis des lustres. Comme quoi…

À peine le temps de vous poser sur votre canapé pour faire reposer le pied que votre porte frappe. Enfin, pas la porte, hein (une porte, ça peut pas frapper, une porte, c'est une porte, quelqu'un doit activer la poignée, sauf si c'est une porte automatique).

– Entrez, dites-vous avec votre plus belle voix.

Une équipe de huit personnes pénètrent dans votre appartement.

Un médecin, le Dr Connors, 35 ans, juif, arrive sur votre cheville et commence à l'ausculter.

Il s'adresse à son équipe :

– Bon, on lui dit ?

Ils se regardent d'un œil complice.

– Je ne suis pas médecin, je sais pas du tout faire ça ! Je n'ai aucune notion. Je suis présentateur sur la chaîne CBO ! Vous avez été piégée ! C'est un canular authentique ! Alors ? Qu'est-ce que ça fait ?

Qu'est-ce que vous voulez leur répondre ?

– « Bah écoutez c'est sympa, on me l'avait jamais faite », **page 75**.

– J'ai super mal à la cheville, je me la suis craquée, **page 71 A**.

A

– **J'AI SUPER MAL À LA CHEVILLE,** je me la suis craquée.
– Attendez, vous vous êtes vraiment craqué la cheville ?
– Puisque je vous le dis !
– Bien, y a-t-il un chirurgien dans la salle ?
Un homme à l'allure de fils de pute lève le bras.
– J'ai quelques notions, je veux bien essayer.
Vous acceptez, **page 72**.
Vous refusez, **page 71B**.

B

– **JE REFUSE QU'UN MEC COMME ÇA S'OCCUPE DE MOI** ! Cassez-vous de chez moi !

Toute l'équipe s'en va, la tête basse. Vous en profitez pour appeler un médecin.

C'est le Dr Mawachi qui vous guérit. Vous le remerciez avec un bisou sur le nez.

Que voulez-vous faire à présent ?

Rendez-vous à la **page 8**.

– **FILME, NICO, C'EST ÉNORME !**

Le présentateur télé est comme un dingue.

L'opération de votre cheville est diffusée en direct sur la chaîne hertzienne D12. Les réseaux sociaux s'enflamment. M Pokora s'empresse de tweeter : « Cette émission me contrôle ! Je ne réponds plus de moi ! #Cheville. »

L'apprenti chirurgien vous opère avec des outils de fortune. Il vous ouvre avec un couteau à pain. Vous hurlez comme un pauvre diable #Iglesias.

Le sang coule à flots. L'émission, totalement improvisée, est en train de devenir culte. Plus le temps passe, plus on se rapproche d'un score de 100 % de parts de marché. Le groupe Power Sound a été contacté pour jouer en live chez vous. Ils débarquent au bout de 13 minutes avec leurs matos. Leur gros son californien camoufle vos hurlements. Les Power Sound jouent essentiellement leurs dernières compos étant donné qu'ils viennent de sortir un nouvel album il y a seulement 2 semaines. À la fois stoner mais résolument vintage rock 70's, le groupe a su trouver sa place dans le paysage musical français, et ce pour le plus grand plaisir des amateurs de garage. Certainement LA bonne surprise de cette année. Attention talent !

Stupeur à l'écran. Le docteur vient de vous ôter un fémur ! En effet, celui-ci empêchait d'accéder à une artère un peu plus loin, il a donc dû le sectionner par précaution.

Ne sachant pas où le mettre, le docteur balance le fémur derrière lui. L'os est rattrapé au vol par le batteur des Power Sound qui bat la mesure avec la précision d'un horloger. Tout ça a été immortalisé par les caméras de Jean-Luc Amsellem, le réalisateur du show. C'est tout bonnement dantesque. Ça, c'est de la télé.

Votre cri de douleur s'harmonise parfaitement sur le bridge de la chanson. Chris Brooks, le leader charismatique du band, va chercher la tierce sur votre voix. C'est du plus bel effet.

C'est alors que le drame se profile.

Chris Brooks, toujours lui, commence à secouer la tête en rythme sur la musique. Il le fait tellement fort qu'il donne un coup de tête dans le dos du docteur. Celui-ci vous plante les ciseaux qu'il utilisait au plus profond de votre chair.

La douleur est telle que vous vous évanouissez. Les caméras continuent de tourner mais il y a un problème. Personne ne peut venir vous aider, sous peine de chambouler le déroulement du show. Chaque personne est à sa place. Fabien perche le son, Nico est à la cam, le groupe Power Sound continue de balancer du gros son et Erika continue de live tweeter toute la scène. Le docteur, lui, est également évanoui sur le sol, après le choc reçu.

Votre sang giclant beaucoup plus que de raison, vous finissez par trouver la mort devant les caméras de D12. Ce qui est plutôt classe. Toute la France a assisté à votre décès en direct. C'est du jamais-vu. Et c'était filmé en HD !

Dès le surlendemain, une viennoiserie spéciale, imaginée par Starck, sera créée en votre honneur par le plus grand boulanger de France. Elle aura l'apparence d'un fémur. Le DVD de l'émission sera envoyé à votre mère. Elle le regardera à chaque Noël avec des yeux d'enfants.

Moralité : Noël Mamère.

Rendez-vous en **page 591**.

– **BAH ÉCOUTEZ C'EST SYMPA**, on me l'avait jamais faite.

– Bah maintenant vous êtes dépucelée ! Et sans préservatif ! Ha ha ! vous dit le présentateur.

– J'ai pas compris, dites-vous.

– Bah, la métaphore du cul.

– Oui, ça, j'ai compris mais le préservatif… Je comprends pas.

– Bah c'est là où tu mets la bite. La teub. Le membre lourd. La queue.

– OK…

Vous faites une mimique d'incompréhension.

– Attends, Fab, coupe la cam, là, demande le présentateur avant de se retourner vers vous. Excusez-moi mais vous êtes débile ou vous le faites exprès ? C'est mon show, là ! OK ? Vous savez combien de personnes matent l'émission ?

– 500 000, soit 4,5 % de parts de marché, répondez-vous d'instinct.

– Bah… oui, c'est exact. Waouh !

Le présentateur est bouche bée.

– Comment vous appelez-vous ?

Vous lui donnez votre nom.

Il fait un signe d'acquiescement satisfait et admiratif puis s'en va avec toute son équipe.

La porte se ferme derrière eux. C'était vraiment un moment sympa.

Vous décidez de vous masser le pied. Vous vous tordez de douleur à la manière de Bixente Lizarazu. Vous émettez un cri strident qui perce presque les murs. Le bruit est tel que votre voisin du dessus crie à son tour, énervé.

Vous criez à nouveau. Il crie aussi. On a l'impression que vous effectuez un coït à distance. Un artiste contemporain qui passait entre vos deux étages est saisi par ce moment. Il le capture à l'aide de son cellulaire. Il est totalement chamboulé par cet instant inqualifiable, qui défie toutes les convenances. Cet homme, c'est Banksy. Et ce moment, et cette œuvre capturée à la sauvette va totalement lancer sa carrière. Grâce à vous. Sans le savoir. *Vous gagnez 10 points dans chaque catégorie.*

Mais ils vous sont retirés dans la foulée car vous n'en avez pas eu conscience.

Pendant ce laps de temps, vous continuez à hurler.

Jusqu'à perdre votre voix.

Un homme qui passe par là à ce moment vous entend. Cet homme, c'est George Lucas. Il désespérait et comptait se suicider car il ne trouvait pas de voix pour son méchant dans son film de guerre intergalactique. Il saisit la vôtre, comateuse, asthmatique, à l'aide de son cellulaire qui comprend la fonction enregistreur. Et voilà qu'il redescend les escaliers quatre à quatre, le sourire jusqu'aux oreilles.

Vous êtes une personne incroyable. Vous ne le savez pas mais vous l'êtes.

Bravo à vous. Merci d'être vous, tout simplement. Vous faites des heureux sur cette terre. Vous donnez du bonheur sans rien recevoir en retour. C'est tellement beau et rare de nos jours.

Ne changez rien.

Moralité : Venez comme vous êtes.

Direction la **page 590**.

A

DANS LES ESCALIERS VOUS CROISEZ VOTRE CONCIERGE, Mme Estaminet. Isabelle de son prénom. Elle vous envoie un « Bonjour ! » agrémenté d'un large sourire tout en passant la serpillère.

Vous lui dites bonjour, **page 77 C**.

Vous ne lui dites pas bonjour, **page 77 B**.

B

SANS VOUS ARRÊTER, vous poursuivez votre chemin. Vous n'avez pas le temps d'apercevoir sa mine déconfite. Intérieurement, vous l'insultez légèrement. Vous ne l'avez jamais vraiment aimée, cette femme, surtout depuis le coup du 13 mars, qui est resté gravé dans votre mémoire. À présent vous êtes d'humeur maussade. Il ne faut pas vous chercher aujourd'hui. ***Vous gagnez 1 point de puissance.***

Rendez-vous **page 78 A**.

C

EN AYANT RESPECTÉ CETTE RÈGLE DE SAVOIR-VIVRE, ***vous empochez 1 point d'intelligence.*** Pendant que vous descendez les marches, Mme Estaminet continue son ménage avec un sourire qui en dit long sur le profond respect qu'elle vous porte.

Rendez-vous **page 78 A**.

A

VOUS METTEZ VOTRE NEZ DEHORS, le temps est orageux, gris et mouillé.

Vous vous raclez la gorge. Vous possédez à présent au fond de votre gorge une quantité non négligeable de liquide visqueux.

Que choisissez-vous de faire ?

L'avaler discrètement, **page 80 A**, ou l'expulser de votre corps, **page 78 B** ?

B

VOUS CRACHEZ SUR LE SOL UNE HUÎTRE ÉNORME. C'est simplement dégueulasse. Un homme passant par là vous regarde de haut en bas en soupirant.

Il teste votre charisme. Pour le clasher en toute impunité, lancez votre dé et ajoutez à votre résultat vos points de charisme. Si vous dépassez le chiffre 5, vous gagnez !

Si vous gagnez, **page 79 B**.

Si vous perdez, **page 79 A**.

A

VOUS L'ALPAGUEZ :

– Tu veux ma photo ?

– Pas besoin. Je l'ai déjà dans mon album de singe, vous répond-il plein d'aplomb.

Il vous a cloué le bec façon ni clou ni vis.

Vous ne savez pas quoi faire mais vous sentez une boule de nerfs au ventre. Le temps de trouver une réplique, l'homme a déjà filé. Il ne perd rien pour attendre, celui-là.

Votre frustration est extrême. Vous augmentez votre force. *Vous gagnez 1 point de puissance mais perdez 1 point de charisme.*

Vous continuez votre chemin **page 80 B**.

B

VOUS L'ALPAGUEZ :

– Eh ben alors on se rince l'œil ?

– Vous êtes immonde.

– Ah ouais ? Bah commence par te coiffer les cheveux !

Soufflé par votre répartie du tonnerre, l'homme s'en va sans demander son reste.

Vous gagnez 1 point de charisme.

Vous continuez votre chemin **page 80 B**.

A

PAR DÉPIT, VOUS AVALEZ TOUT ENTIÈRE LA SEMENCE. Vous manquez de peu de vous étouffer tant la substance était considérable.

Un homme passant par là vous fait une tête façon de dire « chapeau ! ».

Vous gagnez 1 point de charisme.

Vous continuez votre chemin **page 80 B**.

B

VOUS ARRIVEZ À LA SUPÉRETTE pour faire vos courses. Une fois arrivée à la caisse, vous voyez que la queue n'avance pas. Il n'y a qu'un caissier pour toute la clientèle, c'est juste scandaleux. Vous tweetez : « Mais pourquoi on se tape toujours la queue qui prend le plus longtemps ? »

En attendant que ça avance, vous voyez que certains ont répondu à votre tweet.

Jamaiquain2Souche a mis : « Trop vrai ! C'est très drôle, ça ! »

SophieX a tweeté : « Vous êtes prêt à voir un show coquin ? Venez sur la page seinselegants.pornshow.russia@blog.org »

Il reste encore cinq personnes devant vous, votre énervement grandit à chaque bip. Ce moment est long et pénible, comme une baise avec Yvan Attal.

Que décidez-vous de faire ?

Vous vous énervez, **page 82 B**, ou baissez les yeux comme un enfant de chœur, **page 82 A**.

A

VOUS BAISSEZ LES YEUX et acceptez votre triste sort. Vous avez subi la situation comme un boxeur dans les cordes. *Vous perdez 1 point de charisme.* Assommée par ce manque de poigne, vous préférez rentrer chez vous pour méditer sur cet aveu d'impuissance. Direction **page 56**.

B

VOUS PRENEZ LA PAROLE AVEC VÉHÉMENCE.

– Excusez-moi, c'est fait exprès que ça prenne autant de temps ou…

– Et vous, c'est de naissance votre connerie ? vous lance le caissier au loin.

Un certain Hippolyte.

La tension est palpable. Vous sentez déjà vos mains en train de presser le jeune cou de ce caissier.

Vous ne pipez mot. *Mais vous gagnez 1 point de puissance.* Vous bouillonnez.

Après 5 minutes d'attente, votre tour vient enfin.

Vous n'échangez aucun mot. Vous êtes tous les deux campés sur vos positions.

Que décidez-vous de faire ?

Passez votre chemin, après tout il ne reste plus qu'à payer et ce sera de l'histoire ancienne, **page 86**.

Détendez l'atmosphère avec une tentative de blague, **page 83**.

Envenimez la situation en mode agressif, **page 85**.

– **QUEL EST LE COMBLE POUR UN CAISSIER ?** demandez-vous avec un sourire.

– D'avoir un client sympa qui ferait pas chier, répond-il, déterminé.

L'homme ne vous a pas laissé le temps de finir votre blague qu'il vous a agressée verbalement. Et devant témoins en plus. Vous vous sentez ridiculisée. Ça ne va pas se passer comme ça.

Le combat commence.

Hippolyte est un combattant de catégorie 6. Pour vous battre contre lui, lancez votre dé et additionnez au résultat de ce tirage votre nombre de points de puissance. Si le résultat final est supérieur à 6, vous gagnez. Sinon, c'est un échec cuisant.

Vous avez plus de 6

Vous vous saisissez du paquet de chips que vous avez acheté et l'envoyez sur le ventre du caissier.

Il émet un petit cri de type : « Ah ! »

Il vous le renvoie directement mais vous l'esquivez.

Vous ripostez en ouvrant un peu le sachet de chips et en le balançant sur Hippolyte.

Il se le prend en plein sur son pantalon. Les miettes se répandent comme neige au soleil.

– Mon jean Kaporal ! s'écrie le caissier avec détresse.

Vous avez humilié cet homme. *Vous gagnez 1 point de charisme.*

Puis vous vous dirigez, conquérante, vers la sortie de ce lieu sordide.

Rendez-vous **page 89 A**.

Vous avez moins de 6

Le caissier se saisit d'un paquet de CroustiCroks et vous le balance sur l'épaule.

– Aïe !

Vous perdez 1 point de charisme.

À ce moment-là, un vigile arrive et vous sépare, manu militari.

– C'est pas bientôt fini, oui ? s'exclame l'homme avec autorité.

La puissance intrinsèque du vigile est telle que les hostilités cessent à la seconde. Son charisme est trop puissant, vous ne pouvez guère le tester.

Le calme est revenu dans le petit microcosme de la supérette.

Vous sortez de l'endroit, passablement énervée.

Rendez-vous **page 89 A**.

VOUS DÉCIDEZ D'ATTAQUER sans plus attendre. Cet homme vous a fait un affront. Et ça, ça se paye cash. La loi du talion.

Vous balancez sur le caissier votre paquet de chips à moitié ouvert.

Le vinaigre des chips arrive droit dans l'œil du pauvre Hippolyte.

Son œil est à présent gravement touché, irrité.

Il hurle, il souffre le martyr.

Il cherche un moyen de se rincer l'œil. Il tâtonne comme s'il était dans le noir. Il cherche manifestement un mouchoir.

Vous en profitez pour glisser subrepticement un stylo Bic à portée de sa main.

Hippolyte s'en saisit et se le plante dans l'œil par mégarde. Ce dernier sort de son orbite et rebondit sur la caisse enregistreuse, faisant ouvrir le tiroir avec les billets.

Vous vous saisissez du cash money. Vous êtes une femme riche.

Malheureusement cette situation, vous l'avez imaginée dans votre tête. *Vous gagnez 1 point de folie.* Vous revenez à la réalité. Vous payez gentiment vos courses.

Rendez-vous **page 89 A**.

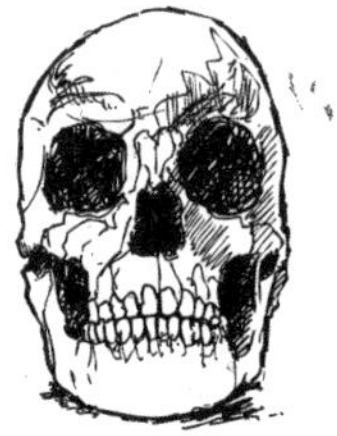

LA SITUATION ÉTANT DÉJÀ TENDUE, vous décidez de ne pas jeter de l'Isio 4 sur le feu.

Le caissier vous toise d'un regard qui en dit long. On sent la haine dans ses yeux.

Si vous étiez américaine, dans votre tête vous diriez : « *This man got the burning eyes !* » ou quelque chose comme ça.

Si vous étiez turque, vous diriez quelque chose d'autre encore.

Puis arrive le moment de payer. Vous tendez votre billet de 20 au caissier.

En s'en saisissant, il attrape un peu votre main. Il la pince à présent. Peut-être n'était-ce pas intentionnel mais vous ne pouvez réprimer une réaction épidermique.

Vous retournez votre main à 180 degrés et vous le pincez à votre tour !

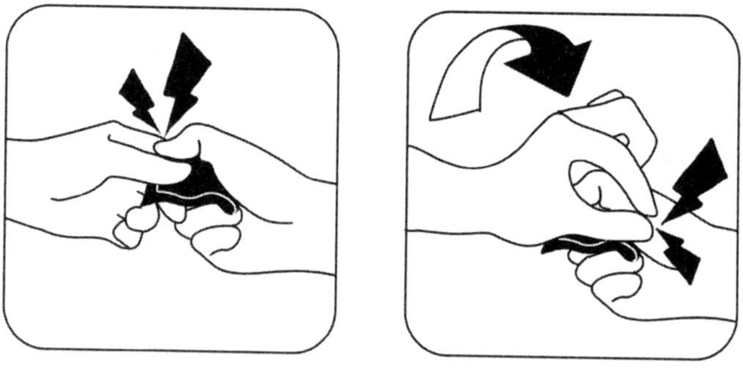

Plus de doute, c'est un combat en bonne et due forme !

Et l'adversaire est coriace, il s'agit d'un catégorie 6. Pour vous battre contre lui, lancez votre dé et additionnez au résultat de ce tirage votre nombre de points de puissance. Si le résultat final est supérieur à 6, vous gagnez. Sinon, c'est un échec cuisant.

Vous avez plus de 6

Vous vous saisissez du paquet de chips que vous avez acheté et l'envoyez sur le ventre du caissier.

Il émet un petit cri de type : « Ah ! »

Il vous le renvoie directement mais vous l'esquivez.

Vous ripostez en ouvrant un peu le sachet de chips et en le balançant sur Hippolyte.

Il se le prend en plein sur son pantalon. Les miettes se répandent comme neige au soleil.

– Mon jean Kaporal ! s'écrie le caissier avec détresse.

Vous avez humilié cet homme. **Vous gagnez 1 point de charisme.**

Puis vous vous dirigez, conquérante, vers la sortie de ce lieu sordide.

Rendez-vous **page 89 A**.

Vous avez moins de 6

Le caissier se saisit d'un paquet de CroustiCroks et vous le balance sur l'épaule.

– Aïe !

Vous perdez 1 point de charisme.

À ce moment-là, un vigile arrive et vous sépare, manu militari.

– C'est pas bientôt fini, oui ? s'exclame l'homme avec autorité.

La puissance intrinsèque du vigile est telle que les hostilités cessent à la seconde. Son charisme est trop puissant, vous ne pouvez guère le tester.

Le calme est revenu dans le petit microcosme de la supérette.

Vous sortez de l'endroit, passablement énervée.

Rendez-vous **page 89 A**.

A

VOUS REGARDEZ VOTRE MONTRE VIOLETTE, il est 9 heures du matin. 9 h 34 pour être précis.

Vous observez à 360 degrés ce qui vous entoure. Vous apercevez l'enseigne d'un bar : « Chez Didier ». Vous trouvez que le nom sonne bien. D'apparence vétuste, ce petit troquet pourrait vous changer les idées, vous dites-vous. Et puis, cela n'engage à rien…

Si vous voulez vous poser dans le bar, rendez-vous **page 105 B**, sinon direction **page 89 B**.

B

VOUS VAGABONDEZ COMME UNE ÂME EN PEINE dans la ville. Vous vous sentez observée. Peut-être est-ce le fruit de votre imagination. Toujours est-il que vous reniflez à pleins poumons ce joint de beuh fumé par cet homme louche qui marche devant vous depuis tout à l'heure.

Si vous souhaitez vous lancer dans le deal de drogue, rendez-vous à la **page 196**.

Si vous souhaitez continuer à écumer la ville, direction **page 90**.

VOUS DÉAMBULEZ AVEC GRÂCE sur la terre ferme. Vous êtes devant le parvis de Notre-Dame quand un couple hétérosexuel vous demande de les immortaliser avec leur appareil photo.

Si vous acceptez, continuez votre lecture, sinon direction **page 105 A**.

– Mais avec grand plaisir. Attention le petit oiseau va sortir. Dites « Tchin Tchin d'Afflelou »…

Le moment de prendre la photo est arrivé. Il est temps de tester votre talent. Pour ce faire, il vous faut accumuler au moins 9 points de talent. Tirez un dé et additionnez vos points de talent de départ au résultat. Bonne chance, vous allez en avoir besoin.

Vous y arrivez

– Merci. La photo est sympa. Classique comme on aime. Sans chichi. Parfaitement neutre. Au revoir !

Vous avez fait deux heureux. ***Vous gagnez 1 point de talent.***

Rendez-vous **page 98 B**, pour continuer votre virée.

Vous n'y arrivez pas

La photo est prise. Vous la montrez aux tourtereaux. Elle est totalement floue.

– Mais c'est incroyable ! Comment avez-vous fait ça ? Enchanté, je suis photographe. Je vous veux dans mon équipe. Et ça, J'ACHÈTE !

Voulez-vous devenir photographe de stars ?

Si oui, rendez-vous **page 92**, sinon, **page 98 A**.

– **ATTENTION, VOILÀ, METS-TOI COMME ÇA**, OK, Brad, t'es bon ? On peut y aller ? Go.

Brad Pitt pose pour vous en mode cow-boy. Le shooting est de qualité. Brad est au sommet. Vous l'avez magnifié grâce à votre appareil. Un Sony XR Platinium avec obturateur 1/25 000.

– *It's okay ?*

– Yeah, c'est bon, OK, *bounce*, Brad, *bounce* !

Vous voilà en train de regarder avec Brad les clichés que vous avez shootées. Le sourire de Brad quand il regarde ses photos en disent long. Il est ravi par votre *production value.* Il est aux anges. Il vous checke à l'américaine en signe de bienveillance.

Sur ce, il s'en va, à l'américaine.

Vous dînez ensuite avec votre directrice, Katty Touch, femme d'exception. Le repas se passe divinement bien, la nourriture est succulente et l'eau pétille à foison. C'est un vrai moment de jubilation.

Au moment de l'addition, vous sortez votre carte Gold et vous payez le tout.

Vous vous dites au revoir et vous voilà chez vous, dans votre hôtel particulier en plein cœur de Farta, la nouvelle ville construite sur l'ancien Boston. Tout le personnel est aux petits soins, vous êtes l'élite.

Dans votre chambre d'hôtel il y a deux petits écrins posés sur votre lit.

L'un contient une tarte aux fraises, gourmande et recouverte de chantilly, et l'autre contient une seringue d'héroïne. Mais pas de l'héroïne de femmelette, non, on est sur du premier choix, fraîchement coupée avec des produits bio lavés à la main.

Que choisissez-vous ?

Vous prenez la drogue et vous l'infusez dans votre corps, **page 94**, ou vous choisissez d'ingurgiter la délicieuse tarte, **page 97**.

UNE ÉNORME DOSE D'ADRÉNALINE vous pénètre instantanément. Vous vous sentez projetée, en lévitation pendant ce qui vous semble être une éternité.

Vous sentez, reniflez chaque parcelle de votre chambre. Tout vous semble palpable, parfait. Vous êtes une enfant, un chiot qui découvre chaque seconde, qui croque la vie à pleines dents. Qui a dit que la drogue était mal ? Grossière erreur. Vous en êtes la parfaite illustration. À la nuance près que vous bavez abondamment. Mais après tout, n'est-ce pas le signe d'une extase totale ? À la manière du loup de Tex Avery. Les médisants diront que vous êtes en bad total. On n'empêchera pas les rageux de s'exprimer. Surtout quand, après réflexion, il se pourrait qu'ils aient raison. Vous rampez sur le sol tel un marine de l'US Air Force. Vous vous cramponnez au sol comme s'il se dérobait sous vos pieds. Vous arrachez le tapis à force de le serrer de manière hystérique. Vous n'êtes qu'une gigantesque griffe. Tout d'un coup vous avez l'impression que la pièce tourne sur elle-même. Qu'elle change d'axe. Tout tourbillonne autour de vous. Vous n'arrivez pas à arrêter ce phénomène. Soudain vous entendez un bruit de sonnette. Vous voulez dire « Entrez » mais vous ne parvenez qu'à sortir des grumeaux de votre bouche. Vous n'arrivez pas à avancer. Vous êtes scotchée au sol, pourtant il vous semble que vous mettez tout en œuvre pour bouger. Vous gémissez à présent. Comme une enfant. Vos cris vous irritent les oreilles. Vous êtes très sensible.

Une personne vient d'entrer dans votre chambre. Vous n'arrivez pas à distinguer de qui il s'agit. Votre vision tourne de travers et ne semble pas vouloir s'arrêter. Vous entendez une voix :

– A a ?

Vous prenez peur en l'entendant. Vous vous bouchez les oreilles.

– A a 1 ?

Vous vous recroquevillez sur vous-même telle une huître perlière. La personne s'approche et essaye de vous relever. Vous êtes comme une bête enragée, vous ne voulez pas qu'elle vous touche. Vous lui tenez la jambe. Vous essayez de la mordre. Dans un réflexe, sa jambe heurte votre bouche. Vous saignez. Votre sang colore le parquet, vous souriez de toutes vos dents, éblouie par le spectacle morbide.

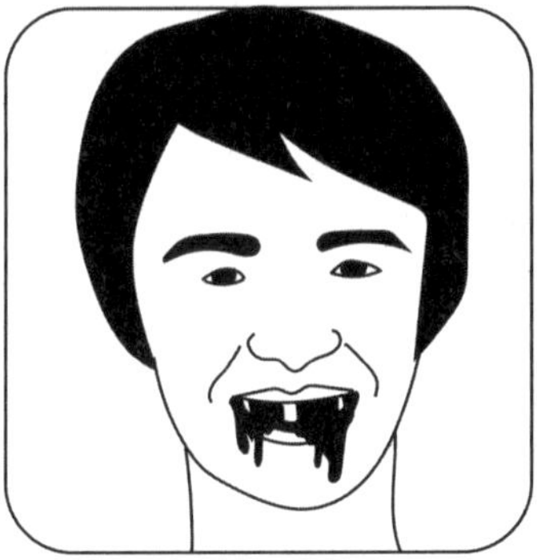

Vous baignez dans cette atmosphère pendant que d'autres personnes rentrent dans votre chambre. Vous ne pouvez pas lutter et vous êtes transportée d'urgence à l'hôpital le plus loin.

La rumeur fait grand bruit et va bon train. Le Tout-Farta s'embrase. Allez-vous survivre à cette overdose ? Et si oui, qui avait placé cette seringue gonflée à bloc ?

Brad Pitt ? *Vous gagnez 3 points de folie* et êtes directement envoyée à l'hôpital psychiatrique.

Une fois là-bas, vous êtes prise en charge par le professeur Dominique Yamamura. Ancien fou, il a, depuis, su corriger son cerveau malade pour devenir celui qu'il est devenu. Une personne respecté et respectable. Il vous montre sur une tablette graphique l'état de votre cerveau.

Image. Vous avez été durement touchée. 46 % de vos neurones ont été brûlés par la puissance de la drogue. Dominique vous annonce qu'il vous sera impossible de retrouver toutes vos facultés mentales.

Il vous reste plusieurs choix de carrière malgré tout.

Retirez-vous 5 points d'intelligence.

Il vous reste plusieurs choix de carrière malgré tout. Rentrez chez vous, **page 8**, ou lancez-vous en politique, **page 443 B.**

VOUS PRENEZ LA TARTE et la mettez dans votre bouche. C'est très plaisant. C'est très raffiné.

Bravo à celui qui l'a préparée. À présent que vous êtes rassérénée, vous checkez votre compte en banque. Il est créditeur de 300 000 euros. Ce métier de photographe de stars est une bénédiction pour vous.

Que décidez-vous de faire ?

Sauver Honoré, **page 332**.

Aller sur la Lune, **page 540 A**.

Donner à une association caritative, **page 228**.

Goûter à l'héroïne, **page 94**.

Investir dans un nouveau parc d'attractions, **page 578**.

Rejoindre les Enfoirés, **page 516**.

Acheter un cabriolet, **page 517**.

100A

– **DÉSOLÉ MAIS JE PRÉFÈRE NE PAS PRENDRE LE RISQUE** en acceptant ce genre d'opportunités tombant du ciel.

– Je comprends parfaitement. C'est tout à votre honneur. Bon vent. Continuer **page 98 B**.

100B

Vous marchez dans la rue Micheline-Dax quand vous croisez Didier Esposito, un ancien camarade de classe. Celui-ci vous a vue, vous ne pouvez plus l'éviter.

– Hey, salut toi ! T'as pas changé, c'est dingue !

– Merci ! Ça va et toi ? Qu'est-ce que tu deviens ?

– Je suis commercial dans une boîte de scotch à l'international. J'ai un très, très bon salaire, une femme, un appart de ouf, tout baigne ! Et toi ?

Pour mythonner Didier, grillez un de vos points mytho **page 99** ; s'il ne vous en reste pas ou que vous ne souhaitez pas les utiliser, direction **page 104 B**.

MENSONGE

– Bah écoute, moi en ce moment ça va pas mal, je bosse dur, là, sur pas mal de projets dans l'immobilier. Je reviens de Hong Kong, j'ai passé quatre jours là-bas à négocier un contrat à 500 K avec un agent.

– Tu parles chinois ?

– J'allais y venir. Donc ouais, je suis bilingue forcément, enfin bilingue… moi, je mets l'anglais et le français comme une seule langue tellement je parle les deux en même temps, *you know*, ha ha ha ha ha ha ha ha ha ha ha ha ha ha ha ha !

– Ah ouais, c'est cool ! Dis-moi, je fais une soirée ce soir dans un club super sélect que tu dois sûrement connaître… « Le Palazzio », ça te dit quelque chose ?

– « Le Palazzio » ? Tu rigoles ou quoi, c'est mon QG. Dès que j'ai un peu de temps je me pose au « Palazzio ». Y aura peut-être Nico le videur.

– Nico ? Je connais pas.

– Je te présenterais, s'il est là. C'est une crème, ce mec. Le gars est parti en Finlande aider des bébés pandas malades. Un gars en or. Je l'appelle mon Golden Globe. En rapport avec ses globes oculaires ! Le mec a des yeux immenses ! Ha ha ha ! Aussi immenses que son cœur, attention, c'est un pote, je dis pas de crasses sur mes potes.

– Nickel tout ça. Tu me fais délirer, t'as pas changé ! Ça m'étonne pas que t'aies réussi. T'es quelqu'un de bien.

– Merci, mon Didier.

– Ce soir 22 heures ?

– Grave.

– Par contre tu viens pas sapée comme ça, rassure-moi, ha ha !

– Hein ? Euh bah… Ha ha ha, non, bien sûr que non, t'es con, toi ! Je t'adore.

Vous avez 10 heures pour vous trouver des sapes lourdes en mode Giorgio Armani, dolce gusto.

La tâche s'annonce difficile.

Vous pouvez tenter de voler un costume chez Giorgio Armani, **page 101**.

Ou gardez votre style street en mode balek, **page 488**.

VOUS PÉNÉTREZ DANS LE MAGASIN et vous repérez un superbe ensemble turquoise ultra propre, à la Pitbull. Vous demandez à l'essayer.

Vous voilà dans la cabine. Vous l'enfilez. Il vous va à ravir. Mais là n'est pas la question. Il va falloir trouver une solution pour le dérober.

Si vous avez pris le ghetto blaster au début : **page 102**.

Si vous avez pris le préservatif au début : **page 104 A**.

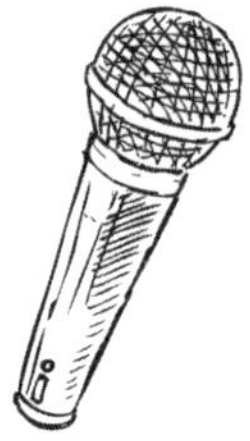

VOUS APPUYEZ SUR LE BOUTON « ON » de l'appareil. Un son énorme sort des enceintes. C'est tout bonnement monstrueux. On se croirait à Ibiza. De la grosse tech' crache à 120 décibels. Les clients commencent à danser partout dans le magasin comme s'ils ne pensaient plus au lendemain. Bientôt suivis par le personnel qui se lâche de plus en plus. L'ambiance est survoltée. Vous en profitez pour sortir de la cabine d'essayage avec le ghetto blast à la main.

C'est à présent le moment de faire parler le charisme. Lancez le dé, ajoutez-y vos points de charisme, vous devez dépasser 9 points, pour gagner, sinon vous perdez.

Vous réussissez.

Vous arrêtez d'un coup le son des enceintes et vous improvisez un superbe discours ciblant le travail exécrable réalisé par le personnel.

Vous expliquez à tous que vous avez été missionnée en mode incognito par Giorgio Armani lui-même afin de veiller sur le professionnalisme de ses équipes.

– C'est quoi, ces manières ?! On vous paye à faire ça alors ? C'est un scandale !

Tous les employés se confondent en excuses et vous laissent partir avec le superbe costume.

Vous gagnez 2 points de charisme, direction **page 47**

Vous perdez.

Vous arrêtez d'un coup le son des enceintes et vous improvisez un superbe discours ciblant le travail exécrable réalisé par le personnel.

Vous expliquez à tous que vous avez été missionnée en mode incognito par Giorgio Armani lui-même afin de veiller sur le professionnalisme de ses équipes. Malheureusement, au moment de citer le nom de Giorgio Armani, vous avez prononcé Georgio Arminie à cause du stress. L'équipe n'est pas dupe et ne saurait croire qu'un membre important puisse avoir si peu de charisme.

Vous perdez 2 points de charisme.

Rendez-vous chez vous **page 8** ou allez malgré tout à la soirée en mode street balek, **page 488**.

A

VOUS COMMENCEZ À ENFILER LE CONDOM. Sur votre tête. Maintenant que vous êtes totalement recouverte par le latex, vous avez l'air d'être une riche personne sortant de chez le chirurgien plastique.

Vous sortez nonchalamment du salon d'essayage. Tout le mode vous regarde avec respect. Vous sentez l'argent à plein nez.

Vous voilà dehors avec un très beau costume sur vous.

Vous gagnez 1 point de talent.

Rendez-vous au club « Palazzio », **page 488**.

B

SINON VOUS DITES LA VÉRITÉ.

– Bah, si tu veux tout savoir, en ce moment je suis un peu dans le dur. J'ai pas trop d'argent là, parce que j'ai pas de boulot, je suis au chômage et…

– Attends, désolé, j'ai un appel super urgent. On se recroise bientôt, j'espère ! Ouais Nico, je t'écoute…

Et c'est ainsi que Didier Esposito vous fausse compagnie comme un vulgaire chien de la casse.

Vous êtes au fond du gouffre. Dévastée. *Vous perdez 1 point de charisme.* Vous pouvez même vous retrancher 1 point dans la catégorie que vous voulez pour montrer combien vous êtes dans la mouise.

Rendez-vous **page 8** pour méditer là-dessus.

A

VOUS REFUSEZ DE FAIRE LA PHOTO.

– Désolé, j'ai pas la tête à ça. Démerdez-vous.

L'agressivité dont vous avez fait preuve déstabilise le couple. L'homme ne réagit pas trop, ce qui agace sa copine. Ils commencent à se disputer violemment. Tous les reproches, toutes les vérités qu'ils ne s'étaient jamais avoués sortent comme des balles de fusil à pepom.

Leur couple s'en retrouve solidifié. Ils vous remercient. Vous avez accompli une bonne action. *Vous gagnez 1 point d'intelligence.*

Pour continuer la balade, direction **page 98 B**.

Sinon rendez-vous **page 8**.

B

VOUS DÉCIDEZ DE RENTRER dans ce bar PMU.

Deux hommes sirotent un ballon de blanc sec au calme.

Que choisissez-vous de faire ?

Boire un café tranquille, **page 106**, ou rejoindre les deux hommes installés au comptoir, **page 110** ?

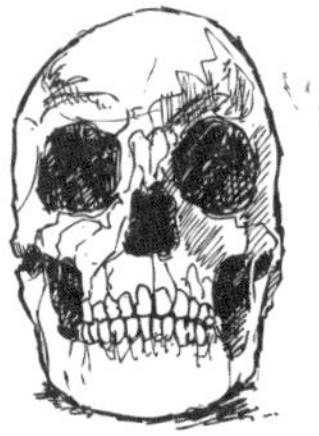

CONTRE TOUTE ATTENTE, vous prenez un café noisette. Vous avez besoin de douceur dans ce monde de brutes. Vous vous délectez du précieux liquide mais la caféine vous énerve. Vous êtes sous tension. Comme l'envie d'en découdre avec la vie.

Pour rejoindre les hommes installés au comptoir, **page 110**.

Pour sortir du bar, **page 107**.

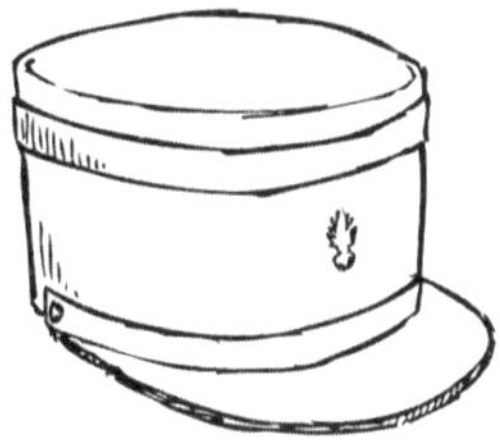

DEHORS, VOUS TOMBEZ SUR MME MICHARD. Elle vous toise et continue son chemin. C'est étrange, ce n'est pas dans ses habitudes, à Mme Michard. En y réfléchissant bien, il ne s'agissait pas de Mme Michard mais bel et bien de Thibaut Cortez, un homme que vous n'avez jamais vu. Mais pourquoi vous a-t-il toisée ?

Utilisez vos points de talent. Pour prendre Thibaut en filature, il vous faut déployer 7 points de talent. Lancez votre dé et ajoutez-y vos points préalablement accumulés.

Si vous échouez, aller **page 109**, sinon vous pouvez le prendre en filature discrètement.

Vous suivez Thibaut de manière discrète. Il s'arrête devant votre immeuble. Stupeur.

Qu'est-ce qu'il manigance, celui-là ? vous demandez-vous en votre for intérieur.

Et v'là-t-y pas qu'il commence à ouvrir votre porte avec un pied-de-biche ?

Il rentre dans votre appartement et vous dérobe tous vos biens.

Pour une fois, votre instinct ne vous avait pas trompée. Ce Cortez ne vous a pas ratée. Et, comble du comble, il a fait appeler un serrurier pour refaire votre porte. Cortez était bel et bien en train d'emménager chez vous.

Sans appartement à présent, vous êtes dans l'obligation de réagir sous peine de galérer méchamment dans la vie.

Que faites-vous ?

Vous appelez la police.

– Allô, police ? Mon appartement a été volé par un méchant.

Une fois ce coup de téléphone passé, tout rentre dans l'ordre. Thibaut Cortez n'est plus que de l'histoire ancienne. Vous voilà débarrassée de vos vieux démons. ***Vous perdez 1 point de folie.***

Vous revenez dans votre appartement pour faire le bilan, en mode Neg Marron, **page 8**.

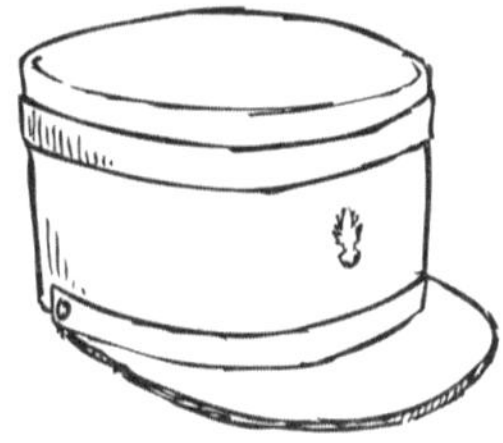

VOUS TRÉBUCHEZ et ne retrouvez plus sa trace.

En tombant, vous mettez votre genou dans un petit morceau de matière fécale. Intriguée par son aspect, vous faites analyser le caca par la police scientifique. Vous avez visé juste. Cela appartient à Pablo Munition, célèbre voyou en cavale. La police retrouvera plus tard la trace de Pablo et l'arrêtera. Vous venez d'enlever une énorme épine du pied à la police. ***Vous gagnez 1 point dans chaque catégorie ainsi qu'un bonus d'1 point prestige.*** Bravo.

Vous revenez chez vous pour faire le bilan, en mode Neg Marron, **page 8**.

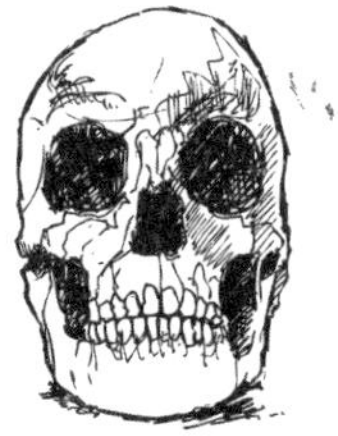

VOUS PRENEZ EN COURS LA POLÉMIQUE sur l'exil fiscal de Thierry de Lorgnac, célèbre peintre français.

Le sujet est sensible, surtout de bon matin.

Le débat s'envenime, et vous en venez aux mains avec un des hommes, un certain Philibert Jacquard, ancien militaire français.

Choisissez un chiffre au hasard dans votre tête.

– > S'il ne contient pas de décimale après la virgule, vous recevez un énorme pain dans la narine gauche. *Vous perdez 1 point de puissance.*

– > S'il contient une décimale, vous l'esquivez avec brio. *Vous gagnez 1 point de talent.*

Décidant de calmer le jeu et beau joueur, vous offrez une pinte de rouge à votre assaillant. Il vous en sait gré.

Vous trinquez gaiement et tentez un coup de poing pendant qu'il s'apprête à ingurgiter la solution alcoolisée.

Vous manquez votre coup de peu, contrairement à Philibert qui vous renvoie un uppercut extrêmement massif.

Vous perdez un morceau de molaire mais ne vous laissez pas abattre pour autant. Incontrôlable, vous prenez une chaise du bar et la lancez sur Philibert qui meurt sur le coup.

Le barman appelle les flics illico.

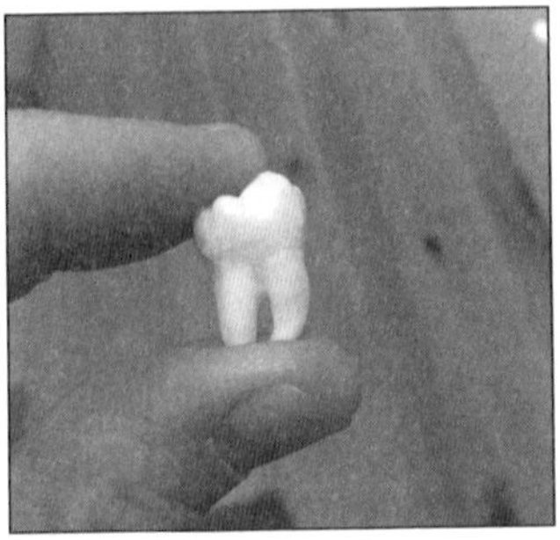

Que faites-vous ?

Vous allez cogner le barman, **page 112**, ou vous déguerpissez, **page 113**.

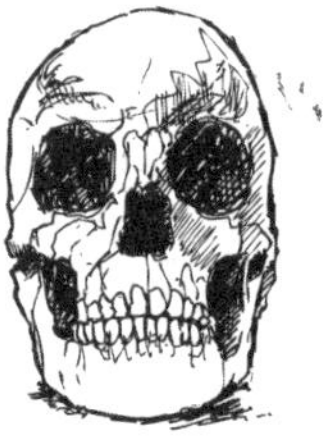

VOUS FONCEZ SUR LE BARMAN et le plaquez au sol, en mode Chabal.

Sa tête cogne sur le sol et se fend en deux, laissant une mare gigantesque de sang et autres substances organiques.

Vous vous approchez du macchabée et vous vous postez à côté de lui. Vous vous prenez en photo. C'est le selfie.

Vous choisissez le filtre adéquat. Vous optez pour un amaro classique qui, je dois l'avouer, est plutôt bien vu.

Vous légendez votre photo comme suis : « Barman et Robin ! » et la postez sur Instagram.

Fière de vous, vous vous servez une pinte de rouge gratuite.

Vous actualisez votre téléphone. Vous vous lancez un jeu à boire : à chaque nouveau like sur votre photo, vous boirez une gorgée et enlèverez le vêtement de votre choix. N'obtenant qu'un seul like, de votre oncle Hervé, vous décidez de terminer cul sec la liqueur puis vous sortez de cet endroit sordide.

Direction **page 114**.

VOUS PARTEZ EN COURANT en n'omettant pas d'insulter comme il se doit ce sombre con.

Il vous traite au loin d'« ordure ménagère ». Vous hésitez à y retourner puis vous continuez votre chemin.

Votre pouls se stabilise à la manière d'un sportif semi-amateur.

La sagesse dont vous avez fait preuve vous réjouit, et vous souriez en regardant simplement un petit moineau vivoter près d'un perron.

Vous faites un tour complet du pâté de maisons pour méditer, puis vous arrivez de nouveau face au bar, où vous foncez au niveau du comptoir.

Vous trouvez le barman et engagez une « battle 2 rue ».

Hystérique, vous lui balancez un verre à la gueule. Il meurt sur le coup.

Vous partez à présent de cet endroit sordide.

Vous passez au supermarché du coin, vous achetez un brownie américain. Il est à la fois fondant et gourmand. Vous gloussez tel un épervier.

Direction **page 114**.

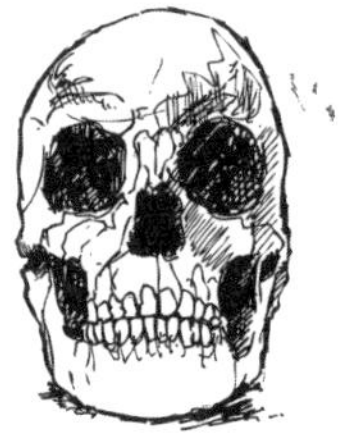

VOUS VOILÀ À LA TÊTE DE DEUX HOMICIDES. Ni plus ni moins. Et pour ne rien arranger, vous avez été vue par un témoin. Vous essayez de vous rappeler son visage. Dans vos souvenirs, il ressemblait à Thierry Lhermitte mais en plus grec. C'est très délicat d'arriver précisément à se souvenir de son faciès.

Que décidez-vous de faire ?

Vous retournez sur le lieu des crimes, **page 115 A**.

Vous allez vous dissimuler dans un cybercafé, **page 117**.

A

LA POLICE EST DÉJÀ ARRIVÉE. Vous êtes en grand danger. Si l'autre témoin vous aperçoit, vous êtes cuite.

Vous allez parler aux policiers pour en savoir plus, **page 116**.

Vous allez vous dissimuler dans un cybercafé, **page 117**.

Vous vous rendez à la police, **page 115 B**.

B

L'HONNÊTETÉ ÉTANT VOTRE FORT, vous avouez tout aux policiers. Ils ne manquent pas de vous foutre en prison fissa. La prison est sordide. Ça sent un peu le pipi et le caca, entre autres.

Moralité : L'honnêteté ne paye pas et les excréments, ça pue.

Direction la **page 590**.

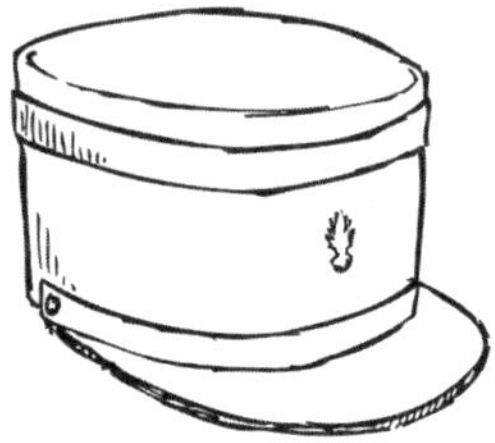

– **BONJOUR MESSIEURS,** que s'est-il passé ? demandez-vous aux poulets.

– Ça ne vous regarde pas, laissez-nous faire notre travail.

– J'ai été témoin de la scène. Je sais ce qu'il s'est passé.

– Comment ça ? Alors pourquoi vous nous demandez ce qu'il s'est passé ?

– Je sais pas, je suis un peu sous tension, vous le comprendrez aisément.

– Évidemment. Alors qu'avez-vous à dire ?

– Eh bien j'ai vu l'agresseur, et il ressemblait à Thierry Lhermitte mais…

– Mais en plus grec ?

– Exact. Comment le savez-vous ?

– Un homme ressemblant exactement à cela a été aperçu non loin de là tout à l'heure. Son visage m'a fait marrer sur le coup, malgré la tristesse de ce qui vient d'arriver. Vous savez, il faut savoir rire de tout dans ce métier.

– J'entends bien.

Rendez-vous **page 117**.

APRÈS AVOIR MARCHÉ UN PEU, vous tombez sur le « C'est Cyber Bien », un cybercafé implanté depuis plus de 10 ans. Vous aviez l'habitude de jouer ici quand vous étiez plus jeune. Notamment au jeu « Bomber Robot ». C'était un robot qui balançait des bombes sur d'autres robots qui eux-mêmes ripostaient avec des bombes. Le boss de fin était un robot deux fois plus gros que les autres. C'était le bon vieux temps. Le temps des cerises. Perdu dans votre mélancolie, vous tapez « Groupama » sur le moteur de recherche. Puis vous reprenez vos esprits et tapez « Thierry Lhermitte ». Vous découvrez que Thierry souffre d'une maladie appelée prosopagnosie, trouble de la reconnaissance des visages. Vous vous dites que vous en souffrez peut-être également.

Vous tapez « Thierry Lhermitte grec », mais vous ne trouvez aucune information. En revanche, vous commencez à regarder de superbes panoramas de ce beau pays. De lien en lien, vous tombez sur des plages grecques sur lesquelles sont posées de belles créatures. Vous êtes quelque peu excitée à la vue de ces beaux morceaux. Heureusement, votre cerveau se calme et dirige son attention sur une photo de barbecue. Et voilà que vous imaginez des odeurs de poivrons rouges grillés sur la plage.

Soudain votre demi-heure de connexion est écoulée et la réalité vous rattrape.

Vous êtes en cavale. Si la police fait bien son travail, vous allez être recherchée d'ici peu.

Vous avez peur. Vous sortez du « C'est Cyber Bien ». C'est pas tout ça mais ça vous a ouvert l'appétit, toutes ces émotions. Vous passez devant un kebab, l'odeur de veau calciné vous met l'eau à la bouche. En même temps ça fait quelques mois que vous hésitez à devenir vegan et il y a justement un restaurant en face.

Vous avez le choix entre le kebab, **page 121**, et le restaurant vegan, **page 124**.

Ou vous pouvez appeler votre mère comme chaque fois que vous avez été dans la panade : **page 119**.

VOUS COMPOSEZ LE NUMÉRO DE TÉLÉPHONE de votre mamé sur votre cellulaire. Le 4 est un des chiffres qui composent ce numéro.

– Allô maman ?

– Oui.

– C'est moi.

– Qui ça, moi ?

– Bah, moi !

– Ah OK. Ça va ? Comment avancent les recherches de travail ?

– Bah écoute, là, c'est compliqué. C'est plutôt moi qu'on recherche.

– Ah bah c'est bien. Je savais qu'un jour tu serais convoitée.

– Non mais je suis en cavale.

– Ah bon ? Tu as pas tué quelqu'un quand même ?

– À vrai dire, j'en ai tué deux.

– Ah… Bon, écoute, c'est pas grave. Passe à la maison prendre un thé.

– OK, j'arrive.

Et vous raccrochez.

– Attends, t'es plutôt menthe ou citron ?

Cette question restera sans réponse pour votre mère.

Vous arrivez chez votre mère après un trajet vous ayant fait perdre deux cents calories.

Votre maman engage la conversation.

– Alors, dis-moi tout.

– Bah j'étais dans un bar vers 9 heures du mat' et je me suis retrouvée à me battre avec des gars.

– Eh ben dis donc…

– Merci maman, ça m'a fait du bien de t'en parler.

– Tu reveux un thé ?

Sans répondre à votre mère, vous voilà déjà repartie. Ragaillardie par cette petite pause maternelle, ***vous gagnez 1 point de puissance.***

Revenue sur vos pas, vous avez le choix entre un kebab **page 121** ou le restaurant vegan **page 124**.

– **BONJOUR**, je vais vous prendre ce menu !

– Un sandwich grec, c'est ça ?

Vous tressaillez au moment de répondre oui.

Vos jambes flageolent mais vous arrivez tout de même à vous asseoir à la table.

Perdue dans vos pensées, vous vous décidez à faire sérieusement fonctionner vos méninges. Beaucoup de choses coïncident avec ce mystérieux témoin. Vous pensez être sur ses traces.

– Sauce blanche ? vous demande le cuisinier.

– Oui, s'il vous plaît, lui répondez-vous avec l'aplomb d'un comédien de théâtre de la Comédie-Française.

Le plateau arrive et vous commencez à vous délecter de ce mets.

Mais une question vous taraude, vous n'arrivez pas à savourer.

– Excusez-moi, vous n'auriez pas croisé quelqu'un ressemblant à Thierry Lhermitte mais…

– Mais en plus grec ?

– Oui, exactement.

– Il est juste là.

C'est alors que vous voyez votre homme au fond de la salle en train de manger un menu à 12,50 euros. Le mec a les moyens de ses ambitions.

Le sang monte vite à votre tête. Vous avez une sueur chaude. Que faire ?

L'attaquer de manière fourbe, **page 130**, ou fuir, **page 122** ?

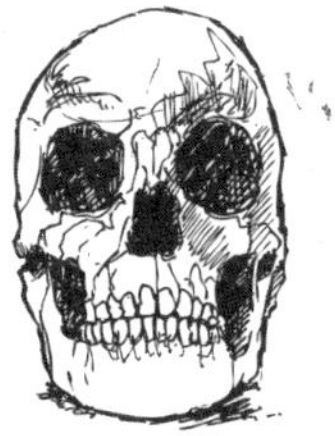

VOUS VOUS LEVEZ POUR PARTIR, mais vous trébuchez sur une frite imbibée de sauce blanche. Satanée pomme de terre ! L'homme que vous traquez vous reconnaît et fonce sur vous comme un animal, son nom, c'est Jean-Pascal.

Le combat commence. Jean-Pascal est un combattant de catégorie 7. Vous connaissez la procédure : lancez votre dé et ajoutez au résultat votre nombre de points de puissance déjà accumulés.

Si vous l'emportez

Vous envoyez de la harissa dans les yeux de Jean-Pascal. Celui-ci est aveuglé. Ses yeux sortent de leurs orbites. Cette sauce était vraiment très pimentée. Un enfant qui jouait aux billes non loin de là prend les yeux de Jean-Pascal pour des calots et les met dans sa banane. Le petiot gagnera le respect de ses camarades les jours qui suivront. Vous laissez ainsi J-P agoniser comme le dernier des Mohicans.

Rendez-vous **page 131**.

Si vous perdez

Jean-Pascal vous envoie un crochet du droit puis un crochet du gauche. Il enchaîne un uppercut de sa main gauche suivi d'un coup de boule bien senti. Vient l'heure du coup de pied latéral dans le bas-ventre. Jean-Pascal temporise en vous faisant reculer avec son allonge. Ne se laissant pas démonter, il vous décoche un coup de coude dans le pied, suivi d'un coup de pied sauté retourné dans le dos. Il clôt la leçon en vous versant sur le visage, à la marocaine, un thé à la menthe brûlant comme là-bas. Vous avez pris très cher, autant être honnête avec vous.

Vous n'êtes plus que l'ombre de vous-même. Le constat est amer. Défigurée, vous ferez une apparition dans un épisode de *American Horror Story* saison 11. Ce sera le seul moment sympa que vous connaîtrez. Vous coulez maintenant des jours pénibles dans un hôpital de Saint-Ouen, ainsi que des bronzes. À foison.

Moralité : Il ne faut jamais partir précipitamment d'un kebab, le thé à la menthe y est parfois offert par la maison.

Direction la **page 590**.

LE RESTAURANT VEGAN vous ouvre ses portes.

La décoration boisée est de très bon goût. Le sol est recouvert d'une pelouse synthétique verdoyante.

Ça sent le bon bio, ici. Vous apercevez Denis Brogniart au fond du restaurant. Cela vous rappelle que vous aviez lu une interview de lui vantant les mérites de ce restaurant. C'était son petit endroit à lui. En tout cas il a l'air ravi, et c'est bien là l'essentiel.

Vous arrivez à la caisse en ayant pris une salade de kale aux noix et au gingembre.

24,90 euros. Toutes vos économies y passent. Mais la qualité est bien réelle.

Denis Brogniart vous fait un clin d'œil au loin. La salade que vous avez choisie est son plat préféré ici.

Vous gagnez 1 point de talent.

Que décidez-vous de faire ? Aller parler à Denis, **page 125 A**, ou manger tranquille, **page 128** ?

A

– **BONJOUR DENIS,** je suis fan de cette salade, vous aussi, non ?

– Effectivement, vous avez remarqué mon clin d'œil, n'est-ce pas ?

– Oui, je n'ai pas pu le louper, ha ha ha !

– Prenez place, j'adore manger avec des personnes qui mangent des plats que j'aime.

– Merci.

– Dites-moi, je vous dis ça entre quatre yeux mais est-ce que par hasard vous seriez intéressée à l'idée de faire de la téléréalité, « Secret Story » plus précisément ?

Oui, **page 125 B**.

Non, **page 127**.

B

– **OUI.**

– Figurez-vous que je dois aider un ami de la production à trouver un dernier candidat pour l'émission qui commence la semaine prochaine. Est-ce que vous avez un secret qu'il faut que personne ne sache, un secret énorme, qui serait dur à trouver ?

Oui, **page 126**.

Non, **page 127**.

– **OUI. EFFECTIVEMENT** j'ai un secret.

Vous participez à « Secret Story » avec pour secret : je suis actuellement en cavale pour double homicide.

Pendant les demi-finales, vous êtes arrêtée dans le confessionnal pendant que vous étiez en train de nominer Stéphane, Steph pour les intimes.

Malgré les demandes sur Twitter souhaitant votre libération au moins le temps d'aller jusqu'en finale, vous partez directement en prison. Heureusement la télé est disponible là-bas et vous assistez avec soulagement à la défaite de Stéphane en finale. C'est une petite victoire pour vous.

Moralité : Le vote n'est pas un droit, c'est un devoir.

Rendez-vous en **page 590**.

– **NON, DÉSOLÉE,** je n'ai pas de secret. Je n'ai rien à cacher, absolument rien, pas même de meurtre ou autre chose de ce style-là, avec du sang qui coule, tout ça, c'est pas trop mon genre.

– Pas de problème. Bon, je vous laisse. Bonne dégustation. Vous ai-je dit que c'était mon plat préféré que vous mangez ?

Vous n'avez pas le temps de répondre que Denis décroche son téléphone et s'en va vers la sortie. Vous le regardez partir. Sa présence était solaire. *Vous avez gagné 1 point de charisme* à son contact.

Vous prenez place près de la fenêtre qui donne sur la rue. Vous avez une bonne vue sur le kebab en face.

Vous commencez à déguster votre salade quand soudain vous reconnaissez le témoin en train de manger dans le kebab en face.

Vous vous levez et vous poussez la porte du kebab en face, pour l'affronter, **page 130**, ou vous préférez manger la bonne salade, après tout, vous avez tué quelqu'un mais bon, ça arrive à tout le monde, **page 128**.

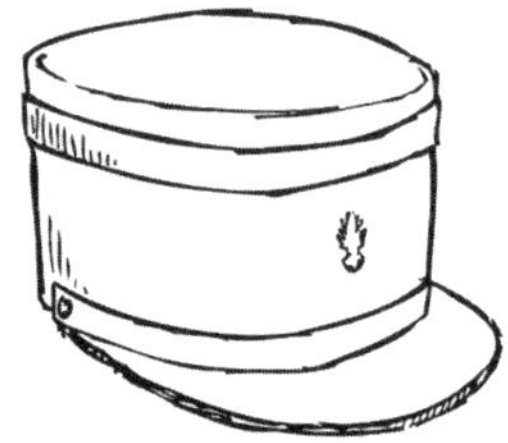

VOUS DÉGUSTEZ VOTRE SALADE.

Vous considérez que manger bio vous purge, d'une certaine façon, de tous vos péchés.

Vous êtes sur la voie de la rédemption.

Vous ne sentez même plus le poids de la culpabilité.

Vous êtes une nouvelle personne. Une autre personne.

Il n'y a plus de soucis. Vous êtes en état d'ataraxie.

Vous voilà dehors à présent. Vous passez devant le kebab, puis vous arrivez devant le « C'est Cyber Bien ».

Vous continuez à avancer dans la rue. Vous entendez une sirène de police. Des gardiens de la paix rentrent dans le cybercafé. Ils semblent déterminés.

Vous vous demandez ce qu'ils peuvent bien vouloir chercher. Encore un détraqué, vous dites-vous. Y en a tellement de nos jours. Triste monde…

Soudain la police arrive à votre rencontre. Un policier qui semble vous reconnaître vous met les menottes.

Vous ne comprenez pas du tout ce qu'il se passe, étant donné que vous n'avez rien à vous reprocher.

Vous arrivez au poste de police à présent.

Vous niez en bloc tout ce qui vous est reproché, prétextant ne pas connaître la personne qu'ils vous accusent d'être.

Vous finissez par concéder que vous avez peut-être pu être cette personne fut un temps mais que maintenant c'est de l'histoire ancienne.

Le procès a eu lieu et le verdict est tombé. Vous êtes déclarée schizophrène.

Vous allez tout droit à l'asile. Hôpital psychiatrique et tout le toutim.

Vous allez rester de nombreuses années dedans, alors, histoire de patienter, munissez-vous d'un stylo.

Voici un journal intime, vous êtes libre d'écrire ce que vous voulez, personne ne le lira à part vous :

____

____

____

____

____

Signature :

Moralité : Non.

Rendez-vous en **page 590**.

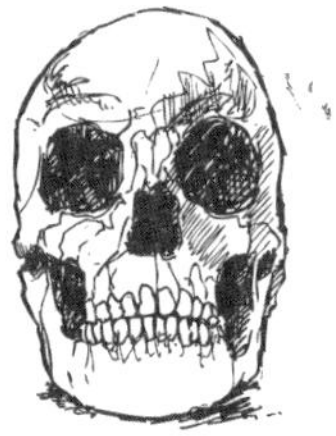

VOUS L'OBSERVEZ ATTENTIVEMENT, vous scrutez le moindre petit geste de cet homme. Manifestement il ne sait pas manger correctement. Vous profitez du moment où il fait tomber une frite de sa bouche et qu'il va pour la ramasser pour courir dans sa direction. La scène se déroule très vite mais dans un souci de style à l'américaine, il faut l'imaginer au ralenti. Ainsi vous vous propulsez en l'air, les deux pieds en avant, en suspension. L'homme a encore la tête baissée vers le sol lorsqu'il sent votre silhouette fondre sur lui tel un gouda sur une tranche de pain. Vos chaussures rentrent parfaitement dans son visage, c'est un véritable tacle à deux pieds. C'est en tout point remarquable. Malheureusement vous retombez mal sur le dos, qui se cogne sur la table. Une énorme douleur vous lance dans le bas du dos. ***Vous perdez 1 point de puissance.***

Allez **page 131**.

LE CUISINIER, qui n'a pas raté une seule miette de ce qui s'est passé, vous observe intensément.

Vous vous regardez tous les deux. Puis il vient vers vous et vous relève.

– Merci de nous avoir sauvés. Ça fait tellement longtemps que ce gars-là traumatise les gens.

– Oui, effectivement, je l'ai désossé.

– Je vous fais le menu demi-tarif pour fêter ça.

– Merci. Ça coûte pas plus cher de bien manger.

– À qui le dites-vous…

– À vous. Vous voulez que je vous aide à nettoyer ?

– Ah oui, merci, c'est gentil.

Après que vous avez aidé le kebabier à tout laver, il vous remercie.

– Eh bien, merci du coup de main.

– Du coup de pied, vous voulez dire ?!

– Ha ha ha, oui ! Très bon ! Vous êtes très drôle en plus.

– Merci bien.

Et vous voilà à la tête de trois meurtres. Pourtant vous n'aviez jamais présenté un quelconque profil psychologique laissant présager une folie meurtrière latente. Si on omet que vous avez un lourd passif sur le jeu « GTA 4 ». Ce qui n'est pas rien.

Vous n'avez jamais été douée pour quoi que ce soit. Peut-être êtes-vous en train de trouver votre vocation ?

En y repensant vous avez toujours préféré jouer les méchants plutôt que les gentils quand vous étiez petite.

Vous avez toujours été voleur plutôt que policier. Plutôt *Dragon Ball Z* que *Les Razmoket*. Kiwi plus que banane.

Grisée par cette soudaine révélation, vous décidez de retourner au « C'est Cyber Bien ». Vous consultez sur l'outil Google le nom de vos victimes.

Pour commencer vous vous renseignez sur Philibert Jacquard, ancien militaire français. Vous tombez en première page sur le titre suivant : « Philibert Jacquard, ancien militaire français, accusé de trahison et de collaboration 30 ans après ».

L'article dresse un portrait peu flatteur de ce Philibert et, en le lisant, vous pensez que quelque part vous l'aviez deviné. Vous ne le sentiez pas, ce Philibert, pourtant il sentait mauvais, lui. Le caca.

Dans l'onglet « actualité », vous voyez un article relatant les actes ayant eu lieu au bar. « Deux personnes tuées ce matin dans le bar "Chez Didier". Un ancien militaire français, Philibert Jacquard, et un barman connu pour ses rapprochements avec des groupuscules néonazis, André Citron-Haine. Le meurtrier soupçonné ressemblerait à Thierry Lhermitte mais en plus grec, si on se réfère à la déposition d'un des gendarmes. »

Vous êtes totalement stupéfaite par ces infos révélées. Vous avez, sans le faire exprès, débarrassé de la surface du monde trois ordures, et en plus vous les avez triées.

Vous n'en savez toujours pas énormément sur celui que vous avez tué au kebab, mais vous êtes certaine qu'il n'était pas net.

À présent, vous êtes la seule personne en vie dans cette affaire. Et vous n'allez pas tarder à avoir la police à vos trousses.

Soudain vous voyez une nouvelle tombée de dernière minute. « Assassinat de Richard Queue, figure emblématique du grand banditisme parisien, dans un kebab noté quatre étoiles sur TripAdvisor. Le tueur est actuellement recherché par la police. »

Incroyable !

Ça y est, vous êtes fichée. Votre portrait est dans le journal.

Vous ne savez pas quoi faire. C'est la première fois que vous êtes dans cette situation.

Pendant que vous continuez à surfer sur l'ordinateur numérique, une carte tombe sur votre clavier. Vous levez les yeux. Vous avez juste le temps de voir un homme se barrer du cybercafé ; il était vêtu d'un imper et d'une écharpe autour du cou, qui cachait son minois.

Sur la carte il est écrit : « Tu nous intéresses, j'ai l'impression que tu sais nettoyer… Et je parle pas de Swiffer, si tu comprends le sous-entendu… Retrouve-moi dans trois ruelles à droite, tout de suite. »

Que souhaitez-vous faire ?

Allez au rendez-vous, **page 137**.

Allez au supermarché faire des provisions en vue d'une chasse à l'homme imminente, **page 134**.

VOUS ALLEZ À LA SUPÉRETTE, vous déambulez au rayon fruits et légumes du verger.

Une dame d'un certain âge vous dévisage. Vous avez votre pied sur son concombre tombé par terre. Vous le ramassez et le lui tendez.

– Pfffff, nouvelle génération de dégénérés… murmure-t-elle dans son duvet.

Vous n'êtes pas d'humeur, et ces quelques meurtres commencent sérieusement à vous chauffer.

– C'est à moi que tu parles, vieille peau ?

Soudain la grand-mère se retourne et vous envoie son concombre. Malheureusement pour elle, le concombre tombe au sol, 10 centimètres plus loin. La force n'est pas son atout premier. J'ai plutôt ouï dire qu'elle excellait au pieu.

Toujours est-il que vous lui envoyez un pain d'un autre monde en plein dans le sternum. La grand-mère émet un bruit de radioréveil et meurt en mode silencieux.

C'en était fini d'Huguette O'Runner. Ancienne terroriste irlandaise, habitant la France depuis 23 ans aux crochets de l'État.

Décidément vous avez le nez pour dégommer les bonnes personnes.

Les articles commencent à affluer sur « ce nouveau criminel au grand cœur ». Vous voilà recherchée mais appréciée par pas mal de gens.

Vous divisez les Français. En effet, un récent sondage sur vous a montré que 49 % des Français appréciaient votre démarche contre 49 % qui ne toléraient pas vos agissements.

La France est coupée en deux.

Une semaine plus tard. À votre domicile.

Vous *chillez* sur le sofa. (*To chill* : « se mettre à l'aise ».)

À présent que cette histoire prend de l'ampleur, vous sentez une nouvelle puissance en vous, à la manière de Sangoku se transformant en super guerrier.

Vous avez trouvé votre voie. Vous êtes faite pour tuer les méchants. Seulement votre façon d'agir vous fait un peu peur. Vous le faites à l'instinct. Et il se pourrait qu'un jour vous tombiez sur une bonne personne. Et qu'est-ce que ça signifiera pour vous et pour le reste de l'opinion publique ? Que vous êtes une meurtrière, tout simplement. Et personne ne viendra vous sauver. Peut-être que votre mère vous apportera du thé en prison.

Soudain la police arrive chez vous et défonce votre porte. Votre sang ne fait qu'un tour.

Vous êtes paralysée par l'enjeu sur votre beau canapé. La police des polices vous arrête et vous emmène dans sa camionnette.

Vous voilà à présent en prison. Vous êtes sous le choc, impassible. Comme si un rouage était coincé.

Vous voilà prostrée sur votre lit en métal. Vous n'avez pas de fenêtre. Tout est terne et poisseux ici. Un peu comme votre ancien appartement. Vous considérez la chose et cela vous met du baume du tigre au cœur. Vous semblez retrouver vos habitudes casanières. Au fond, on n'est pas si mal en prison. C'est pareil qu'à la maison à la différence près qu'ici on peut se faire insulter, pisser dessus, frapper, etc. Ce sont les côtés moins cool, mais à part ça il fait bon vivre. Enfin, il fait vivre. Enfin, c'est pas fou, quoi. On n'est pas sur une grosse éclate. On n'est pas sur un carré or au concert de U2 au Stade de France.

Vous commencez à regretter quelque peu vos agissements passés. Regretter ce côté sanguin que vous ne vous connaissiez pas jusqu'alors.

Maintenant vous pleurez comme une Madeleine. Vous regardez le sol et vos larmes coulent. Vous réalisez que si quelqu'un vous filmait avec une caméra professionnelle ce serait une très belle scène de film. Peut-être même une scène culte.

Vous commencez à vous imaginer être dans un film. Que toutes ces aventures que vous avez vécues et qui vous ont menée jusque-là ne sont que des enchaînements de scènes écrites à la base. Vous êtes juste actrice.

– Actrice de ma propre vie ! criez-vous avec vigueur.

C'est peut-être ça, votre vocation, après tout ?

En plus, dans un CV d'actrice, être une meurtrière, c'est pas mal. Comme les rappeurs qui ont des casiers judiciaires. Ça fait un meilleur plan marketing : « Écorchée vive, à fleur de peau, ancienne tueuse, elle exprime son lourd passé à travers ses films. Surtout dans sa dernière comédie hilarante *Y a pas que les mouches qui pètent.* »

Malheureusement vous avez écopé de 56 ans de prison et on n'est pas près de vous revoir.

Salut l'artiste.

Moralité : Dans la vie, il faut savoir ce qu'on veut, sinon on se retrouve à faire des trucs qu'on veut pas.

Direction la **page 590**.

INTRIGUÉE PAR CETTE PROPAL, vous allez directement au rendez-vous donné. Vous cherchez quelqu'un mais vous ne savez pas qui.

Un homme à l'allure pakistanaise arrive face à vous.

– Tu nous intéresses, pétite.

– C'est pas français, « pétite ». En plus ma taille est moyenne.

– OK, tu veux zoué au malin avé moi.

– Attendez, je comprends pas du tout d'où vient votre accent.

– Yé suis un enfant dé la terre ! Je possède plusieurs assents différents !

Il a pris l'accent africain sur le mot « différent ».

– Bon OK. Que me voulez-vous ?

– Nous voulons que tu butes des gens, pour nous, moyennant paiement. Tu as un compte Paypal ?

– Non.

– OK, on va le faire à l'ancienne. Tu butes, on te balance du cash dans la gueule.

– Vous avez plus d'accent, là ?

– Non, quand je parle business j'ai plus d'accent.

– Ouais, je comprends, c'est plus crédible.

– C'est différent.

Il a repris l'accent africain sur le mot « différent ».

– Bien. Je suppose que j'ai pas le choix…

– On a toujours le choix…

Que choisissez-vous ?
Vous vous barrez en courant, **page 139**.
Vous lui dites non, **page 140**.
Vous dites oui, **page 141**.

VOUS VOUS BARREZ EN COURANT. Vous voilà poursuivie par l'homme, qui tire une première fois une balle de revolver.

Vous entendez le bruit d'une sirène de police à ce moment-là. La police était en train de faire une perquisition au « C'est Cyber Bien ».

Vous voilà à présent prise entre deux feux.

Vous êtes au centre de l'attention.

Vous levez les mains en l'air. Une jeune femme issue de la génération Y prend la photo pile au moment où vous recevez la balle de la police dans la main droite et la balle du méchant dans la main gauche.

Le cliché de la passante sera élu photo Instagram de l'année.

Vous ne le saurez jamais, vous êtes morte bien avant.

Moralité : « *The yes needs the no to win against the no.* » Jean-Pierre Raffarin.

Rendez-vous en **page 591**.

– **C'EST UN NON POUR MOI.**

– Comment ça, non ?

– Bah, c'est assez explicite, quand même. Dans la vie t'as pas dix mille réponses, c'est essentiellement oui ou non, à 97 %, je dirais.

– Tu fais la maligne, là ?

– Oui et non.

Puuuuuu.

Vous n'avez pas le temps d'esquisser le moindre geste qu'il vous a tiré dessus au silencieux.

Vous êtes morte.

Moralité : « *The yes needs the no to win against the no.* » Jean-Pierre Raffarin.

Rendez-vous en **page 591**.

– **C'EST D'ACCORD.** C'est un grand oui pour moi.
– D'accord, alors tu vois ta mère ? Eh ben tu vas la tuer !
– Hein ?
– Je plaisante. Oh ! Tu sais, dans ce milieu, faut rire de tout.
– J'entends bien.
– Comment ça, t'entends bien ? T'as un mouchard sur toi ? T'as un talkie ? T'es flic ?
– Mais non, n'importe quoi !
– Je plaisante, ça va, redescends… Comment ça, n'importe quoi ?!
– Ah, tu blagues, là ?!
– Non !
– Prout ?

Le mec sort un gun.

– OK. Tu plaisantes pas.
– Mais si, putain ! T'es grave, toi, hein, on voit que tu débutes dans le kill, hein.

La situation est ultra tendue. D'autant plus que l'individu est très énigmatique, en mode P. Fouras de « Fort Boyard ».

Que faire ?

Pour détendre l'atmosphère, **page 142**.

Pour imposer votre style, **page 143**.

– **J'ARRIVE PAS À TE CERNER**, désolée… Peut-être parce que tu es différent !

Vous dites « différent » avec l'accent africain.

Ça ne le fait pas du tout rire.

Puuuuuu.

Il vient de vous tirer dessus au silencieux.

Vous êtes décédée. Votre corps aura été léché par un doberman errant avant d'aller à la morgue.

Moralité : Le chien est le meilleur ami de l'homme, même mort.

Rendez-vous en **page 591**.

– **MAINTENANT C'EST MOI QUI POSE LES RÈGLES DU JEU.** Donne-moi ma cible et qu'on en finisse.

Vous lâchez un mollard immense pour conclure cette punchline à la Laurent Baffie.

Vous gagnez 1,1 point de charisme pour l'effet de style.

Pendant que vous entendez les sirènes de police, l'homme vous emmène dans une planque secrète. En l'espace de quelques pas, vous entrez dans un repère de méchants. C'était donc ça, leur secret…

Vous voilà tueuse à gages. Vous êtes fière de vous, j'espère ?

Votre cible est Fred Vargas, un narcotrafiquant péruvien. Toujours à l'affût des mauvais coups, celui-là…

Vous possédez à présent un brolique de calibre 12 à la ceinture. Ça peut toujours servir, surtout en cas de meurtre.

Carlos se situe près de la Costa Gavra, au sud de la ville. Un quartier touristique, où les belles nénettes n'hésitent pas à se montrer sous leurs plus beaux profils. #SeinsMoclleux.

Ce milieu sent la poudre… et vous aimez ça.

Rendez-vous au « Dirty Bitch Club », Fred y traîne régulièrement à cette heure-là, **page 144.**

VOUS ENTREZ DANS LE STRIP-CLUB. La musique est lounge, un tantinet câline. L'ambiance est chaude et moite. Des femmes en lingerie fine déambulent avec une gestuelle méticuleuse. Leurs courbes sont chatoyantes. Vous vous posez sur un fauteuil en cuir rouge. Vous claquez des doigts pour interpeller une serveuse. Rien ne se passe. Personne ne vous prête attention. Pour ne pas passer pour une conne, vous commencez à claquer des doigts sur le rythme de la musique. Une serveuse arrive.

– Bonjour toi, je peux te servir quelque chose ?

– J'aimerais un bourbon 10 ans d'âge.

– Ça marche. Tu es chou, toi !

– Je sais.

– Tu as confiance en toi. C'est super sexy. Je t'apporte ça.

– Allez dépêche-toi, chérie.

Vous vous sentez l'âme virile mais correcte. Vous avalez le breuvage en quatre gorgées. Les effets de l'alcool se font sentir. Votre corps fait la guimauve. Vous vous sentez bien. Vous matez à présent.

Vous vagabondez dans tout le strip-club comme si vous défiliez. Vous passez un moment délicieux.

Un manager charismatique arrive. Il vous parle business, il vous parle poudre blanche. Il vous parle jackpot 2000.

En effet, il avait été manager du groupe 113 fut un temps.

– Tu me plais. J'aime ton style. Ton calibre. Ta prestance. Ton franc-parler. Ta frimousse, déclare-t-il avec le flow de Grand Corps Malade.

– Ça marche, répondez-vous sèchement.

– Ta désinvolture.

– Et après ?

– Ta gueule.

– Ouais.

– Ta gueule.

– J'ai compris.

– Ferme ta gueule. Tu te prends pour qui ? Tu sais qui je suis, moi ?

– Bah non.

– Je suis Fred Vargas. Mais tu peux m'appeler Fred Michalak, je suis fan.

– Entendu. Que veux-tu de moi ?

– Rien.

Et il s'en va.

Vous le voyez partir, faire un grand tour, puis revenir s'asseoir à côté de vous.

– Je voulais juste parler à quelqu'un. Je me sens seul, tu sais. Je dirige ce strip-club depuis 24 ans alors, tu sais, des culs, j'en ai vu passer. Et de la cellulite aussi.

– Que me proposes-tu ?

– Rien.

Fred Vargas choisit ce moment pour vous regarder en chien de faïence.

Vous éclatez de rire à l'américaine. Fred commence à se détendre et lâche un petit rictus amical.

Dans la continuité, vous demandez au bar qu'on serve une tournée sur-le-champ.

– Je te mets à l'aise, mon bon Fred Michalak.

– Je t'adore déjà.

– Un Jack Dan', ça te va ?

– Tu lis en moi comme dans un livre ouvert.

– Et pourtant je ne suis pas un page.

– Ha ha ha, excellent !

– Tu sais ce que c'est, au moins ?

– Bah oui, au Moyen Âge, un page était l'intendant d'un chevalier, un apprenti écuyer. Un jeune homme servait comme page durant 7 années, dès l'âge de 7 ans. À 14 ans, il pouvait devenir écuyer et, à 21 ans, lui-même chevalier. Des pages servaient aussi dans les châteaux et les grandes maisons, allant chercher ce qu'on leur demandait ou portant des messages pour les nobles et les gentilshommes ainsi que pour la famille royale. Ces garçons étaient le plus souvent les descendants de grandes familles qui apprenaient ainsi les règles de la cour et établissaient des contacts pour leur vie d'adulte.

– Tu m'as l'air calé sur le sujet.

– En effet, j'ai beau adorer mater des culs, j'aime bien me do-cul-menté.

– HA HA HA ! Excellent !

– Merci. Tu sais quoi ? J'ai l'impression que le courant passe bien entre nous. Ça te dirait de devenir…

– Électricien ?

– HA HA HA ! Putain, excellent.

– Devenir comique, tu voulais dire.

– Exact. On est sur la même longueur d'onde.

– Et pourtant, je suis pas ingénieur du son.

– Ha ha ha ! Excellent encore !

– J'ai visé dans le mille !

– Et pourtant t'es pas tireur à l'arc !

– Ha ha ! Excellent. Tu me renvoies l'ascenseur !

– Et pourtant je suis pas intermittent dans le cinéma.

– Parce que tu tires des câbles ?

– Exact, ha ha ha ! Putain, c'est énorme !

– Comme le bide de ta mère !

Vous avez sorti la blague de trop malheureusement, c'était prévisible. L'ambiance est tendue. Pourtant la règle stipule qu'on ne touche pas aux mamans. Sauf si c'est une MILF calibrée.

Vous avez le choix de vous excuser, **page 162**, ou d'envoyer chier Fred Vargas, **page 148**.

– **ÉCOUTE-MOI BIEN,** sac à chiasse.

– Moi, c'est Fred Vargas.

– Écoute-moi bien, Fred Michalak, tu connais le Galak, le chocolat ?

– Ouais, je crois, avec le dauphin sur l'étiquette, c'est du chocolat noir, c'est ça ?

– Non ! C'est du chocolat blanc, soit l'inverse de la couleur de la balle que je vais te tirer dessus !

– …

Vous sortez du strip lounge. Vous venez de liquider votre cible avec la classe de l'Algérino. On vous la fait pas à l'envers, à vous, sauf dans le grand huit inversé à La Mer de sable.

Vous gagnez 1 point de puissance.

Il est 5 heures du matin, vous avez envie de boire. Et pas que de l'eau. Vous venez de rentrer dans la catégorie « gangster ».

Vous vous dirigez vers une épicerie fine. Vous allez tout droit au rayon flasques.

Vous en prenez trois différentes pour partir à la recherche des saveurs.

– Ça fera 15 euros, chef.

– Tenez, mon brave.

Et vous voilà en possession de trois flasques remplies à ras bord. Vous êtes aux anges.

Vous commencez par déguster la première. Il s'agit d'un whisky au caramel.

Vous vous posez sur un banc. Le délice peut commencer.

Avec difficulté vous parvenez tout de même à écluser la liqueur. Vous enchaînez directement sur la deuxième bouteille.

Vous possédez l'ivresse. *Vous perdez 2 points d'intelligence.*

Vous tentez d'interpeller des gens au loin, sans succès.

– OHHHHHHHHH !!!

Votre cri déchire la nuit.

Pas de réaction. La ville dort encore. Puis une lumière s'allume dans un appartement.

Une tête apparaît à côté du rideau légèrement tiré. Vous croyez reconnaître Benoît Magimel.

– BENOÎÎÎÎÎÎÎÎÎT !!! criez-vous.

La personne ouvre sa fenêtre et laisse dépasser sa tête.

– Pardon ?

– VOUS ÊTES BENOÎT MAGIMEL ?

La personne ne répond pas tout de suite.

– Non.

– VOUS ÊTES FAN DE BENOÎT MAGIMEL ?

– Oui.

– MERCI.

Sur ce, la personne ferme la fenêtre et tire le rideau. Cette personne se fera un café une heure plus tard.

Passé cette petite conversation, vous hésitez entre boire la dernière flasque, **page 150**, ou vous endormir sur le banc public, banc public, **page 165**.

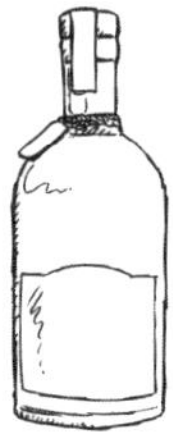

VOUS PRENEZ LA LOURDE RESPONSABILITÉ d'entamer la troisième flasque.

Après plusieurs lampées goulues, vous ouvrez grande la bouche et haletez bruyamment comme un chien qui vient de faire un 3 000 mètres steeple.

Vous criez de nouveau :

– AHHHHHHHHHHHHHHH HÉÉÉÉ !

Vous êtes une épave. *Vous gagnez 1 point de charisme.*

Soudain un homme arrive, vêtu d'un cuir noir.

– Je vous entends depuis tout à l'heure. Vous faites un bruit pas possible. Un boucan d'enfer. Vous êtes le mal incarné. Je suis producteur de groupes de metal hard-core. Votre voix déchire les portes du satanisme. Je vais faire de vous l'impératrice du monde souterrain. Qu'en dites-vous ?

Ivre comme une vieille barrique, vous arrivez néanmoins à émettre un bruit de vache.

– Je prends ça pour un oui, dit-il.

Sur ce, l'homme hèle un taxi. Vous ne comprenez pas trop, voire pas du tout, ce qu'il se passe. Vous comprenez juste que vous êtes en lévitation. Cela dure quelques secondes. Puis vous revoilà sur la terre ferme. Ou plutôt sur un endroit moelleux. Tellement moelleux que vous vous laissez tomber dans les bras de Morphée.

Vous vous réveillez dans un endroit sombre. Des rideaux noirs vous entourent de toute part. Le lieu est décoré de beaux objets gothiques. Cela est baroque.

Vous reconnaissez l'homme qui vous a emmenée dans un taxi. Il est vêtu d'une longue cape pourpre.

Il vous apporte un café noir. Vous le remerciez d'un geste de tête. Vous n'avez pas la force de parler.

– Ici, nous sommes dans l'antre du mal. Appelez-moi Geoffroy La Goule.

Vous acquiescez.

À ce moment de la journée, vous êtes prête à tout accepter.

– À présent, suivez-moi dans le Studio de l'enfer !

Vous suivez Geoffroy La Goule en buvant délicatement le café moulu. Le spectacle vaut le détour. On se croirait dans un musée. Votre rétine est flattée.

Vous pénétrez dans le studio.

Sur un canapé en cuir noir, il y a deux personnes. Un homme et une femme.

– Je te présente Gaëlle Cornu et Némo Globine. Deux chantres de renom dans le milieu néogothique. Ils forment tous les deux le collectif Grabuge Vesperal !

Il a crié au moment d'énoncer le nom du collectif. Sa voix a résonné dans toute la pièce. Un grand moment auditif.

– Je leur ai parlé de toi et de ta voix d'outre-tombe. Ils étaient intéressés pour que tu poses ta voix sur le morceau *Morsure de gargouille* issu de leur EP éponyme.

Vous acquiescez de la tête.

Geoffroy vous place devant un beau micro serti de diamants et moulé en forme de vautour.

La musique démarre dans votre casque et vous envoyez votre cri :

– AHHHHHHHHHHHHHH HÉÉÉÉ !

À voir le visage de vos trois acolytes, vous savez que vous avez marqué les esprits, comme Zinédine en 98.

Vous avez fait forte impression. Vous êtes adoubée.

Gaëlle Cornu et Némo Globine vous remercient chaudement et glissent dans l'oreille de Geoffroy La Goule :

– Tu ne nous avais donc pas menti… Cette personne est l'impératrice désignée du monde souterrain.

Geoffroy La Goule sourit de cette manière :

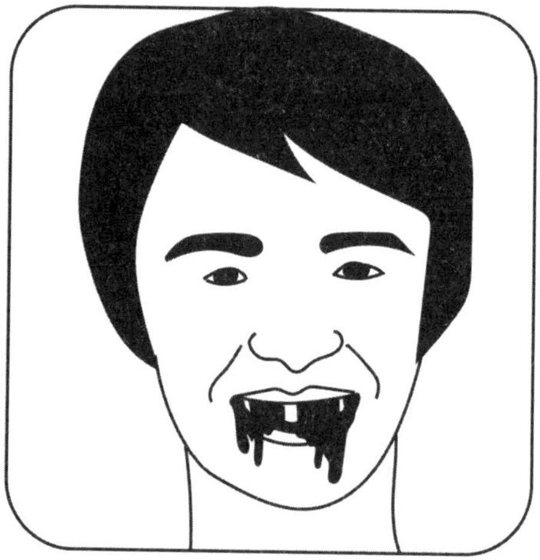

Vous l'imitez bêtement.

Gaëlle Cornu et Némo Globine en font de même.

Que décidez-vous de faire ?

Vous décidez d'asseoir votre domination en tant qu'impératrice du monde souterrain, **page 153**.

Vous laissez tout tomber pour rentrer chez vous, cette plaisanterie a assez duré, **page 8**.

ASSOIFFÉE DE POUVOIR, vous demandez un deuxième café à Geoffroy La Goule.

– Tout de suite, Éminence, répond-il.

– Vous deux, Gaëlle Cornu et Némo Globine, faites-moi écouter votre EP ! Je veux l'écouter pendant que je déguste le noir nectar.

– Tout de suite, Votre Éminence.

Vous êtes à présent bien posée sur le canapé de cuir. Vous écoutez en avant-première cet EP très attendu par les fans.

Vous trouvez qu'un passage n'est pas pertinent sur le morceau *Nid de griffes*. Vous demandez à ce qu'ils le retirent.

Après écoute, Gaëlle Cornu et Némo Globine reconnaissent que ce n'était pas un passage pertinent.

Vous venez d'accroître votre pouvoir. **Vous gagnez 1 point de charisme.**

Les jours passent et tout va pour le mieux.

Dans votre chambre king size, vous vous prélassez comme un berger allemand. Soudain vous voyez une lettre sous votre porte.

Vous la décachetez habilement. Cette lettre est manuscrite à l'encre de Chine.

Voici ce qu'elle dit :

Chère Impératrice du monde souterrain, je me présente, Molotov, digne héritier de la partie Ouest du monde souterrain. Je me vois contraint de vous déclarer la guerre dans l'optique de conquérir votre territoire. Le micro chauffe,

Signé : Molotov IV

Cela vous met en rage. Vous écrasez la lettre dans votre poing serré.

– AHHHHHHHHHHHHHHH HÉÉÉÉ !

Votre cri retentit.

Geoffroy La Goule arrive en courant et frappe à votre porte.

– Qu'y a-t-il, Votre Éminence ?

– Nous sommes en guerre, Geoffroy, nous sommes en guerre…

– Qu'il en soit ainsi.

– Ainsi soit-il.

23 h 33, le soir même.

Dans la grande salle, le groupe The Slashing Vampires enchaîne ses plus grands tubes. La foule est en délire. Soudain le groupe demande au public de se scinder en deux.

The Slashing Vampires joue les premières notes du morceau qui les a fait connaître du grand public, *The War*, et demande à la partie de droite de crier le plus fort qu'ils peuvent.

Puis il est demandé la même chose de l'autre côté.

Un compteur de décibel géant qui a été aménagé pour l'occasion annonce un résultat très proche.

Ça se joue à rien. Le volume sonore est insensé. Waouh !

Dans le camp de droite se trouve Molotov IV, le chef, il vous toise.

Vous en faites de même.

Soudain la foule d'elle-même forme un rond.

Vous voilà en face de Molotov.

À ce moment-là, le groupe de musique redouble d'efforts et joue une partie basse batterie hypnotisante. La foule des deux côtés émet des « hou ! hou ! ».

L'ambiance est apocalyptique. Une atmosphère de fin des temps.

La situation actuelle est la suivante :

Le guitariste du groupe, Phil Barney, homonyme du célèbre chanteur français, commence un solo pentatonique arabisant.

Sur la scène, le chanteur leader joue du flûtiau électrique pour faire sortir un serpent d'un panier en osier. Le spectacle est de toute beauté.

Les lumières se tamisent et deviennent rouge pourpre.

Puis les musiciens réduisent de 5 décibels leur performance.

Le batteur parle dans son micro et demande à ce qu'ait lieu le fameux duel vocal pour déterminer qui est le roi du monde souterrain.

Le combat commence : Molotov IV est un combattant de catégorie 9 et son charisme s'élève à 8.

Vous êtes d'emblée impressionnée par son style écarlate.

Vous perdez 1 point de charisme.

Il veut tester votre talent et lance les hostilités par une danse préliminaire. Lancez le dé et ajoutez-y vos points de talent. Si le résultat dépasse 9, vous gagnez.

Si vous gagnez, **page 156 A**.

Si vous perdez, **page 156 B**.

A

MOLOTOV VOUS A DÉFIÉE dans une battle de danse préliminaire. Vous avez répondu à son Moonwalk par un enchaînement step back into a bouncy jump crossover. Le mec n'avait pas prévu ça. La foule non plus. Ohhhh !

Vous gagnez 4 points de charisme volés à votre adversaire.

Direction **page 156 C**.

B

MOLOTOV ENCHAÎNE UN MOONWALK parfaitement exécuté avec une chenille texane. Subjuguée par ses skills, vous chutez légèrement pendant votre Macarena.

La foule n'est pas dupe. Vous perdez cette première manche.

Molotov vous dérobe 4 points de charisme.

Rendez-vous **page 156 C**.

C

À PRÉSENT ÇA PART EN COMBAT VOCAL.

Lancez votre dé et additionnez-y vos points de charisme. Si vous avez plus de 9, vous gagnez, sinon, c'est l'échec.

Si vous gagnez, **page 157 A**.

Si vous perdez, **page 157 B**.

A

VOUS LANCEZ LES HOSTILITÉS avec un cri démoniaque sorti d'outre-tombe. Votre voix perce les enceintes de toute part. Les oreilles des spectateurs commencent à siffler violemment. Vous créez un acouphène à Molotov. Il pose un genou à terre en guise de soumission. L'homme n'est clairement pas de taille à lutter contre vous.

Vous lui faites perdre ***5 points de puissance que vous empochez.***

Rendez-vous **page 158**.

B

VOUS TENTEZ UN CRI DÉMONIAQUE mais vous muez à la fin. Molotov n'en attendait pas tant et répond par un hurlement de loup absolument glaçant. Le gars avait préparé sa voix en buvant une tisane miel et citron avant le combat. Il avait tout prévu. Rien laissé au hasard. Et le résultat vient le confirmer. ***Vous perdez 5 points de puissance.***

Rendez-vous **page 158**.

VOUS DEVEZ À PRÉSENT EN FINIR AVEC MOLOTOV en tentant le combo charisme et puissance contre lui.

Vous devez lancer le dé deux fois de suite et tomber deux fois sur le même chiffre pour gagner.

Dans le cas contraire, ***vous perdez 1 point dans chaque catégorie*** jusqu'à ce que vous réussissiez à le vaincre ou que vous mouriez avant.

C'est un combat à mort. L'*ultimate fighting*.

Si vous y arrivez, **page 159**.

Si vous échouez, **page 160**.

VOUS SORTEZ LE GRAND JEU. Vous vous baissez au niveau du sol et vous utilisez votre corde vocale la plus grave et la faites vibrer à une fréquence rare. Le sol se met à trembler. Une secousse sismique de magnitude 8 sur l'échelle de Richter est ressentie ! Une fissure tectonique se produit sous les pieds de Molotov. Se dernier titube en essayant de poser ses pieds en équilibre. Mais la puissance est telle qu'il tombe dans les abysses que vous avez ouverts sous ses pieds. Molotov se consume entièrement sous les cris approbateurs de la foule.

Vous venez de battre le boss de fin. Vous voilà à la tête du royaume des Enfers.

Vous avez toute la vie devant vous. Toutes les cartes en main pour faire ce que bon vous semble et ainsi accomplir votre destinée. À vous de jouer.

Vous avez la possibilité de recommencer le livre avec 10 points de plus dans chaque catégorie + un bazooka dans l'inventaire + tune illimitée + lunettes lasers permettant de voir à travers les vêtements des gens.

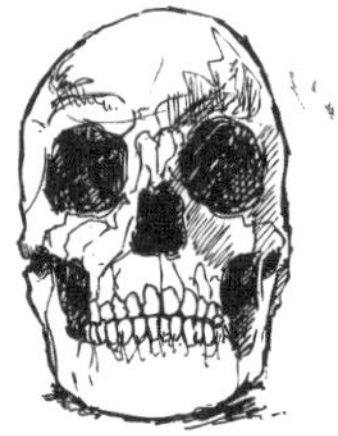

POUR CE GRAND FINAL, vous tentez votre va-tout. Une technique spéciale que vous avez imaginée un soir dans votre bain de mousse. Vous vous baissez et commencez à faire vibrer votre corde vocale la plus basse. Le sol se met à trembler. Personne ne comprend ce qu'il se passe. Personne ? Vous êtes sûre ?

Molotov, lui, n'a que faire de vos délires. Il claque des doigts et l'improbable se produit. Une télé immense de 40 mètres de long sur 30 mètres de large descend du plafond.

Le son est Dolby Surround THX. La pureté sonore est époustouflante. L'image est en 4K HD Ready. Sur l'écran passe « Une famille en or ».

C'en est trop pour vous, vous arrêtez de faire vibrer votre corde vocale, complètement happée par les images. Soudain Molotov balance un cri suraigu aussi aiguisé qu'un pic à glace. La fréquence atteinte par Molotov brise les chaînes qui tenaient l'écran télé géant. Le téléviseur s'écroule sur vous de tout son poids. Il marche encore, même si un énorme trou d'où sort votre tête se trouve en plein milieu. Votre tête se trouve d'ailleurs pile poil sur le corps d'un candidat.

Le présentateur demande : « Quelle est la peur la plus répandue chez les Français ? »

Vous répondez d'un cri :

– La mort !

En même temps que vous avez répondu à la question, la foule a crié la même réponse que vous.

Sur ce, votre cœur s'arrête définitivement.

Vous venez de vaincre la mort.

Moralité : Pour ne plus avoir peur de la mort, il faut mourir.

Rendez-vous en **page 591**.

– **ÉCOUTE, FRED,** je suis désolée, je suis allée trop loin mais l'erreur est humaine.

– OK, ça va pour cette fois. Allez, viens, on va bosser le spectacle comique chez moi.

– Ça marche !

Vous passez la nuit à discuter, échanger, vous rigolez. C'est une soirée mythique.

Le lendemain vous vous réveillez dans les bras de Fred.

Vous vous levez et vous préparez le café.

Le sourire aux lèvres, vous servez le café en mode thé à la menthe. Le bruit mélodieux réveille ce bon Fred.

Vous échangez tous les deux un sourire. Lourd de sens.

Une heure plus tard, vous voilà en salle de répète. Vous ne perdez pas votre temps. Vous ne chômez pas.

Les blagues fusent à cent à l'heure.

Fred, entre deux blagues, vous glisse un baiser dans le cou.

Vous prenez conscience de votre bonheur. ***Vous gagnez 1 point d'intelligence.***

Les jours passent, vous coulez des jours heureux et travaillez dans la joie et la bonne humeur.

Puis Fred vous annonce une grande nouvelle. Vous allez jouer ce dimanche au Théâtre des Valseuses dans le 12e arrondissement. Un café-théâtre ou Gérard Michot dit Le Flibustier à fait ses débuts.

C'est un moment unique.

Vous vous sentez prête ?

Vous l'êtes.

19 h 45, le spectacle commence dans 15 minutes. Vous stressez à fond les ballons. Votre cœur fait boum-boum. L'excitation est à son comble. Fred est aux sanitaires, il fait son gros besoin, comme avant chaque show.

Ça y est, vous rentrez sur scène main dans la main. Il y a dix-sept personnes dans la salle dont deux juifs.

Vous commencez le spectacle pied au plancher.

– Dis-moi, Fred, t'as vu l'heure qu'il est ?

– Non mais tu vas me le dire !

– Bah non, je suis pas plombier !

Première grosse erreur commise de votre part. Vous avez confondu avec un autre sketch ou Fred devait vous lancer sur « T'as certainement des bons tuyaux ? ».

Le stress vous a fait mélanger les pinceaux. *Vous perdez 1 point de talent.*

Le public reste un moment circonspect mais vous décidez d'embrayer assez vite avec la suite.

– C'est comme la dernière fois, j'ai acheté un pack d'eau de source !

– Et pourtant t'es pas sourcier !

Hilarité générale dans la salle. La blague a fait mouche.

Le spectacle que vous proposez va rouler tout seul par la suite.

C'est une belle soirée que vous avez donnée à ces gens. Et ils avaient besoin de bonheur, croyez-moi, par les temps qui courent.

Vous avez récolté 32 euros grâce au chapeau.

Vous décidez de vous les partager, ce qui fait 16 euros chacun. *Vous gagnez 1 point d'intelligence.*

À la fin du show, un des spectateurs vient vous voir et vous dit :

– Écoutez, c'était géant. Je me suis régalé.

– Et pourtant vous êtes pas cuisinier !

– Ha ha ha ! Vous en ratez pas une ! Mais si, figurez-vous, je suis cuisinier. Enfin bref, félicitations.

– Merci beaucoup. Le monde est petit.

Les mois passent et vous arrivez finalement à l'Olympia avec votre spectacle intitulé sobrement *Le Duo magique*.

La presse est unanime : le duo est magique.

Le spectacle est rodé, c'est du cousu main.

Vous recevez une ovation. Même Stéphane Langier se lève, lui qui est si difficile d'habitude.

Les années passent et, après avoir eu beaucoup de succès, au cinéma et au théâtre, votre couple bat de l'aile.

Moralité : Quoi qu'on fasse, y aura des haut et des bas.

Direction la **page 590**.

APRÈS AVOIR DORMI SUR LE BANC, vous vous réveillez difficilement. Vous avez un mal de dos rarement vu.

Vous êtes dans les vapes dans la rue. En train de boire à plein goulot la dernière flasque de vieux sky. Un Montana 2500. Une valeur sûre en terme de rapport bourrage de gueule/tarif/centilitre ingurgité.

Vous êtes comme une épave, seule dans la rue.

L'aube se lève tranquillement.

Vous avez les yeux à moitié ouverts. Le soleil hésite à se lever définitivement.

Il hésite tout comme vous, mais il sait qu'il n'aura pas le choix.

Contrairement à vous, vous n'êtes pas le soleil. Vous n'êtes pas une lumière. Vous seriez plutôt l'ombre. L'ombre chiante qui vient se caler alors que quelqu'un se fait bronzer. Vous êtes une punaise pour la société. Et les punaises, on les écrase. Et quand on les écrase, ça sent mauvais.

Surtout que vous n'avez pas mis de déo.

Engourdie par la fatigue et l'alcool, votre corps tout entier vous pique. Vous vous sentez mal dans tout votre être. Il en faudrait peu pour qu'on vienne troubler cet équilibre fragile.

Vous êtes comme un funambule à 300 mètres de haut. Mais un funambule bourré qui n'a jamais funambulé auparavant. Autant dire que le danger est partout, il ne manque plus qu'un petit coup de pouce pour que vous tombiez.

Quelque part, vous n'attendez que ça. La petite poussée dans le dos.

Vous avancez tête baissée, d'un pas incertain, quand vous percutez quelqu'un.

Il semblerait que cette personne soit à votre portée en terme de combat.

Vous posez la flasque par terre. Un éclair de lucidité vous fait dire qu'un accident sera vite arrivé.

Votre adversaire est de catégorie 3.

Il va falloir faire plus de 3 au dé.

Vous pouvez retrancher 45 au lancer que vous avez fait car vous êtes bourrée comme un vieux sac. Si le résultat est en dessous de 3, vous tapez dans le vent et vous tombez toute seule sur le sol.

Si c'est au-dessus, vous êtes mythomane.

La personne qui vous faisait face se moque de vous. Elle vous envoie un petit crachat dans le creux du cou. Ça vous donne un coup de froid. Vous tombez malade. Il va falloir aller à la pharmacie acheter du Doliprane.

Vous marchez vers la pharmacie en titubant.

– Si vous plaît, y aurait des Doliprane, putain ? lancez-vous à la cantonade.

La pharmacienne, professionnelle, ne fait pas attention à votre état.

– Tenez, monsieur.

– C'est combien ?

– Non, allez-y, c'est bon.

Vous avez le choix entre remercier la pharmacienne, **page 167**, ou l'insulter parce qu'elle vous considère bourrée, c'est sûr, **page 168**.

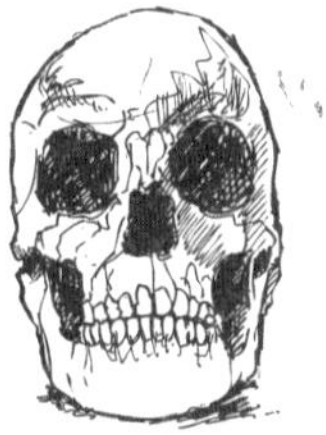

– **VOUS, VOUS ÊTES SYMPA, VOUS !**
– Y a pas de quoi.
– De quoi ?
– Je disais, y a pas de quoi.
– Charles Pasqua ?
– Voilà.

Sur ce, vous prenez les Doliprane et en mettez un dans votre petite bouche sèche.

L'effet est immédiat. Vous ne voyez aucune différence. Votre tête tourne comme un tourniquet pour enfants gentils. Ça vous ramène à votre enfance. Quand vous vous baladiez avec vos parents dans le parc Richard-Anthony. Vous jouiez à la balle au prisonnier avec votre père qui portait bel et bien un bracelet électronique. Il était sous surveillance. C'étaient des moments de naïveté qui faisaient plaisir à voir. Si ça avait été filmé à la caméra familiale et que sur ces images on ajoutait une petite musique rock moderne cool, ce petit film pourrait très bien décrocher un prix dans la catégorie film indé poignant.

Ces pensées vous font du bien au cerveau. Vous allez beaucoup mieux.

Que voulez-vous faire ?

Vivre la *vida loca*, **page 185**.

Aller au Starbucks, **page 181**.

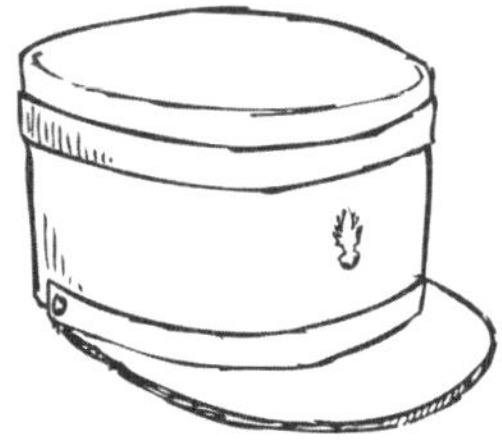

– **COMMENT ÇA, C'EST BON ?** Qu'est-ce qui est bon ?

– Monsieur, s'il vous plaît.

– MAIS QUOI, À LA FIN ?! Quoi ? POURQUOI ON SE FAIT JUGER SANS CESSE ? Je demande du Doliprane, c'est tout ! Si je te demande la caisse, tu me la donnes ?

– Non, c'était pour être gentille, mais la caisse, c'est autre chose.

– AhhhhhAHHHHHHHhhh, c'est autre chose, la caisse, hein ? Ahhhhhhhhhhhhhh… Forcément, quand y a de l'argennnnnnnnt, c'est pas la même chose. Système de con. Capitaliste de mes couilles. Vous piquez le flouze des zonètes gens. L'argent nous transforme. Moi, je suis là. JE SUIS LÀ, MOI ! OOOHHHHHH ! J'ai pas de tune ! M'en bas les couilles !

BAMMM.

Vous venez de tomber par terre. Comme un sac.

Vous avez perdu une dent dans l'affaire, mais au moins vous dormez comme un loir. Il fait chaud dans la pharmacie, vous êtes en harmonie, près du corps médical. Vous avez besoin d'assistance. Besoin d'une famille. De votre famille. Que devient-elle ? Vous n'avez plus trop de nouvelles. De contact. Un peu avec votre mère, c'est tout.

Vous rêvez de tout ça. Dans votre rêve, vous pleurez également. *Vous gagnez 1 point Christophe Willem* pour sensibilité exacerbée. Vous pouvez garder ce point bonus, sachant qu'il ne sert à rien dans le jeu, c'est une récompense d'estime, ou l'échanger contre 3 points de puissance.

– DEBOUT !

Vous venez de vous faire brutalement réveiller par une voix suave.

Vous êtes au poste de police en cellule de dégrisement.

Vous allez subir un interrogatoire musclé.

Dans un premier temps, vous demandez un café au policier.

C'est votre droit.

Il sort puis revient au bout de 2 minutes 20 et vous le balance à la gueule. Vous avez juste le temps de le rattraper suffisamment pour que tout le café ne s'étale pas par terre.

– Lèche, vous dit le policier. Non, je déconne. Moi, je suis un peu nerveux. Un peu caustique aussi. Je suis un empêcheur de tourner en rond. Si tu vois ce que je veux dire.

– Je vois tout à fait.

– Bien, ça m'arrange parce que j'ai pas envie de passer toute la journée avec toi.

– Ça tombe bien, moi non plus.

– Tu veux jouer au plus malin ?

– C'est à moi que tu parles ?

– OK… Je sens qu'on va s'amuser, tous les deux…

Le policier se frotte les mains avec un air malicieux.

Quinze minutes plus tard.

Vous sortez tous les deux du bureau, morts de rire.

Le policier en pleure.

– Allez ! Et tâche de plus recommencer ! Ha ha ha ! Putain !

Vous vous dirigez vers la sortie. Vous voilà à l'air libre.

Ça fait du bien de retrouver l'odeur de la ville.

Cette bonne odeur d'aisselle qui travaille, c'est ça que vous aimez humer.

En parlant d'humer, vous tombez nez à nez avec un Hummer.

Si vous souhaitez le voler en mode GTA, **page 173**.

Si vous souhaitez complimenter le chauffeur, **page 171**.

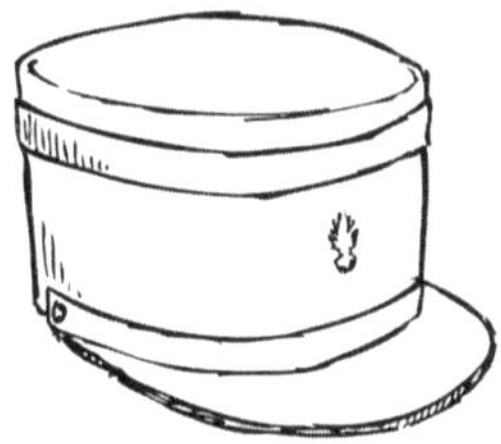

– **HEY, YO !** Ta caisse déboîte sévère, mon pote !

– Merci ! Je l'ai franchement retapée ! Elle en jette, hein ?!

– Grave, *man* !

– Allez, je filoche !

– *Capiche.*

Vous vous êtes très bien entendue avec cet homme. Le courant est bien passé. Ça aurait pu devenir un ami gentil. Dommage. Vous auriez pu faire des parties de console ensemble. Regarder des films, bavarder, manger des nuggets, etc.

Vous commencez à déprimer. Vous êtes seule au monde. Vous n'arrivez pas à vous faire d'amis. C'est à ce moment qu'un petit chien mignon vient à votre rencontre.

Qu'il est chou. C'est une petite boule de poils frisés, un petit bichon.

Vous l'appellerez Éric.

Non. Gouzi.

Non. Lilipusse.

Non, trop prévisible.

Steve.

Oui, c'est bien, Steve.

– Steve ?!

Un homme arrive vers vous en courant.

– Ah, merci, vous avez retrouvé Steve ! Merci ! Je vous dois une fière chandelle. Je me faisais un sang d'encre.

J'ai imaginé le pire. Qu'est-ce que je peux faire pour vous remercier ?

– Me donner votre chien.

– OK.

Ça y est, vous êtes en possession d'un authentique animal de compagnie.

À présent, il va vous suivre partout.

Malheureusement une femme fait un créneau pendant que vous avez le dos tourné. Steve se fait écraser sous les roues chromées de la conductrice. Fin de parcours pour Steve.

Sous le choc vous faites quelques pas en arrière en titubant. Un policier qui arrive par là vous fait remarquer que vous n'avez pas ramassé le chien. C'est considéré comme un délit au même titre que de ne pas ramasser un étron. Vous devez payer une somme forfaitaire. N'ayant pas d'argent vous êtes emmenée au commissariat.

Rendez-vous **page 175**.

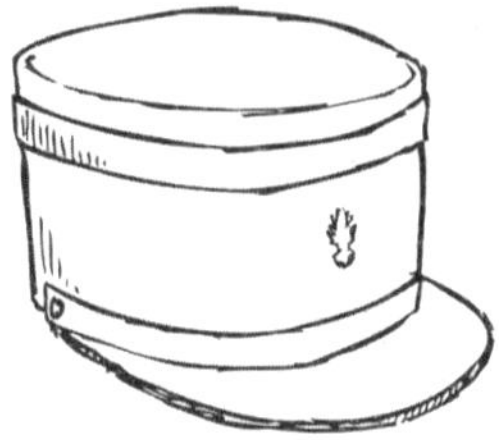

VOUS AVEZ DÉCIDÉ DE DÉROBER L'AUTOMOBILE. L'homme qui la conduit n'est pas content et vous le fait savoir.

– Casse-toi de mon chemin !

Vous foncez sur le véhicule, ouvrez la portière et dégagez le monsieur d'un coup de pied vertical.

L'homme se tient le ventre. Il n'est pas au mieux.

Bien calée dans l'auto, vous commencez à rouler tel un Indien dans la ville.

Vous écoutez un morceau de techno mezzo forte. À chaque coup de batterie vous appuyez sur la pédale d'accélérateur d'un coup sec.

Vous prenez de la vitesse et vous apercevez au loin un tremplin. Vous n'avez qu'une seule envie, vous laisser tenter. Vous foncez à toute berzingue.

300 mètres vous séparent du tremplin.

260 mètres.

La cible se rapproche.

200 mètres, ça va être l'éclate totale.

Vous avez le temps de voir qu'un jeune passant issu de la génération Y est en train de vous filmer avec son Nokia Lumia pour immortaliser le jump.

C'est à ce moment que « votre » voiture fait un bruit étrange. Un système de défense antivol s'est mis en place et a actionné les freins.

Vous arrivez finalement à 20 kilomètres-heure sur le tremplin.

Vous parvenez difficilement à finir de franchir le tremplin. L'inertie de la voiture le permet de justesse. La scène est parfaitement ridicule. À présent votre voiture est à l'arrêt.

Le jeune homme qui vous filmait se rapproche de vous maintenant. Vous essayez d'ouvrir la portière mais elle est fermée à présent.

Votre voiture émet un bruit de sirène.

Les gens commencent à affluer vers vous.

Vous êtes comme un lion en cage.

La police finit par arriver sur le lieu du délit.

Vous espérez qu'un des policiers sera celui que vous avez croisé tout à l'heure et avec qui vous avez sympathisé.

Grand Dieu !

En voilà une surprise !

Ce n'est pas du tout lui. Fausse joie. Vous y avez cru un instant en voyant une main tenant un café sortir du véhicule. En effet, le policier de tout à l'heure aimait bien les cafés.

Vous gagnez 1 point d'intelligence pour cette réflexion. Rendez-vous **page 175**.

VOUS ÊTES DE RETOUR AU COMMISSARIAT. Mais dans un autre, car la circonscription n'est plus la même.

Le shérif, Conrad Salamheat, est un tortionnaire suédois de 56 ans, habitué à infliger les pires sévices ayant jamais existé. Une fois, un mec a pleuré après une de ses séances… allant même jusqu'à le traiter de « méchant ».

Posée dans la cellule, vous ruminez votre comportement.

Que vous arrive-t-il ? Vous êtes devenue une personne peu fréquentable, à la manière de Massimo Gargia.

Soudain la porte s'ouvre. Conrad Salamheat se dresse devant vous tel un drakkar.

Le gars est sacrément balèze.

– Alors c'est vous, la petite frappe ? La nouvelle coqueluche ?

Vous ne savez pas trop quoi répondre. Conrad vous fait forte impression, comme à l'époque de l'émission « Fan de », où des fans rencontraient Ophélie Winter.

– En quelque sorte.

– À présent, vous allez me réciter l'alphabet dans l'ordre pendant que je vous crache sur le genou !

Le gars confirme sa réputation. Il est pas là pour plaisanter.

Sous la menace, vous vous exécutez.

– A, B, C, D, E, F, G, H, I, J, K, L…

Si vous pensez à la lettre « M », allez **page 180**.

Si vous pensez que la prochaine lettre est le N, allez **page 176**.

– **N, O, P, Q, R, S, T, U, V, W, X, Y, Z !**

– Bravo, c'est pas mal. Mais vous avez oublié une lettre. La lettre M, si je ne m'abuse.

– Oui, M le maudit.

– OHHHH, vous connaissez *M le maudit* ?

– Oui. *M le maudit* (*M – Eine Stadt sucht einen Mörder*) est un film allemand réalisé par Fritz Lang, sorti en 1931. Le film présente les habitants d'une grande ville allemande, jetés dans la terreur et l'hystérie par un meurtrier d'enfants, si bien que la police et la pègre se mettent toutes les deux à sa poursuite. Des avis de recherche sont lancés et une récompense est promise.

– D'où sortez-vous ça ?

– Je l'ai appris par cœur sur Wikipédia.

– Je vous aime.

– Je vous M, dessinez-vous du doigt.

– OHHHHHH !

– Aime comme je t'aime. Aime jusqu'à la haine. Aime, l'amour vaut la peine. En savoir plus sur http://paroles.zouker.com/loana/comme-je-t-aime, 81784.htm#sDVFdKaPEIBVi3gp.99

– C'est de vous ?

Vous avez le choix de mentir en grillant 1 point de mytho.

Vous dites la vérité, **page 179**.

Vous réussissez à mentir, **page 177**.

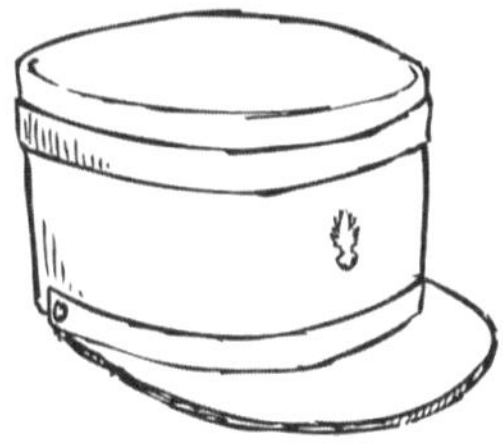

– **C'EST DE MOI, OUI.** Sauf quand je dis « En savoir plus sur http://paroles.zouker.com/loana/comme-je-t-aime, 81784. htm#sDVFdKaPEIBVi3gp.99. Ça, c'est pas de moi.

– Faux ! Il s'agit de Loana ! Vous êtes une vile menteuse ! Vous savez ce que je fais aux menteurs ?!

– Bah non, parce que je vous connais pas à la base, donc non. À la limite je pourrais essayer de deviner.

– Allez-y.

– Je sais pas… vous leur crachez sur le nez en leur demandant d'imiter Julien Lepers ?

– Non. Mais c'est bien aussi, ça. On va partir là-dessus.

Conrad se met à vous cracher dessus.

– Top, je suis un mammifère de la famille des lémuriens, je vis essentiellement dans la forêt, également animal de compagnie, je suis je suis…

Dégueulasse. Ahhh, c'est dégueulasse !

Conrad a fait rentrer sa salive dans votre narine.

– … ma période de chaleur se situe en été, puis j'hiberne pendant 6 mois, je suis…

– Le paresseux ?

– C'est une mauvaise réponse.

– Le suricate ?

– On a droit à une seule réponse. Vous vous êtes trompée !

Conrad sourit de toutes ses dents puis son visage s'assombrit d'un coup.

– De toute façon je suis un bon à rien. À quoi bon torturer des gens ? C'est ça, ma vie ? Je me dégoûte !

– Attendez…

– C'est n'importe quoi, ce que je fais !

– Dites pas ça.

– Arrêtez !

– Vous êtes le meilleur tortionnaire que j'aie jamais vu.

– C'est vrai ?

– Oui, vous êtes fait pour ça.

Conrad vous crache au visage.

– Pourquoi vous faites ça ?

– Je voulais vous remercier.

– Tout le plaisir est pour m… Ah !

– Désolé, j'arrête. Vous êtes libre comme l'air. Vous m'avez ouvert les yeux. Grâce à vous, je vais torturer les gens avec encore plus de conviction et de confiance en moi. Vous devriez devenir coach de vie. C'est un conseil que je vous donne, vous prenez, vous prenez pas.

– Je prends pas.

– Ça marche.

Vous voilà libre de nouveau. Ça s'est joué à pas grand-chose.

Que décidez-vous de faire ?

Vivez la *vida loca*, **page 185**.

Ou allez au Starbucks, **page 181**.

– **NON, CE N'EST PAS DE MOI,** c'est Loana de « Loft Story 1 ».

– Exact. Je voulais vous tester. Écoutez, j'aime votre franchise. Votre franc-parler.

– Moi, j'aime votre côté rentre-dedans.

– C'est vrai ? Eh ben c'est gentil. Je vous rends votre liberté à une condition…

– Laquelle ?

Quinze minutes plus tard.

Vous sortez tous les deux du bureau morts de rire.

Conrad est mort de rire.

– Allez ! Et tâche de plus recommencer ! Ha ha ha ! Putain !

Et vous voilà libre comme l'air. Ça s'est pas joué à grand-chose.

Que décidez-vous de faire ?

Vivre la *vida loca*, **page 185**, ou aller au Starbucks, **page 181** ?

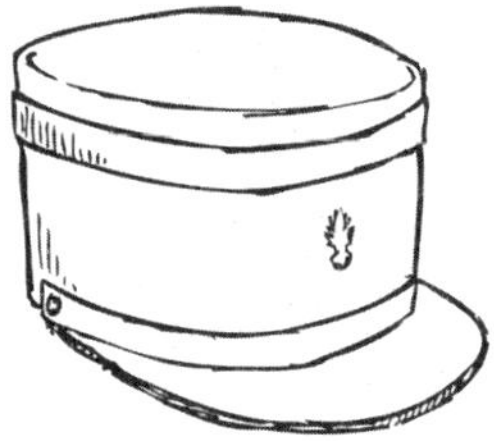

– **M, N, O, P, Q, R, S, T, U, V, W, X, Y, Z !**

– Bravo, c'est ça. Vous avez passé la première épreuve avec succès.

– Que dois-je faire à présent ?

– À présent, vous allez passer l'épreuve ultime, celle que personne n'a jamais réussie.

– En quoi consiste-t-elle ?

– Faites-moi rire.

– Comment ?

– Ha ha ha ha ha ! C'est bon, vous êtes libre.

Et vous voilà libre comme l'air. Une fois de plus.

Ça s'est joué à pas grand-chose.

Que décidez-vous de faire ?

Vivre la *vida loca*, **page 185**, ou aller au Starbucks, **page 181** ?

VOUS VOILÀ AU STARBUCKS.

Vous décidez de prendre un café *latte* avec un cookie moelleux.

La serveuse vous demande votre nom. Vous répondez Popo.

Elle vous regarde de bas en haut d'un air de dire « C'est pas drôle de dire popo, à la limite j'aurais rigolé pour caca ».

Vous arrivez à lire dans les pensées de la serveuse et vous lui dites :

– Non, oubliez le popo, mettez caca.

Elle se bloque un instant, puis vous sourit. Visiblement séduite par ce revirement de situation.

Elle pense : *Je l'ai peut-être jugée trop vite. Si cette personne me demande de boire un verre ce soir, je serais capable d'accepter.*

Vous ne lisez pas dans ses pensées et vous prenez votre *latte* en main. Vous vous brûlez la langue en buvant la première gorgée. La serveuse, qui vous regarde, est séduite.

Vous n'en savez rien, vous ne lui prêtez pas attention.

À présent vous êtes posée sur une chaise à siroter le café moulu. Soudain vous prenez la décision de mettre le cookie dans votre bouche !

Et c'est alors que vous prenez un plaisir simple et humain à manger cette chose chocolatée.

Choco-latte, pensez-vous intérieurement.

Vous marquez 1 point d'intelligence.

Soudain la serveuse vient vous voir. Elle profite qu'il n'y ait pas de clientèle pour quitter son poste.

– Excusez-moi de vous déranger.

Vous avez le choix entre lui faire remarquer qu'elle a quitté son poste, **page 183 A**, ou lui parler à l'ancienne, **page 184**.

A

– **VOUS POUVEZ VOUS EXCUSER,** oui, mais auprès des futurs clients. Vous avez quitté votre poste !

– Oui, pour vous parler.

– Je vous écoute.

– Vous êtes quelqu'un de très sexy.

Comment prenez-vous le compliment ?

Mal, **page 183 B**.

Bien, **page 184**.

B

– **JE TROUVE ÇA TRÈS MAL PLACÉ.** Vous voulez copuler avec moi, c'est ça ? Vous n'avez pas honte ?

– C'est bon, la honte, dit-elle.

Et vous voilà en train de fricoter à la bien dans les sanitaires du Starbucks. Ces derniers sont propres et vous prenez un plaisir fou à évoluer au sein d'un établissement qui sent si bon.

Daphnée, parce qu'elle s'appelle Daphnée, vous remercie pour ce moment à la manière de François Hollande.

En effet, le moment fut propice au plaisir. Surtout quand… Enfin vous voyez.

Excitée par le café et cette action pornographique, vous voilà au sommet de votre forme.

Vous êtes au summum, direction la **page 196**

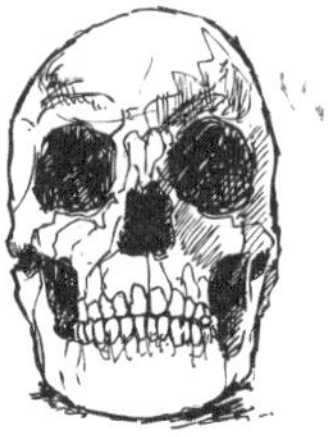

– MAIS IL N'Y A PAS DE MAL.

– Je vous trouve très sexy.

– Ah bah écoutez, merci. Ça fait plaisir. C'est pas tous les jours qu'on me complimente sur mon physique, alors disons que je ne boude pas mon plaisir. Je vous embête pas longtemps avec mes histoires mais c'est vrai qu'à l'école on m'appelait « la dinde cramée ». Alors je vous laisse imaginer la gueule que j'avais à l'époque ! Ha ha ha ha.

Soudain vous crachez un peu de café de votre bouche par inadvertance. Puis vous commencez à vous étouffer. Votre rire a semble-t-il déclenché un problème dans votre œsophage qui s'est bloqué.

La femme commence par vous taper sur le dos.

Vous suffoquez de plus en plus. Vous commencez à paniquer et à insulter la femme pour son incompétence.

Elle vous verse votre café chaud sur le visage.

Cela vous brûle le visage. Votre respiration est saccadée.

Cela vous permet de mieux respirer. Puis finalement de retrouver vos esprits.

La femme vous a sauvée.

– Comment pourrais-je vous remercier ? lui demandez-vous.

– En partant d'ici. Vite.

Vous voilà dehors. Toute tachée.

Rendez-vous **page 196**.

VOUS CHOISISSEZ À BON ESCIENT DE VIVRE LA VIDA LOCA et, ainsi, grimpez les échelons de la drogue avec maestria.

Vous entrez dans la villa de Don Gouinettio, l'homme à la tête d'un cartel impressionnant. Une véritable pointure dans le domaine. D'ailleurs on le surnomme « la Pointure » dans le milieu. En rapport avec le fait qu'aucune chaussure dans le commerce ne lui va. Il a dû en faire faire sur mesure.

L'endroit est gardé par des soldats lourdement équipés.

Vous traversez l'immense allée boisée. Le domaine doit faire au moins 4 hectares. Ça coûte un paquet de pognon, tout ça. C'est pas rien.

Vous marchez sur une merde humaine sur votre chemin mais vous n'y prêtez pas attention.

Ça porte chance, et de la chance, il en faudra pour parler business avec le caïd de ces lieux.

Vous entendez du bruit au loin. Ce doit être toute la team Gouinettio. #TeamGouinettio sur Twitter.

En effet il y a du monde sur la corde à linge. Et du beau monde.

Le caïd est entouré des plus beaux top-modèles du monde.

Des cubains, des asiatiques. Toutes les plus belles créatures sont là. Que de beaux étalons parfaitement huilés et musclés. Don Gouinettio se mettait très bien. C'était un homme de goût.

Quand il vous voit arriver, il pose son énorme cigare et vous claque une bise délicate.

Le contact de sa peau sur la vôtre est comme une révélation.

Comment était-il humainement possible d'avoir une couche épidermique si douce ?

Incroyable mais vrai. Cet homme prenait extrêmement soin de sa plastique, c'était indéniable.

Par contre, il avait pris le parti de s'occuper exclusivement du haut du corps. Il avait de bons pectoraux galbés mais un immense ventre dégoulinant de gras. Et comme il portait un haut très moulant, on pouvait nettement voir qu'il était très mal foutu.

– Alors on vient parler business avec papa ?

– Tout à fait, Don.

– Donne quoi ? Tu te prends pour qui à donner des ordres ?

– Il y a mésentente.

– Ah, tu penses que j'entends mal.

Il dit ça tout en caressant la fesse d'un mâle tunisien.

– Ça va, toi ? demande-t-il en parlant au Tunisien.

– Non non, vous êtes parfait.

– Personne n'est parfait.

– Bon, on parle business.

– OK. Alors comment on s'y prend ?

– J'aimerais récupérer la dope que tu m'as prise et j'aimerais pouvoir prendre 15 % sur tes prochaines reventes sur les armes venant de Birmanie.

– OK.

Une fois le marché conclu, vous sirotez un Black Moon. Vodka, RedBull + colorant noir.

Ça passe crème.

Ensuite vous buvez un Pink Moon. Sky, Kro, cola, sucre.

Une fois ivre, vous sentez la main de Don qui vous frôle. Vous sentez son odeur boisée, comme s'il s'était ébroué dans un buisson.

Cet homme est sauvage. Acqua di Giò, Giorgio Armani, pensez-vous.

Vous gagnez 1 point de placement de produit.

Puis enchaînez par un Blackout. Gin, tequila, banane.

Suivi d'un autre Blackout. Bien réel en mode Men In Black.

Rendez-vous **page 188**.

VOUS VOUS RÉVEILLEZ, SEULE, dans une sorte de désert.

La bouche pâteuse. Vous avez soif.

Par chance il y a un vendeur de limonade fraîchement pressée et extrêmement fraîche en face de vous.

Vous allez le voir et lui demandez combien coûte sa limonade.

Il vous dit 50 euros.

– Quoi ? Mais c'est n'importe quoi !

– Peut-être mais c'est comme ça.

– Mais j'ai pas 50 euros.

– Et y a quoi dans votre poche de droite ?

Vous fouillez dans votre poche de droite. Il y a effectivement 50 euros.

– Comment vous saviez qu'il y avait 50 euros ? Vous avez fouillé ?

– Oui.

– Aaah, et après vous vous êtes dit « Tiens, je vais mettre ma limonade à ce tarif-là », sachant que j'allais avoir soif.

– Exact.

– Vous auriez tout aussi bien pu me voler.

– Exact.

– Pourquoi vous l'avez pas fait ?

– Je suis une personne honnête et intègre.

– Qui fouille les gens.

– Ça va, c'est une fouille. Je suis ancien mec de la sécurité au Stade de France. Vieux réflexe. Vous avez pas de bombe sur vous en tout cas.

– Bon bah ça va alors. Allez, donnez-moi une limonade à 50 euros, s'il vous plaît.

– Mais bien volontiers.

Vous dégustez la boisson avec un plaisir non dissimulé. Après coup, vous vous dites qu'elle vaut ces 50 euros vu l'état dans lequel vous étiez.

Tout d'un coup vous vous sentez somnoler et tombez dans les pommes.

Vous vous réveillez, seule, dans une sorte de désert.

La bouche pâteuse.

Par chance il y a un vendeur de pâtes.

Vous allez le voir et lui demandez des explications.

– Vous m'avez droguée !

– Pas du tout !

– Alors expliquez-moi pourquoi je suis tombée dans les pommes juste après avoir bu votre limonade ?

– Peut-être parce qu'on est en plein désert, qu'il fait 40 degrés, que vous n'avez pas de chapeau et que vous avez rien mangé ?

– Hmmm, c'est pas faux. C'est vrai que j'ai faim. Qu'avez-vous à me proposer ?

– J'ai des pâtes à la provençale.

– Ahh, et combien ça coûte ?

– 100 euros.

– Quoi ? Mais c'est n'importe quoi ! J'ai pas 100 euros.

Vous tâtez votre poche en même temps et vous tombez sur 100 euros.

Vous n'en croyez pas vos yeux.

– Je comprends pas.

– Bah moi, je comprends que vous avez 100 euros.

– Oui mais je pourrais peut-être en profiter pour appeler un taxi pour me barrer.

– Te barrer ?

– Bah oui, c'est super ici, on peut bouffer trois fois rien pour 50 euros ou 100 euros mais il faudrait que je trouve mieux ailleurs.

– Eh ben casse-toi, fils de pute.

– Pardon ?

– Pardon, je suis en Bluetooth avec mon neveu.

– Ah, désolée, j'avais cru que.

– Mais non c'est à toi que je parle, étron de merde.

– Non mais oh, ça va, dis !

– Oui c'est à toi que je parle, Ludo, attends... Quoi, qu'est-ce qu'il y a ?

– Non, rien, pardon.

– Un jour je vais te tuer.

– ...

– C'est à toi que je parle.

– Hein ? Pourquoi, j'ai fait quoi ?

– Ah, rien, c'est juste qu'un jour je vais te tuer. Je sais pas quand ni où mais ça va arriver.

– Mais vous êtes taré !

– De quoi ?

– Ah, vous parlez avec...

– Non, c'est à toi que je parle, je vais te tuer.

– Bon, c'est lourd maintenant, là.

– Désolé, c'est mon neveu, il me stresse en ce moment. Alors, vous me suivez ? On va rentrer en ville à présent.

– Ah, euh, bah oui, ce serait bien, ça.

– Pardon ?

– Non, je dis ce serait bien.

– De ?

– Bah, qu'on rentre en ville.

– Non mais je rentre pas avec vous.

– Bah pourquoi vous dites « vous » ?

– Parce que je parle à mes gosses.

– Quoi ?

– Bah oui, mes gosses, ils sont sous le stand, là, sinon ils vont avoir une insolation comme vous. D'ailleurs vous avez l'air bizarre.

Vous tombez dans les pommes.

Vous vous réveillez, seule, dans une sorte de désert.

Vous avez la bouche pâteuse.

Il n'y a rien à des kilomètres.

Sauf une borne de taxi juste en face de vous.

Vous attendez 30 minutes. Vous voyez une voiture au loin.

Vous vous dépêchez d'uriner juste à côté de la borne.

Pendant votre urine vous tombez dans les pommes.

Vous vous réveillez, seule, dans une sorte de désert.

Vous avez la bouche pâteuse.

Il n'y a rien à des kilomètres.

Sauf une borne de taxi juste en face de vous.

Vous attendez 30 minutes. Vous voyez une voiture au loin.

Vous attendez qu'elle arrive à votre hauteur.

Vous demandez :

– Bonjour, j'aimerais aller dans la ville la plus proche s'il vous plaît.

– Désolé, on prend pas les chiens.

Et le taxi démarre en trombe.

Vous vous retournez, vous voyez un lévrier à côté de vous. Vous tombez dans les pommes.

Vous vous faites réveiller par la langue d'un lévrier. Vous êtes dans un désert.

La salive du lévrier vous permet de ne pas avoir la bouche pâteuse.

Il y a une borne de taxi en face de vous.

Le lévrier commence à se rapprocher de vous. Il vous fait des câlins. Il est vraiment très affectueux. Très, très gentil. Bon chien, ça, bon chien.

Vous jouez avec lui, mais pas trop car vous n'avez pas beaucoup d'énergie.

Vous apercevez un taxi au loin qui arrive.

Le taxi arrive.

Vous n'avez pas le temps de parler au conducteur que le lévrier saute dans la voiture par l'intermédiaire de la fenêtre largement ouverte.

– Désolée de ce qui vient de se passer. Vous prenez les chiens ?

– Un seul à la fois.

Et le taxi démarre en trombe. Vous avez le temps de voir au loin la tête du lévrier par la fenêtre. Il a l'air radieux. La gueule au vent.

Les minutes passent. Il ne se passe rien autour de vous. Vous n'avez pas à manger, ni à boire.

Votre ventre se creuse et votre cerveau a beaucoup de mal à connecter.

Des extraterrestres arrivent.

Ils vous emportent dans leur navette spatiale à projection hydraulique. Vous êtes toujours dans les vapes. Le commandant GroliX vous apporte une tisane extraterrestre. Ça a le goût de la verveine mais ça n'en est pas. C'est de la verveX 300. Rien à voir. Ce breuvage vous remet sur pied en un rien de temps. Vous voilà prête à découvrir ce que veulent ces étrangers.

– Xinorxubloblibulorbulor Saint-Tropez LorginaBulox-Blorpassarit Gendarme Bloxfranpolinex de Funès !

Vous devez effectuer un test d'intelligence pour apprendre à décoder ce langage. Résolvez le rébus suivant :

Vous avez trouvé le mot « singe », **page 195**.
Vous avez trouvé le mot « chimpanzé », **page 194**.

LE COMMANDANT GROLIX comprend qu'il s'est trompé à votre sujet. Vous n'êtes pas l'élue qu'il recherchait. Toutes ces années pour en arriver là. Fortement déçu par ses erreurs de calcul, il vous lance un laser bioïde sur le corps. L'effet ne se fait pas attendre : vous venez d'être transformée en dinosaure.

Le commandant vous tend différents miroirs, à la manière d'un coiffeur, pour que vous constatiez les dégâts.

Gênée, vous dites merci au commandant, d'un hochement de tête. Sur ce, il vous rebalance sur Terre dans une petite navette téléguidée.

Vous atterrissez sans dommage et sortez du véhicule. Celui-ci redécolle dans la foulée.

Vous regardez autour de vous.

Vous ne reconnaissez plus la Terre sur laquelle vous habitiez. Au bout de quelques instants vous tombez nez à nez avec un diplodocus.

Les extraterrestres vous ont renvoyée à l'ère jurassique. Un nouveau look pour une nouvelle vie commence pour vous.

Moralité : Ça fait parfois du bien de revenir aux sources.
Direction la **page 590**.

LE COMMANDANT GROLIX vous demande comment ça va.

Vous lui répondez que vous êtes un peu stressée par la situation.

Il comprend parfaitement et vous touche le bras pendant 4 secondes. Incroyable ! Vous ne ressentez plus du tout d'a priori négatif sur tous ces gens. Vous vous sentez en confiance et intégrée dans ce peuple indigène. Pour vous remercier, le commandant vous met dans une capsule aéroflottante à particules photoniques, autrement appelé « amaf » en argot alien. Vous pensez un instant voler ce concept, mais le commandant vous informe que le brevet est déjà déposé à la circonscription alien par télépathie.

La capsule est confortable puisque vous flottez littéralement. Vous êtes en lévitation. C'est fort agréable. Vous sentez au bout de quelques secondes les bienfaits sur votre corps. En effet, vous ne ressentez plus de fatigue, votre corps est reposé. Le concept est simple : vous venez de passer une excellente nuit de sommeil de 7 heures en quelques secondes. Efficace et pas cher, c'est l'Amaf que je préfère, c'est l'Amaf ! En entendant ces mots, les aliens vous somment de quitter la navette. En effet, ils ont déjà un contrat avec MMA.

Rendez-vous **page 8**.

DOS AU MUR, vous décidez de vendre de la drogue en bas des blocs.

Vous devez donc revoir un petit peu votre garde-robe, petit sweat propre, petit jogging propre, petites Requins propres, petite casquette, la totale. *Vous gagnez 1 point de charisme.*

Le premier client arrive, vous lui remettez en main propre un pochon de beuh.

Il vous dit merci après l'avoir reniflé de ses narines.

La journée continue, il fait un beau soleil. Vous restez posée à bronzer un peu, le soleil vous apporte de la vitamine D. C'est pas négligeable.

Vous recevez un appel d'un correspondant inconnu.

– Ouais, allô ?

– Wesh, alors ?

– T'aurais du bon shit, mon pote ?

– Ouais, mais vous êtes qui ?

– Déjà je suis tout seul, tsé, tu peux me tutoyer, ma sœur. Je m'appelle Toxik, avec un K, T-O-X-I-K.

– Ça marche, Toxic.

– Avec un K, j'ai dit.

– Désolée. Viens quand tu veux, je suis posée.

– Ça marche, je mets une parka et j'arrive.

– Nickel.

– Cool.

– De la balle.

– Grave.
– Ça va déboîter.
– Si, si.
– Tranquille.
– Posé, tsé.
– On est là.
– T'inquiète.
– 92.
– Bisous.

La conversation s'achève et vous reprenez votre position posée, adossée au bloc.

Le temps passant, vous commencez à faire la chaise, pour muscler le bas du corps. Comme ceci :

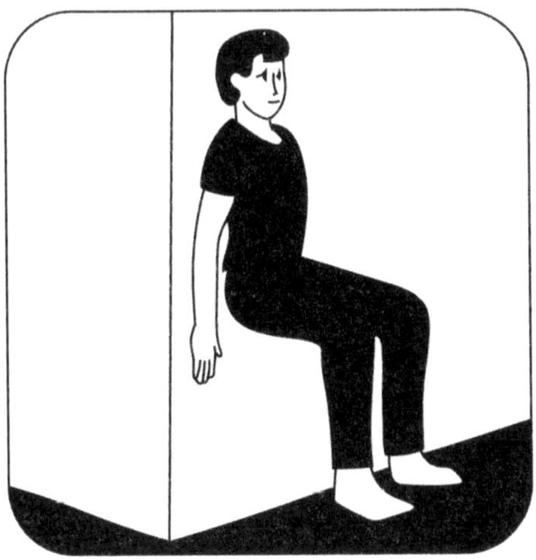

Vingt minutes plus tard, un homme juvénile fait irruption dans votre direction.

– T'as mon shit ?
– Tiens, prends ça.
– Nickel, c'est du propre.

– Tu vas te mettre bien. Petite défonce de rue, tranquille.

– Ça marche. Par contre j'ai pas de tune sur moi.

– Comment ça ? Pourquoi tu te ramènes alors ?

– Bah j'ai envie de fumer ma dope, tsé.

– Bah ouais mais faut payer.

– Ça va. Depuis le temps qu'on se connaît.

– C'est la première fois que je te vois.

– Ouais mais là on construit sur le long terme. Rome ne s'est pas construite en un jour.

Que décidez-vous de faire ?

Acceptez de faire crédit à Toxik, **page 201**, ou refusez tout arrangement, **page 199 A**.

A

CET HOMME VEUT TESTER VOTRE CHARISME. C'est un adversaire de catégorie 7. Pour le vaincre, tirez votre dé et ajoutez-y vos points de charisme accumulés depuis le début de la partie.

Si vous avez plus de 7, **page 199 B**.

Si vous avez moins de 7, **page 200**.

B

– **ÉCOUTE-MOI, FRELUQUET.** Je suis pas née de la dernière pluie. Alors achète-toi un parapluie et prends la poudre d'escampette, petite raclure à chiottes !

Vos mots ont piqué au vif le petit Toxik, comme des lames de rasoir Gillette Fusion.

Le mec ne sait que répondre et se barre sans dire un mot. C'est une humiliation. Votre street crédibilité grimpe. *Vous gagnez 1 point de charisme.*

Impressionné par votre style, T-bone votre supérieur hiérarchique vous donne la consigne suivante :

– Maintenant ta mission va être de vendre les produits dérivés du label au marché de Clichy.

– OK ça marche.

Rendez-vous **page 218**.

VOUS COMMENCEZ À FAIRE DES REMONTRANCES à Toxik mais vous bégayez tous les trois mots. Un peu de bave sort de votre bouche, vous postillonnez. Vous finissez par éternuer, ce qui dévoile un petit excrément nasal. Toxik ne vous prend pas du tout au sérieux et se casse avec votre dope. Humiliée, vous restez plantée là, comme une banane plantain. *Vous perdez 1 point de charisme.*

Vous décidez de retrouver une vie honnête, direction **page 230**.

– **TU SAIS QUOI, TOXIK ?** Mets-toi bien. Prends ce gros shit de banlieue et pète-toi le crâne, mets-toi plus que lourd.

– Merci. T'es quelqu'un de bien. On en fait plus des comme toi de nos jours.

– Merci bien, Toxik.

– On est là.

Peu de temps après, votre supérieur hiérarchique, T-bone, vendeur de tee-shirts émérite, vient à votre rencontre.

– Alors comme ça on fait crédit à un mec de tess, un concurrent ? Tu connais pas Toxik, j'ai l'impression.

– Non, c'est qui ?

– Ha ha ha ha ! Tu connais pas Toxik ?

– Je viens de te dire que…

– Toxik est un délinquant. Un chien de la casse, et un piètre rappeur de rue. Il a voulu te mettre à l'épreuve, pour tester ta street crédibilité. Tu vois ce que je veux dire.

– Ouais. Je me suis fait rouler de 20 euros.

– C'est toi qui choisis : soit tu restes dans notre crew et tu récupères les 20 euros, soit tu bosses avec Toxik mais nous… on te lâchera pas.

– Waouh, je sais pas, j'hésite. C'est un authentique ultimatum de banlieue ?

– Exact. Un banlieue 13 ultimatum, pour être plus précis.

– Dans ce cas, ma réponse est la suivante…

Vous restez avec T-bone et ses narvalos, **page 203**.

Vous rejoignez le gang Toxik, **page 202**.

– **TU SAIS QUOI, T-BONE ?** Ton style est périmé, je vais rejoindre le gang Toxik, et personne pourra m'en empêcher.

– Tu viens de faire une grave erreur. Désormais entre nous c'est : BLAAAAAOUUU !

Il mime deux poings qui rentrent un contact l'un dans l'autre.

Il faut reconnaître que l'effet visuel couplé à l'effet auditif vous a un peu troublée, c'était un vrai spectacle son et lumière, au point que vous regrettez presque d'avoir choisi Toxik.

Vous avez une dernière chance de rejoindre T-bone maintenant ou jamais, **page 203**. Sinon continuez **page 219**.

– **ÉCOUTE, T-BONE,** je suis impressionnée par ton style. Tu sais quoi, je vais pas aller chez Toxik. Je veux dire, t'es bien au-dessus. Où tu iras j'irai, fidèle comme une ombre, jusqu'à destination, tu vois ce que je veux dire.

– Y a que les fils de chiens qui changent pas d'avis. Bienvenue chez toi. À présent il faut te trouver un surnom.

– Alors T-bone, c'est pas ton vrai nom ?

– C'est presque le même que mon nom de famille, je m'appelle Antonin Petibonnet sur ma carte d'identité, j'ai juste diminué mon nom de famille, tu comprends ?

– Ouais ! C'est cooooool. Du coup moi mon nom, c'est :

– Putain, ça claque ! Maintenant que tu fais partie de la mifa, je te confie la mission de ton choix. Soit tu vas vendre les produits dérivés du label au marché de Clichy, soit tu prends en main la nouvelle cargaison de gros shit qui vient d'arriver. C'est du très, très lourd.

– OK, ça marche.

Pour vendre des tee-shirts pour aider le label, rendez-vous **page 218**.

Pour le gros shit de tess, direction **page 204**.

EN EFFET, LA CARGAISON EST MASSIVE. On a affaire à du costaud. Finement coupé au pneu, ce shit saura être apprécié à sa juste valeur par les aficionados de sensations dures. Corentin Jean-Charles, client d'origine canadienne, vient à votre rencontre. Il demande à goûter le matos. Il tousse à de multiples reprises. C'est gage de qualité supérieure.

– Waouh ! Il défonce ! À la fois ultra agressif tout en étant suave, c'est parfait pour moi et mes amis qui allons faire une petite fiesta à la maison.

– Tu m'en vois ravi. Ça fera 100 euros.

– Nickel. Merci bien.

Corentin revient le lendemain, la gueule dans les babouches, comme on dit.

– Oh la vache, ton shit était violent, on s'est ruiné la gueule. Tellement puissant que je suis pas allé au boulot aujourd'hui, rien à foutre.

– Des barres !

– Ouais, file-moi des barres en plus, je suis juste fan.

– Tiens, prends ça.

– Merci, t'as le cœur sur la main.

Le lendemain Corentin arrive en caleçon vers vous.

– Booooo, c'est énorme. Je sais plus comment je m'appelle. Je viens de me faire dégager de mon appart parce qu'on a trop foutu le bordel hier ! C'est énorme ! Remets-moi la petite sœur, tu veux.

Vous avez le choix : soit vous vous lancez dans la vente de beuh, **page 211**, soit vous allez vendre les tee-shirts du label, **page 218**, soit vous continuez à vendre du gros shit ci-dessous.

– Tiens, je te remets du gros shit.

– Merci.

Le lendemain Corentin revient à poil, avec une jambe en moins et un sac à dos.

– Yo, salut, j'ai plus une tune, j'ai tout claqué hier, j'étais défoncé, j'ai payé une bouteille de champagne à 10K. Du coup je te file ma jambe, elle est dans mon sac. Je sais que ça peut se revendre bien au marché noir mais j'ai pas les contacts. Toi tu dois connaître.

Vous acceptez, **page 206**.

Vous refusez, **page 210**.

– **ÉCOUTE, TU ES PLUTÔT BIEN TOMBÉ** parce que je connais du monde en effet.

– Ça me fait une belle jambe !

– Ha ! Joli ! Bah du coup je te donne toute ma cargaison de gros shit. Ça le vaut bien.

– Yes ! Trop bien. C'est une belle affaire que j'ai faite là. Allez, je te laisse, faut que je me mette à l'aise. Je prends ma jambe à mon cou !

– Ha ! Joli ! Allez à plus.

Vous donnez la jambe de Corentin à T-bone, il vous remercie de l'initiative. Vous venez de gagner sa confiance et son respect. Il vous donne une belle augmentation en plus. Tout bénéf.

Soit vous vous lancez dans le business de la vente de produits humains, **page 207**.

Soit vous vous lancez dans la beuh, **page 211**.

Soit vous vous lancez dans la vente de tee-shirts, **page 218**.

EN ACCORD AVEC T-BONE vous décidez de vous lancer dans le business de la vente de produits humains. Votre site web s'appelle Humania.fr, le portail référence de la vente umaine à prix discount. Le marché n'est pas concurrentiel donc vous faites très vite beaucoup d'argent avec ce commerce.

Le livre d'or du site se remplit à vue d'œil.

Franck21 : Je n'avais plus de tibia depuis mon opération du ménisque en 96 suite à un accident pendant un match de football amateur, grâce à Humania j'ai pu entrer en contact avec un vendeur assermenté, et je n'ai pas été déçu.

En effet, Humania.fr est un site ressemblant à Leboncoin. Vous prenez une commission pour chaque transaction réalisée par vos partenaires inscrits sur votre site.

EglandineBourse : Je ne savais plus quoi manger depuis qu'on nous dit que la viande animale n'est pas forcément bonne pour la santé et puis que ça tue des millions d'animaux. Avec Humania j'ai enfin trouvé un bon compromis. Je vous conseille de la fesse bretonne, c'est dé-li-cieux.

En effet, Humania.fr est aussi une chaîne d'alimentation, le portail référence de la gastronomie humaine. Le client peut commander en ligne les morceaux de son choix.

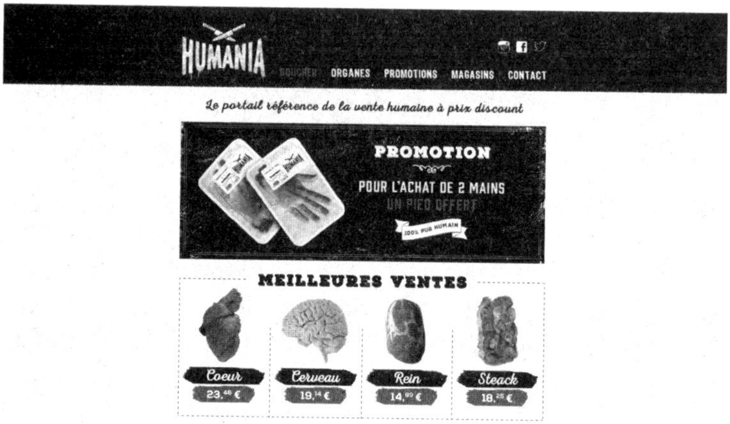

Quelques mois passent et la rumeur se répand. D'où proviennent ces morceaux de choix ? C'est le journal *L'Éclaireur* qui s'est penché sur ce sujet.

Il est vrai que la majorité des consommateurs d'Humania ne s'est jamais vraiment posé la question de l'origine de ces morceaux. Dans quelles conditions ont-ils été récoltés ?

« De vrais humains ont-ils été tués ? » se demande EglandineBourse sur le forum d'Humania.

La réponse fait froid dans le dos. Humania commence à être montré du doigt après qu'on a appris que des centaines de meurtres ont été commis sans l'accord des bestiaux humanoïdes. Heureusement vous recevez le soutien de l'État. C'est une grande victoire pour vous. Seuls quelques illuminés font part de leur indignation et postent quelques vidéos compromettantes sur Facebook ou Twitter. Rien de bien méchant. D'autant plus que beaucoup de scientifiques s'accordent à dire que l'humain recèle de nombreuses qualités nutritionnelles, comme la vitamine A, B, C, enfin de tout ce que comportait le corps du mort, quoi.

Ainsi toutes les personnes ayant des carences bien précises n'ont plus qu'à avaler le bon humain leur permettant de les combler. Simple comme bonjour. Il aura fallu attendre le XXIe siècle pour en arriver là. Quelle tristesse… mais quelle promesse ! Le monde va dorénavant aller de mieux en mieux.

Et en plus, le problème de la démographie sera résolu. Plus de surpopulation.

Malheureusement un concurrent à Humania va voir le jour. Créé par un parti écologiste, le concept est simple. Quitte à manger de l'humain, autant se manger soi-même. Puisque le corps humain cicatrise, pourquoi ne pas s'auto-manger et attendre que ça repousse ?

L'idée fait son chemin et bientôt tout le monde ne fera plus que ça. Seuls les agriculteurs font la tête. La faim dans le monde n'existe plus.

Malheureusement ce système a ses failles. En effet, la cicatrisation du corps ne va pas aussi vite que ça, et les gens, ayant faim, maigrissent à vue d'œil.

Difficile époque que celle que vous traversez. Période de doute, de changements perpétuels. Il faut tout recommencer à zéro.

Après de longs mois de transition, tout est revenu à la normale. On tue des animaux par millions et tout le monde est content.

La planète attendra, après tout, la génération future n'est pas encore née. Les absents ont toujours tort. En attendant… à table.

Vous avez donc mis la clé sous la porte d'Humania, laissant cette utopie se refermer comme un livre que vous êtes triste d'avoir déjà lu jusqu'à la fin. Mais après tout, vous pouvez toujours le recommencer…

Moralité : L'homme est un homme pour l'homme.

Rendez-vous en **page 590**.

– **DÉSOLÉE, MAIS JE PEUX PAS FAIRE ÇA**, c'est une jambe quand même.

– Ouais je comprends, t'as raison, je suis allé un peu loin. Je vais me calmer sur la drogue. La drogue c'est mal, j'espère que j'aurai servi d'exemple au moins pour tous ceux qui veulent se droguer. Ce n'est pas une bonne chose. Regarde, tu as vu dans quel état je suis maintenant ?

– Tu as raison. Tu es quelqu'un de bien, Corentin. Je te mets 1 petit gramme en plus pour la forme ?

– Ouais carrément. Adieu l'ami. Et surtout n'oublie pas, comme le disait M Pokora dans sa chanson *De retour* : « Serveur un verre d'eau s'il te plaît, pas besoin d'alcool pour m'allumer. » Tu vois où je veux en venir ? Ça peut se décliner pour toutes les formes de drogues.

– Je comprends parfaitement. À présent je te laisse. Tchao l'ami !

Sur ce, Corentin écuma la France, l'Europe et le monde en véhiculant ce message rempli de sagesse. Il deviendra une référence dans la lutte contre la drogue. Une bien belle histoire et un destin hors norme pour ce jeune Canadien de souche parti de si loin.

Vous avez énormément appris à ses côtés. ***Vous gagnez 5 points d'intelligence.***

Vous mettez derrière vous votre passé de dealer et retournez à la **page 8**.

– **ÉCOUTE, T-BONE,** j'apprécie ta grosse résine de shit agressif, mais pour mes clients je veux le meilleur, ils le méritent plus que quiconque. Je veux donc me lancer dans une carrière solo dans la vente de beuh.

T-bone est sceptique au début puis se montre compréhensif. Lui aussi, au fond, c'est un amoureux de bonne herbe du pays. À contrecœur il vous laisse partir voler de vos propres ailes.

Petit à petit, l'oiseau faisant son nid, vous vous entourez des meilleurs jardiniers environnants. Ils vont abattre un travail formidable pour vous. La prime de licenciement avec T-bone vous ayant apporté une manne importante de tune, vous n'hésitez pas à mettre les petits plats dans les grands.

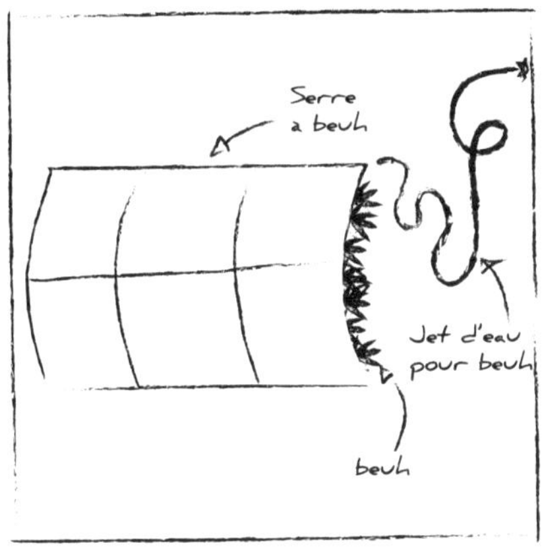

Ça y est, l'herbe est plus verte que nulle part ailleurs. Prête à être consommée par des clients exigeants tels Philippe Gildas. Le bouche (qui a fumé de la beuh)-à-oreille fonctionne à merveille et vous atteignez rapidement une grande communauté de fumeurs de chanvre tel Philippe Gildas, encore lui. L'argent sale coule à flots, c'est une période faste pour vous.

Vous gagnez 1 point de charisme.

Votre popularité grandissant, vous attirez le mauvais œil. Et l'annonce de votre succès arrive jusqu'aux oreilles décollées de T-bone. En effet, vous avez rabattu 30 % de la clientèle de T-bone sur votre marché. Cela représente une perte immense pour lui, à hauteur de 30 % !

T-bone vous envoie un texto incendiaire. Le voici en substance :

Salut mec ça va ?

Pour des raisons évidentes de vulgarité, nous avons été obligés de transformer la teneur du message.

Vous comprenez tout à fait la situation dans laquelle se trouve T-bone, malgré tout, vous n'avez plus de comptes à lui rendre.

Que décidez-vous de faire ?

Arrêtez votre commerce équitable, **page 217 A**.

Continuez à asseoir votre boule sur le game de la beuh de tess*, **page 213**.

* cité, en langage de tess.

DANS LA FOULÉE, vous envoyez un émoticône belliqueux à T-bone.

Ça y est la guerre est déclarée. Il n'en restera qu'un.

Vous décidez d'un commun accord après de longues tractations de faire un combat de résistance à la drogue.

Vous allez chacun fumer comme des pompiers votre propre marchandise et le premier qui se marre pour rien aura perdu.

Combat de beuh. Divisez vos points d'intelligence par 3,5. Si vous trouvez le résultat sans calculette en moins de 10 secondes, vous gagnez. Sinon vous perdez.

Vous gagnez, **page 214**.

Vous perdez, **page 216**.

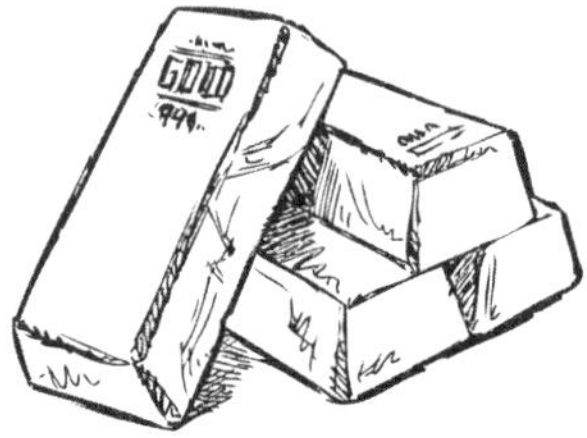

À PEINE TROIS LATTES DE FUMÉES que T-bone attrape un fou rire. Il faut dire que vous partiez avec un avantage certain vu la gueule que vous avez. Beau joueur, T-bone se déclare vaincu et prend son billet pour les Bahamas dans la foulée. Il ne va plus empiéter sur vos plates-bandes et va tenter de faire fortune là-bas. De toute façon, c'était dans ses projets fous depuis longtemps. D'une certaine manière vous l'avez aidé à franchir le pas.

T-bone vous remercie. Une nouvelle vie s'offre à lui à présent. Dommage que son avion se soit crashé dans le Kilimandjaro quelques heures après le décollage. Une erreur au niveau des courroies de transmission serait à l'origine de cet accident. Ce n'est pas le premier, mais ce sera le dernier puisque l'histoire nous apprendra que beaucoup d'éléments furent pris en compte suite à cette affaire et que la sécurité des avions est à présent garantie à 100 %. Alors dorénavant, quand vous prendrez l'avion, ayez une pensée pour cet homme en demandant un T-bone aux personnels à bord. Cordialement.

À la tête d'un empire foisonnant, prospère et pérenne, vous pouvez à présent vaquer à d'autres occupations.

Que choisissez-vous ?

Sauvez Honoré du Bénin, **page 332**.

Vous pouvez donner pour des associations caritatives, **page 228**, ou investir dans un nouveau parc d'attractions, **page 578**.

Aller sur la Lune, **page 540 A**.
Acheter un cabriolet, **page 517**.
Créer de nouveaux parcs d'attractions, **page 578**.

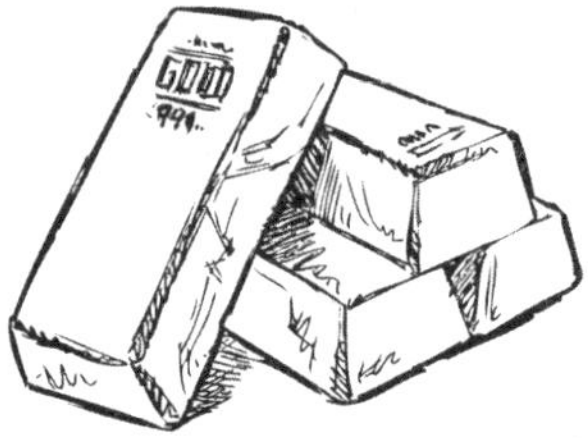

APRÈS PLUSIEURS JOINTS DE DROGUE et un combat de regards à couper au couteau, vous finissez par perdre avec les honneurs. Vous avez cru entendre un bruit de prout non loin de là. Tout ce qui a rapport aux flatulences est très périlleux en cas de défonce agressive et vous n'y avez pas échappé. Ça reste la base de l'humour et vous venez de le démontrer si c'était encore nécessaire.

Meurtrie, vous êtes contrainte de laisser votre adversaire régner en maître sur l'empire de la drogue douce.

Beau joueur, T-bone vous laisse 200 000 euros sur votre compte courant.

Cet homme a le cœur sur la main. C'est un être de lumière. Serait-ce un Élohim ? Le débat est ouvert.

Toujours est-il que vous êtes blindée aux as, à la manière de Patrick Bruel.

Que choisissez-vous de faire ?

Allez sur la Lune, **page 540 A**.

Sauvez Honoré du Bénin, **page 332**.

Vous pouvez aussi décider de donner à des associations caritatives, **page 228**.

Vous vous rendez à la police pour expliquer tous vos méfaits, **page 217 B**.

Acheter un cabriolet, **page 517**.

Créer de nouveaux parcs d'attraction, **page 578**.

A

PAR RESPECT ENVERS T-BONE vous arrêtez sans sommation votre activité illégale. Il vous en sait gré. Tout est rentré dans l'ordre dans le meilleur des mondes. Vous voilà à la tête d'une petite fortune estimée à 800 000 euros TTC.

Que voulez-vous faire à présent ?

Allez sur la Lune, **page 540 A**.

Sauvez Honoré du Bénin, **page 332**.

Vous pouvez donner à des associations caritatives, **page 228**.

Vous vous rendez à la police à expliquer tous vos méfaits, **page 217 B**.

B

DROIT DANS VOS BOTTES, vous décidez de tout dire à la police. Vous gagnez un prix prestige ! Bravo !

Vous voilà ruinée et en prison pendant longtemps, mais la conscience tranquille.

Moralité : Mieux vaut dormir sur ses deux oreilles sans le sou, plutôt que de nc pas trouver le sommeil sur un lit de billets violets. Après tout, un bon dodo récupérateur, c'est le début du bonheur.

Rendez-vous en **page 590**.

VOUS COMMENCEZ À VENDRE LES TEE-SHIRTS du crew place Clichy. Ça se vent comme des petits pains. Les affaires sont florissantes. Vous êtes douée. Bravo.

Moralité : À défaut de vendre son âme au diable, on peut vendre des tee-shirts du label place Clichy et se faire de la tune avec.

Rendez-vous en **page 590**.

VOUS VOUS SÉPAREZ DE T-BONE sur la pointe de pieds, il vous a quelque peu effrayée.

À présent vous rappelez le numéro sur lequel Toxik vous avait appelée.

Il vous donne rendez-vous dans sa cave perso, à 5 minutes d'ici.

Vous arrivez au studio les mains vides, mais le cœur gros comme ça :

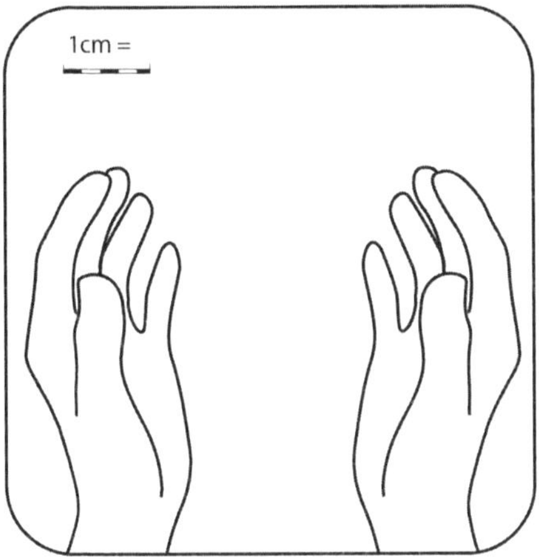

– T'as fait le bon choix. Ici on fait le taf.

– Tu aurais un EP à me faire écouter ?

– Effectivement, tiens, je te le balance tout de suite.

Vous écoutez le morceau.

Refrain : « Quand j'arrive en bas de blocs, on s'met à l'aise, s'met à l'aise. Quand j'arrive en bas de blocs, on s'met à l'aise, s'met à l'aise. Tire une barre sur ma chicha, c'est balèze, c'est balèze. »

Couplet : « Parti de rien j'ai commencé à faire mes gammes dans la tess… »

Vous êtes absorbée par la prod' quand soudain la porte s'ouvre. Toxik appuie sur « pause ».

Un homme à capuche pénètre dans la pièce.

Il s'agit de 10-ponible, un talent reconnu dans la banlieue sale.

– Yo, c'est quoi ce son de connard, là ?

– Wesh, c'est ma prod', tsé, répond Toxik sans se débiner.

– C'est d'la merde, mon pote.

– Et toi, t'en penses quoi ?

10-ponible vous prend à parti.

Pour suivre l'avis de 10-ponible, **page 221B**, pour défendre le son de Toxik, **page 221A**.

A

– **JE PENSE QUE TOXIK** est un artiste de qualité.

– OK, je vois le délire, bah je me casse.

Toxik vous remercie chaleureusement de l'avoir soutenu. Il vous fait un check respectueux et rebalance sa prod' dans les enceintes.

Tout compte fait, vous réalisez que le son est vraiment à chier.

Vous lui faites part de votre sentiment, **page 225**.

B

– **FRANCHEMENT, JE VAIS LA JOUER CASH.** J'ai rarement entendu un son aussi pitoyable. Les paroles sont nulles, le flow est tout pourri. Même le beat est moisi.

– Mais grave, j'aime ton style cash. C'est quoi ton blase ? vous demande 10-ponible.

Vous réfléchissez rapidement, deux blases vous viennent : Cash, **page 223**, Freaksy Banks from Da Fuck'in Dirty Club, **page 222**.

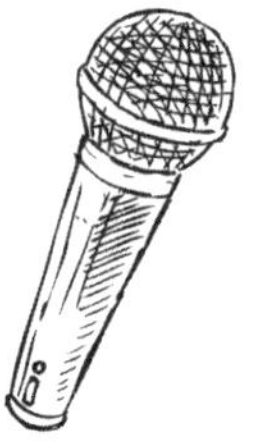

EN ENTENDANT VOTRE BLASE, un blanc s'installe. Il s'agit de Franck Stewart. Il n'y a pas de chute à cette blague.

Moralité : Quand on veut caser une vanne à tout prix, il faut malgré tout penser à l'incorporer à bon escient.

Rendez-vous en **page 590**.

– JE M'APPELLE CASH.
– Cash ?
– Ouais, Cash.
– Powwwwwww ! C'est énorme, ça bastonne.
– Merci.
– Et t'as des sons à me faire écouter ?
– Non.
– Cool. Bon je m'arrache. À plus.

Vous revoilà toute seule avec Toxik qui vous regarde en chien de faïence.

– Cash ? Pfff. C'est quoi ce nom de merde ?

– T'es jaloux.

– Et pourquoi tu m'as descendu comme ça ? Il est bien, mon morceau.

– C'est de la merde mais on peut le rebosser si tu veux.

– Tu ferais ça ?

– Grave. On va retaffer les lyrics, tu vas voir, ça va être lourd de dingue.

Vous commencez à gratter quelques mots sur un cahier. Les mots : cave, rue, street, kalash, salope, Didier Gustin et bouteille parviennent rapidement à votre cerveau puis finalement vous pondez un couplet.

« Résident de la street, originaire de la cave, petit prince de la rue, jamais sans sa kalash, les salopes veulent la bouteille, je suis le prisonnier de ton .... J'ai toujours .... des .... en mode Didier Gustin. »

– C'est stylé ! s'écrit Toxik. T'as pas trouvé la fin ?

– Non, j'ai un bug sur la dernière phrase, ça m'énerve, il me faudrait une aide divine.

– Ah mince. Attends, je crois que ça vient…

Vous devez remplir la fin de la phrase ici.

« Je suis le prisonnier de ton ....

J'ai toujours .... des .... en mode Didier Gustin. »

– Waouh ! Ça claque !

– Yes, je suis content. Ce couplet est lourd.

Toxik commence à se mettre derrière le mic'. Son flow n'est toujours pas très calé.

Vous sentez intérieurement qu'il n'a pas le niveau et que c'est à vous d'envoyer du fat. Vous vous lancez à sa place, **page 225**.

– **DÉSOLÉE, TOXIK,** mais je vais devoir être cash. T'es pas fait pour rapper. Ce qu'on va faire, c'est que j'vais prendre le mic' et toi, tu vas prendre le mix, OK ?

Vous avez rappé la dernière phrase sur un rythme accéléré.

– Waouh. C'est quoi, ce flow ? Ça sort d'où, ça ?

– Tout ça sort de la rue, hein, qui l'eût cru, pas eux en tout cas.

– Je capte pas, là.

– *Gimme da mic.*

Vous vous posez sur le mic' et à partir de là le style ne va plus vous quitter. Vous ne faites qu'un avec lui. Vous êtes le style. NON ! Vous êtes mieux que le style.

Les phrases s'enchaînent comme des mitraillettes, le flow est titanesque, vous carburez à quoi, bon sang ?! Wow, c'est juste incroyable.

Malheureusement Toxik est tellement subjugué qu'il a oublié de brancher les micros. Rien de ce que vous avez fait n'a été enregistré. À part le « Alors c'était comment ? » de fin.

Vous arrivez dans le studio d'enregistrement pour écouter votre maquette. Vous êtes désemparée.

C'est à ce moment que rentre Diego Sanchez, un DJ cubain qui organise des soirées mojitos tous les vendredis. Happy hour jusqu'à 21 heures. Gratuit pour les ladies.

– Yo les mecs, je dois enregistrer une prod', là, je peux prendre le stud' pendant 2 heures ?

– Ouais, carrément, mon gars.

Vous êtes sous le choc. Vous vouliez remettre le couvert et enregistrer au moins une fois votre couplet. La poisse…

Vous n'êtes pas le décideur et vous laissez, la mort dans l'âme, la place à Diego Sanchez, le DJ cubain.

Vous êtes dehors, le moral en berne. Toxik vous propose une cigarette.

Vous avez le choix d'accepter, **page 229**, ou de refuser, **page 227**.

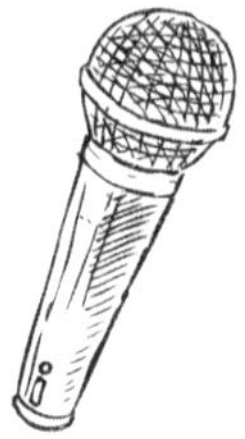

– **NON MERCI, JE FUME PAS.**

– Ça marche.

Vous le regardez fumer. Vous vous dites que vous ne comprenez pas ces gens qui fument. C'est vrai, la cigarette, c'est pas bien. C'est pas bon. Ça fait le cancer, disait votre tonton André.

Vous apprendrez plus tard que Diego Sanchez, le DJ cubain, a sorti un tube mondial s'appelant *Alors c'était comment ?* en utilisant un sample de votre voix. Vous engagez un procès contre lui. N'ayant pas clopé, votre timbre reste inchangé et le juge reconnaît votre voix sur l'extrait musical. Vous gagnez le procès ainsi que beaucoup d'argent.

Vous décidez de sauver Honoré, **page 332**.

D'aller sur la Lune, **page 540 A**.

De donner à une association caritative, **page 228**.

TOUTES VOS ÉCONOMIES PASSENT dans l'association Un enfant, une étoile. Une association destinée à offrir un télescope aux enfants malades. Malheureusement, ce sont deux escrocs qui la dirigent. Ils renvoient tout l'argent dans diverses bandes organisées à travers le monde promouvant le trafic d'armes et d'organes. Vous participez donc indirectement à tout ce tintamarre. Vous êtes reconnue coupable après plusieurs mois d'enquête de la part du FBI. Votre e-réputation vient de prendre un sacré coup. Vous perdez cinquante followers dont Damien Sargue de la comédie musicale *Roméo et Juliette*.

Moralité : Il ne faut pas donner d'argent aux associations caritatives, sauf si c'est les Restos du cœur, parce que M Pokora, il est gentil.

Direction la **page 590**.

– **MERCI POUR CETTE CIGARETTE.** C'est la première fois que je fume.

– Ah ouais ? Pourquoi tu commences ?

– Bah, je sais pas, tu me proposes.

– On t'en avait jamais proposé avant ?

– Si.

– Pourquoi tu avais refusé ?

– Bah, je fumais pas. J'avais pas envie.

– Et là t'acceptes ?

– Bah ouais, un feeling.

Quelques mois à cloper plus tard, vous apprendrez que Diego Sanchez a sorti un tube mondial s'appelant *Alors c'était comment ?* en utilisant un sample de votre voix. Vous engagez un procès contre lui. Comme vous avez changé de timbre à force de cloper, le juge ne reconnaît pas votre voix sur l'extrait musical. Vous perdez beaucoup d'argent et sombrez dans l'alcoolisme le plus pur. Vous mourrez avant Pete Doherty, c'est dire.

Moralité : De toute façon, il faut bien mourir de quelque chose.

Direction la **page 591**.

VOUS ARRIVEZ AU MAGASIN PRIBA et donnez votre CV à la directrice des ressources humaines. Celle-ci le transmet sur-le-champ au boss du magasin.

Celui-ci, intéressé par votre profil, demande que vous passiez dans son bureau dans 3 minutes 30, le temps qu'il finisse d'écouter le dernier D. Guetta à la radio.

Une fois que vous êtes arrivée dans son bureau, il vous demande quand vous êtes dispo pour travailler.

Vous répondez, avec un petit rictus sympathique, que vous l'êtes dès à présent.

– Que diriez-vous de maintenant, dans ce cas ?

– C'est un grand oui !

– Eh bien on peut dire qu'on ne perd pas de temps ! Ha ha ha !

Vous rendez son rire au boss pour faire bonne figure.

Vous voilà parfaitement intégrée en deux temps, trois mouvements.

Félicitations.

Vous commencez pied au plancher. Vous avez été missionnée pour mettre en rayon les marchandises puis pour vous installer à la caisse.

Vous êtes exaltée par cette mission. Vous prenez un vrai plaisir à sortir les légumes verts de leurs cagettes. Vous les mettez parfaitement à leur place, avec la précision d'un chirurgien. C'est un travail de fourmi. Et vous l'exécutez avec passion. En un mot, c'est du très, très bon travail.

Le boss vous regarde de son bureau au premier étage, il est conquis. Il voit grand pour vous.

Pendant que vous déposez une poêlée périgourdine à son emplacement, un client passe devant vous et vous écarte du bras. Sans s'excuser, il prend la poêlée de vos mains et continue ses courses. Que choisissez-vous de faire ?

Vous le remettez à sa place, **page 232**, ou vous prenez sur vous à la manière d'un vieux sage, **page 250**.

VOS PARENTS VOUS ONT ÉLEVÉE dans le respect d'autrui. C'est pourquoi vous décidez de ne pas laisser cet énergumène faire sa loi.

– Excusez-moi ! l'interpellez-vous.

L'homme ne se retourne pas et continue son chemin dans les rayons.

Vous le poursuivez pour capter définitivement son attention.

Le règlement de comptes s'effectuera au rayon desserts et gourmandises.

– Excusez-moi !

– Quoi encore ?! Je suis pressé.

– Vous m'avez bousculée !

– Oh là là ! Bah dis donc, ça vous a fait mal ? Vous voulez que j'appelle l'hôpital ? Que je prévienne les médias ?

– Non.

– Bon alors c'est réglé.

– Vous ne vous êtes pas excusé.

– Je suis le client, vous êtes là pour me servir. Je suis le roi ici.

– On vit en démocratie, monsieur !

– Et ça y est, les grands mots ! Vous me faites perdre mon temps.

– Nique bien ta mère.

– Pardon ?

– Vous êtes pardonné.

L'homme effectue un sourire en coin pernicieux, ne laissant rien présager de bon. Il vous toise puis va directement à la caisse numéro 3, dirigée par Hippolyte de Constanto.

Voilà une histoire rondement menée. Vous en sortez grandie à la manière de Mimi Mathy. *Vous gagnez 1 point de talent.*

Vous reprenez votre place à la caisse.

Pendant que vous faites passer les articles au bip, vous observez non loin de là votre agresseur et Hippolyte de Constanto en pleine conversation. Vous essayez de lire sur leurs lèvres, mais vous ne distinguez que le mot « je ». Ce qui ne vous avance pas trop.

– Bon, eh bien vous n'êtes pas concentrée ! Mes articles, alors ?

Que vous êtes tête en l'air ! Voilà que le client que vous faites passer n'est pas satisfait !

– Désolée, monsieur, j'étais ailleurs.

– Bah je vois ça. Revenez ici s'il vous plaît.

– Vous avez raison !

– Ah ! c'est rare de rencontrer des gens qui reconnaissent leurs erreurs, un bon point pour vous !

Vous gagnez 1 point de prestige.

– C'est normal, vous savez. Voilà, ça fera 21 euros et 25 centimes.

– Je vais payer par carte.

– Très bien, allez-y.

– Voilà. Hop, j'espère que j'ai pas oublié mon code.

– Y a pas de raison.

– C'est gentil, vous m'avez redonné confiance en moi.

– Ce n'est rien.

– Ce n'est pas rien, ce sont les petits détails du quotidien qui au final comptent beaucoup. Dans un spectacle, on travaille sur des détails, comme les coutures des manches. On croit que ça ne se voit pas, ou pas autant que le spectacle lui-même, mais au final si le spectacle est réussi c'est parce que ces détails se sont accumulés.

– Bonne journée, monsieur.

– Merci, vous aussi.

Voilà un nouveau client satisfait, votre boulot vous plaît. De plus, vous êtes extrêmement à l'aise, à la manière de Richard Anconina.

Mais votre joie est de courte durée. En effet, vous apercevez Hippolyte de Constanto serrer la main de votre agresseur à la poêlée. Que mijotent-ils ? C'est louche.

Vient l'heure de la pause-déjeuner.

Vous vous êtes préparé un petit Tupperware français. À l'intérieur, de bons légumes du soleil, de la mozzarelle et une tranche de pain de seigle.

Vous commencez à manger lorsque Hippolyte de Constanto vient à votre rencontre.

– Salut ! Alors ce premier jour ? vous lance-t-il.

– Bah, ça se passe pas trop mal.

– Ah bon ? Moi, j'ai entendu autre chose.

– Ah bon ?

– Une embrouille avec un client par exemple…

– Ah oui. Mais ça s'est réglé. Pas de problème.

– C'est étrange. Il ne m'a pas dit la même chose.

– Ah bon ? Et qu'est-ce qu'il t'a dit ?

– Je te le dirai pas.

– Dommage.

– Il a dit qu'il voulait te tuer.

– Quoi ?!

– C'est tout ce que j'ai à dire.

– Mais je comprends pas. Tu lui as serré la main…

– Oui.

À partir de là un silence pesant s'installe entre vous, interrompu par le vigile du magasin.

– Alors ça va, vous deux ?

– Oui, à part que je viens de me faire menacer de mort.

– Ah bon ?

– Oui, et que la personne qui veut ma mort s'entend visiblement très bien avec Hippolyte.

– Ah bon ? C'est vrai, Hippolyte ?

– C'est parfaitement faux. Ne l'écoute pas.

Vous ne comprenez pas l'attitude d'Hippolyte, il semble jouer un double jeu, à la manière de Christophe Willem.

– Je t'ai vu lui serrer la main !

– C'est ta parole contre la mienne.

– Bon, vous m'avez saoulé, je me casse, dit le vigile.

– Ça marche, à plus.

Eh bien, on peut dire que cette journée commence assez mal. Vous voilà dans une sacrée mélasse.

Votre tête est mise à prix, en mode Philippe Risoli.

Vous avez du mal à croire tout ce qui s'est passé. Vous, si sympathique. Éduquée de mains de maître par votre mère.

Vous pensez que vous auriez mieux fait de rester posée chez vous devant la télé. Au moins vous auriez pu regarder la télévision numérique. Personne ne vous aurait chié dans les bottes de cette façon.

Suite à cela, la journée se passe sans problème particulier mais vous êtes encore toute chamboulée et c'est avec plaisir que vous prenez le chemin de votre petit chez-vous.

Après avoir marché le cœur plus léger, vous arrivez enfin sur le pas de votre porte. Vous l'ouvrez sans avoir besoin d'utiliser votre clé.

Votre appartement est sens dessus dessous. De toute évidence, il y a eu effraction.

Heureusement pour vous, vous avez eu la bonne idée d'habiter un appartement minuscule et puant. Le choc est donc largement amorti, à la manière de Rafael Nadal.

Vous tombez sur un message codé sur le sol.

Le message dit : « Delta Triangle 4 Montagne Église Satanas. »

Vous ne comprenez absolument pas ce message. Et c'est peut-être mieux comme ça. Mieux vaut ne pas être au courant que d'en savoir trop.

Soudain un homme surgit dans votre appartement.

– Delta Triangle 4 Montagne Église Satanas ! psalmodie-t-il d'une voix d'outre-tombe.

Si vous connaissez le verbe « psalmodier », **vous gagnez 1 point d'intelligence**, sinon **vous en perdez 1**.

– Oui, alors par contre je sais pas ce que ça veut dire, votre rébus.

– Mieux vaut ne pas être au courant que d'en savoir trop...

– C'est marrant, c'est au mot près ce à quoi je pensais voilà 5 secondes.

– Étrange coïncidence...

– Qui êtes-vous ?

– Je pense donc je suis.

Et l'homme s'enfuit en émettant de mystérieux bruits de bovins. Vous l'entendez trébucher dans les escaliers. Le bruit est abominable. Le son des os qui craquent vous fait froid dans le dos.

Que faites-vous ?

Vous allez lui porter secours, **page 237**, ou vous vous barricadez, **page 239**.

VOUS VOUS PRÉCIPITEZ VERS LES ESCALIERS : le corps de l'homme gît comme un vomi du vendredi soir dans Paris.

Les jambes de ce curieux personnage sont pliées dans des sens que vous n'aviez jamais imaginé possibles.

Vous mettez vos deux doigts sur sa carotide. Le pouls est régulier. Il est de 0.

C'est la première fois de votre vie que vous constatez le décès d'une personne, comme dans les films.

Vous ressentez une fierté mal placée. Vous décidez d'appeler le SAMU.

– Allô ?

– Oui, SAMU j'écoute.

– C'est bien le SAMU ?

– Oui, SAMU j'écoute.

– Ah très bien, non parce que j'avais cru entendre « Sammy j'écoute », ça m'a ramenée à *Scooby-Doo*, tout ça, bref, il y a un mort dans mes escaliers.

– Ah très bien, enfin, pas très bien, du coup, enfin, ça dépend si c'était un méchant ou un gentil, enfin, on arrive quoi qu'il en soit.

– Merci.

Vous n'avez pas le temps de raccrocher que le client mécontent de ce matin vous fait face. Enfin, c'est un face-à-sexe, car vous êtes encore à moitié par terre et lui debout.

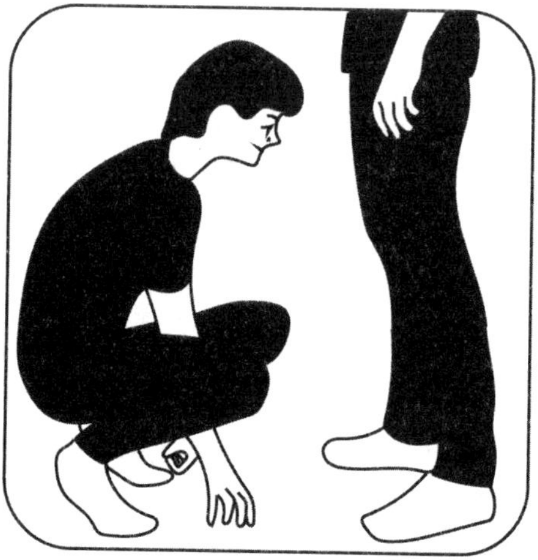

Votre assaillant vous envoie un lourd coup de pied dans le bras. Vous ressentez une décharge électrique, façon Pikachu.

Il a lancé les hostilités, c'est un « no turning back point », comme on dit aux States.

La confrontation s'annonce épique.

Votre agresseur, que nous appellerons Didier par souci de confidentialité, est un combattant de catégorie 8. Son bilan est de dix-huit victoires dont six par K-O depuis le début de sa carrière. Lancez votre dé, additionnez-y vos points de puissance. Ça passe ou ça casse.

Si ça passe, allez à la **page 240**, si ça casse, direction la **page 243**.

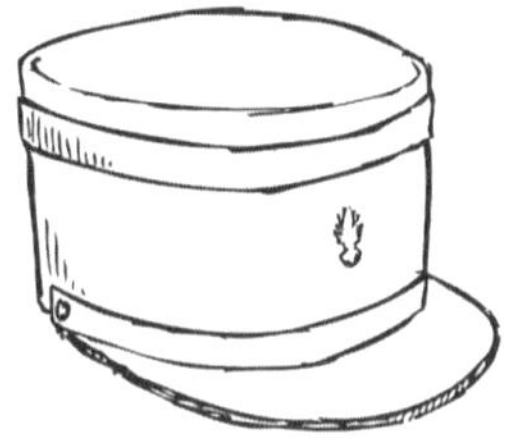

VOUS N'OSEZ PAS ALLER REGARDER, vous préférez vous enfermer chez vous. Vous mettez un meuble pour bloquer l'entrée.

Vous voilà en sécurité, du moins pour le moment. À l'instant où vous allumez la télé, on frappe deux coups à votre porte.

– Qui est-ce ?

– C'est la police des polices !

– J'arrive.

Vous ouvrez la porte, sans poser de question, à la manière de Willy Denzey. Il ne s'agit pas de la police des polices mais du client mécontent de ce matin qui a trafiqué sa voix avec le même talent que Gérald Dahan. Il vous assène un coup de pied au buffet qui a le mérite de vous faire très mal. Vous souffrez le martyr. La situation est délicate, périlleuse. Vous êtes au bord du gouffre.

Il vous faut affronter cet homme !

Votre agresseur, que nous appellerons Didier par souci de confidentialité, est un combattant de catégorie 8. Son bilan est de dix-huit victoires dont six par K-O depuis le début de sa carrière. Lancez votre dé, additionnez-y vos points de puissance. Ça passe ou ça casse.

Si ça passe, allez à la **page 240**, si ça casse, direction la **page 243**.

VOUS ENVOYEZ UN ÉNORME PAIN sur le visage de Didier, celui-ci vacille à la manière d'Amaury Vassili.

Il bat en retraite comme un vulgaire chimpanzé.

Vous entendez qu'il a trébuché dans les escaliers. Le bruit est abominable. Le son des os qui craquent vous fait froid dans le dos. Vous voilà débarrassée de ce salaud. Bon gré mal gré, vous lui dérobez son argent en prenant soin de ne pas le toucher avec vos mains nues. Vous avez vu ça dans un film. Du coup, vous enfilez un sac à crotte et vous effectuez la récolte.

Le pactole s'élève à 575 euros, c'est pas mal du tout.

Vous avez la vie devant vous à présent. Vous ressentez l'envie de profiter de la life. Sur un esprit yolo. Vous décidez d'aller dans un salon de tatouages nocturne pour vous faire tatouer « Carpe Diem ». Car après tout on n'a qu'une vie.

Vous arrivez devant le salon « Tatoo heure ». Une musique rock grunge sort de la stéréo. L'ambiance est chaude et chaleureuse. Ça fait du bien après cette journée noire.

Le tatoueur Jimi Summer vient à votre rencontre pour parler dessin.

Vous échangez vos idées et c'est parti pour le tatoo sur le cou.

L'aiguille commence à gratter la chair.

Vous souffrez mais vous ne pipez mot, en mode Rocco.

Une heure après, le travail est terminé. Le résultat est glorieux. N'en déplaise aux rageux.

Vous tweetez le résultat. En ajoutant le hashtag #tatoo. C'est très bien pensé car le rapport est direct. ***Vous gagnez 1 point d'intelligence.***

Thierry Pelouse est le premier à liker. Ça ne vous étonne pas, il est passionné de tatouages, alors vous pensez…

Cela étant fait, vous vous sentez pousser des ailes, c'est pour cela que vous allez chez l'épicier vous acheter un Red-Bull.

L'énergie s'empare de vous.

Vous avez envie de croquer dans chaque seconde, de croquer la pomme, symbole de la vie et de la marque Apple.

Que souhaitez-vous faire de votre vie ?

Retourner au travail le lendemain, **page 242**.

Parir sur un strip-club tout de suite, **page 144**.

Rentrer chez vous vous coucher, **page 8**.

Zoner en mode street, **page 196**.

APRÈS AVOIR PASSÉ UNE NUIT relativement calme et agitée, vous marchez la fleur au fusil en direction du magasin Priba. Vous commencez à avoir une tendresse toute particulière pour l'établissement.

Une fois arrivée derrière votre caisse, vous remarquez qu'Hippolyte de Constanto n'est pas à son poste. Et c'est sans doute mieux comme ça. Qu'il vous lâche la grappe, celui-là, pensez-vous. Mince à la fin ! Vous n'avez jamais été aussi énervée. Sauf peut-être la fois où vous étiez énervée aussi à cause d'un truc.

Après avoir servi plusieurs clients, vous tombez nez à nez avec Richard Virenque, ancienne gloire du cyclisme français. Vous passez ses articles sans rien dire mais vous n'en pensez pas moins.

Puis, emportée par une fugace rage de vivre, vous ouvrez la discussion.

– Vous êtes Richard Virenque ?

– Non.

– Bah si, je vous reconnais.

– Vous faites erreur. Tenez, ma carte de fidélité.

Vous avez le choix entre insister, **page 287**, ou laisser tomber pour ne pas déranger le bien-être de l'établissement, **page 258**.

VOUS ENCAISSEZ UN SURPRENANT COUP DE COUDE latéral dans l'omoplate. Cela a le don de vous déplacer la moelle épinière. Autant vous dire que ce qui vous arrive est assez désagréable. Votre assaillant vous donne un dernier coup de pied dans le visage juste pour le plaisir et s'en va à la manière de Marco Prince, ex-« Nouvelle star ».

Vous êtes comme une épave à l'heure actuelle.

C'est à ce moment que vous voyez passer votre concierge.

Vous lui demandez de l'aide.

Si vous lui avez dit bonjour ce matin, allez **page 244**, sinon allez **page 248**.

LA CONCIERGE ACCOURT et commence à vous palper.

Elle appelle immédiatement les secours. Pendant que les urgences circulent dans la ville, elle vous met à l'aise par ses premiers soins.

Cette femme est très pratique.

Les secours arrivent. Vous êtes prise en charge par le Dr Éric Sullivan, jeune diplômé de l'université Paul-Hackman.

Il effectue un parfait check-up complet.

Vous voilà sur le brancard. Allongée.

Vous vous laissez aller au sommeil.

Vous vous réveillez dans une chambre d'hôpital. La logique est implacable.

Vous êtes nue sous votre blouse blanche.

Cela vous met mal à l'aise, surtout que votre voisine vous regarde d'un œil gourmand.

– Qu'est-ce qui vous est arrivé ? demande-t-elle.

– Je me suis déplacé la moelle épinière.

– Ah oui. C'est pas rien. Je dirais même plus, c'est pas rein !

– Superbe humour, hésitez pas à continuer dans cette voie.

– Vous savez, vous allez peut-être mourir, vous savez.

– Merci bien. Ça me rassure.

– Ah, je vois, vous êtes dans le déni. Je comprends, c'est une étape à passer.

– Laissez-moi tranquille.
– Je vois que vous avez un beau tatouage.
– Merci.
– Vous savez, ça fait un petit moment que j'ai pas goûté aux plaisirs de la chair.
– Vous avez qu'à bouffer des Coraya.
– Superbe humour, hésitez pas à continuer dans cette voie.
Ohhh, vous venez de vous faire clasher ! **Vous perdez 1 point de charisme.**
– Vous savez, vous ne pouvez pas bouger, moi si. Il pourrait se passer des choses pas très catholiques entre vous et moi, susurre-t-elle d'une voix nasillarde.
– Vous me faites peur.
– La peur, c'est excitant. Le cœur bat plus vite, plus fort. Le sang circule vite… Vous connaissez la signification du mot « turgescent » ?
– S'IL VOUS PLAÎT ?! AIDEZ-MOI !
Vous essayez d'appeler du renfort. Vous n'êtes pas en état de vous défendre. Mais, trop fatiguée, votre voix ne porte pas.
Votre voisine se lève difficilement de son lit. Elle marche au ralenti.
Vous appuyez sur un bouton juste à côté de votre main droite.
Une dose de morphine vient de vous être administrée.
Vous êtes immédiatement shootée.
Vous voyez la voisine arriver à 2 à l'heure vers vous.
Sa voix se ralentit également. Vous êtes en plein cauchemar vivant.
Vous n'essayez pas de lutter. Vous êtes résignée et vous souriez. La morphine est tellement forte que vous n'en avez cure.
Rien ne pourrait troubler votre état.

La voisine se racle la gorge et flatule à tout-va. C'est une vraie poubelle ambulante qui se dirige vers vous.

Voilà qu'elle déboutonne votre blouse avec l'élégance d'un taureau ailé.

Elle vous met à l'aise.

Soudain, une aide-soignante, prénommée Linda Béruvier, pénètre dans la chambre.

Elle assiste à ce spectacle innommable. Elle rend son déjeuner sur le coup et quitte la pièce en courant.

Vous n'avez plus de force du tout, vous fermez les yeux. Vous voilà dans de beaux draps. Vous dormez. Pendant ce temps, votre lit connaît quelques secousses…

Une heure plus tard.

L'esprit embrumé. Vous ne préférez pas savoir ce qu'il s'est passé.

Vous vous tournez et vous croisez le regard ravi de votre voisine. Elle vous envoie un clin d'œil.

Vous vous sentez souillée.

Un infirmier, Goran Ivanisevich, Ukrainien de souche, arrive dans votre chambre.

– Alors comment va notre malade ?

– Ça fait aller.

– Non, je demandais à Mme Popovich.

– Ah, pardon.

L'infirmier ne vous calcule manifestement pas. Ce rejet vous ramène à votre enfance quand votre maman rentrait tard le soir et que vous l'attendiez seule dans votre chambre. Vous pleuriez à chaudes larmes. Heureusement il y avait Jocko, votre peluche singe, il était très gentil, Jocko. Jusqu'à ce qu'il fugue un soir d'été. *Vous gagnez 1 point de folie.*

Ce souvenir vous émeut. Vous lâchez une petite larme. C'est mignon. L'infirmier est amadoué. Il vous tend une pomme.

Vous le remerciez.

Vous appréciez la pectine à sa juste valeur car, le saviez-vous, deux études chez les rats ont permis de constater que l'association des pectines et des polyphénols de pommes diminuait le taux de triglycérides sanguins et exerçait une activité anti-obésité.

Une fois la pomme ingérée, vous vous reposez.

Vous allez faire ça pendant une semaine.

Vous sortez de la clinique totalement ankylosée. Vous n'êtes pas au mieux. Vous boitez bas.

Vous boitez tellement qu'une racaille appelée Jo-Hakim vient à votre rencontre.

– Tu viens de quel quartier ?

– De la clinique.

– Oh, je connais pas, mais ça sonne.

– Je viens de sortir, là.

– T'étais en prison ?

– Ouais, si on veut.

– T'as fait quoi ?

– Je m'étais frappée avec un gars.

– Ah ouais mais toi, quand je t'ai vue, je me suis dit c'est de la pure frappe.

– Et sinon ça va ?

– Tranquille, on fait nos délires. On se met bien. Normal.

– C'est bien ce que je pensais. Je peux venir faire ça avec vous ?

– Bien sûr. Viens te poser. Je vais te présenter deux ou trois narvalos.

– En vous remerciant.

Rendez-vous à la **page 196**.

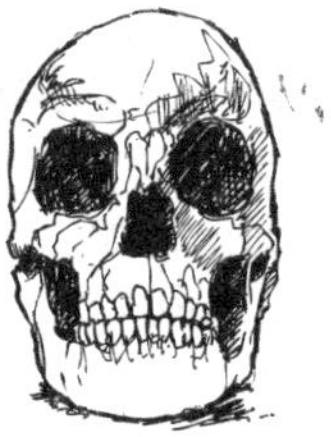

LA CONCIERGE JETTE UN REGARD PLEIN DE HAINE sur votre corps agonisant, puis passe son chemin. Son regard était glaçant comme le feu.

Vous voilà livrée à vous-même en mode Chronopost. Vous avez du mal à respirer. Vous commencez à bader. Vous voyez toute votre vie défiler devant vous, notamment le barbecue de tonton André il y a 2 ans.

Cela s'était passé un dimanche par un temps estival. Vous étiez une quinzaine. Il y avait des sodas en veux-tu, en voilà. De l'orangeade également, des Pimousse et des bouteilles de limonade en plastique. La famille Guimbert était là aussi, au grand complet. Les merguez étaient d'une qualité incroyable. À la fois tendres et poivrées, le juste équilibre. Le yin et le yang. Vous arrivez presque à les sentir à nouveau.

Tonton André vous avait donné un cours de tai-chi après le repas. « Pour faire circuler les sauces », il disait. Il savait trouver les mots justes… Puis la pluie était arrivée et tout le monde avait fait la tête.

Dominique Guimbert, le père de famille, s'était montré très agacé à l'encontre de tonton André.

– Mais tu vois, la météo l'avait dit et toi, tu nous as forcés à venir ! vociféra Domi en finissant son verre de sirop d'agrumes.

– Mais à ce moment-là on fait plus rien, répliqua tonton André.

– Regarde, le petit Jonathan est tout trempé !

Suite à cette échauffourée, Tonton André avait menacé Dominique de lui balancer une chipolata chaude « dans sa grosse gueule ». Heureusement le soleil était revenu et tout s'était arrangé. Vous aviez pu finir la journée en jouant à chat perché. C'était si bon.

Ce sera votre dernier souvenir.

Vous venez de décéder.

Parfois la vie se joue à rien. La vie c'est simple comme bonjour.

Moralité : « *Say hello, to the girl, that I am* », Britney Spears.

Rendez-vous en **page 591**.

VOUS RESTEZ DE MARBRE. Cet homme ne vous fera pas changer d'humeur, ce serait trop facile. Non mais ho ! Un peu de tenue, que diantre !

Et c'est avec un large sourire que vous continuez votre labeur sous l'œil toujours approbateur de votre boss.

Vous gagnez 1 point de charisme.

Votre mine fait plaisir à voir. Une vieille dame vous demande un sachet de chips car elle ne peut pas l'atteindre. Vous le lui passez volontiers d'un bras leste.

Elle vous remercie.

– Ah bah merci bien, on en fait plus, des comme vous.

Vous sentez la main de la grand-mère vous caresser très légèrement la cuisse. Vous ne savez pas si c'était intentionnel ou pas. Cela vous a procuré un petit frisson. Une sensation que vous n'aviez jamais connue jusque-là. Peut-être une émotion nouvelle. Encore jamais établie par les scientifiques. Il n'y a tout simplement pas de mots pour ce qu'il vient de se passer.

Le boss vous fait un clin d'œil approbateur depuis son perchoir.

Décidément, ce jour se déroule sous les meilleurs hospices.

Vous êtes épanouie.

Le repas du midi consommé, vous voilà bien posée à la caisse numéro 4.

L'émotion monte quand le premier client arrive.

Vous vous dites mutuellement bonjour. Le respect est de mise.

Vous passez les différents articles avec une aisance déconcertante. Même le client a du mal à ne pas le constater.

– Eh bien dis donc, on dirait que vous êtes faite pour ça ! Vous venez de commencer, non ?

– Effectivement. C'est mon premier jour.

– Chapeau ! On n'en fait plus, des comme vous. Vous avez trouvé votre voix, comme Mireille Mathieu.

– Merci.

Décidément, cette journée se passe à merveille. Il semblerait néanmoins que cette petite conversation ait été entendue par Hippolyte de Constanto. Un jeune caissier, ex-bourgeois, qui n'a que très peu apprécié le trop-plein de compliments à votre égard.

Vous ne le voyez pas mais il vous scrute d'un regard mauvais. Il guette tel le serpent à la sortie d'un terrier de lapins.

Hippolyte de Constanto, 23 ans, est l'ex-héritier de la dynastie de Constanto, millionnaire éminemment connue dans le monde de l'immobilier. Jugé trop bête par les siens, il a été déshérité, chassé du manoir familial et même renié.

Une rumeur propagée par Jean-Marc de Morandin, journaliste mondain, raconte qu'Ernest de Constanto, le patriarche, aurait dit lors d'une soirée mondaine que son fils Hippolyte n'était qu'un prout dans la dynastie familiale. Ce qui, comme toute blague ayant trait aux flatulences, eut le don de faire péter de rire l'assemblée.

Hippolyte, qui était dissimulé sous la table à ce moment-là, a tout entendu. Perclus de honte, il resta plusieurs heures sous cette table, sans bouger… à la manière d'un caisson de basse.

– Bonjour. Vous êtes dans la lune ?

Une cliente s'impatiente devant vous à la caisse.

– Bonjour, désolée, oui, j'aime l'astrophysique.

– C'est pas vrai ? dit la cliente. Moi aussi !

– J'adore la Lune.

– Ahhh, vous me faites plaisir. Voilà des gens bien, bordel ! Les gens sont d'une bêtise de nos jours, alors quand on croise des gens comme vous, c'est presque choquant ! Ha ha ha ha !

– Ha ha ha ha !

Le sang bouillonne dans tout le corps d'Hippolyte. Il ne se rend même pas compte qu'il broie littéralement un sachet de barres chocolatées.

– Ohé mais dites donc, en voilà des manières ! Vous êtes en train d'écraser mes chocolatines ! Et puis quoi encore ?! s'écrie Roger, un client.

– Hein, quoi ? Pardon, je me rendais pas compte, répond Hippolyte.

– Eh ben je m'en vais, je quitte ce lieu. Vous avez tout gagné.

Spectatrice de cette scène, votre cliente intervient et demande au client mécontent de venir à votre caisse. En insistant un peu, le client récalcitrant vient se poser à votre caisse.

Une fois les tensions apaisées et les articles passés dans un calme absolu, le client s'écrit :

– Ah, OK ! Ah bah là, oui ! Là, forcément c'est mieux. Comme quoi, hein. C'est fou…

Vous lui renvoyez un sourire charmeur.

– Et ça joue la carte de la séduction, en plus… Eh bien vous avez tout compris, vous. Vous êtes géniale, ne changez rien !

La journée s'achève dans le même état d'esprit joyeux. Vous êtes accomplie dans votre vie. Le succès est vôtre.

Le soir arrive et le magasin ferme ses portes.

Vous vous apprêtez à sortir quand soudain Hippolyte vous agrippe par le col.

Il vous glisse un Post-it dans le cou et s'en va tel un prince des *Mille et Une Nuits*.

Sur le papier est écrit : « Rendez-vous dans 31 jours devant le parking, pour que je te pète la gueule ! »

Étonnant, ce message. Pourquoi Hippolyte vous donnerait-il rendez-vous dans 31 jours ? Peut-être vous teste-t-il ?

Qui peut le dire ?

C'est alors que le boss arrive et vient vous parler.

– Félicitations pour cette journée, vous êtes très bien ! Vous voulez boire un café dans mon bureau ?

Quelle est votre réponse ?

Oui, **page 254 A**.

Non, **page 254 B**.

A

– **AVEC PLAISIR.**

Et vous voilà en charmante compagnie dans le bureau du king.

– Le café est servi, vous annonce ce dernier, grand seigneur.

– S'agit-il d'un arabica ?

– On ne peut rien vous cacher…

Ce petit moment intime vous émoustille. Mais vous préférez ne pas aller trop vite en besogne. Vous respectez trop l'amour pour ça.

Vous décidez un peu à contrecœur de rentrer chez vous vous reposer.

Serait-ce là le début d'une romance ?

Direction **page 255**.

B

– **NON MERCI, JE NE PRÉFÈRE PAS.** Je tiens à conserver une respectueuse distance avec vous, monsieur le directeur. Mais c'est très gentil. Excellente soirée, monsieur le directeur.

– Allons, appelez-moi Franck… C'est… mon deuxième prénom.

Direction **page 255**.

LA NUIT S'EST PASSÉE À MERVEILLE. Vous avez très bien dormi dans votre petit lit douillet.

Après avoir dégusté un petit déjeuner sur le pouce, composé d'une banane, vous arrivez sur votre lieu de travail avec 45 minutes d'avance. Il faut dire que votre appartement petit et miteux vous encourage vraiment à être n'importe où tant que c'est ailleurs.

Vous allez acheter un pain au chocolat non loin du Priba pour tuer le temps.

Il vous manque 5 centimes. La boulangère vous fait crédit. Vous lui dites :

– Les bons comptes font les bons amis.

Elle rit aux éclats sans aucune raison. Peut-être est-elle amoureuse de vous ? Vous ne le savez pas, personne ne le sait. Sauf elle. À moins qu'elle ne le sache pas non plus. Toujours est-il que vous ingurgitez votre pain au chocolat avec fougue.

Vous voilà revenue sur votre lieu de travail.

Christian, le préposé à la propreté, vous demande si vous avez une clope.

Vous décidez de lui faire une blague.

Vous faites mine de chercher et de fouiller dans votre poche. Puis vous sortez votre main et plus précisément votre majeur. Vous offrez un bon doigt d'honneur à ce bon vieux Christian.

Ce dernier rit aux éclats.

Hippolyte, qui arrive à ce moment-là, perd son sourire immédiatement. Le gars est livide comme un cul.

– Bon maintenant vous arrêtez de rire sans moi ! J'en ai marre ! Vous m'aimez pas ! Personne ne m'aime ! Mais moi, j'ai rien fait, c'est pas ma faute !

– De quoi tu parles, Hippo ?

– M'appelle pas Hippo, je suis pas un hippopotame !

En disant ça, Hippolyte sourit légèrement pour montrer qu'il voulait faire une blague.

Malheureusement personne ne rigole. Au contraire, la gêne est bien réelle.

Heureusement vous dégainez un :

– Bah autant aller à l'Hippopotamus dans ce cas !

Christian explose de rire.

– Ça fait du bien de rire, bordel ! Tu sais que t'es géniale, toi ! Une pépite sur cette terre !

Christian n'a pas eu une enfance heureuse.

Tabassé à l'âge de 11 ans par des bouquinistes, il suivit peu après des cours de solfège dans le Jura auprès de Pierre-Émeric Leblayonnec, ancien député du Val-de-Marne.

Puis il fugua avec une réfugiée polonaise du nom de Svetlané. Qui le quitta 1 kilomètre plus loin à cause d'un débat houleux autour du diesel et du sans-plomb. S'ensuivit un parcours sinueux, incertain, à la dérive. Triste vie pour Christian. Qui a finalement atterri à ce poste de technicien de surface.

– Ah là là, tu me fais rire. Je t'aime bien.

Hippolyte profite de l'hilarité pour vous faire un croche-patte.

Christian a tout vu et fonce sur Hippolyte. Il lui arrache son sac à dos avec la rage d'un crocodile méchant.

Christian semble être en fureur. S'il continue, il se pourrait bien que…

L'enterrement d'Hippolyte s'est fait dans le calme le plus absolu. En effet, vous avez assisté seule à ses funérailles.

Vous l'avez veillé deux heures durant. De temps en temps, vous avez cru entendre des insultes à votre égard provenant de la tombe d'Hippolyte. Puis vous êtes partie.

Difficile ambiance que celle qui règne au magasin Priba depuis la disparition d'Hippolyte et l'emprisonnement de Christian.

Malgré tout, vous gardez votre flegme anglais et faites votre travail avec tout l'aplomb qui vous caractérise.

Entre deux clients, vous tombez nez à nez avec Richard Virenque, ancienne gloire du cyclisme français. Vous passez ses articles sans rien dire mais vous n'en pensez pas moins.

Puis, emportée par une fugace rage de vivre, vous ouvrez la discussion.

– Vous êtes Richard Virenque ?

– Non.

– Bah si, je vous reconnais.

– Vous faites erreur. Tenez, ma carte de fidélité.

Vous avez le choix entre insister, **page 287**, ou laisser tomber pour ne pas déranger le bien-être de l'établissement, **page 258**.

VOUS VOUS SAISISSEZ DE LA CARTE et la faites biper comme il se doit. Richard a 15,24 euros en bons d'achat sur sa carte. C'est une belle somme.

Vous vous permettez de lui faire remarquer qu'il possède cette somme sur son compte Priba.

Richard, peut-être pas dans son assiette aujourd'hui, ne réagit pas comme vous l'attendiez.

– Écoutez, oui, si vous insistez, je vais utiliser cet argent, afin de déduire cette somme de ma facture du jour.

– Je prends note.

La transaction se passe à merveille. L'ordinateur sur lequel vous tapez est en parfait état de marche. Richard est ravi.

– Écoutez, merci, je tenais à vous le dire.

– Non, c'est moi qui vous remercie.

– Comment ça, vous n'acceptez pas mes compliments ?

– Mais si, bien sûr que si ! Ha ha ha !

Et vous voilà en train de rire à gorge déployée avec Richard Virenque ! Tout simplement incroyable. Si on vous avait dit quelques lignes plus haut que vous rigoleriez avec Richard Virenque, vous ne l'auriez certainement pas cru.

C'est aussi ça, le destin. Des moments improbables comme ceux-là. C'est pour ce genre de moment qu'on se lève tous les matins.

– Écoutez, vous m'êtes sympathique, pourquoi ne viendriez-vous pas dîner chez moi ce soir ? Il y aura une quinzaine de personnes hautes en couleur, dont un Noir.

Que choisissez-vous de faire ?

Oui, **page 260 A**.

Non, **page 295 A**.

A

– **EH BIEN J'ACCEPTE !**

– L'adresse est au 2, rue Montagnard, comme ça se prononce, et le digicode est 0-4-1-8, je répète 0-4-1-7, euh, 8, pardon. Au septième ciel, euh, septième étage.

– Très bien, c'est noté.

– Une excellente fin de journée.

– En vous remerciant.

La journée se passe sans accrocs. Jusqu'au moment de partir où votre boss vient à votre rencontre.

– Alors comme ça on chille avec Richard Virenque ?

– Effectivement, je vais à une soirée chez lui tout à l'heure.

– Ahhhh, je vois. Eh bien amusez-vous bien… sans moi.

Pour snober votre boss, **page 260 B**.

Pour passer la soirée avec votre boss, **page 301 A**.

B

– **À DEMAIN, MONSIEUR LE DIRECTEUR.**

Votre boss est furax, il contient sa colère. Mais vous n'en avez que faire. Chacun sa route, chacun son… Si vous avez pensé « chemin », *vous perdez 1 point mytho* ; c'est comme ça, vous êtes arrogant, à savoir tout sur tout. Si vous avez pensé autre chose, *vous gagnez 1 point mytho* ; vous êtes jeune et naïf, c'est bien.

Après un trajet inoubliable, vous voilà arrivée au 2, rue Montagnard, le digicode devant vous. Malheureusement vous avez un doute sur le dernier chiffre.

Pour taper 0-4-1-8, allez **page 261 B**.

Pour taper 0-4-1-7, allez **page 261 A**.

A

VOUS TAPEZ 0-4-1-7. Cela ne fonctionne pas. Vous vous rappelez que Richard s'était emmêlé les pédales tout à l'heure. Vous vous creusez les méninges et vous essayez un autre code. *Vous gagnez 1 point prestige.* Vous tapez 0-4-1-8, allez **page 261B**.

B

VOUS TAPEZ 0-4-1-8. C'est le code correct. Vous pénétrez dans ce hall d'immeuble haussmannien. C'est du grand standing. C'est la France d'en haut.

À présent vous devez monter les sept étages.

Choisissez-vous les escaliers, **page 264**, ou l'ascenseur, **page 262** ?

VOUS ENTREZ DANS L'ASCENSEUR. Vous appuyez sur le bouton 7. Au bout de quelques instants, l'élévateur, comme on dit à Québec, se bloque. Vous appelez à l'aide, mais les murs sont insonorisés. Les minutes, puis les heures passent. Vous n'avez rien à manger. Pour survivre, vous décidez de créer un écosystème. Ayant des notions de biologie et ayant vu à de nombreuses reprises les émissions « Man vs. Wild » ou encore « C'est pas sorcier », vous arrivez à faire poindre des gouttes d'eau grâce à un système élaboré. Un microclimat va voir le jour dans cet espace clos ainsi qu'une nécromasse abondante. Vous êtes posée dans votre biotope. Vous vivez sans aucune aide extérieure, vous êtes autosuffisante. Après plusieurs mois de vie ascétique, une équipe de journalistes scientifiques réputés a prévu de vous interviewer aujourd'hui. Un réparateur mandaté par le syndic arrive donc pour vous sortir de là, mais c'est sans compter sur un coup du sort que personne n'aurait pu prévoir : la cabine se décroche et tombe. Vous mourez, écrasée sur le coup, emportant votre mystère avec vous.

Moralité : Mieux vaut vivre dans un climat tempéré. Comme la France. Ou à Québec.

Direction la **page 591**.

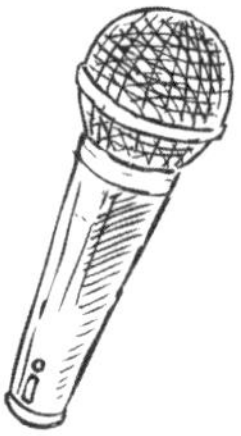

VOUS AVALEZ LES ESCALIERS AVEC VITESSE. Et vous voilà arrivée devant la porte. Vous entendez le son *Validé* de Booba. L'ambiance est présente. Vous tapez à la porte. Vous entendez Richard au loin.

– Voilà ! J'ARRIVE !

Il ouvre la porte. Il porte un magnifique costard Givenchy, son parfum est envoûtant comme une plante carnivore.

Vous entrez dans l'appartement à petits pas feutrés. Vous découvrez une décoration à l'ancienne, un peu baroque, classique, néopost-1900.

C'est à la fois chic et cosy. Richard ne vous avait pas menti, il y a bel et bien une quinzaine de personnes hautes en couleur, dont un Noir.

Trois hommes et une femme dansent sur le rythme caliente asséné par les grosses enceintes JBL.

Un homme de forte corpulence fait des mots fléchés dans son coin en sirotant un Martini framboise.

L'homme noir est assis sur le canapé avec un sac plastique rempli de bananes posé sur son ventre. À côté de lui se trouve un Chinois ayant lui aussi un sac plastique mais rempli de nems, cette fois. Vous trouvez le tableau étonnant.

Vous commencez à vous poser des questions. Quel genre de soirée se déroule ici ?

Vous allez voir Richard pour lui demander quel est le thème de la soirée.

– Ah, tu dois te demander quel est tout ce tintouin. Eh bien le thème de la soirée, c'est conformisme et préjugé.

– Ah, OK. Je comprends tout.

– À présent mets-toi à l'aise. Il y a de l'alcool, de la C, et bien d'autres substances illicites cachées un peu partout à la manière des œufs de Pâques.

– Merci bien, Richard.

– À ta guise.

Vous voilà face à un dilemme, entre vous et vous. Soit vous êtes raisonnable, soit c'est la soirée de tous les excès.

Pour la raison, **page 282**, pour l'excès, **page 266**.

VOUS COMMENCEZ PAR PRENDRE UN VERRE DE VIN ROUGE, un chibrier 2009. Un très bon cru.

Un amateur de vin arrive à votre niveau.

– Alors on aime le bon vin ?

– On ne peut rien vous cacher, monsieur…

– René de Monte-Charge, archiduc du domaine des Boisselier.

– Près des Vosges ?

– Non, vous confondez.

– Ah.

– Ce n'est pas grave, on fait souvent l'erreur.

– En tout cas vous avez raison, j'aime le bon vin.

– C'est un chibrier 2009, si je ne m'abuse.

– On ne peut rien vous cacher.

– Je m'y connais en vin, et en raisins par concomitance.

– Je vois. Et alors, que pouvez-vous me dire sur ce cépage ?

– Me permettriez-vous d'en savourer le nectar dans votre verre ?

– Mais faites.

– Hmmm. Boisé… Fainéant… Autoritaire… en un mot je dirais qu'il est bon dans la bouche.

– Vous êtes doué.

– En effet. Sur ce, je vais vous laisser boire ce précieux breuvage. Peut-être vous reparlerai-je plus tard dans la soirée… *Impossible is nothing*… Adidas.

Les raisins fermentés vous font un effet bœuf. Votre tête tourne comme dans un manège. Il vous semble à présent que le Chinois et le Noir ont échangé leurs sacs plastique. C'est le monde à l'envers. Soudain une femme masquée arrive à votre niveau. Elle vous donne un petit comprimé vert.

Vous prenez ce comprimé, **page 268**.
Vous devenez raisonnable, **page 282**.

VOUS N'OPPOSEZ AUCUNE RÉSISTANCE. Vous gobez la pilule avec délectation.

C'est la dernière chose dont vous vous souvenez.

Il est 6 heures du matin. Vous êtes dans la rue, votre chemise est trouée au niveau du ventre. Vous vous placez devant une devanture qui fait effet miroir. Vous lisez sur votre bedaine, écrit au feutre noir : « Je suis repassé, RDMC. »

Vous êtes encore sous le choc. Qu'est-ce que cela veut dire ? RDMC ?

Run DMC ? Pourquoi le groupe de rap vous aurait-il écrit ça sur le ventre ? Seraient-ils passés dans la soirée faire un set hip-hop calibré à la demande de Richard Virenque ?

Pas impossible. Richard étant un féru de rap music.

Vous allez dans un cybercafé, le « C'est Cyber Bien », et vous tapez « RDMC » sur Google. Le premier résultat de la recherche fait état d'un club de roller : le Roller Derby Metz Club.

Qu'est-ce que tout cela veut dire ? Vous décidez d'appeler le club de roller.

Un certain Aymeric vous répond.

– Oui allô ?

– Oui bonjour, je vous appelle.

– Oui.

– Voilà, je me suis retrouvée ce matin avec un tatouage sur moi portant vos initiales.

– A.L. ?

– Non, pourquoi A.L. ?
– Bah, Aymeric Lopez.
– Non, je parle de votre club de roller.
– Ahhh, mon Dieu ! C'est pas vrai ! Pas encore !
– Comment ça ?
– Laissez-moi en dehors de tout ça, bonne journée !

Et le mystérieux Aymeric vous raccroche au nez.

Qu'est-ce qu'il se passe, bon sang ? Pourquoi tout ce mystère ?

Vous avez envie d'un Mystère au chocolat comme quand vous étiez petite. Vous passez par l'épicerie. Au moment de payer, vous regardez autour de vous. Des rangées de bouteilles de vin sont entreposées par ordre décroissant de millésime.

Vous apercevez l'étiquette d'un chibrier 2009.

Cela vous reconnecte les liaisons du cerveau.

Bon sang mais oui ! Vous avez bu du vin hier. Mais avec qui ?

Posée sur un banc, dehors, sous un soleil de plomb, vous dégustez le mystère. Vous observez les travailleurs qui se tuent à la tâche. Des morceaux de métal sont acheminés vers le haut de l'immeuble en construction à l'aide d'un monte-charge.

Attendez ! Voilà que ça vous rappelle quelque chose.

Ça y est, vous avez discuté avec un homme qui s'appelait René de Monte-Charge. RDMC. Les quatre lettres primaires !

Ce satané René est donc repassé vous voir pendant votre black-out.

Et Dieu seul sait ce qu'il a fait.

D'autant plus qu'il semblerait que ce René ait déjà sévi sur d'autres personnes, comme sur ce Aymeric Lopez.

A.L. ? Et pourquoi pas L.A. ? Los Angeles ? La cité des anges ? *La Cité de la peur* ? Alain Chabat ? A.C. ? ou C.A. ? Crédit agricole ?

Il semblerait que ce René ait un lien avec les banques.

Vous tombez sur un kiosque et stupeur ! En première page il est fait état d'un vol d'une importante somme d'argent au Crédit agricole.

Curieuse coïncidence…

Tous les morceaux du puzzle sont en train de s'imbriquer parfaitement, comme deux personnes de sexe opposé en train de pratiquer l'acte charnel avec de la vaseline.

La grille de mots croisés se finit… Tout est intimement lié.

Il ne vous reste plus qu'à retrouver ce René.

Vous allez à la police et vous parlez de René de Monte-Charge.

Ils vous rient au nez.

– Cet homme n'a jamais existé. Il n'est dans aucun registre. Bonne journée à vous.

À moins qu'il n'ait soudoyé les policiers… Vous sortez du commissariat remontée comme jamais, à la manière de Maître Gims.

Puis vous réfléchissez encore. Vous vous dites que si vous enlevez le D de « de Monte-Charge », ça fait RMC. La radio !

Vous décidez d'aller dans leurs locaux. Une fois sur place, vous vous faites recaler par le vigile. Vous n'avez pas de badge.

Au moment de rebrousser chemin, vous entendez au loin un cri.

– René !

Des ouvriers étaient en train de réparer l'ascenseur principal.

Mais bien sûr ! Monte-charge et ascenseur : c'est la même chose !

Si vous réussissiez à rentrer dans les locaux, vous pourriez enfin retrouver René !

Que décidez-vous de faire ?

Déployez plus de 5 points de mytho pour vous rendre **page 271B**, ou essayez de faire diversion en mode furtif, **page 271A**.

A

VOUS PARVENEZ À VOUS DISSIMULER sous un costume de l'abbé Pierre trouvé dans une poubelle environnante et certainement utilisé pour une soirée à thème. Le bluff marche au-delà de vos espérances. Quelle audace ! *Vous gagnez 1 point de charisme.*

Direction la **page 272**.

B

– **J'AI DIT NON !** Vous ne passerez pas !

– Excusez-moi, je pense qu'on est parti sur de mauvaises bases. J'anime une émission de radio ici.

– Ah, au temps pour moi. Allez-y.

Rendez-vous à la **page 272**.

BIEN JOUÉ, vous avez réussi haut la main à déjouer la vigilance du gardien et ce n'était pas une mince affaire.

Vous voilà introduite dans le hall.

Vous allez tout droit direction l'ascenseur.

Il y a encore l'ouvrier qui criait tout à l'heure.

– Excusez-moi, où est-ce que se trouve René ?

– Bah c'est moi.

Vous restez impassible.

– Mais non ! Je plaisante ! Moi, j'adore plaisanter ! Attendez, vous croyez que c'est facile de réparer des ascenseurs ? Faut rire de temps en temps pour oublier que notre vie n'est pas toujours aisée.

– OK. Et donc il est où, René ?

– C'est moi !

– J'ai compris la blague.

– Bon, je vois qu'on peut pas déconner un peu ici... Il est là-haut. Il est au septième étage, il est en train de ressouder un câble.

– Merci monsieur.

– PAS DE PROBLÈME !

Votre cœur bat la chamade, vous allez enfin retrouver ce fameux René qui vous turlupine depuis ce matin.

Il est là. En tout cas, sa raie est là. Devant vous. Il avait plus de tenue hier...

– René ?

Il se retourne avec emphase. C'est bien lui.

– Je savais que vous me retrouveriez…

– Puis-je savoir ce que cela signifie ?

Vous lui montrez votre ventre.

– C'est un message de ma part.

– Qu'est-ce que cela veut dire ?

– Bah, je suis repassé, oui…

Puis soudain il réalise.

– Oh mince !

– Quoi ?

– OK, je comprends… J'étais trop ivre, je pense. Je voulais écrire que j'avais repassé votre veste. Tenez, elle est là.

– Hein ?

– Bah, vous ne vous souvenez plus ? Votre veste a été quelque peu grignotée par le chien de Richard Virenque, Tigrou. Du coup je vous l'ai prise et je l'ai repassée chez moi. Comme vous étiez à moitié dans le coma, je vous ai laissé un message comme j'ai pu. Tenez, c'est à vous.

– OK mais quel rapport avec RDMC, le club de roller ?

– Non ! Ne me dites pas que…

Et René bascule en arrière et tombe de sept étages. Son crâne s'est littéralement fendu en trois parties égales, façon « Trivial Poursuit ». Le bruit a résonné comme une énorme caisse claire réverbérée. (Exemple : *Give in to Me*, Michael Jackson.)

– C'est pas vrai ! Tout ça pour ça ?!

Vous descendez quatre à quatre les escaliers. L'ouvrier de tout à l'heure est choqué. Il vous voit et commence à vous accuser.

– C'est vous ! Vous l'avez poussé ! Vous avez demandé à voir René !

– Mais pas du tout !

Le vigile arrive à votre rencontre.

– Du calme. Pas d'accusation, Jean-Mi, surtout que cette personne anime une émission de radio.

À ce moment-là, Jean-Jacques Bourdin, animateur de RMC, débarque dans le hall et constate le décès de René.

– Que s'est-il passé ?

– Il y a eu mort d'homme !

– C'est bien ce qu'il me semblait.

– Qui a fait ça ?

– Personne. Il a fait une chute du septième étage ! vous exclamez-vous.

– C'est faux ! C'est vous qui l'avez poussé !

– D'abord qui êtes-vous ? questionne Jean-Jacques Bourdin.

– J'anime une émission de radio ici.

– Ah oui, laquelle ?

Utilisez un point de mytho et mentez, **page 276**, sinon vous avouez, **page 275**.

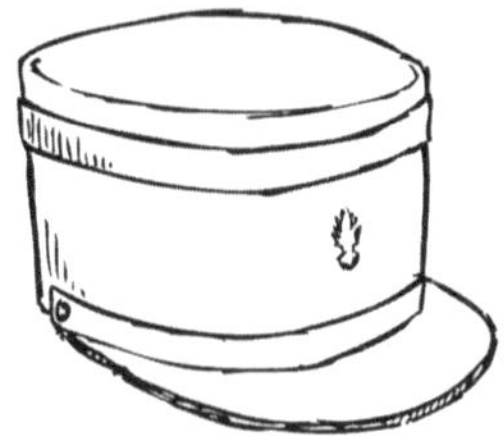

– **EN RÉALITÉ JE NE BOSSE DANS AUCUNE ÉMISSION,** j'ai menti.

– Ahhh, vous avez menti !

– Oui, c'est ce que je viens de dire.

– Pourquoi ne mentiriez-vous pas sur le fait que vous êtes coupable du meurtre, dans ce cas ?

– Parce que j'avais besoin de mentir tout à l'heure, mais là, non.

– Ça part au commissariat.

– À la bonne heure…

Après avoir été attentivement écoutée par la police, vous êtes relâchée.

Vous voilà dans la nature.

Que choisissez-vous ?

Vous continuez d'enquêter sur le phénomène RDMC, **page 277**.

Vous passez une très bonne nuit de sommeil et retournez travailler à Priba comme si de rien n'était, **page 290**.

– **L'ÉMISSION « DES JUGES ET DES LOIS »**, vous savez, avec le générique de Daniel Balavoine au début ?

– Connais pas.

– Moi, ça me dit quelque chose ! J'adore cette émission. Au temps pour moi, je me suis fourvoyé sur vous, s'explique Jean-Mi, confus.

– Soit, bon eh bien, affaire classée. Cet homme s'est suicidé. Quelqu'un m'accompagne à la machine à café ? J'ai plus un rond, déclare Bourdin.

– Je paye ma tournée ! s'exclame Jean-Mi. René aurait adoré prendre un café, et en aucun cas il n'aurait voulu m'empêcher d'en prendre un à cette heure. Il faut continuer à vivre, conclut-il en enjambant le pauvre René.

Maladroit, Jean-Mi trébuche sur le cadavre. Cela fait éjecter 4 euros de la poche du pantalon de René.

– Oh le salaud ! Il voulait pas me le payer tout à l'heure ! On croit connaître les gens mais c'est en mourant qu'ils se révèlent véritablement.

– Bien dit. Eh bien bonne journée ! lancez-vous à la cantonade.

Rendez-vous **page 277**.

LE MYSTÈRE PLANE TOUJOURS. Cette histoire de club de roller derby n'est pas nette. Vous décidez de partir à Metz en train. C'est votre dernière chance de tout savoir.

Le voyage fut de qualité, surtout vers le milieu quand vous avez discuté avec un certain Gontran Pictus, équarrisseur. Il vous a raconté avec quel sang-froid il dépeçait gentiment les cadavres d'animaux morts. Ça vous a fait tout drôle.

Vous humez fort le bon air lorrain. Vous venez de sortir du train. La gare est magnifique, on dirait un diamant brut.

Puis vous vous mettez en quête du siège du club de roller. Dans vos souvenirs il se trouve au 31, rue du Maréchal-Gésier. C'est là que vous finissez par arriver à force de persévérance.

Sur la devanture est écrit en gros : « Roller Derby Metz Club ». A priori, ça ne peut être que ça. Le contraire serait étonnant. Après avoir ouvert la porte, il n'y a plus de place au doute. Vous êtes bien à l'intérieur de ce qui semble être le siège administratif du Roller Derby Metz Club ! En plein dans le mille !

Face à vous, le réceptionniste est en pleine conversation téléphonique. Il se met à chuchoter maintenant que vous êtes rentrée. Vous arrivez tout de même à lire sur ses lèvres.

– Comment ça, René est mort !? C'est incroyable ! En même temps, tôt ou tard on l'aurait eu, lui. Attends, je parle pas trop fort parce que quelqu'un est rentré, il vaudrait mieux pas que cette personne entende mes propos... De quoi ? Il faut que je raccroche ? Pourquoi ? Allô ? Allô ?

– Bonjour monsieur.

– Bonjour, que puis-je faire pour vous ?

– Voilà, j'ai entendu que vous parliez de René qui est mort.

– C'est exact mais vous ne deviez pas l'entendre, c'était confidentiel.

– Désolée. Alors expliquez-moi tout.

– Nous sommes un club de roller derby, c'est un sport méconnu. Nous effectuons bon nombre de déplacement à travers l'Europe pour participer à ces tournois. Malheureusement nous avons manqué de liquidités il y a peu. Et nous avons décidé d'utiliser des moyens peu scrupuleux pour engranger du cash money en quantité plus que raisonnable. René était un ancien joueur de roller derby à Metz mais il a quitté le club il y a 2 ans pour se reconvertir dans le vignoble. Nous ne l'avons pas supporté et nous lui avons mis des coups de pression, telles des balayettes quand il sortait de chez lui.

– Mais quel rapport avec le Crédit agricole ?

– J'y viens, laissez-moi finir. René avait un compte au Crédit agricole, et on savait qu'il savait pirater des comptes bancaires, comme je l'ai dit précédemment.

– Euh, non.

– Si, si, je vous assure, relisez bien. Bref, René a mis sur son compte la somme de 3 millions d'euros du jour au lendemain. Évidemment la banque s'est posé des questions. Entre-temps il nous a transmis cette somme sur notre compte au Crédit mutuel. Ce qui a éveillé les soupçons du Crédit mutuel, mais en fait j'ai discuté avec eux ce matin et ils s'en foutent. Le directeur était trop occupé avec les histoires d'agios de Mme Chacrasse, une retraitée de 87 ans, peut-être la connaissez-vous ?

– Pourquoi ?

– Je sais pas, je demande. Bref, René était recherché par la police des polices depuis cette affaire, donc il fallait qu'on le tue de toute façon. Si c'est vous qui l'avez tué, je vous en suis reconnaissant.

– Ce n'est pas moi qui l'ai tué.

– Tant pis. Bon, qu'est-ce que vous voulez du coup ?

– Bah c'est bon, j'ai mes réponses.

– Bon, bien sûr tout ça reste entre nous.

– Bien sûr.

Que décidez-vous de faire ?

Tout dire à la police, **page 280**, ou ne pas dénoncer le RDMC, **page 281** ?

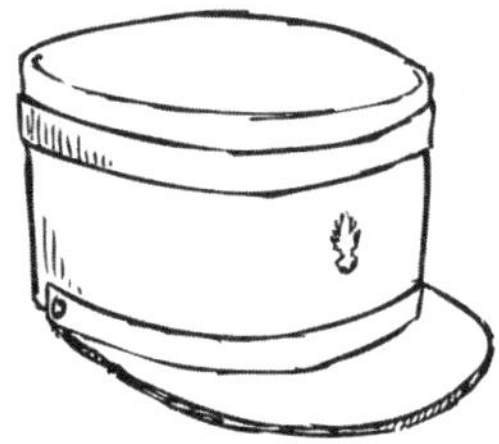

VOUS APPELEZ LA POLICE.

– Police j'écoute.

– Bonjour, j'aimerais dénoncer des méchants.

– OK.

– Le RDMC.

Et on vous raccrocha aussitôt au nez.

Vous avez bel et bien l'impression que le RDMC est en réalité une puissance bien supérieure à ce que vous aviez imaginé jusqu'alors.

Peut-être même plus puissante que le lobby des armes aux USA ou les francs-maçons.

Face à cette découverte, vous préférez abandonner toute poursuite envers le RDMC sous peine de voir votre vie écourtée… à tout jamais.

Rendez-vous **page 281**.

TOUT COMPTE FAIT, il vous paraît plus prudent de ne rien dire.

Ce ne sont pas vos histoires, après tout.

Tout ça a été provoqué par Richard Virenque, jamais vous n'auriez dû vous rendre à cette soirée.

Vous décidez de découvrir ou redécouvrir les plaisirs rustiques de la ville de Metz en ce beau dimanche.

La visite s'arrête au bout de 10 minutes parce qu'il n'y a rien à visiter. Cette ville est médiocre. D'ailleurs elle est notée deux étoiles sur cinq sur TripAdvisor.

Vous prenez le premier train pour rentrer au bercail.

De retour dans votre bonne vieille ville, vous revenez dans votre petit appartement miteux. Ça fait du bien de revenir aux sources.

Vous gagnez 5 points d'intelligence, 1 point de charisme, 2 points de mytho, un McChiken, une grande frite, ainsi qu'***1 point prestige édition Inspecteur***. Bravo à vous. Bravo le veau.

Retournez à la **page 8**.

VOUS AVEZ BESOIN DE CALME et de sérénité.

Vous décidez de rejoindre l'homme ventripotent. En effet, ses mots fléchés vous ont donné l'eau à la bouche. En parlant d'eau, vous avez bien envie d'en boire une bonne pinte.

Richard vous l'amène dans les meilleurs délais et s'éclipse aussitôt.

Vous entamez une approche avec l'homme massif.

– Alors, ces mots fléchés ?

– Ce sont des mots croisés, pas fléchés.

– Nuance.

– Cinquante nuances de craies.

– Oh, vous êtes professeur ?

– Exact, j'enseigne au lycée René-Mulot, près d'Argenteuil.

– Ah. Voyez-vous ça.

– Je suis professeur de mathématiques.

– 4 fois 5 ?

– 20.

– Exact.

Le courant passe bien entre vous, une sorte d'alchimie est en train de se créer.

L'homme vous demande votre aide pour résoudre sa grille de mots croisés.

Voici la grille en question :

LE JEU !

HORIZONTAL

2. Peut être blanc, noir, au lait, avec des morceaux de noisettes, fondu.
3. Belle quand blanche et Armani.
4. Animal culte, qu'on peut manger et qui nettoie nos WC.
5. Déchet humain qui ne sent pas bon.
6. Chose mangeable jaune qui s'épluche.
7. Partie du corps importante à travailler en salle.

VERTICAL

1. Signe astrologique mangeable sur lequel on met du citron.
4. Ce qu'on met au pied.

– Merci de votre aide, sans vous je n'aurais pas pu finir cette grille. Vous m'êtes sympathique.

– Je n'ai fait que mon devoir.

– Ah ! En parlant de devoir, il va falloir que je rentre, je dois justement corriger des devoirs pour demain.

– Je vais rentrer également, il se fait tard, déjà 21 h 20.

– Voudriez-vous partager ma couche cette nuit ?

Oui, **page 284 B**.

Non, **page 284 A**.

A

– **ÉCOUTEZ, JE CROIS QUE NON.** Vous feriez mieux de finir vos devoirs.

– Oui mais pour le devoir conjugal, il faut être deux…

– Vous avez raison. Allons faire le sexe.

Rendez-vous à la **page 285**.

B

– **AVEC PLAISIR, MONSIEUR…**

– Appelez-moi Michele (prononcez Mitch-aile-lait, à l'italienne).

– Vous êtes italien ?

– Entre autres.

Rendez-vous à la **page 285**.

LE PROFESSEUR PORTAIT BIEN SON NOM. Il vous a mise à l'aise et mise en laisse, façon *Fifty Shades of Grey*.

Cet homme savait y faire. Rien à redire. Un homme de pouvoir, un homme d'État. Il possédait également une maison de campagne à Étretat, pour la petite anecdote.

Passé cette nuit torride, vous sentez un début d'amour avec le professeur de maths. C'est un homme charmant et avec une situation, que demande le peuple ?

Une romance est très clairement en train de se dérouler. Un conte moderne. C'est beau à voir. Vos parents sont fiers de vous.

Vous avez envie d'adopter tous les deux. Vous avez jeté votre dévolu sur un petit Tibétain. Étant fan de Laurent Boyer, vous souhaitez l'appeler Laurent ou Fréquenstar, puis finalement vous tombez d'accord sur le nom Bertrand. C'est joli, Bertrand.

La famille s'agrandit d'un petit chien, répondant au nom de Bella.

Puis un autre enfant arrivera, Basile, un nain asiatique.

Vous filez le parfait amour.

Tout se passe pour le mieux. Votre vie ne fera pas de vagues à l'exception d'une aventure extraconjugale de votre partenaire avec quatre personnes différentes, mais vous avez toujours su surmonter cela. Vos enfants sont très gentils. Il y en a un qui est un peu timide. Un autre commence à se droguer un petit peu mais pas trop, juste ce qu'il faut. Le bonheur.

Moralité : Il en faut peu pour être heureux, mais avoir une Lambo' dans le garage ça reste un petit kif.

Rendez-vous en **page 590**.

– **JE ME PERMETS D'INSISTER,** vous êtes Richard Virenque.

– Bon, c'est quoi, votre problème ? Vous voulez me faire chier pendant que je fais mes courses, c'est ça ?

– Ça dépend de quelles courses vous parlez.

– Ha ha ha ha ! Celle-là est belle ! Quelle répartie ! J'étais à deux doigts de vous insulter violemment.

– La vie ne tient qu'à un fil parfois.

– En quelque sorte.

– Je pourrais prendre un selfie en votre compagnie ?

– Allez, va pour le selfie !

Ça y est, vous avez pratiqué le selfie avec Richard Virenque. Encore une belle victoire pour vous.

Malheureusement votre boss n'a que très peu apprécié ce moment privilégié entre vous et Richard, surtout que cela a empiété sur votre travail. Un peu de sérieux, que diable !

Pendant que Richard s'en va sur la pointe des pieds, vous subissez le regard noir de votre supérieur, qui vous toise de là-haut.

Vous sentez que vous allez passer un sale quart d'heure.

Et vous ne croyez pas si bien penser, puisque voilà que les enceintes du magasin crachent la voix de l'homme tout-puissant : « La caisse numéro 4 vient de fermer, veuillez utiliser les autres caisses s'il vous plaît, merci ! »

Le directeur vous fait signe de monter le voir.

Vous angoissez pendant que vous montez les escaliers.

Vous tapez à la porte du boss.

– Entrez !
– Vous m'avez demandé ? faites-vous d'une petite voix.
– Effectivement, j'imagine que vous savez pourquoi…
– Je crois, oui.
– Effectivement. Alors qu'avez-vous à dire ?
– Pas grand-chose, je suis navrée.
– Ah, vous êtes navrée, eh bien sachez que dorénavant vous n'aurez plus le droit d'être navrée, c'est bien clair ?
– Oui, monsieur le directeur.
– Appelez-moi Franck… C'est…
– Votre deuxième prénom ?
– Comment le savez-vous ?
– Qui ne dit mot consent.
– Vous pouvez circuler.

Ouf ! L'entretien ne s'est pas trop mal passé. Vous l'avez échappé belle, d'autant plus que parfois il est plus méchant que ça.

« La caisse numéro 4 vient de rouvrir, veuillez entre autres utiliser cette caisse s'il vous plaît ! Je rappelle à tous nos clients qu'une promotion est actuellement valable dans l'espace fraîcheur marine sur une large variété de poissons. Chez Priba, les prix ne sont pas hauts. »

Le boss a semble-t-il retrouvé toute sa bonhomie habituelle et vous n'y êtes certainement pas étrangère.

Et vous revoilà posée sur votre chaise fétiche.

Son confort molletonné vous avait manqué. Vos petites fesses moelleuses sont ravies de se positionner en ce lieu. Ce cercle parfait épouse vos formes rebondies à la Beyoncé.

Vous pouvez consulter la discographie de la chanteuse en allant à la **page 289** ou continuer votre vie sans vous arrêter, **page 290**.

2003 : « DANGEROUSLY IN LOVE »
2006 : « B'Day »
2008 : « I Am… Sasha Fierce »
2011 : « 4 »
2013 : « Beyoncé »
2017 : « Mon Périgord natal »

Si vous avez consulté cette page, ***vous gagnez 1 point d'intelligence***.

Retour à la **page 290**.

VOUS ALLEZ DÈS LORS RENTRER dans une routine de travail. Métro boulot dodo. #MBD

Le temps va s'écouler et vous allez vivre des moments somme toute normaux. « Bonjour, au revoir, ça va bien et vous, booooon et bien tant mieux, allez, au plaisir, on se dit à demain, ça fera 43 euros et 21 centimes s'il vous plaît, le papier toilette, c'est en face du rayon halal », etc.

Ce travail vous apporte l'argent nécessaire pour subvenir à vos besoins.

À présent vous êtes à la recherche de l'âme sœur car c'est ça l'objectif de la vie. Car après tout on est tous nés d'une baise, comme l'a dit un illustre philosophe.

Vous écumez les bars et autres dîners-spectacles à la recherche de la personne idéale. Pas une mince affaire, surtout avec votre physique peu enviable. Heureusement vous avez d'autres qualités, telles que…

Vous voilà au bar « Le Gyrophare », célèbre notamment pour avoir servi une pinte de Hoegaarden à Hugues Aufray en 95.

L'ambiance est bon enfant, il y a beaucoup de monde. Tout cela est propice à un rapprochement intime pouvant éventuellement déboucher sur un sexe si vous vous y prenez bien.

À vous de la jouer fine, telle l'épicerie.

Vous remarquez un homme de 42 ans, bien sous tous rapports.

Vous remarquez également une femme de 41 ans, avocate. Vous avez jeté votre dévolu sur les deux. Il faut choisir.

Vous choisissez l'homme, **page 292**.
Vous choisissez la femme, **page 293**.

HUBERT FIGNON EST ALPINISTE, il donne des cours en Savoie. Il est en vacances actuellement, ce qui explique sa présence ce soir.

Il sirote un mojito, un virgin mojito pour être plus précis. Intéressant…

Soudain, vous apparaissez derrière lui tel un épervier.

– Salut !

– Enchanté.

Deux heures plus tard vous voilà en train de lui parler caisse enregistreuse.

C'est en parlant que vous vous rendez compte à quel point ce métier vous passionne. Malheureusement on ne peut pas en dire autant pour Hubert qui en a, comme on le dit si bien, ras la fesse.

– Excusez-moi, loin de moi l'envie de partir, mais vous êtes d'un ennui mortel. Et je pèse mes mots. Je suis trop sobre pour accepter qu'on me fasse chier à ce point. Le prenez pas mal, c'est pas contre vous.

– Non, je comprends tout à fait. Merci de votre honnêteté.

Vous avez juste le temps de finir votre phrase qu'Hubert a déjà enfilé son manteau rouge.

Vous n'êtes décidément pas douée pour trouver le love.

Pour séduire la femme, rendez-vous galant à la **page 293**.

Pour partir, **page 294**.

VOUS APPROCHEZ DE VOTRE PROIE FÉMININE avec l'agilité d'un lama.

– Bonjour, puis-je vous tenir compagnie ?

– Oh mais faites donc !

– On peut se tutoyer ?

– Mais certainement.

– Comment tu vas ?

– Écoute, maintenant ça va mieux… dit-elle d'un air lascif en vous dévisageant de bas en haut.

– Ah bon, pourquoi ça ?

– Bah… Non, comme ça.

– Ah OK, je pensais que peut-être c'était moi qui te faisais de l'effet mais j'ai dû me tromper, j'aurais dû me douter que c'était pas pour moi, t'as vu la gueule que j'ai, et je te parle pas de mon corps, là c'est dissimulé, ça va… Mais une fois à poil, OH ! C'est bien simple, quand je me regarde dans le miroir j'ai envie de me casser la gueule. Ou de me tailler les veines, au choix ! Ha ha ha… ha ha.

La femme est partie depuis longtemps.

Pour séduire l'homme, rendez-vous galant à la **page 292**.

Pour partir, **page 294**.

C'EST RATÉ POUR CETTE FOIS. C'est un coup dur pour vous. Surtout que vous pensiez être dans le vrai. Vous avez joué franc jeu, mais visiblement dans cette société on préfère les menteurs aux gens vrais…

Pfff, pauvre vie. Triste époque. On savait s'amuser avant… Les Trente Glorieuses… Woodstock… *K2000*… C'est loin, tout ça.

En ressassant toutes ces choses dans votre cerveau, vous vous rendez compte que vous êtes bien quand vous êtes seule.

Pas de problèmes, pas de stress, y a Point S.

Le sourire aux lèvres, vous finissez de boire votre verre et vous vous cassez.

Rendez-vous **page 295 B**.

A

– **ÉCOUTEZ, MONSIEUR VIRENQUE,** vous êtes très agréable, vraiment, mais je dois décliner cette invitation, vous voyez, je suis en plein travail et des clients attendent, je ne puis penser à autre chose pour le moment.

– Décidément, vous êtes une personne extraordinaire. Je vous laisse travailler. Au revoir, et passez une excellente journée, je suis Richard Virenque.

Ce moment était une bouffée d'oxygène pour vous, après les événements récents qui vous avait minée.

Richard savait tomber à pic. Toujours là où on ne l'attendait pas, toujours présent dans les moments importants, c'était ça, Richard.

Merci à lui.

C'est avec une énergie renouvelée que vous faites passer tous les clients les uns après les autres.

Vient l'heure de la fermeture du magasin.

Rendez-vous **page 296**.

B

LE LENDEMAIN, vous passez toute la journée au travail. Vous avez du vague à l'âme. Vous êtes d'humeur tristounette. Mais ça ne vous empêche pas de bien faire votre travail.

Le soir tombe et c'est l'heure de la fermeture du magasin.

Rendez-vous **page 296**.

LE BOSS VIENT VOUS VOIR.

– Écoutez, en guise de commencement, vous faites un travail remarquable. Sachez-le. Ensuite, comme je vous respecte énormément et ai beaucoup d'estime pour vous, je me dois d'être sincère. Je possède un cancer en stade avancé…

Vous êtes prise d'empathie pour votre supérieur, M. Jonathan Juivelier. Double J, comme certains l'appellent lorsqu'ils sont bourrés.

Vous n'arrivez pas à sortir le moindre mot.

– Désolé de vous sortir ça de but en blanc, susurre-t-il d'un sourire charmeur. Je vous dis ça en toute transparence, même si je ne porte pas de lingerie fine sur moi, ha ha ha…

– Ha ha ha ! Mais comment arrivez-vous à rire dans une situation pareille ?

– Vous savez, mon père m'a toujours dit qu'on peut rire de tout mais pas avec n'importe qui, alors vous conviendrez…

Devant tant d'humanité, vous êtes désarmée. Cet homme a dû connaître des hauts et des bas dans sa vie, à n'en pas douter.

Jonathan Juivelier est le fils de Michel Juivelier et de Sylvie Juivelier, maîtres d'armes dans le Vercors. Peut-être avez-vous déjà entendu parler de Juivelier Chevalier, la célèbre enseigne scolaire en matière d'escrime. Une des plus grandes écoles d'Europe d'après TripAdvisor. Quatre étoiles et demie et des commentaires élogieux, tels que :

Sylvain4_Dominguez : Très bonne école, propre et de qualité. J'ai reçu les cours de Michel Juivelier, un grand maître s'il en est, plus fort que Maître Yoda ? Lol ! Quatre étoiles, en tout cas.

MousseTaffa : J'ai kiffé apprendre à manier l'épée à la manière d'un chevalier d'antan. Je suis un autre homme. Allez voir mon site : CeriseGriotte.fr, le portail référence des vergers français !

Jonathan Juivelier a eu une enfance des plus heureuses sous l'égide de ses deux parents, amoureux transits. Bercé par les Bee Gees, il a commencé l'apprentissage du flûtiau à l'âge de 5 ans et demi. Passionné de belles mécaniques à l'adolescence, il se perfectionne dans l'art de réparer de vieilles bécanes. Si vous tapez « Jonathan Juivelier » sur Google, il se pourrait que vous tombiez sur son premier site internet : Juiveliermecanique.fr. Premier site communautaire autour de la restauration de motos d'époque. Si vous ne le trouvez pas, c'est que le nom de domaine a été racheté par son ennemi juré : Félix Grabatte.

En effet, Félix Grabatte est connu des services juridiques pour avoir acheté au marché noir des noms de domaines à droite et à gauche sur la Toile. Les magasins Fourtout, c'était lui. Entre autres.

Un jour, alors qu'ils ne se connaissaient pas encore, Félix est allé consulter Jonathan pour la restauration d'une moto Yamaha.

Tandis que double J se tue à la tâche pour réparer l'engin, v'là-t-y pas que Félix fait tout pour ternir la réputation de Jonathan dans son dos. « Pourquoi ? », me direz-vous.

Parce que Félix convoitait ardemment ce marché florissant. Et à coups de rumeurs et autres coups bas, le business de Jonathan s'est arrêté du jour au lendemain. Clic, clac, on ferme la baraque. On met la clé sous la porte et ça dégage. C'en était fini pour Jo.

Félix avait gagné à l'usure.

C'est ainsi que Jonathan s'est reconverti boss de Priba, gagnant ses jalons petit à petit après avoir commencé caissier comme vous. À force de gentillesse comme vous, il s'était vu confier de plus en plus de responsabilités, encore une fois, comme vous. Son boss de l'époque, devinez quoi, lui apprit un jour qu'il avait un cancer en stade avancé. Comme quoi, ça ne s'invente pas. Les petits hasards de la vie. Le film *Les Petits Mouchoirs*, avec Gilles Lelouch, entre autres.

– Alors qu'en dites-vous ?

– De quoi, pardonnez-moi ?

– Je plaisante, je ne vous ai rien dit encore.

– Ha ha ha. Vous n'êtes pas possible, vous.

– Effectivement. Plus sérieusement, j'aimerais vous confier les rênes de l'établissement.

– Pardon ?

– Effectivement. Plus sérieusement, j'aimerais vous confier les rênes de l'établissement.

Vous êtes sous le coup de l'émotion. Vous ne vous y attendiez pas, à celle-là.

Vous repensez au jour où vous avez commencé ce travail. Tout est allé si vite. *Fast life*. C'est incroyable comme la vie peut réserver son lot de surprises. Pour un peu, il déclarerait sa flamme, le bougre.

– Et je n'ai pas fini de parler. Voilà, je… Comment dire… je… je crois que… je suis…. amou… Pardon, je… (il tousse) pardon… excusez-moi (il tousse), voilà, je voulais vous dire que je vous (il tousse) aime !

Stupeur ! Les mots, les chevaux sont lâchés. Double J en personne vous fait une déclaration ! Est-ce réel ? Ou est-ce le fruit du verger de votre imagination ?

Que choisissez-vous de faire ?

Refuser l'amour, **page 300**.

Accepter l'amour, **page 301 A**.

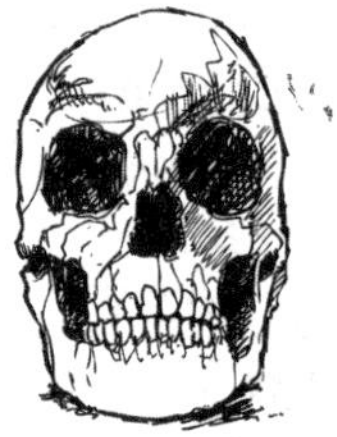

– **JE SUIS DÉSOLÉE** mais je vais devoir décliner cette proposition. Je ne suis pas prête à m'unir à une tierce personne.

– Je comprends et m'excuse de vous avoir brusquée.

– Non, ne vous excusez pas.

– Je vais vous laisser du coup, moi et mon cancer, on va se rentrer.

– Hmm. Bien.

– Au revoir.

Un blanc s'installe. La situation est quelque peu gênante.

– Je me vois dans l'obligation de vous virer, dans ce cas.

– Quoi ?

– Vous m'avez très bien compris puisque j'articule parfaitement.

– C'est un scandale !

– Non, c'est la vie. Et moi, je n'ai pas envie de passer mes derniers jours avec des personnes qui ne m'apprécient pas.

– Ça n'a rien à voir.

– Pour moi ça a à voir.

– Dans ce cas, j'irai me plaindre à la direction du travail.

– Faites donc. Je serai déjà mort.

Et c'est ainsi que vous venez de perdre votre emploi. Le seul et unique emploi qui vous réjouissait.

Vous pouvez repartir de zéro et recommencer, **page 8** ou vous pouvez vous mettre une petite murge nocturne, **page 343 B**.

A

– **ÉCOUTEZ, BOSS.** Je crois que j'ai envie de partager ce moment et bien plus encore avec vous.

– Vous êtes unique.

Et vous voilà en train de galocher goulûment ce bon vieux Juivelier. On peut dire que vous n'y allez pas de main morte. Et vas-y que ça met la langue, et vas-y que ça déguste la bouche, ah ça se fait pas prier, loin de là… Ah on cachait bien son jeu, hein, à la manière de Patrick Bruel au Texas Hold'em.

Que choisissez-vous de faire ?

Donner votre corps à Jonathan, **page 301 B**.

Laisser mijoter Jonathan, **page 302**.

B

VOUS VOUS DONNEZ IMMÉDIATEMENT CORPS ET ÂME À JONATHAN et il vous le rend bien. C'est un véritable échange. Un vrai respect mutuel. Peut-être trop de respect, même. Vous avez l'impression de copuler avec votre frère. Le malaise est immédiat.

Vous partez précipitamment. Ce n'était pas le bon moment, tout simplement.

Rendez-vous **page 307**.

C'EST DANS CE MOMENT MAGIQUE que vous lâchez la main de Jo. Pour ne pas gâcher cet instant romantique, vous préférez en rester là pour cette nuit. Vous êtes bouillonnante d'un désir ardent mais vous préférez repartir frustrée, à la Fred Diefenthal.

Vous avez des papillons dans le ventre pendant tout le chemin du retour chez vous. Vous planez, comme un sac plastique. Bertrand Chimail (prononcez Chi-mail, comme un e-mail), un ami d'enfance, se porte soudainement à votre niveau alors que vous traversiez la rue Jacques-Vabre.

– Salut toi ! Ça fait un bail, non ?

– Mais tu m'étonnes !

– Alors, ça raconte quoi ?

– Bah si tu veux tout savoir, je viens de galocher mon supérieur, Jonathan Juivelier, il s'appelle.

– Attends ! Comme l'école Juivelier-Chevalier ?!

– Bah oui, tu connais ?

– Bah qui ne connaît pas ? C'est énorme ! Si j'avais su...

– Le monde est petit.

– Et pas que le monde, hein... Ha ha ha !

– HA HA HA ! Alors qu'est-ce que tu deviens ?

– Oh moi, tu sais, on fait aller, je vais, je viens... mais pas entre tes reins, hein, ha ha ha ! Par contre je fais du VTT le dimanche, tout-terrain ! Ha ha ha !!

– Je vois que tu n'as pas changé !

– Ah ça, non ! L'identique, la copie conforme. Mais je dois te laisser !

– Ah, tu vas où ?

– Chez Conforama !

– C'est pas fermé à cette heure-là ?

– Si.

– Bon, je vais pas te retenir plus longtemps.

– C'était un plaisir en tout cas. Un vrai plaisir, vraiment.

– Plaisir partagé.

Sur ce, vous continuez votre route jusqu'à votre petit chez-vous.

Le sourire jusqu'aux oreilles.

Vous arrivez chez vous. Déposez vos affaires sur le sofa et vous vous posez immédiatement sur votre canapé. Vous êtes trop épuisée émotionnellement.

La nuit se déroule sans accrocs. Les bras de Morphée vous ont bordée avec amour.

Vous voilà fraîche comme un gardon. (Le gardon est un poisson, je viens de checker sur Wikipédia.)

Après avoir dégusté un biscuit chocolat-framboise, vous voilà dehors, dans la ville.

Vous prenez le métropolitain.

Il y a une femme dans le besoin qui quémande du cash money.

Que faites-vous ?

Vous donnez 1 euro et allez à la **page 304**.

Vous ne donnez rien et allez à la **page 305**.

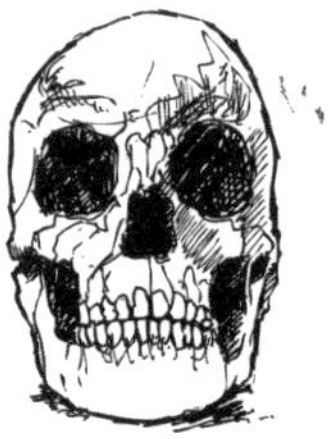

VOUS DONNEZ 1 EURO.

– Oh, mirci boucoup ! Belle personne ! Grand avenir pour vous et vos amis !

– Merci, vous aussi, répondez-vous avec un large sourire carnassier.

Vous avancez et vous voilà en train d'attendre le métro.

Soudain vous sentez une forte poussée dans votre dos. La surprise et la puissance sont telles que vous ne pouvez effectuer le moindre mouvement pour enrayer l'inévitable. Vous venez d'être projetée sur la voie par un sombre inconnu. La rame de métro arrive à toute vitesse sur vous.

Vous venez de subir la mort.

Moralité : Il ne faut jamais donner aux gens dans le besoin.

Direction la **page 591**.

VOUS NE DONNEZ RIEN mais envoyez un sourire et c'est peut-être mieux qu'1 euro.

– Vous n'avé pas de cœur ! Soyez maudite ! La malédiction sur vous et votre famille !

Vous ne savez pas où vous mettre face à ce déluge d'insanités. Vous baissez le regard. Puis vous allez vous asseoir quelques mètres plus loin pour attendre le prochain métro.

La tête dans vos mains, vous entendez soudain un bruit sourd. Vous ne savez pas ce qu'il s'est passé, mais le métro est à quai et les portes ne semblent pas vouloir s'ouvrir. Les gens à l'intérieur sont paniqués. Vous ne comprenez pas ce qu'il se passe. Au bout de quelques instants, une voix retentit dans les haut-parleurs : « En raison d'un accident voyageur, le trafic est interrompu toute la journée sur la ligne 13, bonne journée, merci. »

La poisse ! Serait-ce la malédiction lancée sur vous ?

Toujours est-il que vous devez sortir d'ici et marcher à pied jusqu'au travail.

Relou.

Le temps est pluvieux, heureusement vous avez une capuche. De ce fait, la pluie est arrêtée par votre capuche en lieu et place de votre tête. Astucieux. ***Vous gagnez 1 point de talent.***

Vous avez le choix entre prendre le bus, **page 306**, ou y aller à pied, **page 307**.

VOUS EMPRUNTEZ LE BUS.
Il n'y a plus de place.
Rendez-vous **page 307**.

VOUS DÉCIDEZ D'ACCÉLÉRER LE PAS sous peine d'arriver en retard. Petit à petit vous commencez à courir. Vous prenez de la vitesse. La foulée est plus que correcte. Les passants se retournent, subjugués par une telle aisance. On croirait voir une gazelle.

Finalement vous arrivez sur votre lieu de travail suintante comme un chacal.

Vous vous dépêchez d'enfiler votre tenue et vous positionnez à la caisse, bon an mal an.

Un premier client se pointe. Il grimace quelque peu en passant face à vous.

Vous ne faites pas attention.

Vient le deuxième client. Il grimace également en passant devant vous.

Vous lui posez la question.

– Excusez-moi, il y a un problème ?

– Bah, ça sent mauvais.

– Ah bon ?

– Bah oui, ça sent pas bon, hein.

– Je sens pas.

– C'est vous qui sentez mauvais. Ça sent mauvais les aisselles…

Le client vous dit ça d'un air penaud et compatissant.

Vous placez votre narine gauche sur votre aisselle gauche, vous ne sentez rien. Puis vous placez votre narine droite sur votre aisselle droite et là tout bascule. Vous venez d'inventer le DAB*. Une odeur de vestiaire du dimanche vous pénètre les bronches d'une telle force que vous manquez de vous évanouir.

Vous laissez échapper un cri de stupeur à la manière des joueurs de basket lors d'un dunk :

– Ohhhhhhhh !

Le client confirme.

– Ah, vous voyez.

Incommodée par cette odeur, vous ne pouvez pas assurer le service. Et il n'y a pas de douche dans le supermarché.

C'est une crise. Une vraie crise. Surtout que les clients commencent à affluer. Les Français ont faim.

Envers et contre tous, vous continuez votre travail. C'est beau. C'est courageux de votre part.

Au début les clients grimacent, mais à force de dérision ils laissent place à la bonne ambiance et à la camaraderie.

– Ah là là. Vous sentez tellement mauvais, mais vous prenez ça avec tellement de philosophie. Vous êtes un modèle.

– Écoutez, j'avais le choix entre rire ou pleurer. Le choix est vite fait !

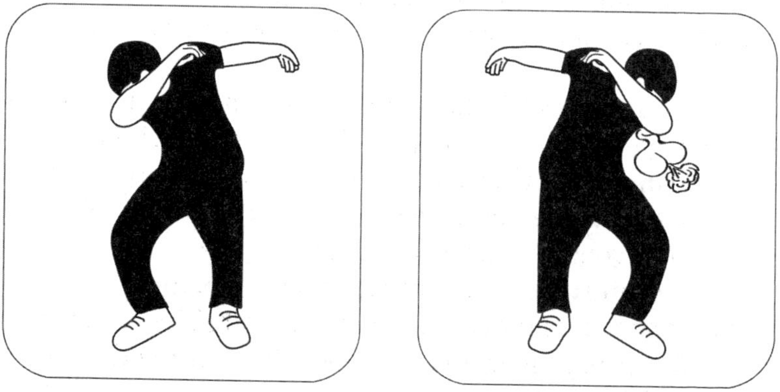

* Nouvelle danse qui fait le buzz chez les jeunes.

– Ha ha ha, merveilleux ! Vous auriez pu vous suicider également.

– Effectivement, mais vous savez, de toute façon, on va tous mourir alors à quoi bon aller plus vite que la musique ?

– Ah oui ! Joli ! Vous aimez la musique ?

– Oui, j'adore Beethoven.

– Non, c'est pas vrai ? Incroyable ! Bravo.

– Écoutez, merci, et bonne journée à vous.

– Merci pour votre bonne humeur. Vous êtes une personne intègre.

– N'oubliez pas votre ticket de caisse !

– Ah oui ! J'ai la tête ailleurs, moi ! Merci.

– En vous remerciant.

Et c'est ainsi qu'avec ce naturel désarmant vous passez une excellente journée alors que, bon sang, elle était mal partie.

Il est 20 h 45, le magasin ferme ses portes petit à petit. Vous sentez de plus en plus mauvais. On se rapproche lentement mais sûrement d'une fermentation proche d'un bon saint-nectaire.

Un homme d'une soixantaine d'années, Barnabé Le Goulu, arrive à votre caisse. Il est remonté comme une pendule.

– Eh ben alors ! Ça fait depuis tout à l'heure que ça sent le fromage mais je n'arrive pas à identifier son origine.

– Écoutez, mon bon monsieur. Je peux peut-être éclairer votre lanterne. Je crois qu'il s'agit de mon aisselle droite.

– Vous vous foutez de moi ou quoi ?!

– Je crains que non. Sentez par vous-même.

Barnabé se rapproche lentement de votre aisselle droite.

– Bon sang mais c'est incroyable ! Cette odeur est divine ! On en mangerait.

– Je ne sais quoi dire.

– Je vous propose un marché. Je suis fromager de père en fils. Je voudrais extraire des molécules de votre aisselle pour mettre au point un fromage affiné qui obtiendrait ce fumet. Vous toucheriez 15 % des ventes, bien évidemment.

– Écoutez, je dois réfléchir.

Que décidez-vous ?

Vous acceptez, **page 311**, ou vous refusez, **page 321**.

– **J'AI PESÉ LE POUR ET LE CONTRE,** et je vais vous répondre par la positive.

– Grandiose c'est génial ! Nous allons faire de grandes choses ensemble. Vous permettez ?

C'est ainsi que Barnabé vous gratte l'aisselle avec l'aide d'un bout de bois ressemblant à un bâtonnet de glace.

La sensation n'est pas désagréable. ***Vous gagnez 1 point de charisme.***

C'est bon, Barnabé a eu ce qu'il voulait. À présent il vous fait signer un document manuscrit sur lequel il est écrit que vous allez bien bénéficier de 15 % sur les ventes.

Marché conclu. Une affaire juteuse, à n'en pas douter. Vous vous serrez la main comme de bons camarades et vous quittez bons amis.

C'est maintenant l'heure de rentrer chez vous afin de pratiquer le dodo.

Demain est une grande et belle journée car, oui, vous allez être à la caisse du supermarché !

Le lendemain matin, vous arrivez pleine d'entrain dans le magasin. Le boss n'est pas là aujourd'hui. Il a pris un jour de RTT.

Vous rangez les surgelés à leur place quand soudain vous entendez des menaces qui semblent venir de l'entrée.

Vous vous dissimulez tant bien que mal et observez la scène.

Stupeur, il s'agit d'un braquage en bonne et due forme.

L'homme est masqué et a l'air agressif. Il hurle :

– Où est la personne qui sentait mauvais hier ?

Non de non, il semblerait que Barnabé Le Goulu soit derrière ce masque. Pourquoi vous cherche-t-il ?

Il menace de tuer des otages si vous ne vous montrez pas. Que faites-vous ?

Vous restez sans bouger, **page 313 A**.

Vous vous montrez, **page 317**.

A

VOUS NE BOUGEZ PAS D'UN POIL.

– Je sais que t'es là ! Je vais tirer !

Et pan ! Barnabé a tiré. Vous jetez un coup d'œil par-dessus le rayon primeur pour savoir s'il bluffe.

Il semblerait qu'une personne ait bel et bien été exécutée. Une femme gît dans un bac de concombres en promotion.

Que faites-vous ?

Vous continuez à vous cacher, **page 313 B**.

Vous vous montrez, **page 317**.

B

LE DICTON LE DIT, POUR VIVRE HEUREUX, vivons cachés. Vous restez donc posée discrètement derrière le rayon légumes.

Pan ! Une autre personne a été exécutée. Il s'agit de Jeremy Garcia, menuisier.

Que décidez-vous de faire ?

Vous restez sans bouger, **page 314 A**.

Vous vous montrez, **page 317**.

A

VOUS NE BOUGEZ PAS D'UN POIL.

Pan ! Une autre personne a été exécutée. Il s'agit désormais de Brigitte Laroque, médecin.

Que décidez-vous de faire ?

Vous restez sans bouger, **page 314 B**.

Vous vous montrez, **page 317**.

B

VOUS NE BOUGEZ PAS D'UN POIL.

Pan ! Une autre personne a été exécutée. Il s'agit de Franck Juisse, caissier à Priba.

Que décidez-vous de faire ?

Vous restez sans bouger, **page 314 C**.

Vous vous montrez, **page 317**.

C

VOUS NE BOUGEZ PAS D'UN POIL.

Pan ! Une autre personne a été exécutée. Il s'agit d'Éric Poulet, franc-maçon.

Que décidez-vous de faire ?

Vous restez sans bouger, **page 315 A**.

Vous vous montrez, **page 317**.

A

VOUS NE BOUGEZ PAS D'UN POIL.

Pan ! Une autre personne a été exécutée. Il s'agit désormais d'Anatole Business, ancien tennisman, père modèle de deux merveilleux enfants. Il était passé chez Priba en coup de vent pour acheter un gâteau au citron. Grand mal lui en a pris. Peut-être la pire décision de sa vie. Énorme erreur pour celui qui n'en faisait aucune sur les terrains pendant sa brillante carrière. C'est une fin de tournoi pour Anatole. Au même moment, ses deux enfants jouent aux petits chevaux à la maison sans se douter de rien. C'est le petit Kilian qui mène la danse pour le moment, mais attention au retour de Guy, le petit dernier, qui semble reprendre du poil de la bête. Rien n'est joué. Le suspense est total. Malheureusement, personne ne saura qui est sorti vainqueur de cette partie, car la mère de ces enfants l'interrompra pour avertir les gosses du décès d'Anatole. ***Vous perdez tous vos points de talent.***

Ça y est, tout le monde est mort dans le magasin sauf vous. Vous observez la scène.

Barnabé semble vouloir partir. Il regarde un peu partout puis s'en va.

La voie est libre. Vous avancez pas à pas vers la sortie et ça y est, enfin, vous voilà libre comme l'air.

Votre patience a été récompensée. Rien ne sert de courir, il faut partir à point. Une belle leçon à tirer. Sans mauvais jeu de mots.

Une folle envie de vivre s'empare de vous. Vous possédez l'esprit 60's, vous avez soif d'aventure et d'eldorado. Voyager partout. Vivre, tout simplement.

Malheureusement vous n'avez pas une tune. Il ne reste plus qu'une seule chose à faire.

Soit vous volez l'argent des gens morts, **page 320**. Soit vous envisagez d'aller dans un spa, **page 316 B**.

B

AU MOMENT DE BIFURQUER sur la 3e Avenue, Barnabé est apparu dans votre dos sans que vous ne l'ayez vu.

Pan ! Il tire à blanc. Il n'avait plus de cartouche.

Vous êtes miraculée. Vous vous retournez et vous engagez le combat avec Barnabé.

Direction la **page 317**.

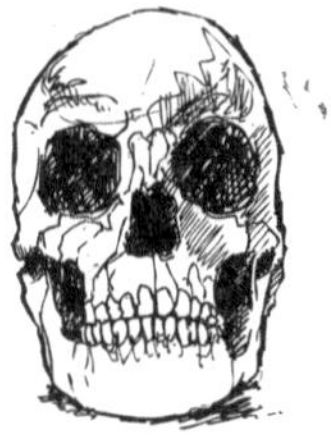

– **QU'EST-CE QUE VOUS VOULEZ ?**

– À votre avis ? Ce fromage est le mien, je ne voulais pas le partager avec vous.

– Mais vous auriez pu brûler le document et c'était réglé !

– Peut-être, mais un Le Goulu fait toujours ça à l'ancienne. Tradition oblige.

– Vous êtes donc un vrai Français de souche.

– Merci du compliment.

Et voilà que le combat commence.

Barnabé est un adversaire de catégorie 7,5. Lancez votre dé, ajoutez-y vos points de puissance, et vous saurez de quel bois vous êtes faite.

Vous avez plus de 7,5, rendez-vous à la **page 319**.

Si vous avez moins de 7,5, rendez-vous à la **page 319**.

VOUS RÉUSSISSEZ À DÉROBER LE TROMBLON DE BARNABÉ. Vous le lui envoyez dans la panse. Barnabé gît comme un vieux sac.

Vous le laissez tel quel et prenez la poudre d'escampette.

Quelques heures plus tard, la police vous interroge sur ce qu'il s'est passé. Vous serez inculpée de dix chefs d'accusation.

Heureusement Jonathan Juivelier, votre boss, a regardé la vidéo de surveillance et a fait un montage montrant l'agressivité de Barnabé envers vous.

Vous êtes disculpée. Vous devez une fière chandelle à ce bon vieux Jo.

Vous décidez donc de finir votre vie avec lui.

Moralité : Faute de mieux, restez avec celui ou celle que vous avez sous la main, au pire vous finirez par être séparé tôt ou tard.

Direction la **page 590**.

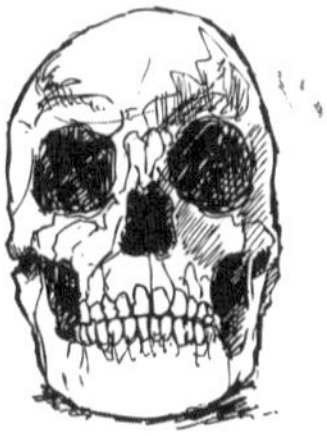

BARNABÉ VOUS ENVOIE UN COUP DE CROSSE DE FUSIL dans la tempe, vous tombez au sol. Il retrouve une vieille balle dans son manteau et l'insère dans son arme. Il vous achève comme un vulgaire cerf, d'une balle entre les deux yeux. Ce Barnabé aimait le travail bien fait. On ne pourra pas lui enlever ça.

Moralité : Le Blanc de souche est la plus dangereuse des espèces, surtout en possession d'un fusil de calibre 12.

Rendez-vous en **page 591**.

MINUTIEUSEMENT VOUS VOLEZ L'ARGENT DES PERSONNES MORTES dans le magasin. Vous en profitez pour prendre la caisse également. Il y a un véritable petit butin. Vous êtes à la tête d'une fortune estimée à 15 000 euros.

Félicitations. Vous commencez à comprendre comment fonctionne la vie, la vraie.

Direction le strip club, **page 144**.

Direction la piscine pour vous mettre à l'aise, **page 416 B**.

Intéressée par vendre de la drogue ? **page 196**.

Carrière de R'n'B, **page 467**.

– **ÉCOUTEZ, JE ME DOIS DE REFUSER.** Cette aisselle est la mienne, et je ne saurais accepter que l'on vole des molécules qui me collent à la peau.

– Soit. Mais sachez qu'on ne refuse pas l'offre d'un Le Goulu aussi impunément ! Soyez sur vos gardes, car à présent vous n'aurez plus jamais la paix ! Vous m'entendez, plus jamais la…

À cet instant Barnabé est frappé en plein cœur d'une crise cardiaque. Il s'effondre sur votre caisse comme un chien de la casse.

C'en est fini de Barnabé Le Goulu, dernier descendant de la dynastie Le Goulu. Triste sort pour cet homme brave, au cœur vaillant.

C'est ainsi que s'achève cette journée de travail.

Votre boss descend et appelle les urgences.

Il aura essayé en vain de réanimer ce bon Barnabé.

Une fois les urgences sur place, ils posent sur un brancard le corps inanimé de Barnabé. Avant de partir, vous les avez entendus dire qu'ils n'avaient jamais senti un mort sentir aussi mauvais aussi vite.

Vous voilà en compagnie de votre boss.

– Je ne sais pas quoi vous dire.

– Vous savez, dans ces moments-là, il y a pas grand-chose à dire.

– Vous avez raison. Je peux vous offrir un thé à la maison.

– Écoutez, s'il y a une douche, je veux bien venir.

– Vous savez, je vous aime comme ça aussi. Sale comme une truie.

– Vous savez me parler, vous.

– Entre autres.

Bras dessus, bras dessous, vous rentrez dans la maison du boss. Une fois la porte fermée, sans attendre, il vous saute dessus.

Attiré par votre odeur puissante, il ne peut se contenir.

– Ça fait depuis ce matin que j'attends ça !

– Mais je sens mauvais !

– Tu sens l'homme, tu sens la femme, tu sens l'humain. Ce mélange primaire me fait tourner la tête. J'ai l'impression d'être dans la jungle, dans la forêt, au plus près des sangliers et des ruminants.

– Ah…

Le discours de votre supérieur vous surprend quelque peu, c'est assez inattendu.

Que choisissez-vous de faire ?

Vous succombez à la tentation, **page 323**, ou vous foncez prendre une douche, avec de l'eau, **page 329** ?

VOUS VOUS LAISSEZ ALLER au plaisir charnel sirupeux.

Ce moment est magique et odorant, comme un pschitt d'Air Wick.

Vous avez du mal malgré tout à garder votre concentration car votre propre fumet vous incommode.

Vous hésitez entre l'évanouissement et le rejet vomitif.

Vous privilégiez le vomi dans un premier temps en mode Justin Bieber. Suivi d'un évanouissement.

Vous êtes réveillée par la fraîcheur de l'eau.

Votre compagnon a daigné vous octroyer une douche. Comme c'est aimable à lui.

Pour la première fois depuis longtemps, vous ne sentez pas le faisan. Bonne nouvelle.

Et c'est ainsi que vous passez la nuit dans le même lit que monsieur le directeur. Belle stratégie afin de gravir les échelons du travail…

Finement joué, à la Fabrice Santoro.

Le lendemain matin, il est 7 h 30.

Le boss vous réveille avec un baiser sur le front en mode Fabien Barthez.

Il vous fait chauffer un café collé-serré.

Vous le buvez. Intéressant, non ?

Une heure plus tard, vous voilà intronisée boss du magasin Priba. Une belle promotion.

Mais ce n'est pas volé. Vous avez parfaitement joué le coup.

À présent vous avez votre propre bureau.

Votre salaire est désormais triplé ! Que demande le peuple ?

De plus, vous filez le parfait amour avec votre ex-boss.

Malheureusement son état de santé va se dégrader petit à petit.

Il n'est plus que l'ombre de lui-même. Ses cheveux disparaissent par poignées et il devient irritable. Bloqué à la maison, il ne fait que regarder la télé. Sa bêtise grandit à vue d'œil. Il vous parle mal quand vous rentrez du travail. Veut que vous lui fassiez à manger. Mais il n'est jamais réellement satisfait. En définitive, il vous tire vers le bas.

Vous ne savez plus quoi faire. Il va falloir prendre une décision.

Vous décidez de laisser tomber votre ex-boss, ce n'est plus l'homme que vous aimiez, **page 331**, ou alors vous décidez de le supporter dans cette épreuve, **page 325**.

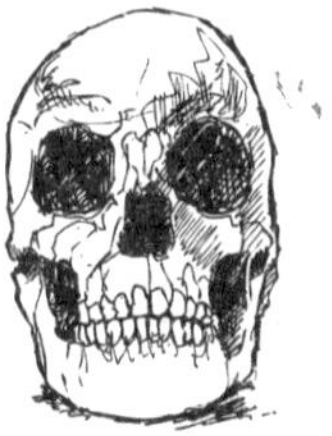

ÉPRISE D'AMOUR POUR CELUI QUI PARTAGE VOTRE VIE, vous redoublez d'efforts pour le mettre à l'aise. Vous le cajolez, vous lui faites des surprises en tout genre, comme la fois où vous l'avez emmené dans un restaurant indien. C'était si bien…

Tous ces efforts pour guérir son cancer resteront vains puisque Jonathan Juivelier meurt quelque temps plus tard dans l'indifférence générale. Son corps estampillé pur bœuf est donné comme chair à pâtée au zoo de Vincennes.

Bon débarras.

Vous voilà libre, comme Max.

Des idées plein la tête et des envies d'ailleurs.

Vous décidez de partir au Népal sur un coup de tête.

Vous avez nommé Sylviane Chavanel au poste de vice-directrice en votre absence. Sylviane a des seins de taille moyenne, soit dit en passant.

Ça y est, vous avez fait le grand saut. Vous voilà dans ce merveilleux Boeing direction Katmandou. Incroyable, qui l'eût cru !

C'est tout vous, ça, imprévisible.

Vous faites connaissance avec Djibril Cissé dans l'avion. Il se montre très courtois. Il commande un jus d'abricot.

Vous vous dirigez quant à vous sur un champagne.

– Ohh ! On ne se refuse rien, dit-il.

– Ah vous savez, des sacrifices, s'il le faut, j'en ferai, j'en ai déjà fait, mais toujours le poing levé !

– Ça ne m'étonne pas de vous. Quand je vous ai vue, je me suis dit que vous étiez quelqu'un de spécial.

– Spécial ?

– Oui, spécial.

– Ça alors, quel honneur !

– Je ne suis pas avare en compliments. J'adore prendre soin de mes concitoyens.

– On ne m'avait pas menti, vous êtes une très belle personne…

– Et DJ de surcroît !

– Exact.

Sur ce, vous regardez le film *Sauvez Willy 4* sur votre écran, en sirotant le nectar à bulles.

L'ivresse se fait sentir rapidement et vous voilà en train de regarder par intermittence le décolleté plongeant de M. Cissé.

Ça y est, c'est tout vous, ça, vous ne savez pas vous tenir, surtout en présence de célébrités.

Djibril semble vous avoir repérée mais vous n'êtes pas sûre. Vous voulez en avoir le cœur net.

Vous faites tomber votre fin de champagne sur son torse bandé.

– Oh mince ! J'ai renversé mon champagne sur vos pectoraux !

– Quelque chose me dit que vous n'y êtes pas pour rien, je me trompe ?

– Peut-être que oui, peut-être que non…

C'est alors qu'un moment de tension sexuelle s'installe. Le temps semble s'arrêter. Vous vous regardez, face à face. C'est un véritable moment d'anthologie. C'est culte.

Soudain l'avion se met à tanguer. Ça part en turbulences. À moins que ce ne soit l'effet Cissé ? Qui sait ? Seul Cissé sait si c'est ça. (Répétez cette dernière phrase cinq fois rapidement ; si vous y arrivez ***vous gagnez 1 point de talent***, sinon c'est ***1 point de talent en moins.***)

Vous semblez perdre pied face à cette situation hors norme.

Mais que se passe-t-il, bon sang ? Vous ne vous reconnaissez plus ! Vous ne contrôlez plus rien. Vous êtes en roue libre.

Et voilà que vous apposez vos lèvres soyeuses sur le nez mutin de Djibril Cissé.

Stupeur et tremblement, Djibril vous écarte sans crier gare à l'aide de son index.

– Écoutez, je vous apprécie mais je suis marié et…

– Vous êtes DJ.

– Oui, et pour toutes ces raisons, je préfère en rester là.

– Je comprends, vous êtes un homme loyal. Bravo à vous. Et bravo pour ce but contre Guingamp en 2003.

– Merci.

Et hop, une rencontre de plus dans votre besace. Vous êtes impayable. Impitoyable. Sacrée vous !

Passé l'ivresse de ce moment inopportun, vous finissez de regarder *Sauvez Willy 4*. Film de qualité.

Le reste du voyage se déroule sans accrocs.

Vous atterrissez à Katmandou.

Le temps est merveilleux. Soleil. 30 degrés. Tout n'est que calor.

Vous avez réservé un hôtel luxueux sur la côte ouest de la ville. Une vue imprenable sur la piscine de l'hôtel.

Vous enfilez votre maillot de bain et piquez une tête fissa.

Le choc thermique est si fort que vous perdez connaissance.

En fin de compte, vous mourez.

Votre corps sera retrouvé quelques heures plus tard dans une poubelle en plein centre-ville. Un mystère qui ne sera jamais élucidé et qui donnera lieu à un épisode des *Experts* à ce sujet. Vous serez créditée en tant que scénariste au générique.

La SACD vous enverra en vain chaque année pendant 20 ans votre cachet de scénariste à votre ancienne adresse.

Ce n'est qu'au bout de la 21e année que le nouveau locataire ouvrit ces lettres et se mit très bien financièrement. Il vécut heureux jusqu'à son 65e anniversaire, où il mourut dans d'atroces souffrances, brûlé au deuxième degré pendant un barbecue vegan à Marrakech.

Moralité : Être végétarien et ne pas coucher le premier soir augmentent le taux de mortalité.

Rendez-vous en **page 591**.

– **JE SUIS DÉSOLÉE** mais je vais devoir prendre une douche, je sens la race, là.

– Non ! Pas tout de suite ! Je t'en prie. Tu me rends fou.

– Mais enfin, je ne comprends pas.

– Écoute, je suis attiré par les odeurs fermentées, j'ai longtemps travaillé dans les égouts de Paris.

– Je suis désolée mais je me sens mal. Soit je me douche maintenant, soit je m'en vais.

– Eh bien va-t'en !

Excédée, vous prenez vos affaires et vous sortez de l'appartement.

Tête baissée vous marchez d'un pas décidé vers votre maison.

Vous mettez le pied dans un étron français. Vous manquez de trébucher mais vous retrouvez de justesse votre équilibre et continuez votre chemin.

Vous essuyez quelque peu votre godillot dans une flaque d'eau.

Cela enlève partiellement le caca.

Vous finissez par arriver chez vous. Vous prenez une grosse douche qui vous retire toute la crasse au niveau de l'aisselle.

Le lendemain, vous avez une boule au ventre.

Vous appréhendez la confrontation avec votre boss après ce qu'il s'est passé hier.

Vous arrivez au travail et vous voyez qu'il y a déjà quelqu'un à votre caisse. Comment est-ce possible ?

Comment a-t-il pu trouver un remplaçant aussi vite ?

Il s'agit du neveu du boss, et il se trouve qu'il était dans le besoin urgent d'argent, d'une pierre deux coups le voilà à votre poste.

Vous décidez d'aller voir le boss dans son bureau.

Toc toc.

– Oui ?

– J'exige une explication.

– Vous ne travaillez plus ici.

– Mais ?

– Il n'y a pas de mais. Il n'y a que du maïs au rayon légumes, c'est tout.

– Ça ne me fait pas rire.

– Moi non plus, ce n'était pas une blague.

– Ah bon, alors c'était quoi ?

– Une phrase, rien de plus.

– C'est bizarre, ça sonnait plus comme une blague ou en tout cas un jeu de mots.

– Écoutez, vous n'êtes pas en position de pouvoir me tenir tête.

– Vous me décevez beaucoup.

– Et vous donc.

Vous pouvez insulter le boss, **page 331**, ou rester digne, **page 331**.

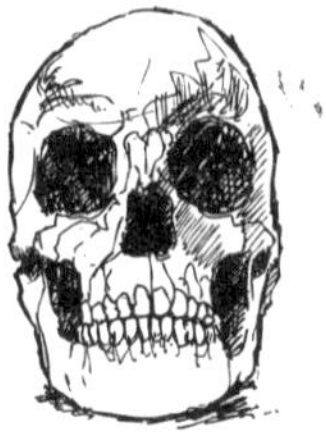

– **VOUS N'ÊTES QU'UNE MERDE,** allez crever, vous et votre cancer.

Et vous claquez la porte avec fracas.

Vous avez fait preuve d'une force de caractère incroyable. Vous êtes quelqu'un de poigne. Une main de fer dans un gant de velours.

Vous sortez du magasin, plus déterminée que jamais. Vous avez l'œil du tigre, faut pas vous chauffer.

Vous partez vous détendre à la piscine, **page 416 B**.

Vous utilisez votre œil du tigre pour partir à la conquête de la banlieue, **page 196**.

Vous partez pour une soirée caliente au strip-club le plus proche, **page 144**.

VOUS VOILÀ ASSEZ RICHE pour pouvoir envoyer de l'argent à Honoré par Western Union.

Une fois les 1000 euros reçus, Honoré vous demande une petite rallonge de 2000 euros pour soigner son genou droit.

Vous les lui envoyez dans la foulée.

Il vous remercie mais le problème, c'est que sa maison a été attaquée par des bandits et que tout son argent a été volé. Il vous demande donc de l'aide à hauteur de 10000 euros. De quoi refaire la toiture et se protéger des ouragans.

Vous les lui envoyez, accompagnés d'un petit message d'encouragement manuscrit lui disant de garder le cap.

Il vous remercie de cette somme et vous envoie une photo pour vous montrer l'avancée du travail.

Les soins prodigués ont permis de guérir Honoré, mais l'hôpital où il a été soigné n'était pas aux normes. Honoré a donc contracté un virus inconnu. Une saloperie qui le cloue au lit. Heureusement Honoré a un ami qui travaille dans l'industrie pharmaceutique. Cet ami est prêt à entamer des recherches avancées sur cette maladie et, pourquoi pas, trouver un antidote à condition que vous lui transmettiez une enveloppe remplie de cash. Car il y a toujours un rayon de soleil même pendant le déluge, il reste une lueur d'espoir pour Honoré. Le temps et l'argent passent. Vous rajoutez 50 000 euros sur le compte d'Honoré. L'investissement n'est pas vain. Les nouvelles sont bonnes, que ce soit de l'hôpital ou des recherches entamées par Moussa M'Bochoko.

En effet, Moussa a déjà fait un premier test sur une mouche qui était concluant et encourageant. Avec un peu plus de fonds il se pourrait que sa recherche aboutisse à un résultat probant voire miraculeux. Et tout ça pour percevoir après la somme de 8 milliards d'euros. Ça vaut très clairement le coup.

Les mois passent et l'argent vous manque. Vous n'arrivez plus à envoyer suffisamment de cash money à Honoré. Il ne vous en veut pas, ce n'est pas son genre. Il vous envoie juste un ultimatum :

Chèr ami, Voilà plus d'un an qu'on se conné et tu m'as bien aidé, malheureusement le temps press pour moi qui va peut-être mourrir demain ! Si tu ne m'envoi pas de monnaie sous 48 h je serais obligé de mourir ! Et les 8 milliards tu ne les aura pas car je dois être vivant pour te donnai la mallette de l'argent de 8 milliards !

Avec ma sympathie,

Signé : Honoré

Vous voilà dans une mouise incommensurable. La perte d'Honoré serait un coup porté à votre cœur. C'est comme un père pour vous. Ce père que vous n'avez pas eu. Ce père absent. Honoré, lui, est bien réel mais pour combien de temps encore ?

Vous tentez le coup de poker ! Vous allez rejoindre Honoré au Bénin.

Dans l'avion, vous survolez le mont Sinaï. « C'est vraiment beau ! », vous êtes-vous exclamée. Vous avez toujours été douée pour retranscrire vos pensées. **Vous gagnez 1 point de talent.**

Arrivée à la douane au Bénin, vous demandez où se trouve Honoré. Ils vous disent que personne ne répond à ce nom. Vous craignez le pire. Peut-être qu'Honoré est mort et que du coup son nom n'existe déjà plus.

Vous êtes prise d'une crise d'angoisse. Vous visualisez votre père et Honoré sur un fauteuil en train de discuter. Vous les regardez et vous souriez. Mais voilà qu'Honoré commence à se soulever, il lui pousse des ailes et il s'envole dans le ciel.

Vous vous réveillez en sueur. Vous avalez un verre d'eau donné par un douanier et vous repartez à la recherche d'Honoré.

Vous commencez à l'appeler dans les rues. Quelques personnes se retournent de temps en temps mais aucune ne correspond au signalement du vrai Honoré.

Vous vous arrêtez devant un opérateur téléphonique. Vous consultez le bottin. Vous tombez sur Honoré N'Douloundé !

Vous appelez son numéro dans l'instant.

– Allô ?

– C'est qui, là ?

Votre voix tremble. L'émotion.

– C'est moi, qui vous donne de l'argent pour vous guérir.

– Plein de personnes me donnent de l'argent. Pourquoi vous m'appelez ?

– Parce que vous allez mourir ! J'ai besoin de vous voir.

– Je vais très bien. Allez-vous-en et donnez-moi de l'argent.

Et il vous raccroche au nez.

Vous êtes abattue. Quelle tristesse de voir Honoré sous ce jour-là ! Obligé de se montrer rude pour que vous ne souffriez pas de le voir partir. Vous pensez qu'il est terriblement fort de jouer la comédie comme ça. Votre père n'aurait jamais fait un tel geste.

Après de longues investigations, vous parvenez à localiser Honoré !

Il se trouve à l'ambassade du Bénin. Honoré est devenu président du pays. Riche comme Crésus, il a pris le pays de force. Quelle réussite ! Vous êtes fière de lui. Il mérite ce qui lui arrive plus que quiconque.

Vous demandez à rencontrer Honoré mais vous êtes confrontée à un refus catégorique des autorités.

Vous ne pourrez jamais l'approcher.

Rendue à l'évidence, vous ne cherchez plus à le rencontrer. Vous vous contentez de l'observer avec amour à la télévision et dans les journaux. À présent guidée par votre père spirituel, vous éprouvez un sentiment de plénitude, de totalité. Vous savez pourquoi vous vous trouvez sur cette Terre et ça, vous le devez à Honoré N'Douloundé le grand.

Endettée comme c'est pas permis, vous êtes cependant devenue riche intérieurement et c'est peut-être cela, le vrai bonheur.

À présent vous vivez une vie de vagabond, vous racontez l'histoire d'Honoré N'Douloundé à travers tout le pays. Telle est la mission que la vie vous a réservée. Vous êtes une story teller et deviendrez la Sellig béninoise.

Moralité : Gaspillez son argent, c'est le début du bonheur.
Direction la **page 590**.

VOUS CHOISISSEZ DE RESTER avec la personne éplorée pour lui parler un tantinet et tenter de lui remonter le moral.

– Entrez ! vous dit-elle.

C'est une voix de femme.

Vous pénétrez dans l'appartement.

Vous en ressortez en compagnie du petit Yves, l'enfant que vous avez adopté avec la personne en larmes.

De l'eau a coulé sous les ponts et il s'avère que vous avez trouvé l'amour, le vrai. Vous êtes comblée sentimentalement, mais vous n'avez toujours pas de métier. Vous n'êtes pas épanouie professionnellement. C'est bien là votre seul manque.

En promenant le petit Yves, vous pensez que le destin se joue parfois à peu de choses. Comme ce jour où vous vous êtes trompée d'étage.

Vous pensez à écrire un livre sur votre histoire. Vous hésitez entre deux titres : *Le Destin de ma vie* et *Ma vie : quel destin !*

Le temps de la réflexion, le petit Yves a disparu. Léger comme une plume de canard, l'enfant s'est échappé sans crier gare.

Vous regardez à 180 degrés puis encore à 180 degrés, ce qui fait :

a) 280 degrés, **page 366**.

b) 360 degrés, **page 337**.

B, EXACT ! VOTRE VISION À 360 DEGRÉS vous permet de retrouver la trace du petit Yves. Vos sens en éveil, vous remettez la main sur lui rapidement. ***Vous gagnez 1 point d'intelligence.***

Vous vous baladez tous les deux dans la ville. Une vraie complicité jaillit de votre relation. Vous décidez d'inviter votre go à dîner ce soir, tous les trois. Ça peut être super sympa, d'autant plus que vous connaissez un restaurant de qualité.

Le temps du dîner est arrivé. Vous voici tous réunis autour de la table. Yves mange des pâtes à la bolognaise, vous mangez une salade impériale et votre compagne, un risotto à la manière d'antan.

Soudain un homme armé fait irruption dans le restaurant. Il fonce vers vous avec son flingue et pointe successivement Yves et votre femme.

– Maintenant tu vas me dire tout de suite lequel je bute et lequel survit. J'en buterai pas deux alors réfléchis vite et bien !

– Mais vous êtes qui ? Pourquoi vous faites ça ?!

– Tu me fais perdre mon temps.

– Je peux pas choisir entre les deux, c'est pas possible.

– Tu vas être obligée !

– Et si je ne choisis pas ?

– Je te bute. C'est toi qui choisis.

Pendant ce temps, les clients du restaurant filment toute la scène sur leur cellulaire. Mi-paniqués, mi-excités. *Mitch Buchannon* est diffusé à la télé au même moment.

Voici vos choix :

Laisser Yves se faire tuer, **page 340**.

Laisser votre femme se faire tuer, **page 347**.

Vous sacrifier pour eux et, ce faisant, tenter de neutraliser l'ennemi, **page 339**.

– **JE PRÉFÈRE ME TUER** plutôt que de choisir entre ces deux êtres de lumière ! Mais c'est pas pour autant que je vais me faire tuer sans rien fai…

Vous venez de recevoir une balle dans le cou. Vous n'avez rien senti à part l'odeur de bœuf grillé émanant du restaurant.

Game over pour vous.

La vidéo de votre meurtre fera 14 000 vues sur un site de vidéos gore. 87 % de satisfaction. Pas dégueu.

Moralité : Ne jamais sacrifier sa vie au détriment des autres, surtout si c'est la famille.

Direction la **page 591**.

– **JE VOUS EN PRIE, TUEZ YVES,** mon fils adoptif.

– Pourquoi ça ?

– Ah parce qu'en plus il faut que je donne une explication ?

– Quoi, j'ai été adopté ?

– Oui, voilà, raison de plus.

– Accordé !

– Sinon peut-être que tout le monde dans le restau peut m'aider au lieu de filmer ?

Aucune réaction. Les gens sont rivés sur leur cellulaire.

L'épisode de *Mitch Buchannon* vient de se terminer.

– Mais fais pas ça ! implore Yves. Je t'en supplie !

– Ce n'est pas moi qui le fais. Si ça ne tenait qu'à moi, ça ne me serait pas venu à l'idée.

Pan ! Le coup est parti. Yves n'est plus.

Le tueur retire son masque. Stupeur. Il s'agit d'Hervé, l'ex de votre femme.

– Pourquoi as-tu fait ça, Hervé ? crie-t-elle.

– Parce que ma vie est nulle sans toi, alors autant faire souffrir la personne qui partage ta vie maintenant.

– Et tu te sens mieux, là ?!

– Un peu.

Sur ce, Hervé s'en va en catimini.

Comment souhaitez-vous continuer votre vie ?

Effectuer un mariage avec votre femme, **page 341**, ou la quitter et repartir sur des bases saines, **page 343 A** ?

– **ÉCOUTE, CHÉRIE,** à la manière de Raymond Domenech un soir de défaite de l'équipe de France, j'aimerais te demander ta main…

Vous écartez avec élégance le corps du petit Yves d'un revers de la main à la manière de Pete Sampras et vous posez un genou dans une flaque de son sang. Vous avez ainsi l'impression que, depuis l'au-delà, votre enfant bénit cette union.

– Mais… c'est magnifique. Oui.

– Yves aurait adoré que l'on se marie, faisons-le pour lui.

Tous les clients en train de filmer sont attendris par cette scène. Et comme un seul homme, ils arrêtent de filmer avec leurs portables pour mieux apprécier le moment.

Malheureusement Hervé assiste également à la scène en cachette et vous tire dessus. Un des clients qui avait arrêté de filmer fulmine de ne pas avoir pu immortaliser ce moment en vidéo.

– Et merde à la fin ! s'écrie-t-il en quittant les lieux furax.

Il s'agissait de Jean-Michel Elfessi, un paparazzi spécialisé dans le buzz business. Jean-Mi se rattrapa le soir même en prenant une photo de Frédéric Diefenthal nu dans un taxi.

Sous l'impact des balles tirées par Hervé, votre femme et vous mourez en même temps.

Hervé a perdu. Il a scellé pour l'éternité votre amour infini.

Hervé purgea 45 ans de prison. À sa libération, il embrassa une belle carrière de philatéliste amateur.

Moralité : Ôter la vie permet de purger sa peine.

Rendez-vous en **page 591**.

A

– **ÉCOUTE, CHÉRIE,** je crois qu'Hervé a détruit notre amour à tout jamais. Je préfère rentrer chez moi pour tout oublier.

Votre femme acquiesce à contrecœur mais parfois il faut savoir dire stop.

Quelques années plus tard, Hervé et votre désormais ex-femme se remirent ensemble, faisant table rase du passé.

Moralité : On a toujours droit à une seconde chance, même quand ce qu'on a fait à la base est totalement abusé.

Vous pouvez rentrer chez vous et repartir à zéro, **page 8**.

Pour vous mettre une mine, **page 343 B**.

Pour vous poser dans un strip-club, **page 144**.

B

D'UN COMMUN ACCORD AVEC VOUS-MÊME vous commencez à vous mettre une petite minasse bien propre. Vous achetez une bouteille d'Oasis chez l'épicier et la petite bouteille de rhum qui va bien.

Vous jetez la moitié du contenu de la bouteille d'Oasis sur un chien errant. Il vous remercie d'un coup de langue salvateur. À la manière d'un savant fou, vous transvasez le rhum dans la bouteille d'Oasis. Le geste est assuré, professionnel.

Un scientifique chercheur au CNRS arrive à votre rencontre, il est bluffé par votre savoir-faire.

– Excusez-moi, je recherche une assistante pour m'aider dans mon cabinet, acceptez-vous de le devenir ?

Oui, **page 344**, ou non, **page 345**.

VOUS ÊTES ARRIVÉS DANS LE LABORATOIRE DU SCIENTIFIQUE.

Encore un peu barbouillée de la veille, vous écoutez sans écouter le chercheur qui vous demande différentes manipulations.

Vous n'en faites qu'à votre tête, comme ensorcelée par vos actes. Vous vous laissez porter par votre instinct. De fil en aiguille vous vous doutez bien que vous arrivez à trouver l'antidote du sida.

Félicitations, il était temps.

Moralité : La solution de tous les maux reste, dans la grande majorité des cas, de se mettre une énorme mine.

Direction la **page 590**.

– **ÉCOUTEZ, CE SERAIT AVEC PLAISIR** mais là je dois vraiment me bourrer la gueule méchamment. Bonne soirée.

– De même.

De nouveau solitaire, vous pouvez enfin vous mettre à l'aise confortablement. Bien positionnée, bien installée, vous commencez l'opération ivresse.

Pour ne pas trop vous ennuyer, vous faites des jeux à boire. Si la prochaine personne que vous croisez est un être humain, vous buvez.

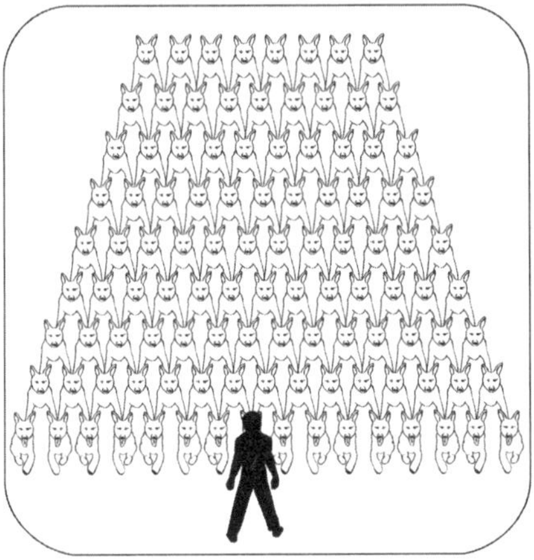

Heureusement, c'est le moment choisi par une meute de chiens de 3 kilomètres de superficie pour croiser votre chemin.

Vous venez d'arrêter de boire.
Vous êtes guérie.
Vous gagnez 1 point de prestige Mickey Rourke.

Moralité : Le chien est le meilleur ami de l'homme.
Rendez-vous **page 8**.

– **TUEZ DONC MA FEMME.** Yves est trop jeune pour mourir.

– Bonne solution.

Pan ! Le tir est parti. Votre femme a quitté la surface terrestre pour rejoindre un monde meilleur. En un mot, elle a pris une énorme bastos dans le bide. Ça dégage. C'est pas beau à voir.

– Qui êtes-vous, sale monstre ? dites-vous, tentant de faire éclater la vérité.

Le tueur répond en enlevant son masque :

– Dsjfkdfsiosf !

– Pardon ?

– Désolé, j'enlevais mon masque. Je suis Hervé ! L'ex de votre femme. Je ne supportais plus de voir son bonheur, alors je suis passé à l'action pour détruire sa vie.

– Ah oui, je comprends mieux, du coup. Vous êtes satisfait maintenant ?

– Un peu.

Sur ce, Hervé s'en va en catimini.

Comment souhaitez-vous refaire votre vie ?

Éduquez votre enfant, **page 365**.

Posez votre enfant à la Ddass, **page 348**.

APRÈS AVOIR POSÉ VOTRE ENFANT À LA DDASS, vous êtes revenue chez vos parents où vous n'avez jamais su ni pu trouver un travail. Votre enfant et vous-même avez mené en parallèle une vie similaire où vous viviez aux crochets d'adultes responsables. Puis au moment de l'adolescence, Yves commence à laisser apparaître les signes d'une intelligence supérieure. Le médecin qui s'occupe de lui vous envoie un courrier pour vous faire part de ses constatations. Vous flairez le bon coup à plein nez. Vous voyez grand pour Yves. Vous voulez l'inscrire à des jeux télévisés !

À se demander si ce n'est pas vous le génie dans l'histoire. Vous prenez contact avec Yves qui ne vous répond pas. Il vous déteste. Énormément. Vous manigancez dès lors un stratagème astucieux visant à faire accuser les seconds parents adoptifs du petit Yves. Vous piratez leurs ordinateurs et envoyez de faux mails à l'adresse de Yves. Dans ces mails, vous leur faites dire qu'ils attendent le bon moment pour profiter de ses qualités hors du commun, comme l'envoyer jouer à des jeux télévisés. Yves tombe dans le panneau et vous appelle en détresse. Vous vous donnez rendez-vous dans un café, un jour de 12 juillet. La date symbolique de l'épopée des Bleus en 98.

Après quelques minutes de discussion, la glace est brisée en mode Carglass, le petit Yves vous sourit. Il vous aime à nouveau. Il vous dit même qu'il n'avait jamais cessé de ressentir ça pour vous malgré toutes ces années.

Maintenant que vous êtes de nouveau réunis, que voulez-vous proposer au petit Yves ?

De participer à un jeu télévisé, **page 351**, ou de faire un karaoké, **page 350** ?

VOUS PARTEZ SUR UN KARAOKÉ AVEC YVES. Votre voix est juste. Les clients présents sont subjugués par votre voix sibylline. Mais c'est au tour de Yves de chanter maintenant, et voilà qu'il connaît un plus grand succès que vous. Plus prometteur, il attise les convoitises d'un producteur présent dans la salle. Ce producteur, c'est Pedro Salsa. Toujours dans les bons coups, celui-là…

Toujours est-il que Pedro prend sous son aile le petit Yves pendant que vous êtes allée poser un étron français aux sanitaires.

Vous ne parviendrez pas à remettre la main sur Yves. Les années qui passèrent, vous pûtes constater le succès grandissant de Yves. Enfin, de Falcon Angelo, son nouveau nom de scène. Force est de constater que ça sonne bien. Encore une trouvaille de Salsa.

Reconnaissant le talent de Pedro, vous préférez mettre fin à vos jours en vous noyant dans des litres d'Orangina.

Moralité : Il ne faut pas aller aux toilettes au cours d'un karaoké.

Rendez-vous en **page 591**.

– **ÉCOUTE, YVES, TU AS DU POTENTIEL,** et tu sais que je crois en toi, depuis le début. Je pense qu'il faut t'inscrire à « Une famille en or ».

– Tu as raison ! Mes autres parents voulaient m'inscrire à « La Roue de la fortune »… Ils ne me connaissaient pas, en fait ! Je les hais ! Toi, tu me connais.

– Exact. Allez, suis-moi, notre destin est en marche.

Et c'est ainsi que vous voilà inscrits à « Une famille en or ». Vous avez passé les castings haut la main avec votre mère et votre fils adoptif. Le trio gagnant.

C'est une superbe famille recomposée. Malgré les douleurs et les difficultés que chacun a connues, vous voilà tous réunis pour ne faire qu'un. Et ça, c'est grâce aussi et surtout à « Une famille en or ».

Le grand jour est arrivé, c'est l'enregistrement de l'émission. Vous êtes face à la famille Belsunce, originaire de Marseille.

La partie est équilibrée, ça va se jouer à rien. C'est du niveau international.

Vient la question finale : « Quelle est la couleur préférée des Français ? »

Vous avez le choix entre les quatre couleurs primaires : le bleu, le blanc, le rouge et le fuchsia.

Quelle est votre réponse ? Bleu, **page 352**, blanc, **page 352**, rouge, **page 353 A**, fuchsia, **page 353 B**.

C'EST UNE MAUVAISE RÉPONSE, VOUS AVEZ PERDU. Toutes ces années de labeur pour en arriver là, quel dommage ! Si près du but, vous échouez lamentablement. Mais avec les honneurs tout de même. Le présentateur vous salue chaleureusement. Et c'est la fin de l'aventure pour vous.

Vous avez peut-être perdu cette partie, mais vous avez gagné autre chose, une famille, une vraie.

Moralité : Si à 50 ans t'as pas joué à « Une famille en or », t'as raté ta vie.

Direction la **page 590**.

A

C'EST UNE MAUVAISE RÉPONSE, vous avez perdu. Toutes ces années de labeur pour en arriver là, quel dommage ! Si près du but, vous échouez lamentablement. Mais avec les honneurs tout de même. Le présentateur vous salue chaleureusement. Et c'est la fin de l'aventure pour vous.

Vous avez peut-être perdu cette partie, mais vous avez gagné autre chose, une famille, une vraie.

Sauf que Yves apprit plus tard ce que vous aviez fait à ses parents adoptifs. Vous êtes à présent seule et désespérée.

Vous mourrez à petit feu comme une bouillabaisse.

Moralité : On ne pense pas assez à manger une bonne bouillabaisse.

Rendez-vous en **page 591**.

B

C'EST ÉVIDEMMENT UNE EXCELLENTE RÉPONSE. Vous venez de gagner la partie haut la main ! Une victoire d'anthologie. Une nouvelle page de l'histoire s'écrit en ce moment même. Peu de gens auraient misé sur vous avant cette rencontre face à la terrible famille Belsunce.

Et pourtant vous l'avez fait. Champagne. Vos gains s'élèvent donc à 100 000 euros.

Comment souhaitez-vous partager cette somme ?

80 % pour vous, 10 % et 10 % pour les autres, **page 354 A**.

Tout le monde a la même somme, **page 354 B**.

A

VOUS DÉCIDEZ DE PRENDRE 80 % DE LA SOMME car c'est vous qui êtes à l'initiative de ce jeu. Quoi de plus normal ? me direz-vous. Pourtant, les deux autres membres de votre famille ne sont pas d'accord sur ce point et vous le font savoir.

Vous choisissez de faire fructifier votre argent à l'aide de judicieux placements pour partir sur la Lune, **page 540 A**, ou encore sauver Honoré, **page 332**, ou bien de revoir le partage, **page 354 B** ?

B

VOUS DÉCIDEZ GÉNÉREUSEMENT DE PARTAGER ÉQUITABLEMENT la mise entre vous. Malheureusement la somme s'élevant à 100 000 euros, il vous est impossible de partager la somme équitablement au centimes près.

33 333 euros pour vous + 33 333 euros pour Yves + 33 333 euros pour votre mère, le calcul est vite fait, cela ne fait pas 100 000 euros.

Il reste 1 euro à vous partager.

Soit vous faites l'impasse sur cet euro et le laissez aux deux autres, soit vous assassinez un membre de votre famille. On n'a rien sans rien.

Vous sacrifiez 1 euro, **page 355**.

Vous tuez votre mère, **page 362**.

Vous tuez Yves, **page 363**.

C'EST AVEC MATURITÉ que vous laissez vos deux membres se partager le dernier euro symbolique. Vous venez de gagner le respect de tous. *Vous gagnez 1 point de charisme.*

Votre mère vous avoue qu'elle est fière de vous. Yves également. Vous célébrez ce moment en allant manger dans un restaurant de haut standing. En entrée vous prenez un potage fumé aux haricots et aux clous de girofle.

Pendant le repas, vous portez un toast. Pourtant vous n'êtes pas dans votre assiette. Vous avez un goût amer dans la bouche. Ce partage équitable ne vous satisfait pas. Sans vous, personne n'aurait ces 100 000 euros. C'est trop injuste. Vous décidez de dire vos quatre vérités dans le restaurant. De surcroît, vous êtes un peu éméchée. Le discours est clair et direct.

Vous commencez à en venir aux mains avec votre fils. C'est un adversaire de catégorie 9. C'est le plus grand ennemi que vous ayez rencontré jusque-là.

Pour le vaincre, vous devez dépasser 9 en tirant au dé et en ajoutant vos points de puissance au résultat.

Vous gagnez le combat, **page 356 A**.

Vous perdez le combat, **page 359**.

A

VOUS BALANCEZ UNE ÉNORME GIFLE sur le visage poupon de votre adversaire. Il souffre mais ne rompt pas. Sa puissance grandit, il se nourrit de sa haine.

À présent il faut faire plus de 10 pour le vaincre. Lancez votre dé et ajoutez-y vos points.

Vous gagnez le combat, **page 356 B**.

Vous perdez le combat, **page 359**.

B

YVES EST LÉGÈREMENT SONNÉ PAR VOTRE GIFLE, vous en profitez pour lui jeter une aile de poulet au visage. La vitesse de propulsion est telle qu'il trébuche en arrière sur plusieurs mètres, finissant par s'écrouler sur la table de la famille Belsunce ! Quelle coïncidence, il s'agit de la famille que vous avez battue à « Une famille en or ». Donatello Belsunce, le père de famille, vous balance un artichaut sur le crâne. ***Vous perdez 1 point de puissance.*** Entre-temps la colère de Yves s'est décuplée. Et les encouragements de la famille Belsunce lui augmentent sa puissance de 1 point encore.

Vous devez désormais obtenir un résultat minimum de 11 pour le vaincre. Lancez, calculez, tapez !

Vous gagnez le combat, **page 357**.

Vous perdez le combat, **page 359**.

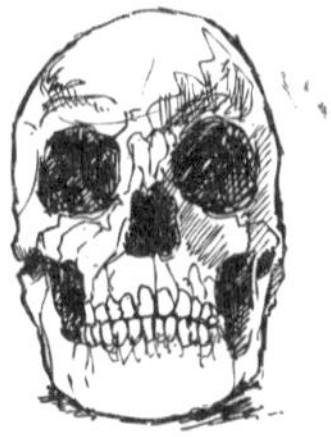

DOS AU MUR, ET FACE CONTRE TOUS, vous parvenez à soulever la table sur laquelle vous mangiez et à la balancer sur Yves. Celui-ci essaye de se protéger avec son bras droit qui se casse sous le poids du mobilier.

Il n'est plus vraiment en état de se battre.

Dressé face à votre fils, vous vous saisissez d'un vin millésimé de 1999, un très bon cru. Vous cassez le haut de la bouteille sur la table pour ne garder que la partie coupante du verre.

Le vin s'est étalé partout sur Yves qui s'en délecte. Il lèche le breuvage autant qu'il peut comme une brebis qui n'aurait pu boire pendant plusieurs jours car l'eau n'était pas potable mais maintenant c'est réglé.

Complètement sonné par les coups qu'il a reçus et le bon vin qui lui monte à la tête, le petit Yves vous fait une déclaration d'amour. Une déclaration intense et pure.

Cela vous touche au plus haut point. Vous baissez les armes. Vous réalisez que l'appât du gain vous a aveuglée. Vous pleurez à chaudes larmes dans les bras de votre fils. Votre mère se joint à vous. Vous êtes tous les trois en train de baigner dans le liquide alcoolisé, le sang et les larmes. La scène est merveilleuse. Les clients du restaurant, pourtant guindés, se lâchent et partent sur une chenille improvisée. L'ambiance fait penser à France 98 pendant l'épopée des Bleus. D'ailleurs les gens commencent à chanter *I Will Survive* à l'unisson.

Toute cette ambiance est stoppée par le directeur du restaurant qui vous notifie que vous avez cassé une bouteille à 99 999 euros.

Vous êtes obligée de payer, à contrecœur.

Vous voilà tous les trois à la rue, avec 1 euro en poche à vous partager. Vous décidez d'un commun accord de le donner à un clochard posté devant le bar en face.

Ce clochard, c'est votre père, qui vous avait quitté il y a plus d'une dizaine d'années. Vous ne l'avez pas reconnu, mais lui, oui. Ce soir-là, tous les quatre, vous allez parler de tout et de rien. Rattrapant le temps perdu, le temps d'une soirée. Et qui sait, demain, peut-être que vous serez tous réunis, pour montrer à toutes et à tous que vous êtes, plus que jamais, une famille en or...

Moralité : Il faut toujours donner de l'argent aux mendiants, ça pourrait être votre père.

Direction la **page 590**.

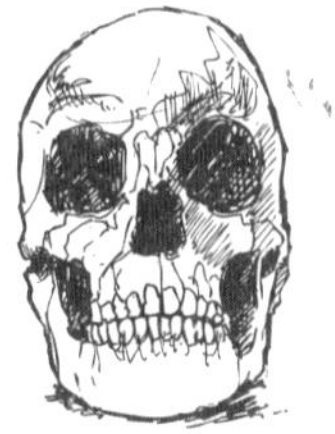

YVES EST BEAUCOUP TROP FORT. Il vous met une déculottée devant tout le monde. Vous êtes humiliée en public. Il finit par vous baisser le slip. Vous êtes cul nu devant tout le monde. À ce moment-là, un chirurgien plastique qui dînait à côté interrompt les hostilités.

– Excusez-moi ! Je m'appelle Dimitri Nugetz. Ça se prononce Nu-gay-tss. Pas comme le poulet. On me fait souvent la vanne donc je préfère prendre les devants. Je suis chirurgien praticien à la Clinique de l'Étalon Noir non loin d'ici. J'ai l'habitude de voir énormément de patients, et notamment ceux qui veulent se faire refaire les fesses. Je me demandais si par hasard vous ne voudriez pas vous les faire refaire ?

Si vous voulez vous faire refaire les fesses, **page 360**.

Si vous ne savez pas quoi faire, **page 361**.

AMENÉE EN URGENCE À LA CLINIQUE de l'Étalon Noir non loin de là, vous êtes allongée dans le lit. Sous l'effet de l'anesthésie, vous vous laissez tomber de sommeil.

Quelques heures plus tard vous vous réveillez. Vous ne sentez plus votre postérieur. Et pour cause, il a été enlevé. Dimitri Nugetz était en fait un collectionneur d'art moderne. Il vous a fait croire tout ce micmac pour dérober votre fessier. Le seul qui manquait à sa collection. Seule dans la chambre, vous êtes un peu abasourdie par cette situation quelque peu étrange.

Soudain vous vous réveillez en sueur. Tout cela n'était qu'un mauvais rêve.

Votre fessier est bien là, et il est tout bonnement merveilleux. Bombé, charnu, carnassier, les superlatifs manquent pour qualifier votre booty.

Vous êtes à la tête du plus beau cul du monde. Félicitations. Vous avez atteint le but ultime de ce livre. Vous gagnez le dernier bonus tant convoité !

BRAVO !

Moralité : Rien ne vaut un bon cul.

Rendez-vous en **page 590**.

PROFITANT DE VOTRE APATHIE, Yves vous plante un couteau à beurre dans l'oreille droite. C'est votre talon d'Achille. Vous venez de perdre l'ouïe. Vous n'entendez plus que de l'oreille gauche. À cause de ce handicap, vous ne sentez pas venir l'énorme coup de pied qui parvient dans votre oreille droite. Coup dur pour vous, puisque vous perdez à présent l'usage de votre autre et dernière oreille à cause du contre-coup. Beats By Dr. Dre retire immédiatement le sponsoring qui vous liait.

Vous n'avez plus rien à faire sur cette terre. Yves vous achève d'une prise de soumission apprise en regardant les combats de MMA sur Gulli à 16 h 30 le mercredi.

Votre état humain est : MORT !

Moralité : Sans Beats By Dr. Dre, la vie serait une erreur.

Rendez-vous en **page 591**.

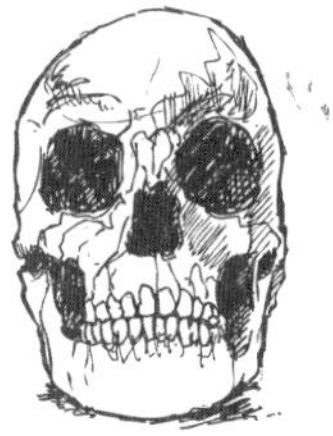

CONTRE TOUTE ATTENTE, vous faites une prise de judo à votre mère. C'est le coup du lapin.

Elle meurt instantanément, sans crier gare. Yves, qui est une personne intelligente, comprend tout de suite où vous voulez en venir. Vous sortez ensemble en courant du restaurant.

Vous voilà tous les deux en cavale mais avec 50 000 euros par tête de pipe.

Une idée de génie vous vient à tous les deux en même temps. Vous savez que la police donne des récompenses contre qui trouve tel ou tel meurtrier. Du coup, vous vous présentez mutuellement à la police en disant que vous vous êtes attrapés mutuellement. Gagnant ainsi tous les deux la rançon promise pour empocher deux fois votre mise. Pas folle la guêpe. La police, sentant le coup fourré, vous met tous deux derrière les barreaux. Vous finirez vos vieux jours en prison, mais avec votre fils. N'y a-t-il pas plus belle fin ? Au moins vous pourrez veiller sur lui, sans craindre qu'il ait de mauvaises fréquentations ou qu'il rentre de boîte trop tard.

Moralité : Pour qui souhaite bien surveiller ses enfants, enfermez-vous avec eux.

Direction la **page 590**.

CONTRE TOUTE ATTENTE vous faites une prise de judo furtive à Yves pendant qu'il déguste sa langoustine à la sauce gribiche. Yves s'étouffe sur le coup et meurt, sans coup férir. Votre mère, stupéfaite, ne comprend pas ce qu'il vient de se passer.

– Donc là, tu viens de buter ton fils, en fait ?

– Tu as tout compris, maman.

À partir de ce moment-là, votre mère ne sera plus jamais la même. Elle s'est littéralement transformée en robot. Elle ne pense plus, ne ressent plus d'émotions. C'est un légume sur pattes. Profitant de ce moment d'apathie totale, vous n'avez aucun mal à lui faire comprendre que vous allez prendre sa part de 50 000 euros. Elle acquiesce sans broncher.

Vous la laissez en plan en lui expliquant bien qu'elle devra dire à la police que c'est elle la meurtrière.

Vous voilà libre comme l'air, avec 100 000 euros en poche, parfaitement innocente. Vous avez superbement mené votre barque.

Moralité : La tune, ça ne se partage pas, ça se pose à la Banque postale, sur son compte courant.

Vous voilà avec le choix du roi. Vous pouvez :

Repartir à zéro à la **page 8**.

Aller sur la Lune à la **page 540 A**.

Sauver Honoré à la **page 332**.

Vous avez débloqué l'option « investir dans la cryogénisation », **page 364**.

Vous achetez des piles Varta **page 524**.

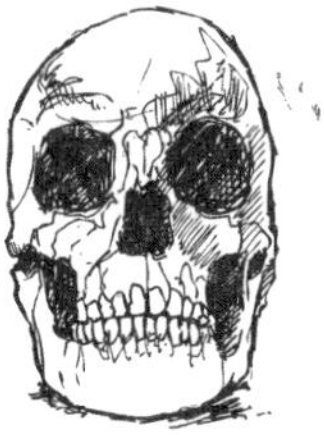

VOUS INVESTISSEZ VOTRE ARGENT dans des recherches de cryogénisation 2.0. Vous méritez plus que quiconque d'être immortelle, ou du moins, de vivre sur plusieurs siècles. Après de très longues recherches technologiques, le système est enfin au point. Vous êtes l'élue. Vous vous placez donc dans la machine de congélation. Malheureusement suite à une guerre mondiale survenue dans les jours qui suivirent votre congélation, toute la terre fut préoccupée par ce nouvel enjeu. Ainsi vous êtes tombée dans l'oubli le plus total. Jusqu'au 15 juillet 4590 où un homme vous a retrouvée et a ouvert la machine. Une fois la glace fondue, l'homme vous demanda des explications. Vous lui expliquez tout ce que vous savez. Vous trouvant complètement débile comparé à la majorité de la population actuelle, il vous donna un rôle de bouffon du roi.

Vous serez considérée comme la plus grande conne du XLVIe siècle.

Vous gagnez 500 points de talent.

Moralité : Y'a que les cons qui ne changent pas de vie.

Direction la **page 590**.

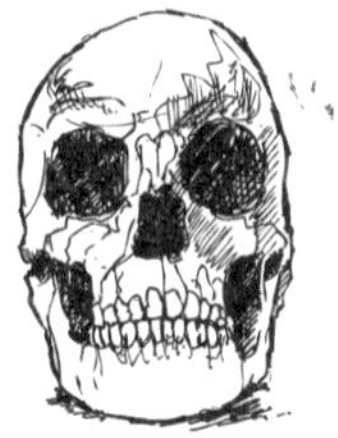

VOUS CHOISISSEZ DE PRENDRE UN CHEMIN DE CARRIÈRE vous permettant d'éduquer le petit Yves. Ce n'est pas une mince affaire car il se montre très virulent. Vous n'arrivez pas à déceler l'origine de son mal-être. Vous pensez à l'emmener chez un psy mais vous vous dites que non, ce serait trop facile. Yves n'est pas comme les autres. Yves frappe ses camarades de classe à l'école. Il est dissipé, il travaille mal, il fume, il vandalise, il chante du Sinsemilia. Vous décidez finalement de l'envoyer chez un psy. En cinq séances, tout est réglé. Yves est devenu adorable. À présent il est boulanger chez Eric Kayser. Destin hors norme pour ce garçon hors du commun.

Moralité : Dans le doute, allez voir un psy.
Rendez-vous en **page 590**.

280. VOUS PENSEZ AU 280 DE CHEZ MCDONALD'S. Vous êtes à présent à la borne du McDo. Elle ne marche pas. Rebondissement.

Vous arrivez à la caisse. Vous demandez un 280.

Le serveur crie :

– Yves ! Mets-moi un 280 !

Ça ne vous rappelle rien et vous vous posez à une table adjacente afin de savourer le mets.

La viande glisse lentement dans votre œsophage. Les sauces s'écoulent paresseusement dans votre œsophage. De même pour le pain et la salade, et la tomate. C'est un plaisir immense que vous ressentez. Une sorte d'accomplissement.

Vous décidez de postuler chez McDo dans la foulée. Comble du hasard, il s'avère que le poste est à pourvoir immédiatement.

Vous faites équipe avec le dénommée Yves. L'entente est parfaite, vous le considérez un peu comme votre propre fils, bien que vous ayez le même âge.

Votre téléphone sonne. C'est votre âme sœur qui vous appelle.

Elle vous demande comment va Yves.

– Très bien, lui répondez-vous. C'est un peu comme mon fils, tu sais.

– Comment ça, un peu ? Tu es vraiment drôle, tu sais ! Vous rentrez à quelle heure ?

– Tu me vouvoies maintenant ?

– Ha ha ! Tu es drôle ! Je vous attends à 21 heures !

– Bisous.

Vous expliquez à Yves qu'il est le bienvenu à dîner ce soir à 21 heures.

Il accepte volontiers.

21 heures. Vous arrivez devant chez vous.

– Nous voilà ! vous exclamez-vous, guillerette, une fois entrée dans votre appart.

Vous en ressortez en compagnie de Yves et de deux valises chargées.

Vous avez le choix : soit vous demandez à Yves si vous pouvez dormir chez lui ce soir, **page 368 B**, soit vous restez seule dehors à méditer sur vos actes, **page 368 A**, soit vous essayez d'arranger le coup avec votre partenaire, **page 370**.

A

RIEN NE VA PLUS, LES JEUX SONT FAITS. Vous êtes dans une mauvaise spirale en ce moment, comme le racing club de Lens. Il faut redresser la barre, en mode Sergueï Bubka. Vous décidez de méditer sur un banc. « Posé sur un banc, c'est pas de la galère, c'est du bon temps », disait Ali, votre arrière-grand-père. Soudain, un individu arrive à votre rencontre et vous donne un produit psychotrope.

Soit vous le prenez, **page 369**, soit vous retournez essayer d'arranger le coup avec votre partenaire, **page 370**.

B

– **HORS DE QUESTION** ! Tu es malade ! Fais-toi soigner !

La réponse de Yves est cinglante mais il n'est pas loin de la vérité. Vous voilà dans une mélasse impromptue. *Vous gagnez 1 point de folie.*

Il ne vous reste plus que deux choix. Vous restez seule dehors à méditer sur vos actes, **page 368 A**, ou vous essayez d'arranger le coup avec votre partenaire, **page 370**.

LE PRODUIT EST COUPÉ AU PNEU PIRELLI, ce qui n'est pas pour vous déplaire. De cause à effet, vous avez l'impression d'avancer extrêmement vite. De conduire une Testarossa. Totalement grisée par cette situation, vous effectuez un drift d'anthologie à 45 degrés. Rohff, qui tournait un clip non loin de là, ne loupe pas une miette de votre performance et vous filme en 4K.

Dès que vous réalisez que vous avez été filmée à votre insu, les effets de la drogue se dissipent en un rien de temps.

Vous menacez de faire un procès au rappeur pour avoir voulu utiliser votre image.

Il vous montre les images filmées : vous êtes en train de dévoiler vos parties intimes à la caméra.

Rohff vous menace de divulguer ces images si vous ne lui donnez pas la somme de 100 000 euros demain.

Par fainéantise et par dépit, vous préférez mettre fin à vos jours en vous jetant dans le canal Saint-Martin.

Rohff n'a pas diffusé vos images par la suite. C'est le padre du rap game.

Moralité : Sans maîtrise, la puissance n'est rien.

Rendez-vous en **page 590**.

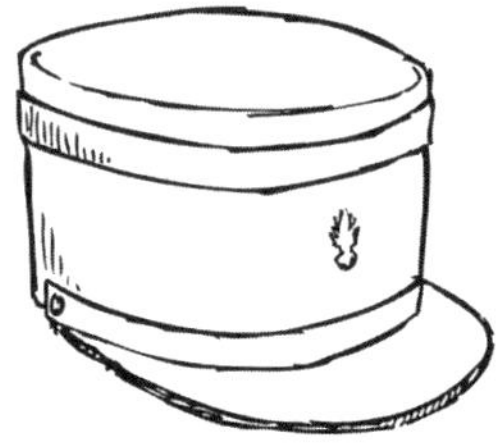

– CHÉRIE ! OUVRE-MOI !

– Laisse-moi tranquille, tu es malade ! Je veux plus jamais te parler !

– Alleeeez !

Convaincue par ce « allez » intense, elle vous laisse rentrer. Vous êtes triste d'avoir pu faire pleurer cette belle demoiselle à la manière de Christophe Maé.

– Ma chérie, je suis désolée pour Yves. On va le retrouver !

– Il faut qu'on le retrouve.

– J'aurais pas dit mieux.

À ce moment-là, la police appelle.

– Allô ? C'est la police.

– Je vous écoute.

– Auriez-vous perdu un enfant il y a plus d'une heure ?

– Oui, tout à fait.

– Nous avons retrouvé un enfant justement.

– Comment s'appelle-t-il ?

– Il s'appelle Mohamadou.

– Oh non, c'est pas vrai ! C'est pas lui… Notre enfant s'appelle Yves…

– Oui ! Yves, pardon. C'est lui.

– Ah, merci, bon Dieu !

– Nicolas Bondieu, Brigade nationale, à votre service.

Enfin une bonne nouvelle dans ce monde de brutes. Tout est bien qui finit bien. Vous partez main dans la main en direction du commissariat. Le petit Yves est bel et bien là, il joue tout seul, il n'a pas l'air d'avoir saisi ce qu'il s'est passé. Tant mieux, il n'en gardera aucune séquelle et aucune rancœur contre vous. Vous le rapatriez chez vous dans le plus grand des calmes. À présent il est l'heure de dormir pour toute la maisonnée.

Il est 2 h 34 et vous êtes réveillée par un bruit strident. Un bruit animal. Vous vous armez de votre téléphone portable et de l'appli lampe torche. Vous avancez prudemment dans ce clair-obscur. Un nouveau bruit similaire se fait entendre, qui laisse place à présent à un dialogue. Vous vous rapprochez de la source sonore. Ça vient de la chambre du petit Yves. Vous ouvrez la porte lentement et vous apercevez l'enfant en train de regarder la télé. Il a les yeux écarquillés, captés par les images. Il regarde le film d'horreur *Matriarche of Hell*. Un film sur une mère féroce qui tue tout ce qui bouge, même les chiens. Un scénario en béton armé qui avait tout explosé au box-office à l'époque. Mais c'était une autre époque, on est d'accord. Soudain Yves croise votre regard, mais il ne sourcille pas. Comme si vous n'existiez pas, en mode Joe Dassin. Vous entreprenez de faire un pas pour entrer dans la chambre mais vous êtes stoppée par un bruit étrange. Ce bruit semble venir de Yves. Il grogne comme un chien chaque fois que vous voulez avancer. Prise de panique, vous foncez dans la chambre et vous prenez Yves par le bras. Avant que vous l'attrapiez, il avait grogné encore plus férocement, réveillant votre compagne au loin. Sur ce, vous placez Yves dans son lit. Il se laisse faire comme un petit beignet chaud à la myrtille.

– Dis, pourquoi vous m'avez laissé seul aujourd'hui ? Vous ne m'aimez plus ?

Yves a posé cette question avec la douceur d'un cul imberbe. Touchée par ses mots, vous lui répondez sur le même ton.

– Bien sûr que non…

Vous êtes coupée dans votre phrase par votre chère et tendre qui est arrivée dans la chambre.

– Alors qu'est-ce qu'il se passe ici ?

– Rien, chérie, Yves avait du mal à s'endormir.

– Tu n'as qu'à dormir avec nous exceptionnellement. Allez, viens, mon salaud.

Vous voilà tous trois dans le lit. Exténuée par toute cette journée, vous vous laissez tomber de fatigue.

Au petit matin, votre femme vous raconte qu'elle a fait un rêve érotique. Vous lui demandez de se taire car Yves dort encore.

– C'est quoi, un rêve érotique ?

Le mal est fait, l'enfant est réveillé. Zut.

Que choisissez-vous de faire ?

Lui dire la vérité, **page 373 A**, ou pas vraiment, **page 374**.

A

– **UN RÊVE ÉROTIQUE,** c'est quand tu rêves de trucs roses.

– Ah OK, c'est comme des rêves pornos mais en plus smooth, quoi.

La réponse de Yves est tout à fait juste. Cet enfant est brillant. Promis à un bel avenir.

– Ce que tu fais quand maman est pas là le mardi soir, tu le mettrais dans quelle catégorie, érotique ou porno ?

– …

– C'est quoi, cette histoire ?! vous demande votre femme, énervée.

– Non, c'est rien, je vais t'expliquer.

Dites la vérité à votre compagne, **page 373 B**, ou utilisez 1 point mytho et mentez, **page 375**.

B

– **EH BIEN VOILÀ LA VÉRITÉ NUE,** si tu veux tout savoir. J'aime m'adonner aux plaisirs charnels pendant l'absence de ta présence.

– Casse-toi d'ici tout de suite !

Vous avez le choix de reconquérir votre femme, **page 377**. Ou bien vous partez immédiatement vous saouler la gueule. Une flasque, puis deux y passent. Bourrée, vous êtes une loque. Il vous reste une troisième bouteille.

Rendez-vous à la **page 150**.

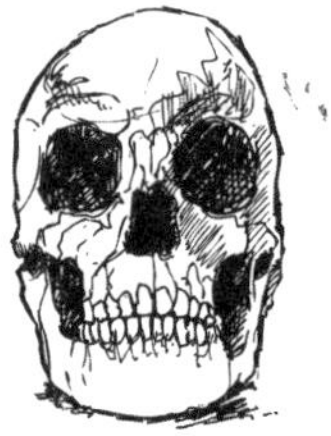

– **EN FAIT, DES RÊVES ÉROTIQUES,** ce sont des rêves où il y a des personnes sympas qui font des trucs sympas à d'autres personnes sympas. C'est la bonne ambiance.

– Comme ce que tu fais quand maman est pas là le mardi soir ?

– …

– C'est quoi, cette histoire ?! vous demande votre femme, énervée.

– Non, c'est rien, je vais t'expliquer.

Dites la vérité à votre compagne, **page 373 B**, ou utilisez 1 point mytho et mentez, **page 375**.

– **ALORS VOILÀ, JE T'EXPLIQUE, CHÉRIE,** ça va peut-être te paraître bizarre ou juste con, mais voilà j'organise tous les mardis soir, quand tu travailles, des petits concours sous forme de kermesse à la maison. Ou pas mal de personnes viennent, comme ça, retrouver leur âme d'enfant. C'est mignon, non ?

– Mais pourquoi vous êtes tout nus ? demande Yves.

– J'allais y venir…

– Tu te fous de moi ! s'exclame votre femme. Une fois de plus !

– EST-CE QUE J'AI L'AIR DE ME FOUTRE DE TA GUEULE ?!

– Si tu veux, j'ai les images, maman ! s'exclame Yves d'un petit air mignon.

Vous essayez de dérober le téléphone des mains de Yves, **page 376 B**, ou vous laissez votre femme regarder les images, **page 376 A**.

A

YVES TRANSMET LE TÉLÉPHONE À VOTRE COMPAGNE. Elle observe attentivement les séquences. Ce n'est pas très beau à voir. La sexualité est débridée. La situation est à la fois gênante et délicate. En effet, vous n'avez rien pour vous défendre. Vous n'avez plus qu'à attendre le verdict de votre compagne. Cela ne devrait pas tarder à arriver. Attention, ça se rapproche. Presque. Voilà.

Vous êtes à présent sur le palier avec vos valises. C'est terminé. Vous venez de vous faire dégager une seconde fois par votre femme. Vous êtes telle une huître sur un oreiller.

Vous ne l'avez pas volé. Que vous reste-t-il à faire ?

Allez **page 368** pour méditer, ou retentez votre chance avec votre femme, **page 377**.

B

DANS UN MOUVEMENT FÉLIN, vous arrivez à choper le cellulaire des mains du petit Yves.

– Hop là ! Alors ?! Qu'est-ce que vous allez faire ? C'est qui, le patron ?!

Vous êtes à présent sur le palier avec vos valises. C'est terminé. Vous venez de vous faire dégager une seconde fois par votre femme. Vous êtes telle une huître sur un oreiller.

Vous ne l'avez pas volé. Que vous reste-t-il à faire ?

Allez **page 368** pour méditer, ou retentez votre chance avec votre femme, **page 377**.

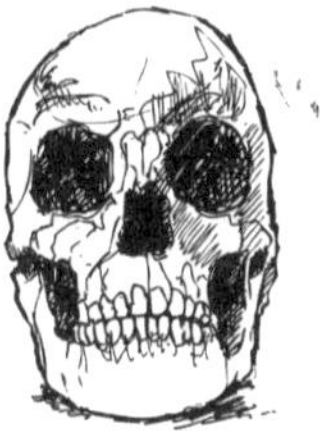

– **CHÉRIE, J'AI FAIT UNE ERREUR, OK,** mais l'erreur est humaine.

– Tu promets d'arrêter tes conneries ?

– Oui !

Vous prenez soin de croiser vos doigts en disant cette phrase. On n'est jamais trop prudent. Surtout en ces temps de crise.

Vous voilà de nouveau dans le giron familial. À partir de maintenant vous allez devoir vous tenir à carreaux.

Reprendre votre vie du bon quinté. À commencer par s'occuper du petit Yves.

Aujourd'hui il n'y a pas école. Vous en profitez pour le faire sortir dans un parc. Une fois que vous êtes arrivés, vous constatez qu'il ne veut pas jouer avec les autres enfants. Étrange. Peut-être est-il un futur dangereux psychopathe ? C'est fort probable. Pour annihiler cette éventualité, vous le forcez à jouer avec les autres. Il pleure à chaudes larmes. Le mental est défaillant. Vous le prenez dans vos bras mais vous ne vous sentez pas à l'aise. Peut-être n'avez-vous pas la fibre parentale. C'est comme si vous n'aviez pas le manuel. Si ça ne tenait qu'à vous, vous le toucheriez avec un bâton. Les parents des enfants présents dans le parc vous regardent bizarrement et commencent à quitter les lieux avec un regard de dégoût qui vous est destiné.

Vous décidez de crever l'abcès avec tout le monde, **page 379**, ou de partir pour protéger le petit Yves de cette vie de shark, **page 378**.

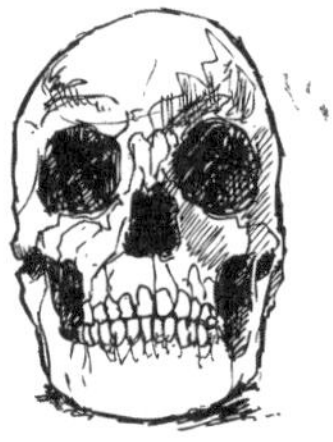

PARTIE SOUS LES QUOLIBETS DES PARENTS, vous sentez la haine vous ronger. Yves vit la même chose. Vous êtes sur la même longueur d'onde. Arrivée à la maison, vous réalisez que le petit Yves est un être fragile, à deux doigts d'exploser. Pour ne pas brider son énorme potentiel créatif, vous le laissez faire ce qu'il veut. Très vite, vous vous apercevez que Yves est né pour faire le mal, et il le fait bien. C'est un petit génie et vous l'encouragez dans cette direction. Malheureusement vous êtes la première et dernière victime de Yves puisqu'il se rendra à la police juste après vous avoir dépecée au calme pendant que vous vous étiez endormie devant *Mission : impossible – Protocole fantôme*. Il ira à la police en pyjama de peau, prélevée sur votre corps chaud, à la manière de DiCaprio dans *The Revenant*. Yves n'aura pas d'oscar mais aura la sensation du devoir accompli. 15/20

Moralité : Il ne faut pas appeler son fils Yves.

Rendez-vous en **page 591**.

– **C'EST QUOI, VOTRE PROBLÈME ?** Vous voulez m'apprendre à éduquer un enfant ? Vous connaissez pas ma vie !

Vous continuez à haranguer les trois parents présents dans le parc. Il y a deux femmes et un homme.

– Mais vous êtes pas mieux que moi ! Regardez-vous, vous avez des gueules nulles ! continuez-vous à les invectiver.

À ces mots, les parents sortent de leurs gonds. Vous avez maintenant les trois loustics autour de vous.

Vous allez devoir les affronter. Trois adversaires en un.

Vos adversaires sont de catégories 1, 2 et 3, ce qui fait, une fois additionnés, un adversaire de catégorie 6.

Lancez le dé, ajoutez-y vos points de puissance. Si vous avez plus de 6, vous gagnez, sinon, vous perdez.

Vous gagnez, **page 380**.

Vous perdez, **page 385**.

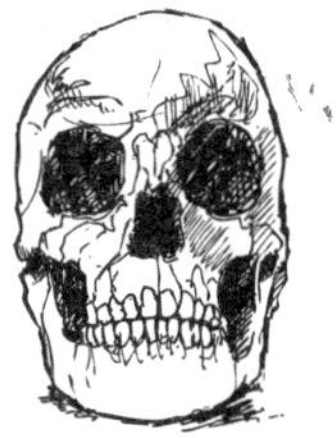

VOUS TAPEZ LA PREMIÈRE FEMME AVEC SA POUSSETTE. Elle décampe après avoir senti une douleur à la cuisse.

Vous tapez la deuxième femme avec la poupée que son enfant avait dans les mains. Le choc est tel que l'arcade sourcilière cède. Le sang gicle abondamment. C'est de bonne guerre.

Il ne reste plus personne à affronter finalement car l'homme a trouvé plus judicieux de partir en courant. Il ne perd rien pour attendre, ce sombre con.

Encore une victoire de canard.

Votre fils Yves a le feu dans les yeux. Il a savouré chaque moment comme s'il était à votre place. Vous êtes remontée dans son estime. *Vous gagnez 1 point de charisme.*

Seuls dans le parc, vous commencez à jouer tous les deux. L'instant est beau. Surtout qu'un morceau de Coldplay retentit en stéréo. Vous rigolez à l'unisson. Quel beau tableau. On dirait un Vermeer.

Un photographe caché derrière un buisson prend d'ailleurs la scène en photo. Elle sera élue photo de l'année par le magazine *Das Photograffieren*. Cet instant magique s'interrompt brusquement. Vous avez une soudaine envie de manger un goûter. Vous rendez visite à une marchande de glaces non loin. Vous prenez une glace au chocolat pour vous et une pour Yves.

La boule de Yves tombe par terre. Un cycliste l'a bousculé. Yves se met à pleurer. Vous n'arrivez pas à le faire taire. Vous n'avez plus d'argent pour acheter une autre glace.

Que faites-vous ?

Vous lui donnez votre glace, **page 382**, ou vous le sermonnez, **page 384** ?

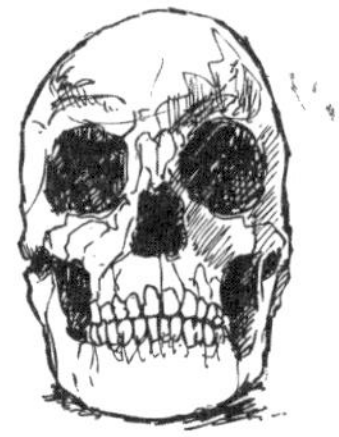

VOUS LUI DONNEZ VOTRE GLACE.

– Tiens, Yves, voici ma glace.

– C'est ta glace ! Moi, je veux ma glace !

– Je n'ai plus d'argent. Mais prends donc ma glace, je te la donne.

– C'est ta glace !

Et il se remet à pleurer de plus belle. Son cri est désagréable au possible. Il perce les tympans.

La marchande de glaces, assistant à la scène, offre une glace au chocolat au petit Yves.

– Merci madame ! C'est vous, ma maman !

– Non, ce n'est pas ta maman.

– C'est ma maman !

Et Yves vous donne un coup de pied dans le tibia. Il a visé juste, le bougre. Ça réveille un caillot de sang vieux de 15 ans. Vous ne vous sentez pas bien. En quelques minutes, le sang ne circule plus.

Pendant que vous mourez à petit feu, la marchande de glaces et Yves sont dans la roulotte en train de vous regarder. Ils se délectent d'une bonne boule au chocolat.

Vous êtes officiellement décédée.

Le cycliste qui avait bousculé Yves tout à l'heure vous roule dessus sans faire exprès. C'était Richard Virenque.

Moralité : Il faut toujours prévoir une boule en plus, et ce, en n'importe quelle occasion.

Direction la **page 591**.

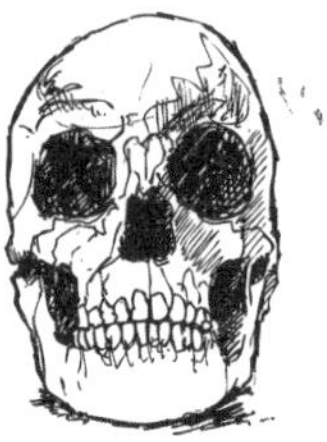

VOUS GRONDEZ YVES.

– Tu aurais dû faire plus attention ! Maintenant on rentre à la maison ! Au fait, la glace est excellente.

Le petit Yves vous sourit. Il a besoin d'autorité. Vous lui prenez la main. Il la rejette. Il vous prend la main.

Vous la prenez aussi. Il vous rejette. Il vous prend la main. Vous la rejetez. Il apprécie et vous prend la main.

Cet enfant est parfaitement masochiste. Ça promet…

Vous arrivez à la maison. Votre femme a préparé sa fameuse flammekueche à la strasbourgeoise. C'est un ravissement pour les papilles. Pourtant, Yves ne veut pas manger.

Vous lui balancez la flammekueche à la gueule. Il vous remercie et la mange sans rechigner. Vous avez enfin cerné votre enfant. *Vous gagnez 1 point d'intelligence.*

Votre femme est fière de vous.

La vie suit son cours et vous décidez avec votre femme d'adopter deux autres bambins.

Rendez-vous **page 387**.

VOUS VOUS FAITES MALTRAITER comme un vieux singe par les trois parents. Ils vous mettent à mal à coups de savate.

Vous ne faites pas la maligne. Surtout que Yves a tout filmé.

Vous ramenez l'enfant à la maison. Au moins là-bas vous ne serez pas jugée. Pendant que vous faites une sieste, le petit Yves montre la vidéo à sa maman. Elle est prise de compassion pour vous. Attendrie par ce tabassage en bonne et due forme, elle vient vous rejoindre dans votre sieste. C'est très chou.

Pendant votre sommeil, vous ne vous doutez pas que le petit Yves manigance quelque chose.

Aguerri au logiciel Photoshop, il retouche une photo de vous en y ajoutant une femme et un homme nus. L'illusion est parfaite. Cet enfant est un petit génie. Il dispose la photo dans votre main. Puis il vous mord l'oreille violemment. Vous émettez un son puissant de douleur pouvant se rapprocher d'une extase violente.

– Ahhhhhh !

Votre femme se réveille en sursaut et constate la scène.

Vous êtes à présent sur le palier avec vos valises. C'est terminé. Vous venez de vous faire dégager une troisième fois par votre femme. La fois de trop sans doute.

Vous tentez malgré tout une dernière fois de remettre le couvert avec votre femme.

– C'est la toute dernière fois, promis !

– Soit.

Elle vous ouvre une dernière fois les portes de son pénitencier.

La vie suit son cours et vous décidez avec votre femme d'adopter deux autres bambins supplémentaires.

Rendez-vous **page 387**.

VOUS DÉCIDEZ D'EMMENER LA PETITE FAMILLE à l'AquaFun de Meudon.

Benoît, le petit dernier, restera tout seul à la maison, juste pour l'expérience.

Le soleil tape fort sur cette belle ville touristique. Malheureusement vous avez oublié la crème solaire, et votre femme n'a pensé qu'à son autobronzant à l'huile de karité.

Vous vous en badigeonnez tous les deux mais n'en mettez pas sur vos enfants car ils pourraient être plus bronzés que vous et ça, vous ne le supporteriez pas.

Vient l'heure de la première attraction : le Majestic Splouf. Une sorte de « reverse side from the back to the jump of the waterfalls ». Yves et Candy n'ont pas l'âge et la taille requis pour le faire. Vous hésitez une seconde à sermonner le gérant de l'attraction sur le côté honteux de ce règlement, puis vous décidez raisonnablement de pousser une soufflante sur vos deux chérubins qui ont quand même eu le toupet de ne pas se renseigner sur internet avant.

Vous décidez de prendre Candy sous votre tee-shirt afin de la dissimuler au nez et à la barbe des contrôleurs.

Yves, lui, restera tout seul pour immortaliser le moment, suggérez-vous. Il demande ce que veut dire « immortaliser ». Vous êtes sur le point de lui envoyer une gifle mais vous sentez que Candy risque de tomber de votre ventre à tout moment. Il a de la chance, cette fois-ci.

Vous embarquez, le contrôleur n'y voit que du feu. Très étonnant, étant donné qu'on voit un bras de Candy dépasser de votre tee-shirt.

Top départ, 170 kilomètres-heure en 1 seconde, c'est le record d'Europe. Les sensations sont dantesques, surtout que cette satanée Candy vous comprime le bide. Et au moment du premier looping la tête à l'envers, ce qui devait arriver arriva. Votre femme, votre âme sœur, qui avait pris soin de ne pas attacher sa ceinture pour une raison que vous comprendrez plus tard, tombe à la renverse et s'écrase à 1 mètre de Yves qui ne rate pas une seconde de ce spectacle hallucinant.

Ayant payé votre place à la sueur de votre front, vous finissez le parcours avec le sourire d'un gosse de 5 ans, c'est beau à voir.

La majorité des gens n'allant pas à l'AquaFun de Meudon, personne n'a vu votre femme se crasher la gueule. Personne à part celui qui s'occupe du parc. Pour ne pas avoir de procès, il vous glisse un billet de 10 euros dans la main au moment de vous la serrer. Vous en profitez pour partir discrétos avec vos gosses et rentrer à la maison. En ces temps de crise, il serait incongru de cracher sur 10 euros.

À la maison, Benoît est en train de lire une lettre. Vous la lui prenez des mains. Il y est écrit : « Chérie, notre vie est nulle avec toi. Prends soin des gosses. Si tu lis cette lettre, c'est que comme prévu je n'ai pas attaché ma ceinture dans le Majestic Splouf. Dans le cas contraire ça voudrait dire que je suis encore en vie, mais non, normalement, je serai décédée. N'oublie pas d'acheter des yaourts à la supérette. Au plaisir. »

Pris dans un instant de vie convivial, vous passez la nuit tous les quatre, en famille, en regardant « Le Juste Prix ».

Une fois les enfants endormis, vous souriez. Vous êtes un bon parent, après tout…

Vous sortez sans faire de bruit direction le strip-club, **page 395**.

Vous préparez un barbecue dans la maison, **page 390**.

IL EST 3 HEURES DU MAT' et une pub pour les saucisses Francis Grassien vous met l'eau à la bouche. Ni une ni deux, vous ouvrez le frigo et par miracle vous tombez sur les saucisses Francis Grassien.

Votre ex avait certainement dû en acheter en voyant la pub. La date de péremption est le 2 août. Un mois que c'est périmé, vous hésitez, puis vous ouvrez le paquet, après tout c'est du Francis Grassien, c'est pas comme si c'était du Philippe Petucci.

Vous faites chauffer les braises dans le salon à côté des gosses pour exciter leurs narines et leurs sept péchés capitaux.

L'esprit un peu brumeux, vous lancez la première saucisse sur la braise ardente.

Shhhhhhhh.

Ça, c'est le son de la saucisse, comme le disait votre grand-père, le bon Denis.

L'odeur de barbaque bien sale vient embaumer tout l'appart. Celui-ci étant de taille relativement minuscule, l'air devient vite irrespirable.

Vous avez du mal à voir la cuisson de vos saucisses dans ce nuage, cela commence à vous énerver considérablement. Vous êtes sur les nerfs. Vous mettez sur votre tête un masque à gaz auquel sont incorporées des lunettes de vision thermique.

Vous arrivez à voir dans quelle mesure les saucisses sont cuites.

Soudain vous voyez qu'une saucisse doit absolument être retournée afin d'être sauvée de la « brûlade », comme on dit dans la ville de Farzinac, dans le Sud-Ouest.

Pour apprendre une anecdote sur la ville de Farzinac, rendez-vous **page 586**.

Vous retournez la saucisse avec votre pique à saucisse et, à votre plus grande surprise, celle-ci va se loger en plein sur la tête de Yves.

Yves, pris de panique, se lève d'un bond et trébuche sur Candy.

Cette dernière se protège avec ses deux bras par réflexe et touche de l'extrémité de son doigt la planche qui supportait le barbecue.

En effet, le barbecue ne tenait qu'à un fil depuis tout à l'heure ; voici un plan représentant la scène susnommée.

Ce faisant, le barbecue tombe sur Benoît qui est brûlé au quatrième degré.

Benoît, qui rêvait à ce moment-là de barbecue, n'est donc nullement dérangé par ce qu'il se passe.

Vous décidez d'ouvrir la porte d'entrée pour faire évacuer tout cet épais nuage de fumée de viande.

Patrice Conté, votre voisin, qui revenait certainement du strip-club du coin, passe par l'entrebâillement de la porte et demande s'il peut se joindre à vous.

Passablement éméché, il prend votre oui pour un non et commence à s'énerver sérieusement.

Il rentre en furie dans l'appart et marche sans faire exprès sur le petit Benoît. Ce dernier subit un déplacement de la moelle épinière sous le poids de Patrice.

Benoît, qui rêvait à ce moment-là de moelle épinière, continue son rêve comme si de rien n'était.

Vous en venez aux mains avec Patrice tout en essayant d'arriver à un arrangement à l'amiable.

– Patrice, je peux tout t'expliquer !

– Je ne veux rien savoir ! Tu m'as pris pour un con tout à l'heure ! Tu m'as jugé ! Tout ça parce que je me suis fait recaler par Candle Love au « Rosario Night ».

– Je savais pas, Patrice, sois pas triste.

Patrice s'arrête soudain quand il entend la belle résonance de la dernière phrase que vous avez balancée.

– C'est super stylé ce que t'as dit !

– Ah oui ? Patrice, sois pas triste ? Ça sonne pas mal en effet.

– Non, ça, c'est nul. T'as dit un autre truc.

– Ah, peut-être, je sais pas.

– Comment ça, « je sais pas » ? Tu crois que j'invente ? T'es encore en train de me juger !

Patrice repart au combat. Il se saisit de l'ustensile à retourner les saucisses encore brûlant et vous le lance à la gueule. Heureusement vous l'esquivez d'un mouvement rotatif de la tête.

Malheureusement pour Benoît, qui était en pleine crise de somnambulisme, l'ustensile lui arrive en pleine tête.

Benoît, qui rêvait de mort, n'est donc pas plus dérangé que ça par ce coup mortel.

Patrice s'arrête net, se rendant compte qu'il est peut-être allé un peu trop loin.

Vous reprenez tous deux vos esprits.

Une mélodie vous trotte dans la tête, et vous la sifflotez doucement. En entendant ça, des paroles s'inscrivent directement dans le cerveau de Patrice.

Vous vous mettez au piano et décidez de composer à quatre mains.

Dans cette ambiance nocturne, brumeuse et carnivore, vous allez enregistrer l'un des plus beaux morceaux que la terre ait jamais connue : *Billy Jean*.

Le lendemain matin, vous vous réveillez difficilement. Vos deux enfants survivants vous ont préparé des pancakes.

La radio joue un air qui vous semble familier. Vous réveillez Patrice, surexcitée.

– Patrice, c'est notre morceau ! Ils passent notre morceau !

Votre voisin n'en revient pas.

Candy vous explique que vous avez écrit une chanson de Michael Jackson.

Vous êtes fous de rage et décidez d'un commun accord d'attaquer « l'artiste » en justice et de lui faire porter le chapeau de la mort de Benoît.

Vous gagnez le procès et mettez Michael sous les verrous.

Vous êtes à présent à la tête d'une fortune estimée à 3 milliards d'euros. Vous formez une belle famille recomposée. Tout se finit bien.

– On va quand même pas s'apitoyer sur le sort de ceux qui sont morts. La vie est si courte. Qui sait, il y aura bientôt quelqu'un d'autre pour leur tenir compagnie… N'est-ce pas, Patrice ?…

Toute la famille rigole d'une seule voix et apprécie à sa juste valeur le cynisme du petit Yves.

– Allez, champagne ! *Let's celebrate !*

Et la musique de Kool and the Gang résonna toute la soirée.

Vous avez le choix, désormais que Patrice peut s'occuper des enfants, de prendre un peu de temps pour vous. Que décidez-vous ?

De partir sur la Lune, **page 540 A**.

De sauver Honoré, **page 332**.

VOUS VOILÀ CÉLIBATAIRE, UNE FOIS DE PLUS.

À peine le temps de cogiter sur l'avenir de vos enfants que vous vous trouvez devant un strip-club, le « Rosario Night ».

100 euros l'entrée + une conso gratuite valable sur les hard drinks (vodka, gin, rhum et Tequila Moon).

Vous donnez les 100 euros sans hésiter, après tout le « carpe diem » dans votre cou, il est pas tatoué pour rien : **page 396**.

Vous décidez de finalement partir sur un barbecue à la maison, **page 390**.

VOUS PÉNÉTREZ DANS LE BAR LE SOURIRE AUX LÈVRES.

Vous remarquez de charmantes demoiselles en tenue légère mais néanmoins émoustillantes ainsi que de beaux serveurs bodybuildés.

– Hey ! Descends !

C'est Patrice, votre voisin d'appartement, qui vous appelle et vous demande de venir à sa table semi-VIP.

La table semi-VIP est comme une table VIP sauf que les bouteilles sont à moitié vides, déjà consommées, en général par les VIP, des restes en somme. Mais des restes VIP.

Patrice vous attend, bien posé sur le canapé. Il est seul mais a fière allure, il ressemble à peu près à ça :

Vous vous servez un verre de mousseux quand vous sentez la main de Patrice qui claque la vôtre, comme un parent qui empêche un enfant de toucher à un bon gâteau tout chaud. Vous êtes surprise et décontenancée.

Patrice rigole à pleine bouche, il s'agit d'une de ses plaisanteries favorites. Il est vraiment sympa, ce Patrice, pensez-vous, quoiqu'un peu con. Comme tous les mecs qui s'appellent Patrice.

Vous commencez à vous détendre au calme.

Vous repérez les gogo-danseuses les plus affûtées physiquement. Vous avez toujours eu l'œil pour flairer le talent.

Déjà quand vous jouiez au jeu de foot « Football Manager », vous recrutiez toujours de bons jeunes joueurs en devenir. On vous appelait « le nez » dans le milieu. En rapport avec la proéminence de votre tarin bien lourd et massif, à la Alain Prost.

Vous êtes encore perdue dans vos pensées lorsqu'une ravissante blondasse à gros tétés vous fait face.

Patrice joue son va-tout et propose à cette demoiselle de se poser dans le carré semi-VIP.

Elle accepte sans broncher.

– Je m'appelle Candle Love.

– S'agit-il de votre vrai nom ? demandez-vous.

– Effectivement c'est un pseudonyme. Mon vrai nom est Béatrice, comme l'actrice de cul.

Patrice sourit du coin des lèvres, il adore les femmes qui n'ont pas peur des mots.

Il sert à boire à Candle Love pendant que vous regardez votre portable.

Vous apprenez en surfant sur Facebook qu'un Algérien de 7 ans a sauvé un hippopotame de 200 kilos en lui faisant un massage cardiaque. Bluffée, vous cliquez sur « j'aime » et laissez le commentaire suivant : « Waouh ! »

À peine avez-vous le dos tourné que Patrice immisce sa langue dans la cavité buccale de la miss.

Candle Love n'est pas de cet avis et lui envoie une gifle à lui arracher la mâchoire.

Décidément, Patrice est sous le charme mais devra méditer dehors avant de recommencer une approche. Le videur l'a dégagé à coups de claquasses dans la gueule à lui en arracher la mâchoire, elles aussi.

Vous êtes donc seule, livrée à vous-même dans ce strip-club.

La chanson *Strip-Club* de K-maro vous vient à l'esprit.

L'âme en peine et la queue entre les jambes, vous sortez de cet endroit sordide.

Vous tombez sur le corps inanimé de Patrice. Vous mettez votre main sur son cou pour vérifier son pouls.

Il est bel et bien mort.

La police arrive, vous êtes le premier suspect.

Une sale affaire…

Vous acceptez de partir au commissariat sans heurts, **page 400**.

Vous tentez le tout pour le tout pour échapper aux flics, **page 399**.

VOUS VOUS ÉCRIEZ : « OH ! » en désignant un point au loin de votre index.

Les policiers se retournent. Malheureusement vous partez dans la direction que vous avez montrée du doigt et les flics vous attrapent sans peine.

Rendez-vous **page 400**.

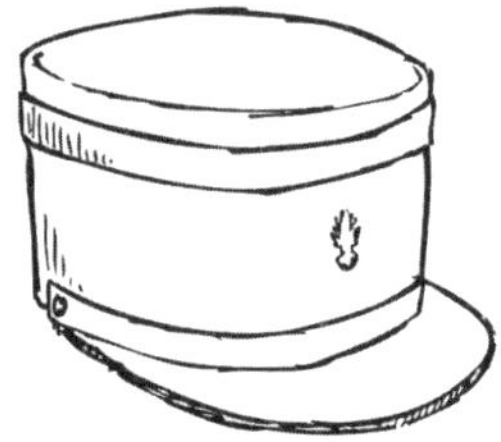

VOUS ÊTES POSÉE AU COMMISSARIAT.

Le commissaire en personne vous fait passer un interrogatoire musclé en dégustant un framboisier, son dessert fétiche.

– Connaissiez-vous bien M. Patrice ?

– Non, pas tant que ça.

– Bien, c'est tout pour moi.

Vous voilà libre comme l'air, il est 4 h 20 du mat', vous avez tout perdu, votre femme, votre gosse et votre job, vous n'avez plus rien à perdre alors **** mon zob.

Vous décidez d'acheter un chapeau dans une chapellerie ouverte 24 heures sur 24.

Vous dépensez ainsi vos derniers 100 euros. Mais au moins vous avez du style.

Du style, il vous en faudra pour résoudre l'enquête autour du meurtre de Patrice.

Cependant, le jour se lève et ce n'est plus l'heure où il est stylé d'enquêter.

Vous rentrez donc chez vous avec un gros mal de crâne.

Vous constatez avant d'ouvrir la porte de votre domicile que quelqu'un y a punaisé un message :

« Ne t'immisce pas dans cette affaire, c'est quelque chose qui te dépasse, attention. »

Prenant en considération le propos, vous décidez d'abandonner toute investigation, **page 402**.

Prenant votre courage à deux mains, vous pénétrez chez vous avec encore plus de hargne et de rage qu'à l'accoutumée. Cette affaire, c'est votre affaire. Direction la **page 403**.

VOUS DÉCIDEZ D'EMMENER VOS ENFANTS LOIN DE TOUT CE RAMDAM. Vous partez en Virginie du Sud sans préméditation. Là-bas vous allez trouver une petite ferme abandonnée qui fera votre bonheur.

Le petit Yves va s'épanouir parfaitement dans son rôle d'épouvantail vivant. Candy, elle, restera à la maison comme toute femme qui se respecte. Par la suite, vous décidez de vous spécialiser dans la boulangerie. Le succès est tel que vous recevrez les caméras de M6 qui feront un reportage sur votre belle famille. Le reportage s'appellera « Travail, famille, pétri ». La part d'audience sera de 14 % en première diffusion. Bravo.

Moralité : Si vous ne voyez pas un programme en direct, pensez à le regarder en replay à la demande.

Direction la **page 590**.

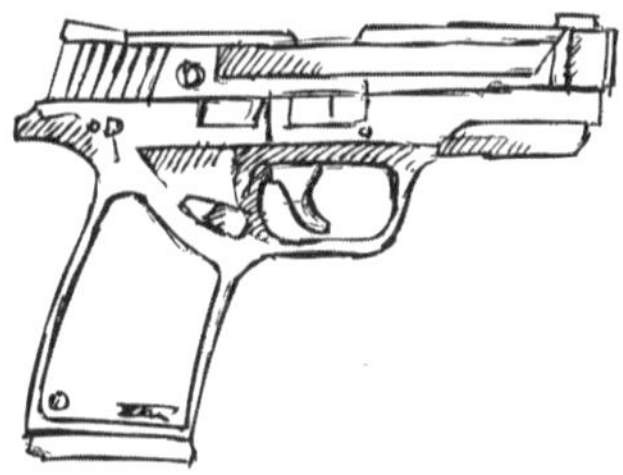

VOUS DÉCIDEZ DE VOUS ENTOURER DE VOS ENFANTS pour mener l'enquête à la manière de Donald épaulé par Riri, Fifi et Loulou. Sauf que vous n'avez plus que deux enfants. Il vous reste Riri et Fifi. Riri et Fifi sont dans un bateau. Riri tombe à l'eau. Qui est-ce qu'il reste ? Il reste Fifi. Sauf que Riri sait nager et revient dans le bateau.

Grâce à votre esprit d'analyse, vous commencez à mettre en place les pièces du puzzle. Patrice avait des ennemis. Notamment vous, parce que Patrice, il est chelou quand même. En fait, vous vous rendez compte que ce n'était pas vraiment un ami. C'était juste un voisin. Un voisin con. Vous décidez d'arrêter l'enquête ici. Soudain, on glisse une lettre sous votre porte d'entrée. Sur ce message il est écrit : « Sage décision, vous avez bien fait d'abandonner toute enquête sur le meurtre de Patrice. Voici trois tickets-boissons gratuits valable 15 jours dans les bars de l'enseigne Los Crocodilos afin que vous profitiez un peu du beau temps qu'il règne dans la ville en ce moment. Ils y font des smoothies à la banane, je crois que vos enfants apprécient cela. Cordialement, Philippe Guimbert, meurtrier moderne. »

Après avoir lu la lettre à haute et intelligible voix à vos enfants, vous voilà tous trois partis en direction de Los Crocodilos.

Vous prenez la table 4, c'est votre chiffre porte-bonheur. Yves veut prendre un smoothie à la banane, Candy veut prendre la même chose. Quant à vous, vous portez votre choix sur un smoothie banane.

Le serveur arrive. Il est en pleine possession de ses moyens.

– Nous allons prendre…

– Trois smoothies banane ?

– Comment le savez-vous ?

– Je suis magicien mentaliste, je m'appelle Gérard Malax, enchanté.

– Waouh ! À la fois serveur et magicien, dis donc, vous avez plusieurs…

– Casquettes ? demande-t-il.

Une casquette vient d'apparaître sur sa tête.

– Non, j'allais plutôt dire plusieurs…

– Cordes à mon arc ?

Il porte plusieurs cordes à son arc.

– Oui, c'est exactement ce que je voulais dire.

– Parfait, je vous amène ça dans 5 minutes.

– Ah, donc vous pouvez faire apparaître des casquettes ou des arcs par magie, mais les smoothies, non ?

– Bah, c'est-à-dire que…

– Quoi ? C'est-à-dire que quoi ?

– Bah, c'est-à-dire que…

– Quoi ? C'est-à-dire que quoi ?

– Bah oui mais si vous me coup…

– Allez, parlez, bon sang !

– OK ! J'avoue, je suis pas magicien ! Je m'appelle Philippe Guimbert.

– Le meurtrier moderne ?

– Lui-même.

– Vous êtes un sacré numéro.

– Comme… le 4… par exemple.

Stupéfait par cette démonstration de force, vous vous engouffrez dans un mutisme soudain.

Philippe fait volte-face et rejoint les cuisines.

Yves et Candy jouent à « Candy Crush ». Avez-vous remarqué que le mot « Candy » a été utilisé deux fois ?

Si oui, *vous empochez 1 point d'intelligence*.

Sinon, *vous perdez 1 point d'intelligence*.

Cinq minutes plus tard, voilà Philippe de retour en compagnie de trois merveilleux smoothies.

Sept jours plus tard.

Toute votre famille et vous-même êtes incinérés au cimetière du Père-Fougasse. Philippe avait disséminé de grosses doses de poison mortel dans les smoothies à la banane.

Le prêtre finit son discours.

– Hélas pour cette famille, c'est une triste histoire, qui se finit en eau…

– De boudin ? demande Philippe Guimbert en sortant deux boudins de sa manche.

Moralité : Quitte à manger cinq fruits et légumes par jour, autant ne pas consommer de banane.

Rendez-vous en **page 591**.

VOUS TAPEZ CHEZ VOTRE AMIE FRED. La porte s'ouvre.

– Salut.

– Salut.

Vous entrez dans l'appartement cosy de Fred. Fred est votre amie d'enfance. Elle vous a supportée à de nombreuses reprises dans les moments compliqués de votre existence. Comme la fois où vous aviez volé deux briques de lait dans une épicerie fine. Ce jour-là, Fred vous avait dit que ce n'était pas bien de faire ça. Elle vous l'avait expliqué si gentiment que vous ne l'avez plus jamais fait. Depuis, les produits laitiers sont vos amis pour la vie.

Vous vous installez sur son canapé. Elle vous propose une bière.

Vous acceptez, **page 407**, ou vous refusez, **page 408**.

– **OUI MERCI.**
– Tu bois de la bière, toi, maintenant ?
– Non, t'as raison.
Rendez-vous à la **page 408**.

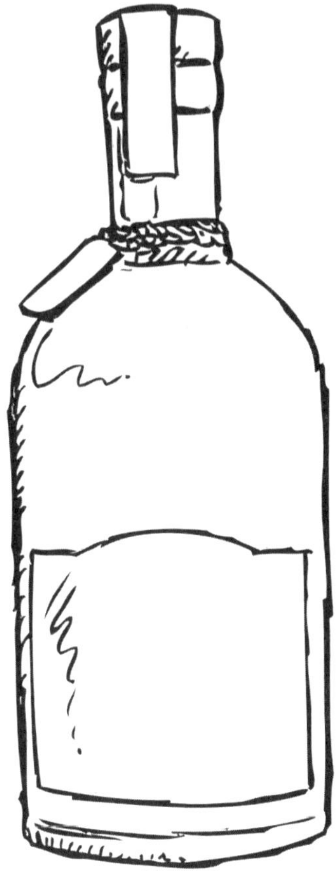

– **TU VEUX QUELQUE CHOSE D'AUTRE ?** Une limonade, un jus de fruits, de l'eau ?...

– Je vais prendre un jus, s'il te plaît.

– Alors tu voulais me parler ?

– Ouais, je voulais te parler de deux, trois trucs.

– Je t'écoute.

– Bah voilà, en ce moment, ça va pas fort. J'ai pas de tune, pas de boulot, je suis un peu perdue...

– Hmm, je comprends, ça doit être difficile.

– Grave.

– Moi, je peux pas trop t'aider.

– Je comprends.

– On se mate un film ?

– Grave.

Vous regardez le film *Samantha Turner.* C'est un film qui parle d'une femme qui s'est faite toute seule dans le milieu de l'automobile. Un superbe plan-séquence de 4 secondes ouvre le film où les personnages principaux marchent dans un parc.

Pendant le visionnage vous avez mangé des pop-corn. Vous avez pris trois cents calories.

Vous avez pleuré deux fois. Vous avez regardé Fred trois fois.

Soudain, pendant le film, il y a une scène de sexe très hot. La scène dure assez longtemps.

Vous vous sentez troublée. C'est un peu gênant. Vous regardez Fred. Vous échangez un regard complice.

Un sentiment monte en vous, fugace. Une sorte de boule d'énergie coincée dans le ventre. C'est agréable. Un mélange d'euphorie et de stress.

Que choisissez-vous de faire ?

Embrasser Fred, **page 420**, ou lui dire que c'est vraiment votre meilleure amie, **page 410**.

VOUS METTEZ LE FILM EN PAUSE.

– Merci, dites-vous avec intensité.

– Hein ? De quoi ?

– Merci, Fred.

– Ha ha ha, pourquoi ? répond-elle, gênée.

– Pour ce que tu es. Tu es là pour moi depuis des années. T'es extraordinaire. Une femme en or. On n'en fait plus, des comme toi.

– Eh ben, je suis contente de savoir ça. Je pense la même chose de toi.

Une fois que vous vous êtes dit ça, vous rappuyez sur « pause » et la scène de sexe reprend.

Ça vous a fait du bien de parler comme ça avec Fred. C'est une chic fille. D'ailleurs elle est ébéniste.

Le film s'achève. Vous en discutez quelques minutes. Vous n'êtes pas d'accord sur la prestation de Vladimir Rodriguez, l'acteur autrichien.

Vous l'avez trouvé brillant tandis que Fred l'a trouvé en dessous de tout.

La discussion s'envenime. Vous menacez Fred de partir. Elle vous dit qu'elle s'en contrefout.

Trop, c'est trop, vous prenez vos affaires et vous courez vers la porte.

Au moment où vous allez partir, Fred vous agrippe fermement les épaules. Puis elle vous pousse dehors et vous claque la porte au nez. Vous entendez à travers la porte qu'elle écoute *Bella* de Maître Gims. C'est la musique qu'elle met quand elle est triste…

Vous pleurez à chaudes larmes puis vous descendez, la mort dans l'âme, les escaliers un à un. Puis deux par deux. Petit à petit vous prenez goût à cette activité. Vous allez de plus en plus vite et commencez à vous chronométrer. Votre meilleur temps est de 45 secondes et 12 centièmes pour descendre les huit étages. C'est pas mal du tout. Vous regardez sur Google, votre temps se situe entre Bobby Williams, 34 ans, jamaïcain, et Stéphane Carpentrasse, vice-champion d'Europe de free scale. Après avoir enchaîné les courses, vous n'arrivez pas à réduire votre meilleur temps, vous commencez à fatiguer. C'est normal. Ne vous blâmez pas sur le boogie.

Pendant que vous reprenez votre souffle, un homme d'une cinquantaine d'années arrive à votre niveau.

– Ça va ? Vous avez besoin d'aide ?

– Non merci, monsieur, je prends du repos.

– Dans les escaliers ?

– Bah oui, je m'entraîne au free scale.

– Au free scale ? Bon sang, ça ne me rajeunit pas.

– Ne me dites pas que…

– Si.

Et l'homme est déjà 3 mètres plus bas, en train de se barrer.

Soudain vous l'interpellez.

– Excusez-moi ?

– Je savais que vous m'appelleriez…

– Quézac ?

– En personne. Me feriez-vous l'offense de ne pas entrer chez moi savourer une tisane de banlieue ?

Emportée par le charisme de ce vieil animal, vous acceptez son big deal.

Assise en tailleur en face du vénérable, vous l'écoutez attentivement. En effet, cet homme a roulé sa bosse. Il s'agit ni plus ni moins de l'ex-champion olympique de free scale de l'ancienne RDA. Excusez du peu.

Pendant de longues heures il va vous apprendre les différentes techniques qu'il a éprouvées. La technique de la planche étoilée entre autres. Celle-ci consiste à concentrer son regard sur les marches, de sorte que le cerveau confonde vos pieds avec le sol. Ne faisant plus qu'un avec la terre, vous avez ainsi l'impression de voler.

Une fois l'apprentissage terminé, vous n'avez qu'une hâte : passer à la pratique. Mais d'abord vous avez bien mérité un peu de repos, championne.

Le lendemain matin, vous n'avez toujours qu'une hâte : la pratique.

Vous arrivez devant les escaliers et vous commencez à les monter énergiquement. Vous avez dépassé d'une seconde votre record d'hier. La prophétie est en marche. Après 30 minutes de course effrénée, vous faites une pause. Vous vous préparez à exercer la technique de la planche étoilée. 3, 2, 1, c'est parti, vous vous élancez. Concentrée sur les marches, votre vision se trouble peu à peu. Vous finissez par choir comme une vulgaire fiente. Quézac, le sage, se gausse de votre chute.

– Vous avez encore beaucoup à apprendre, jeune singe…

Il est dur, mais juste.

À force d'abnégation, de persévérance et de tout autres mots signifiant la même chose, vous avez rendez-vous avec votre destin. La presse a été tenue au courant que vous prépariez un record d'envergure.

10 juillet, 9 h 44 du matin.

C'est le jour 1, celui qu'on retient.

Vous vous élancez d'un pas sûr, les marches défilent comme des mannequins de Victoria's Secret. Pardonnez-moi l'expression, mais c'est bandant. Vous voilà dans la phase de planche étoilée, mais attendez… Ohhh ! C'est pas vrai ! Vous avez légèrement reconfiguré cette technique, vous l'avez mélangée avec un twist walking ! Incroyable ! C'était donc ça que vous aviez préparé, des semaines durant, dans le plus grand secret ! La foule est en délire. Vous venez de pulvériser le record mondial.

Un journaliste arrive et vous pose une question :

– Alors, vous avez gagné, c'est incroyable, non ?

Comment choisissez-vous de répondre ?

Gentiment, **page 414**.

Méchamment, **page 415**.

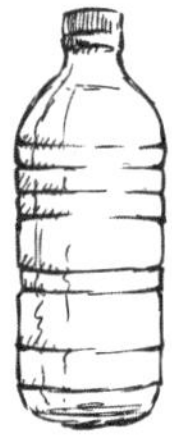

– **C'EST FABULEUX, VRAIMENT INCROYABLE,** mais je n'en serais jamais arrivée là sans mon sponsor, Quézac.

En effet, le vieux sage n'avait jamais existé, vous l'aviez entièrement imaginé. C'est aussi ça, la magie de cette eau. Bravo à vous !

Malheureusement le free scale n'est pas une discipline très médiatisée et vos gains pour ce record du monde s'élèvent à 33 euros et 61 centimes. Soit l'équivalent de cinq morceaux de charolais dans les magasins Priba.

Que décidez-vous de faire ?

Acheter les cinq morceaux de charolais pour reprendre des forces, **page 416 A**, rentrer chez vous vous reposer, **page 8**, ou aller vous détendre à la piscine, **page 416 B** ?

– **COMMENT ÇA, C'EST INCROYABLE ?** Ça vous surprend, que je gagne ?

– Non, je ne voulais pas dire ça…

– T'es journaliste ou t'es pas journaliste ?

– Je suis journaliste.

– Alors !

Vous avez cloué le clapet de ce jeune freluquet. ***Vous gagnez 1 point de charisme.***

Vous avez gagné le respect de beaucoup de gens. Bravo !

Malheureusement le free scale n'est pas une discipline très médiatisée et vos gains pour ce record du monde s'élèvent à 33 euros et 61 centimes. Soit l'équivalent de cinq morceaux de charolais dans les magasins Priba.

Que décidez-vous de faire ?

Acheter les cinq morceaux de charolais pour reprendre des forces, **page 416 A**, rentrer chez vous vous reposer, **page 8**, ou aller vous détendre à la piscine, **page 416 B** ?

A

VOUS DÉCIDEZ ENVERS ET CONTRE TOUT d'investir dans cinq morceaux de charolais. Grand bien vous en a pris car ils étaient en promotion. Arrivée chez vous, vous essayez une nouvelle technique de cuisson, dite la technique de cuisson par absorption. Vous positionnez les cinq morceaux les uns sur les autres dans votre poêle. La chaleur du premier morceau va être transmise au deuxième et ainsi de suite. Ce qui va donner comme résultat cinq viandes cuites en même temps mais à cuisson différente. De cru jusqu'à à point. Que demande le peuple ?

Vous faites breveter cette technique et devenez millionnaire.

Que voulez-vous faire de toute cette oseille ?

Allez sur la Lune, **page 540 A**.

Sauvez Honoré, **page 332**.

B

VOUS ARRIVEZ À LA PISCINE MUNICIPALE. Après vous être changée et être passée par le pédiluve, vous commencez à nager. Vous débutez par une brasse coulée. Étrangement vous ressentez le besoin d'aller de plus en plus profondément dans l'eau. L'appel du large.

Que choisissez-vous ?

Nager plus profond et mourir, **page 417**, ou ressortir de l'eau, **page 418**.

VOUS CONTINUEZ À ALLER DE PLUS EN PLUS EN PROFONDEUR. Logiquement vous mourrez par asphyxie. L'accident bête…

Moralité : L'eau tue.

Rendez-vous en **page 591**.

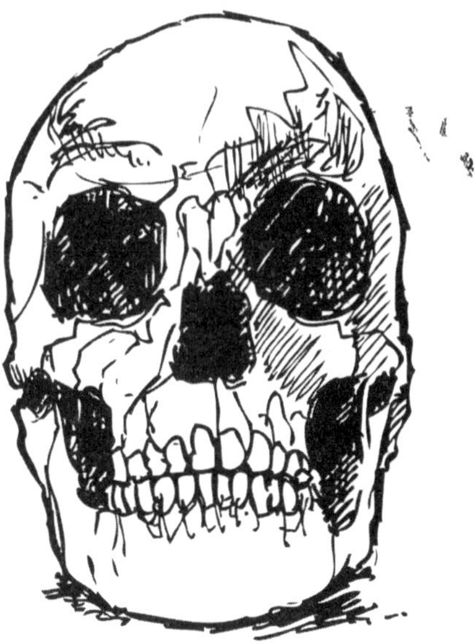

– **MAIS ÇA VA PAS LA TÊTE ?!** Vous auriez pu vous tuer ! Pourquoi vous restez sous l'eau comme ça ? s'écrie le maître-nageur depuis sa chaise.

– Je suis ascendant Poissons.

– HA HA HA HA ! Ça, c'est cocasse ! Je retire ce que j'ai dit, allez-y, faites ce que vous voulez. Je m'en putain de branle ! Ha ha ha !

– Je suis comme un poisson dans l'eau.

– C'est le cas de le dire !

– Ah ça pour sûr !

Vous vous liez d'amitié avec ce maître-nageur. Serge Nageoire, qu'il s'appelle, comme quoi son nom lui était prédestiné, semble-t-il. Il y a des destins quand même parfois… C'est à se demander s'il y a pas un dieu là-haut qui s'amuse avec nos vies…

Serge apprécie l'eau depuis tout petit. Par exemple, à table il aimait bien boire un peu d'eau. Ça a tout de suite mis la puce à l'oreille de son père qui l'a très tôt inscrit à la piscine municipale. Il ne l'a plus jamais quittée…

Serge vous propose de manger un steak frites dans un restaurant californien, ce serait bête de refuser.

– Merci.

C'est avec une politesse exemplaire que Serge remercie le serveur qui vient de lui apporter son steak frites.

Vous dégustez ce mets avec gourmandise. Soudain Serge reconnaît dans le restau son ex-petite amie, la chanteuse à texte Sylvie Voperlé. Mais comme ils se sont quittés en bons termes, il n'y aura aucun souci entre eux. En revanche Serge n'avait pas prévu de se prendre une balle perdue tirée d'un silencieux par un mystérieux tireur d'élite nippon. Rideau pour Serge. Parti trop vite. Lui qui aimait la piscine et l'eau, il sera mort dans un bain de sang. Tout un symbole. À l'enterrement de Serge, sa famille vous lègue 10 % de sa fortune. Ce qui atténue votre souffrance. Sa fortune étant uniquement constituée de tickets d'entrée pour la piscine, vous avez droit à 5 ans d'abonnement gratuit. De quoi vous sculpter un joli corps en vue des prochaines vacances, à Montpellier, ou peut-être ailleurs…#ÉpreuveDuMaillot

Tombant en amour pour la piscine, vous allez prendre la place de Serge au pied levé.

Vous voilà intronisée maître-nageur. Une belle récompense pour vous. L'aboutissement d'une vie. Comme quoi avec un peu de persévérance on arrive toujours à ses fins.

Une bien belle histoire que vous n'oublierez pas de raconter à vos petits-enfants en les goinfrant de Werther's Original.

Moralité : Consommer de l'eau régulièrement est le conseil le plus précieux que vous pouvez transmettre.

Rendez-vous en **page 590**.

VOUS VOUS APPROCHEZ LENTEMENT puis vous vous saisissez de la tête de Fred pour l'amener vers votre bouche.

– Wow ! Qu'est-ce que tu fais ?

– Je… je voulais t'embrasser.

– Je ne pensais pas que t'étais attirée par moi.

– Désolée.

– Il vaut mieux que tu partes, je crois.

– Tu as raison, répondez-vous, penaude.

En reprenant vos affaires, vous touchez la barre « espace » de l'ordinateur. La scène de sexe reprend.

Vous voulez arrêter le film mais le curseur est en mode chargement. L'ordinateur rame. Le son de copulation est extrêmement fort.

– Bon, j'y vais, hein.

– Yep. À plus.

– « Hmmm, vas-y, claque-moi le cul. »

– Bonne soirée.

– « Insulte-moi ! »

– Toi aussi.

– Tchao.

– « Renifle mes mollets. »

Et vous voilà dehors. Sur le palier. Vous entendez de l'extérieur les bruits de sexe.

Fred s'énerve sur son ordi, elle n'arrive pas à arrêter le processus.

Vous croisez une voisine qui passe à ce moment-là.

– Bonne soirée ? vous lance-t-elle d'un œil lubrique.

Vous lui faites un clin d'œil. *Vous gagnez 1 point de charisme.*

Vous devez tenter un moment de charisme ! Lancez votre dé, additionnez-y vos points de charisme. Si le résultat dépasse 7, vous pouvez emballer la go **page 422**. Sinon direction la **page 423**.

AVEC AUTORITÉ ET BIENVEILLANCE, vous agrippez les hanches de la voisine. Celle-ci est emportée dans un tourbillon d'émotions. Elle ne s'attendait pas à autant de charisme de votre part. Vous vous embrassez fougueusement toutes les deux, comme si plus rien ne comptait.

Fred en profite pour mater par l'œil-de-bœuf. La scène est à la fois coquine et câline.

Soudain la voisine s'arrête net. Elle vous fixe et s'en va en courant. Mais quelle mouche l'a piquée ? Vous ne le saurez jamais. *Vous perdez 3 points de puissance.*

Rendez-vous chez vous **page 8**.

VOUS VOUS APPROCHEZ LENTEMENT et timidement de votre proie tel un snake puis vous vous saisissez de la tête de la voisine pour l'amener vers votre bouche.

– Wow ! Qu'est-ce que tu fais ?

– Je… je voulais t'embrasser.

– Je ne pensais pas que t'étais attirée par moi.

– Désolée.

– Il vaut mieux que tu partes, je crois.

– Tu as raison.

Après avoir été refoulée deux fois d'affilée, vous ne préférez pas réitérer l'expérience. De ce fait, vous rentrez vous barricader chez vous, en mode Netflix and chill. Vous n'avez pas assez d'argent pour avoir l'abonnement à Netflix, vous n'avez pas assez d'argent pour acheter un canapé moelleux, donc vous n'avez pas de chill non plus. Mais au moins vous serez posée.

Rendez-vous chez vous **page 8**.

A

VOUS NE SAVEZ PAS D'OÙ EXACTEMENT EST VENU LE BRUIT. Vous voilà bien embêtée. Vous hésitez entre l'appartement du dessus et l'appartement du dessous.

Vous pesez le pour et le contre pendant 8 minutes puis vous vous décidez. C'est sûr, c'est l'appartement du dessus qui a fait du bruit. Il ne peut pas en être autrement vu que l'acoustique s'est réverbérée par le haut du fait de la disposition des murs. En vrai vous ne savez plus car vous avez toujours eu des problèmes d'audition depuis toute petite.

Vous avez le choix entre aller en haut, **page 424 B**, ou aller en bas, **page 425 A**.

B

VOUS ENJAMBEZ PAS À PAS CHAQUE MARCHE qui vous sépare de l'étage du dessus. C'est une petite victoire pour vous. Cet état d'esprit, vous l'avez hérité de votre arrière-grand-père, Anatole Talent, ex-champion multisports en ex-URSS. Vous voilà arrivée devant la porte. Vous toquez. Il n'y a pas de réponse. Vous entendez juste un miaulement de chat noir au travers.

Rendez-vous **page 425 A** pour aller visiter l'appartement deux étages au-dessous.

A

VOUS TAPEZ À LA PORTE EN DESSOUS DE CHEZ VOUS. Vous entendez la télé en fond. La porte s'ouvre.

Il s'agit d'une voisine que vous n'avez jamais vue. Vous n'arrivez pas très bien à savoir si elle est belle ou laide. C'est à mi-chemin. Toujours est-il qu'elle vous fait rentrer chez elle avec courtoisie. Elle vous propose un café noisette sans gluten. Vous voulez lui offrir un présent en échange.

Si vous avez choisi la rose dans l'inventaire, rendez-vous **page 425 B**.

Si vous avez choisi le pâté de tête, rendez-vous **page 426**.

B

VOUS PROPOSEZ LA ROSE À LA FEMME, ça lui rappelle son ex qui adorait lui offrir des roses. Elle vous demande de la laisser seule et de partir sur-le-champ. ***Vous perdez 1 point de puissance.***

Rendez-vous **page 8**.

VOUS LUI OFFREZ UN PÂTÉ DE TÊTE. Il est 10 heures du mat', l'idée la surprend. Elle a besoin de changement, d'être surprise, de sortir de sa bulle, comme Diam's. Vous marquez un bon point.

Tout en découpant le pâté, elle se met à nu sans se dénuder, elle se confie.

Vous parlez de votre passion commune pour « Une famille en or ».

Un rapprochement s'opère, de même que la magie.

Un sentiment de plénitude est en train de se consumer tel de l'encens. Tous vos sens sont en émoi. C'est la quintessence de tout.

Vos deux corps se rapprochent

Ça y est, les corps se mettent à nu lentement, suavement, l'ambiance est caliente, il ne manque qu'un rythme latino.

Vous avez le choix.

Si vous avez pris le préservatif dans l'inventaire, rendez-vous **page 427 B**, si vous avez pris le ghetto blaster dans l'inventaire, rendez-vous **page 427 A**.

A

VOUS LE SORTEZ SUR-LE-CHAMP.

Vous appuyez sur « play » sans vous poser de question. Une chanson de Garou retentit. L'ambiance est de plus en plus chaude. En plus elle n'a rien contre ce chanteur à voix de velours, bien au contraire. C'est un très bon choix de votre part.

Vous avez donc accès au sexe.

Soit vous utilisez 1 point de charisme pour booster vos performances, **page 428**, soit vous y allez franco du collier, **page 429**.

B

VOUS LUI TENDEZ LE PRÉSERVATIF. Il est périmé et usagé. Elle ne goûte que très peu à votre humour anglais. Elle se rhabille à fond la caisse. D'ailleurs, en parlant de caisse… Énervée par tout ce cirque, vous lâchez un pet agressif de derrière les fagots, elle vous en dira des nouvelles. *Vous perdez 5 points d'intelligence.*

Retour à la **page 8**. Ou pour vous lancer dans une carrière dans le R'n'B, **page 467**.

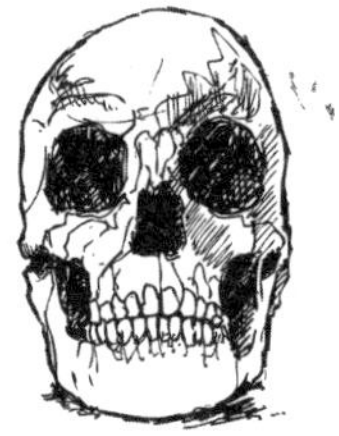

AVEC LE POINT DE CHARISME, vous êtes dans la dominance pure et dure. Une véritable bête du Gévaudan.

Ce qui ne plaît pas trop à votre voisine, qui s'attendait à autre chose, plus de douceur peut-être, qui sait.

Vous l'avez choquée. Elle vous dégage fissa de son appartement. Vous avez été rustre. ***Vous perdez 1 point de talent.***

Rendez-vous à la **page 8** ou, pour lancer votre carrière dans le R'n'B, **page 467**.

VOUS Y ALLEZ NATURELLE, 100 % BIO, sans réfléchir, franc du collier, le plaisir est total.

Un acte d'amour splendide, sans précédent, comme on n'en fait plus. L'osmose est parfaite. Vous êtes deux et pourtant vous ne faites qu'une. Comme après une fusion entre Sangoku et Végéta.

Malheureusement, ce qui vaut pour vous ne vaut pas du tout pour votre partenaire.

Vous vous endormez dans le lit de votre hôte comme un vieux sac.

Vous vous réveillez quelques heures plus tard. La bave séchée que vous avez sur le visage ne vous empêche pas d'avoir le sourire.

Réveillée par des odeurs de clope et un brouhaha vocal, vous ne comprenez pas ce qu'il se passe.

Votre hôte a improvisé une soirée poker chez elle.

Vous regardez discrètement par l'entrebâillement de la porte. Quelle n'est pas votre surprise lorsque vous apercevez, ni plus ni moins, Patrick Bruel, le célèbre maître du Texas Hold'em !

Vous vous dites que Patrick n'est certainement pas sur votre chemin par hasard. Y a que les cons qui changent pas d'avis.

Et cette soirée peut changer votre vie.

Vous avez le choix.

Soit vous rentrez chez vous car vous ne vous sentez pas de taille à partager la même pièce que Patrick, **page 8**.

Soit vous pénétrez dans le salon avec emphase et grandiloquence en utilisant 1 point de charisme, **page 433**.

Soit vous entrez timidement dans le salon, après tout, on n'est pas chez les gueux, ici, **page 431**.

VOUS ENTREZ DISCRÈTEMENT comme une petite louve mouillée, sans vous faire remarquer.

– Ah, ça y est, tu es enfin réveillée ? C'est pas trop tôt ! vous lance votre hôte.

– Oui, dites-vous intelligemment.

Tout le salon vous toise d'un air peu accueillant. Vous ne vous sentez pas la bienvenue.

Patrick Bruel, lui, est déjà concentré sur sa partie de poker, fidèle à sa réputation.

Soudain vous trébuchez sur une bouteille de bière. Cela vous fait atterrir sur Patrick qui, du coup, s'est pris le nez dans la table !

– Mais t'es qui, toi ? Tu veux te battre ?! s'exclame Patrick, survolté.

Soit vous entamez une attaque frontale avec Patrick, **page 434**, soit vous calmez le jeu, **page 432**, soit vous partez en courant chez vous, **page 8**.

– **ÉCOUTEZ, JE NE SUIS PAS LÀ POUR ME BATTRE,** surtout pas avec un joueur de Texas Hold'em de votre trempe.

– Bien. Je vois que vous vous y connaissez en matière de poker américain…

– Non, je ne m'y connais pas. En poker je ne connais que vous et vos pubs Winamax.

– Tu t'y connais donc ! Alors comme ça tu joues au poker ?

Pour tenter de bluffer, vous devez utiliser 2 points mytho. Vous êtes tout de même face à ce qui se fait de mieux en matière de poker face à l'heure actuelle. Rendez-vous **page 439**.

Si vous préférez la jouer honnête, direction la **page 438**.

– SALUT LA COMPAGNIE ! ÇA ROULE ?

Patrick, alors en pleine concentration sur sa mise, se met hors de lui.

– Mais bordel ! On joue au poker, là ! On n'est pas chez les gueux ici !

Tout le salon se fige. Le stress augmente au fur et à mesure des secondes qui passent. Plus vous lisez ce texte, plus la tension se fait palpable. Il faut savoir que Patrick ne s'énerve jamais d'habitude. Les personnes autour de la table commencent à chuchoter pendant que la situation est extrêmement tendue. Dimitri, un jeune trader venu à la soirée, un proche de Patrick, dit dans l'oreille de Chantal, une femme, que Patrick ne s'était pas énervé comme ça depuis le film *Le Chacal*, où il avait gueulé pour une histoire de gruyère non troué dans la régie.

La tension est palpable.

La situation est plus que critique.

Vous avez le choix. Soit vous entamez une attaque frontale avec Patrick, **page 434**, soit vous calmez le jeu, **page 432**, soit vous partez en courant chez vous, **page 8**.

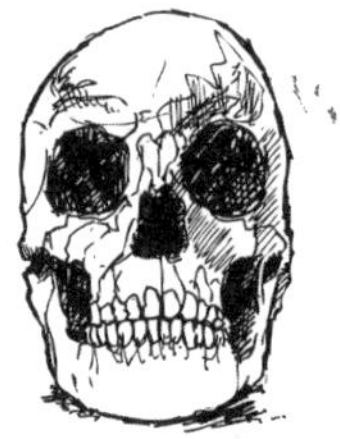

VOUS ÊTES UNE BOUILLANTE, FAUT PAS VOUS CHAUFFER, et c'est pas parce que votre adversaire a chanté *Qui a le droit ?* que vous allez vous laisser marcher sur les pieds (vous faites du 41, soit dit en passant).

Vous courez en direction de Patrick, celui-ci a le temps d'esquiver votre charge et vous évite à la manière d'un torero basque.

Il n'est pas né de la dernière pluie, manifestement, bien au contraire, pensez-vous.

Pendant que tout s'accélère dans votre tête, une ronde s'est formée autour de vous. Les gens dans le salon sont déchaînés. Ils veulent du show, ils veulent du poing.

Patrick Bruel est un adversaire de catégorie 12. Le calibre est élevé.

À vous de jouer.

Tirez le dé, additionnez-y vos points de puissance. Dépassez le chiffre 12 et vous pouvez vous rendre directement à la **page 436**. Si ce n'est pas le cas, direction la **page 435**.

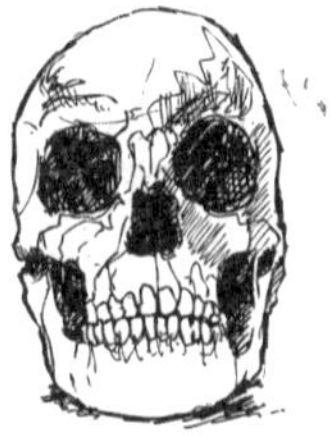

VOUS SUBISSEZ UNE ÉNORME CLAQUE DE LA PART DE PATRICK. Votre visage est rubicond. Patrick explose de rire en voyant votre faciès. À ce moment-là il se saisit de sa guitare et commence à chercher des accords. Il a l'air habité. Il demande à tout le monde de se taire. C'est une scène surréaliste à laquelle vous assistez. Patrick Bruel est seul, au milieu du salon, entouré d'une quinzaine de personnes qui le regardent composer. Au bout de 7 minutes, Patrick lève l'omerta. Il chante en exclusivité le morceau qui vient de naître. C'est un tube. Le titre provisoire du single est *Je t'aime*. Vous apprendrez plus tard que le morceau s'appellera sobrement *Taureau*. Un revirement inattendu mais prévisible vu que Patrick s'était rapproché récemment des mouvances basques. C'est le moment choisi par DJ Santos, le DJ de la soirée, pour relancer l'ambiance avec un set électro épuré minimal. Patrick remet ses lunettes de soleil. Fini de rigoler. Maintenant c'est poker.

Il vous demande cash si vous pratiquez la discipline.

Pour tenter de bluffer, vous devez utiliser 2 points mytho. Vous êtes tout de même face à ce qui se fait de mieux en matière de poker face à l'heure actuelle. Rendez-vous **page 439**.

Si vous préférez la jouer honnête, direction la **page 438**.

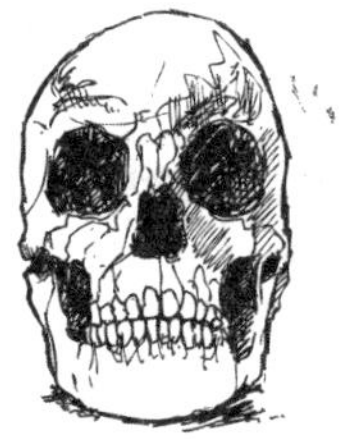

VOUS AVEZ TERRASSÉ PATRICK D'UNE MANCHETTE AVEYRONNAISE, un petit jab sous le menton, et le tour est joué. Patrick, qui a une faiblesse au niveau du cou, ne peut résister à votre charge. Il tombe au sol, sonné. En parlant de sonnette, celle-ci résonne à cet instant précis. Il s'agit du livreur de pizzas. Votre hôte avait commandé six pizzas, dont deux margueritas.

L'odeur de la pizza calme tout le monde, et la soirée rentre un peu dans l'ordre.

Vous donnez un morceau à Patrick qui est encore à terre. Il a du mal à ouvrir les yeux. Il vous devine en flou, se saisit de la pizza et vous la jette au visage ! Vous rigolez tous les deux. Ce moment est à marquer d'une pierre blanche, vous dites-vous. De plus, Dimitri, le trader, a filmé toute la scène de la pizza.

Vous allez directement le voir pour lui demander de revoir la vidéo.

– Hey, Patrick, viens voir !

Patrick arrive le sourire aux lèvres. Vous regardez tous les trois la séquence. C'est un vrai moment de camaraderie. Qui pourrait croire que 5 minutes auparavant Patrick et vous étiez en train de vous tabasser la gueule ? Le destin, alors, c'est quelque chose, hein !

Sur ce, vous commencez à parler avec Patrick de choses et d'autres, puis il vous demande si vous jouez au poker.

Pour tenter de bluffer, vous devez utiliser 2 points mytho. Vous êtes tout de même face à ce qui se fait de mieux en matière de poker face à l'heure actuelle. Rendez-vous **page 439**.

Si vous préférez la jouer honnête, direction la **page 438**.

– JE JOUE PAS AU POKER MAIS PAR CONTRE…

– Eh ben casse-toi, pov conne. Ici on joue au poker.

Vous êtes mise à la porte sur-le-champ. Eh oui, il s'agissait d'une soirée poker, alors les petits joueurs, ça dégage. Que ça vous serve de leçon. Vous ressortez grandie de cette expérience. *Vous gagnez 1 point de puissance.*

Allez, direction la **page 8**.

– **EFFECTIVEMENT JE SUIS JOUEUSE DE POKER**, j'ai été classée huitième fut un temps lors d'un tournoi.

Patrick vous invite à jouer à sa table.

La mise est de 30 euros.

Patrick arbore des lunettes de soleil afin de cacher son regard, à la manière des plus grands. Cela lui va très bien, pensez-vous. C'est un bel homme.

Perturbée par la plastique impeccable de Patrick, vous oubliez de jouer. Patrick s'impatiente. Son petit rictus agressif le rend encore plus craquant. Vous avez chaud tout d'un coup, des papillons vous parcourent le corps de toute part. Vous êtes dans le flou, un peu perdue. Ça fait longtemps que vous n'aviez pas ressenti un tel trouble.

Sous le coup du stress, vous partez sur un quitte ou double.

– Tapis !

Dès la première manche vous jouez agressif. Les joueurs autour de la table ne bronchent pas mais n'en pensent pas moins.

Vos adversaires se couchent. Vous emportez la première manche ! Vous avez eu chaud.

Patrick esquisse un petit sourire en coin qui en dit long. Le jeu est redistribué.

Les deux tours passent. Vous avez entre les mains un carré d'as.

Que choisissez-vous de faire ? Vous dites à voix haute que vous avez un carré d'as, **page 441**, ou vous vous couchez, **page 440**.

ALLONGÉE DANS VOTRE CANAPÉ, vous vous demandez encore pourquoi vous n'avez pas joué votre chance jusqu'au bout. Un carré d'as, c'était quand même une bonne main, vous dites-vous. Vous ruminez dans votre pieu le fait de ne jamais aller au bout des choses. De ne jamais forcer le destin. Vous n'osez pas assez, or la vie, c'est prendre des risques.

« Comment crois-tu qu'Amel Bent en soit arrivée là où elle est ? »

Cette phrase, c'était votre mère qui vous l'avait dite il y a quelques années. Ça vous a marquée au fer rouge, pour la vie. Vous vous endormez sur ces belles paroles. Vous gagnez 1 point de prestige Amel Bent. Notez-le dans l'inventaire et/ou appelez un ami pour lui faire part de cette acquisition. Une fois cela fait, retour à la **page 8**.

– CARRÉ D'AS !

Stupeur autour de la table !

On ne doit pas parler de sa main normalement. Patrick le sait. Tout le monde le sait. Tout le monde. Depuis que le monde est monde.

– Au Texas Hold'em t'aurais dégagé fissa, ma cocotte ! balance Tony, un spectateur du jeu, sirotant un punch ananas.

– Laisse, Tony, dit Patrick. C'est bon. On est entre nous, là.

Patrick vous suit jusqu'au bout de la partie.

Il dévoile ses cartes, il n'avait rien. Il bluffait, le loustic.

Vous avez gagné les gains, qui s'élèvent à 120 euros. Vous pouvez d'ores et déjà le noter dans un endroit sûr.

– Bravo à toi. Tu ne m'avais pas menti, tu es une férue joueuse de poker, vous assène la vedette.

– Merci, répondez-vous poliment.

Vous serrez la main de Patrick et, à ce moment-là, le temps s'arrête. Tout tourne autour de vous, vous entendez les voix de plus en plus loin, vos jambes vacillent. Vous tombez dans les pommes !

Vous rouvrez les yeux. Vous êtes à l'hôpital Saint-Eustache, célèbre hôpital où venait jadis Guy Môquet, pour sa péridurale.

Vous regardez autour de vous. Il n'y a personne. Vous ne vous souvenez de rien. Enfin si, du coup, puisque vous êtes lectrice/héroïne.

Une tête se glisse dans l'embrasure de la porte. Il s'agit de Cynthia, une aide-soignante.

Elle vient vous parler. Vous demande comment ça va.

– J'étais avec Patrick Bruel dans une soirée poker, je lui ai serré la main et je suis tombée dans les pommes.

– Qu'avez-vous fait pendant cette soirée ?

– Je me suis battue avec Patrick dans un premier temps, je l'ai mis à terre à l'aide d'un coup de poing, après on a rigolé autour d'une pizza, puis on a joué au poker avec Patrick et d'autres amis.

– Vous avez gagné cette partie ?

Vous dites la vérité, direction la **page 444**.

Vous mentez et utilisez 1 point de mytho, **page 443**.

A

– **NON, JE N'AI PAS GAGNÉ CETTE PARTIE.** C'est Patrick qui l'a gagnée.

– Je vois que vous avez récupéré toutes vos facultés mentales. Écoutez, vous êtes libre, Max, vous dit-elle avec un petit sourire.

– Je m'appelle pas Max.

– On va peut-être vous garder encore un peu, en fin de compte…

– Pourquoi, je souffre de quoi ?

– Vous souffrez de bêtise et de nullité chroniques.

– Oui, je sais, mais ça ne se guérit pas. *I am what I am.* Vous connaissez le groupe IAM ?

– Vous m'avez saoulée, vous êtes libre.

– Merci.

Vous voilà sortie en pleine forme malgré tout ce remue-ménage. Quelle histoire, tout de même…

Après avoir été diagnostiquée débile, que choisissez-vous de faire ? N'oubliez pas de vous retrancher 10 points d'intelligence et 4 points de talent mais de vous rajouter 3 points mytho.

Vous lancer en politique, **page 443 B**, ou rentrer chez vous, **page 8** ?

B

ÉTANT NUL EN POLITIQUE, l'auteur assume d'arrêter la blague ici. Veuillez rebrousser chemin. Vous avez fait fausse route. Allez hop, ça dégage à la **page 8**.

– OUI, J'AI GAGNÉ.

Cynthia appuie sur un bouton dans sa poche et se retire.

Vous ne comprenez pas, vous ne pouvez pas vraiment bouger, vous êtes encore patraque.

Quelques minutes passent, quatre médecins arrivent dans votre chambre et vous embarquent violemment.

– Laissez-moi ! vous exclamez-vous.

– Non, vous êtes une dangereuse malade !

– Mais j'ai rien fait !

– Vous ne savez plus ce que vous dites !

– Si, regardez, je vous parle.

– Non, on ne peut pas parler avec vous ! C'est impossible que vous ayez gagné une partie de poker contre Patrick Bruel ! Vous m'entendez ? Impossible. Vous mentez !

– Mais c'est vrai, j'ai gagné contre Patr…

Sans avoir le temps de finir votre phrase, les médecins vous administrent une piqûre dans la fesse droite. Vous vous endormez instantanément.

Vous êtes à présent dans une cellule blanche. Les quatre murs qui composent votre cellule sont molletonnés, comme du papier fesse. Ça vous amuse. C'est tout doux. Vous commencez à sauter gentiment sur un des murs. Cela vous fait du bien, vous prenez du plaisir à le faire.

Un plaisir inexplicable, enfantin, pur.

Des yeux vous regardent à ce moment-là à travers le petit rectangle transparent de la porte de cellule.

Vous n'y prêtez pas attention.

Les yeux s'en vont. Il s'agissait d'yeux revolvers, peut-être était-ce Michel Sardou ?

Votre cerveau connecte bizarrement ses neurones sans que vous vous en rendiez compte.

Vous recommencez à sauter sur les murs.

– 1, 4, 33, facteur de 5, pi.

Vous comptez ainsi vos sauts.

Les yeux reviennent. À présent ils sont attentifs. Ils écoutent.

La porte s'ouvre.

Vous continuez à compter et à sauter.

– 3 421, vecteur de 18, décimal moins 4, 0.

Les deux médecins qui vous observent sont éberlués.

Ils n'ont jamais vu ça. Il se pourrait que votre cerveau soit d'une complexité encore jamais vue auparavant. Une sorte de processeur d'un genre nouveau.

Pendant que les médecins dialoguent entre eux, vous captez ce qu'ils disent à demi-mots. Ils vous proposent de les suivre.

Vous vous retrouvez dans un labo d'un blanc immaculé. Tout est neuf. C'est du matériel high-tech. Les chercheurs vous installent sur un siège de cuir blanc incliné à 80 degrés. Ils vous collent des diodes sur les deux lobes temporaux.

Vous êtes dans un état plus ou moins somnolent, un peu hébétée. Vous vous laissez faire, toute contente d'être bien calée dans ce bon gros cuir.

Tout d'un coup vous ressentez une petite décharge. Quatre kilowatts à tout casser. Rien de bien méchant. Cependant cela a eu le mérite de vous réveiller quelque peu comme après un petit expresso arabica.

À cet instant la salle tombe dans une demi-pénombre prononcée. On se croirait dans un bar lounge. Un projecteur sort du plafond et envoie sa grosse lumière sur le mur blanc.

Une première question apparaît. « Quel est le taux de réactivité d'un cylindre propulsé à grande vitesse dans un tube ? »

Que répondez-vous ?

« 4 », **page 447**.
« Ça dépend », **page 448**.

VOUS RÉPONDEZ « 4 ».

C'est une mauvaise réponse.

Les scientifiques griffonnent quelque chose sur leur dossier.

– Excusez-nous de la gêne occasionnée. On pensait que vous étiez une sorte de génie des temps modernes. En réalité, ne vous offusquez pas, mais il semblerait que cela soit tout l'inverse. Désolés encore.

Vous perdez 3 points d'intelligence.

Que décidez-vous de faire ?

Rentrez chez vous, **page 8**.

Lancez-vous dans la musique, destination R'n'B, **page 467**.

VOUS RÉPONDEZ QUE ÇA DÉPEND.

C'est la bonne réponse.

Les scientifiques marmonnent entre eux, l'air satisfait : « Celui qui sait qu'il ne sait pas sait beaucoup. »

La lumière se rallume en même temps que le projecteur se rétracte dans le plafond.

Les chercheurs vous tapent derrière l'épaule et se congratulent. Vous êtes l'élue. La voie, le chemin vers un avenir meilleur.

Vous voilà à présent dans une autre cellule beaucoup plus confortable, beaucoup plus spacieuse. Une bibliothèque de grande envergure est également à votre disposition. Vous tombez sur la collection intégrale de Nietzsche, Hegel ou encore Heidegger. Vous repérez également *Elle m'appelait... Miette*, de Loana.

Juste à côté, il y a un jacuzzi immense. Vous actionnez les boutons et des lumières de différentes couleurs s'allument dans l'eau. Différents jets s'enchaînent à tire-larigot.

Vous êtes à ce moment-là dans un état de plénitude absolue. Au moment où vous vous demandez s'il vous manque quelque chose, la porte s'ouvre. Un homme et une femme d'une beauté presque inhumaine pénètrent dans la pièce. Ils poussent tous les deux un chariot. Sur le premier se trouve un repas qui a l'air en tout point alléchant. Le fumet qui s'en dégage est en tout cas d'une puissance inouïe. Le deuxième chariot supporte un mini frigo dans lequel sont disposés un champagne de luxe et un jus d'oranges pressées à l'ancienne.

L'homme et la femme vous font un signe vous invitant à vous diriger vers le jacuzzi.

Vous ne comprenez pas. Vous êtes tout habillée.

Ils insistent.

Vous ne bronchez pas et rentrez dans le bassin. Une fois votre corps submergé, vos vêtements se décomposent lentement dans le liquide, jusqu'à disparaître complètement. Vous êtes totalement naked à la manière de Miley Cyrus.

À peine le temps de réaliser ce qu'il s'est passé que vos deux hôtes se sont volatilisés sans dire un mot.

Voyant que les deux chariots sont parfaitement disposés pour que vous puissiez déguster les mets sans bouger du jacuzzi, vous vous laissez couler comme un sous-marin de la Seconde Guerre mondiale. À ce moment précis, vous êtes la personne la plus heureuse du monde. À égalité avec Jeremy Williams qui, au même moment, en Louisiane, vient de gagner un semi-marathon devant le favori Dereck O'Cannaghan. Pourtant Jeremy était parti de loin. Avec un père absent, une mère droguée et obèse, le petit Jeremy n'avait pas les meilleures cartes dans le jeu de la vie. C'est dans ces moments-là qu'on se rend compte que la phrase de Patrick Bruel n'a jamais eu un sens si profond : « L'important, ce ne sont pas les cartes, c'est ce que vous en faites. »

Après une semaine à vous faire choyer comme un coq en pâte, des médecins viennent dans votre chambre et vous font passer une batterie de test. Vous obtenez la note de 14/14 ! Les rumeurs sont confirmées. Vous êtes la personne la plus intelligente au monde. Et encore, le mot « intelligence » est, semble-t-il, réducteur face à votre « intelligence ». Votre cerveau aurait les mêmes capacités que plus de cent cinquante mille ordinateurs interconnectés. Aussi incroyable que cela puisse paraître, c'est la vérité nue. Qui eût cru en ce destin hors du commun ? Si vous continuez sur cette voie, il n'y aurait rien d'étonnant à ce que vous ayez votre reportage dans « Sept à huit » avec le bon Harry Roselmack. Ce ne serait que justice. Mais une telle puissance se doit d'être utilisée avec la plus grande prudence.

Au moment où vous êtes sur le point de vouloir lui poser une question, un médecin vous injecte une dose de tranquillisant. Vous roupillez pendant 15 minutes, puis vous vous réveillez attachée à un lit, sanglée de toute part.

Des électrodes connectées à des ordinateurs sont reliées à votre hippocampe. Quatre médecins tapent sans relâche sur ces ordinateurs. Vous pouvez ressentir, capter et traiter toutes leurs données sans effort. Sans avoir envie de le faire. Vous êtes en pilote automatique. Même si vous le vouliez, vous ne pourriez pas l'en empêcher. C'est une connexion de votre cerveau sur laquelle vous n'avez pas d'emprise. Votre force est telle que vous n'arrivez pas à la dompter. En revanche, vous ressentez la fatigue que cela engendre. Vous fatiguez alors que l'effort mental vous semble minime. Vous sentez vos yeux se fermer. Vous rêvez de ce que tapent les chercheurs sur leur ordi. Vous n'arrivez pas à stopper cette activité. Vous êtes dans un cycle qui semble sans issue. Il faudrait que les chercheurs s'arrêtent. Vous criez ! Vous n'entendez pas votre voix. Vous l'entendez à l'intérieur. Elle ne semble pas vouloir s'extérioriser. Soudain vous voyez du noir. Rien d'autre. Plus de chiffres, plus de lettres, rien. Vous ne voulez pas ouvrir les yeux pour vérifier, mais il semblerait que les chercheurs aient arrêté de travailler. La curiosité est trop forte. Vous avez face à vous quatre autres chercheurs. Ils sont huit au total. Il semblerait que l'augmentation de l'activité de votre cerveau vous ait permis de gérer la connexion. Vous avez dissocié les réseaux qui gèrent les données reçues et votre moi. Votre pouvoir est exponentiel et ne semble pas avoir de limites. Seul Dieu peut vous juger. Vous commencez à réfléchir normalement, ça vous fait du bien. Vous vous demandez à quoi pourrait vous servir votre pouvoir. Pour vous, rien n'a changé, vous êtes la même personne. Pas plus intelligente. Vous ne vous sentez pas capable d'un quelconque miracle. Vous avez envie de lire un magazine people. Vous avez envie de savoir quel maillot de bain porte Florent Pagny lorsqu'il part en vacances. C'est ça, votre vie. Vous ressentez une pulsion sur la partie gauche de votre cerveau. Un câble s'est détaché. Un signal d'alarme retentit dans la pièce.

– On est en train de perdre le sujet ! Ses capacités diminuent à vitesse grand V ! Ça ne répond plus !

Vous visualisez un gros titre : « Nabilla se la (rou)coule douce à Miami ». Elle est en maillot de bain rouge et trempe ses lèvres dans celles d'un beau brun musclé, tout ça près d'une énorme piscine. Vous souriez. Ces images vous font du bien. Elles vous raccrochent à la terre. Au concret.

Soudain vous visionnez un objet volant blanc, puis un autre, puis encore un autre, vous voyez des gens, à l'intérieur, conduire ces engins. Vous visualisez des graphiques, des nombres, beaucoup de nombres. Vous avez été raccordée. On vous injecte des informations en masse. Vous luttez désespérément. À présent, vous voyez des chiffres, des lettres puis vous voyez Laurent Romejko en grand. Vous luttez désespérément.

– J'ai « anacoluthe », dix lettres.

Vous avez été reconnectée.

– J'ai « pipi », deux lettres ! Ah non, c'est quatre lettres. Oui mais « P » et « I » ne forment que deux lettres.

Tous les câbles ont sauté en même temps. Vous avez réussi à vous émanciper de l'emprise.

Vous avez une réflexion autre que la moyenne. Vous ne pensez pas comme tout le monde.

Les scientifiques vous regardent, l'air convaincu.

Vous venez de passer le dernier test pour participer à « Une famille en or ». Rendez-vous **page 452**.

VOUS AVEZ PASSÉ LE CASTING d'« Une famille en or » mais vous n'avez pas de famille. Vous assistez alors à l'enregistrement de l'émission. Vous connaissez toutes les réponses. À un moment vous ne pouvez plus réprimer votre désir. Vous balancez une réponse. Tout le monde se retourne. Ils sont subjugués. Vous avez dégainé la réponse si vite que personne n'a eu le temps de comprendre ce qu'il s'est passé. Plus vite que votre ombre. Le présentateur vous congratule et le public applaudit. Vous ressentez une fierté immense. Vous êtes faite du bois des champions. Votre place n'est pas en tribune à observer. Votre place est sur le champ de bataille. Sur le plateau. Vous rongez votre frein à écumer les castings de jeux télévisés puis vous voilà enfin prise pour participer à un nouveau jeu émergent, « Boule à face 7 ».

Rendez-vous **page 453**.

LE JEU EST DIFFUSÉ EN ACCESS PRIME TIME SUR TV4 et présenté par Hervé Lombardi, l'étoile montante du moment. Hervé a 88000 followers sur Twitter dont Nikos Aliagas ! C'est une vraie opportunité pour vous. La pression monte, mais la pression est bonne #1664. Vous êtes en concurrence avec deux autres candidats. Vous les avez attentivement observés, ils ne devraient pas vous poser de problème.

Question 1 : « Qui est l'auteur de la chanson *Bella* ? »

Michel, l'un de vos deux adversaires, répond correctement à la question alors que vous veniez seulement de la comprendre.

Il passe en demi-finale car sa cagnotte était sur la case Bonus. Dur. Vous n'êtes plus que deux…

Hervé Lombardi ajoute un peu de pression en disant que c'est une question déterminante.

« Comment s'appelle l'animal qui… »

Vous n'attendez pas la fin de l'intitulé, vous tentez un pari fou.

Écrivez l'animal auquel vous pensez.

____

Si vous avez pensé « poulet », allez **page 454**, sinon rendez-vous à la **page 459**.

– **EH NON ! CE N'EST PAS « POULET »...** Dommage, vous êtes éliminée ! C'est Christiane qui accède à la demi-finale de votre jeu : « Boule à face »...

Et le public crie :

– 7 !

– On se retrouve après cette page de publicité. Waouh !

Vous êtes dépitée. Si près et pourtant si loin du but... Ce rêve qui semblait palpable. Vous le touchiez des doigts. Il s'en va, sans vous...

Vous lâchez une larme. ***Vous gagnez 1 point de puissance***, car vous montrez vos faiblesses. C'est fort.

Un technicien de l'émission vous somme de quitter les lieux rapidement puisque l'émission va reprendre. Vous êtes dirigée vers la sortie sans ménagement. Vous êtes un étron.

Sale journée que la vôtre. Vous refaites l'émission dans votre tête. Vous essayez d'analyser vos failles. Après 5 minutes de réflexion, vous vous sentez plus forte que jamais. Habitée par une nouvelle énergie. Vous avez la rage. La rage de vaincre, à la Stallone. C'est ça qu'on veut voir.

Vous pénétrez à nouveau dans les locaux de TV4 et vous demandez à ce qu'on vous inscrive à une autre émission.

Il ne vous reste plus qu'à attendre, le couteau entre les dents.

Six mois ont passé et vous recevez un coup de téléphone chez vous.

– Allô, bonjour, c'est la chaîne TV4.

– Oui, je vous écoute !

– Pourrions-nous parler à Lee-Hong Hui ?

– Ah, vous vous trompez, désolée. C'est le voisin du dessous.

– Ah, pardon, au revoir.

Et votre interlocuteur raccroche.

Vous entendez le téléphone du voisin du dessous sonner. Au bout de quelques secondes vous l'entendez hurler de joie.

– Je vais faire « Une famille en or » !

Vous êtes dévastée.

Vous voulez taper sur le sol pour la forme mais à quoi bon ?

Le Chinois exulte encore une fois : vous tapez sur le sol, pour la forme.

Soudain vous vient une idée raciste.

Vous sortez de chez vous, montez d'un étage et criez : « Nem ! »

Vous vous cachez et attendez que cela provoque l'effet escompté.

Vous entendez le Chinois sortir de chez lui. Il monte les marches d'un pas décidé. Le plan a l'air de fonctionner. Vous observez la scène discrètement. Il tape à la porte. Le voisin sort.

– C'est vous qui avez crié « nem » ?

– Quoi ?

– Vous me prenez pour un con ? Je vous ai entendu crier « nem » !

– Eh ben pas de bol parce que c'est pas moi.

– Pourquoi vous parlez de bol ? Parce que bol de riz, c'est ça ?

Vous ne pouvez vous empêcher de pouffer de rire dans votre coin.

– C'était quoi, ce bruit ?

Vous vous levez pour essayer de monter quelques marches mais vous trébuchez.

Le Chinois entend ça et court jusqu'à vous rejoindre.

– Qu'est-ce que vous faites là ? Je vous ai entendue rire.

– Bah oui. J'adore la vie donc forcément je ris.

– Vous riz ? C'est vous qui avez crié « nem », alors ?!

– Non.

– Prouvez-le.

– Comment ?

– Allez-y, criez « nem », je reconnaîtrai.

– Mais c'est ridicule !

Le Chinois vous regarde méchamment.

Que choisissez-vous de faire ?

Utilisez 2 points de mytho et trafiquez votre voix en criant « nem », **page 457**, ou dites la vérité, **page 458**.

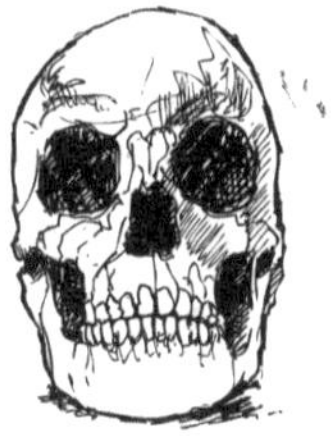

VOUS CRIEZ « NEM » AVEC UNE VOIX RAUQUE. Le Chinois est circonspect. Il ne s'attendait pas à ça.

– Ce n'est pas vous. Je suis désolé.

– Ce n'est rien. Au fait j'ai cru entendre que vous alliez faire « Une famille en or » ?

– C'est bien ça. Malheureusement il manque un élément dans la famille pour le moment. Voudriez-vous intégrer ma famille ?

– Oui.

Vous participez à « Une famille en or » avec une famille chinoise. Vous emportez la victoire sur la question : « Quel est le plat préféré des Chinois ? » Vous avez crié « nem ». Votre voisin a reconnu votre voix et vous a tabassée. Le retour du bâton. Classique. Vous avez gagné le trophée Raciste d'or, ce qui vous donne le droit de diviser vos points d'intelligence par deux.

Retour à la **page 8**.

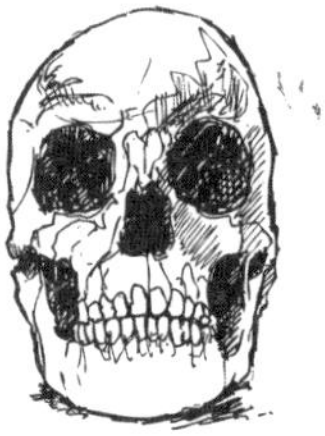

– **JE VAIS VOUS DIRE LA VÉRITÉ,** c'est moi qui ai crié « nem », parce que j'avais un rêve et qu'il s'est brisé comme un vase de Chi…

Le Chinois ne vous laisse pas terminer votre phrase et vous envoie un énorme coup de poing dans la mâchoire. Cela vous déchausse une molaire.

– Laissez-moi vous expliquer…

Et bam ! un autre poing dans le nez. Cet homme est agressif.

Le voisin arrive à votre rescousse. Il vous sépare.

– Merci bien, il est déchaîné…

Et bim ! le voisin vous décoche un coup de poing sur la tempe.

– Ça, c'est pour le nem !

– C'est bon, j'ai compris…

Et bam ! les deux en même temps vous balancent un pain sur le visage. Et bim ! bloum ! vous êtes morte.

Moralité : Le racisme n'est jamais la solution aux problèmes, surtout pas contre ces mangeurs de nems.

Direction la **page 591**.

– ET C'EST UNE BONNE RÉPONSE, BRAVO !

Hervé Lombardi vous félicite, vous rejoignez Michel en demi-finale.

– Question à présent : Qui a écrit le livre *Grabuge à Sochaux* ?

Écrivez la réponse ici :

C'est exact ! Bravo ! Vous passez en finale !

Dernière question et pas des moindres : « Quelle est la capitale de la Russie ? »

– Stalingrad ?

Et c'est une bonne réponse. Vous venez de gagner le jeu. Une somme de 500 euros vous est décernée, ce n'est pas rien !

– Merci d'avoir suivi « La Boule à face… »

– 7 !

– Bonne soirée, portez-vous bien, on vient de faire un gros score d'audience et ça, c'est grâce à…

– Nous !

– Oui ! Sa…

– Lut !

– Y…

– ES !

– ?

– !

L'émission se conclue dans l'allégresse et la bonne ambiance. Vous êtes invitée à siroter un mousseux en loge avec les autres candidats et les vingt spectateurs.

Cette journée s'achève comme elle a commencé : vous êtes en vie. Vous sirotez l'alcool à bulles lorsque Hervé Lombardi vient vous féliciter pour votre victoire.

– Bravo, vous avez fait un très beau parcours.

– Merci, c'était un honneur de participer à votre jeu.

– Vous savez, j'en ai vu passer, des candidats, depuis que j'ai commencé l'émission. Vous êtes de la graine de championne.

– Ah bon ? Bah merci.

– Je vais parler de vous à Olivier Minne, il cherche des candidats de qualité pour son émission.

– C'est adorable, merci monsieur Lombardi.

– Hésitez pas à dire autour de vous que je suis gentil. Bonne soirée.

– Je n'y manquerai pas. Au revoir.

Quel homme charmant, ce Hervé Lombardi. Le cœur sur la main.

Le lendemain matin, vous recevez un appel de la production de l'émission d'Olivier Minne. Vous êtes convoquée l'après-midi. C'est magique.

La vie est grandiose, vous dites-vous. L'annonce de la mort de votre neveu Pierrick ne vient même pas troubler votre état. Vous toquez à la porte de la boîte de production de l'émission.

– Ah, vous êtes là, vous ? Prenez place.

– Oui.

– Alors on va vous mettre sur l'émission de ce soir !

Votre cœur s'emballe. Incroyable, vous allez rencontrer Olivier Minne et son corps parfaitement sculpté à la salle ! Le rêve devient réalité. La réalité dépasse la fiction.

20 h 5, vous êtes dans les coulisses. Stressée comme un cul. Soudain vous entendez la voie cristalline d'Olivier vous annonçant.

Vous entrez sur le plateau, les lumières vous éblouissent, vous voyez le public qui applaudit et surtout vous le voyez lui. O. Minne, pimpant comme un sou neuf.

– Alors que faites-vous dans la vie ?

– Bah je suis actuellement à la recherche de travail.

– Ahh, et bien bonne chance à vous.

Il vous fait un clin d'œil à ce moment-là, vous manquez de vous évanouir. La chaleur des projecteurs vous donne chaud. Vous suez comme un porcelet. ***Vous gagnez 1 point de charisme.***

– Question à 1 500 euros maintenant : Quel est le symbole chimique du cuivre ?

– P !

– Non, Thierry, vous redescendez d'une marche.

– OOOOOoooooohhhh…

Le public exprime sa déception.

– Dm ?

– Non, Emmanuelle, c'est faux, vous redescendez d'une marche.

– OOOOOoooooohhhh…

C'est à votre tour de répondre, la pression est lourde sur vos épaules moites. Voilà que vous imaginez Olivier en train de pousser de la fonte en tenue de sport moulante. Il est tel un dieu grec. Il transpire légèrement. Il est luisant comme un vers de Baudelaire. Dans un état proche de l'extase, vous sortez de votre bouche ces deux mots :

– Le cul !

Le temps se fige. Tout le monde vous toise.

– Et c’est une bonne réponse ! Le symbole chimique du cuivre est Cu. Bravo !

– Merci Olivier !

– Vous grimpez d’une marche et vous pouvez utiliser votre carte bonus.

Que choisissez-vous de faire ?

Utiliser la carte bonus, **page 463**, ou ne pas utiliser la carte bonus, **page 465** ?

– **OH ! VOUS UTILISEZ VOTRE CARTE BONUS !** Alors ça, c'est culotté ! Ça, c'est rock'n'roll.

– Merci Olivier.

– Je vous rappelle qu'avec la carte bonus vous pouvez humilier vos concurrents en leur envoyant un seau de pisse, par exemple. Mais pour cela il va falloir bien répondre à cette question. Quel est mon prénom ?

– Olivier.

– Bravo. Tenez, vous avez le choix des seaux. Il y a un seau rempli de pisse, un rempli de caca et de boudin noir, et un autre avec de l'eau tiède. Vous devez balancer une insulte au moment de balancer le seau également.

Vous balancez le seau d'urine sur les candidats.

– Prenez ça, bande de cons !

– Ha ha ha ha !

Le public est hilare. Geoffrey Der Brugen, un mec dans le public, est tellement chaud qu'il hurle :

– Vous puez la pisse, ha ha ha !

– Applaudissements pour monsieur, s'il vous plaît ! Comment vous appelez-vous ?

– Je m'appelle Geoffrey Der Brugen. Mais vous pouvez m'appelez GDB, c'est mes initiales, ou KGB, j'adore la Russie.

– Merci à lui.

L'émission se termine dans le calme. Tout le monde rentre chez soi. Circulez y a rien à voir.

Vous êtes à la tête d'un bon pactole de blé.
Que choisissez-vous d'en faire ?
Allez sur la Lune, **page 540 A**.
Sauvez Honoré, **page 332**.
Acheter un cabriolet, **page 517**.

– **AHHHHH, INTÉRESSANT !** Vous n'utilisez pas votre carte bonus ! Ça, c'est culotté ! Eh bien c'est l'heure de nous quitter malheureusement car on me dit dans l'oreillette qu'il y a un braquage en cours dans un magasin de prêt-à-porter non loin de là, il y aurait plusieurs morts. On vous en dit plus dans quelques instants. Quant à nous, on se retrouve demain pour un nouveau numéro de « À QUI »…

– MIEUX MIEUX ! crie le public à l'unisson.

– À bientôt les zouzous ! Je vous putain de kiffe !

Vous rentrez chez vous tête baissée. Vous êtes quelque peu déçue de cette expérience télévisuelle. Ce n'est pas Olivier, le problème, ce ne le sera jamais. Oliver serait plutôt la solution. Non, le problème, c'est que vous n'y croyez plus, à tout ce cirque. Maintenant que vous avez vu l'envers du décor, vous n'avez plus la flamme. C'est comme si vous réalisiez que tout ce monde était une vaste blague. Rien n'est réel. On nous ment, on VOUS ment.

Vous qui lisez ce livre, vous savez que rien n'est vrai et pourtant vous faites semblant d'y croire, semblant d'adhérer à toutes ces aberrations successives. Vous êtes dans l'erreur. Tout cela est faux. Rien n'est vrai. Tout n'est que faux-semblant. C'est dur mais c'est pourtant la triste réalité. Tout est basé sur du vent. Je suis désolé d'avoir à en arriver là.

Dépitée, vous décidez de refermer ce livre et de méditer sur la vie et ce qui vous entoure. Pourtant, malgré tous vos efforts, vous continuez de rouvrir ce livre. Vous ne pouvez vous empêcher de lire ces pages. Et plus le temps passe, plus vous restez là à ne rien faire et à continuer de lire. Vous attendez qu'on vous mâche le travail. Qu'on vous amène d'un point A vers un point B mais c'est pas ça, la vie. La vie, c'est se prendre en main, prendre son destin par les cornes.

Revitalisée par ce discours, vous décidez de vous lancer dans une carrière de tauromachie. Auparavant vous allez à Bayonne pour assister au fameux lâcher de taureaux dans la ville.

Vous vous en doutez bien, vous finirez embrochée comme vache qui pisse. Comme vous manquez de fluidité sur vos jambes, l'animal vous a littéralement empalée. Ce n'était pas beau à voir.

Moralité : La vie est un chemin tout tracé, et à un moment ou à un autre il faudra affronter le taureau (métaphore de la mort).

Direction la **page 591**.

VOUS NE SAVEZ PAS QUOI FAIRE DE VOTRE VIE, à la manière de Jean Sarkozy. Vous vous trouvez bonne à rien. Vous vous souvenez néanmoins que vous appréciez chanter sous votre douche.

Revigorée pas ces pensées positives, vous décidez de vous lancer corps et âme dans la musique R'n'B, à la manière d'Eve Angeli.

Vous grattez quelques mots sur une feuille. Vous vous sentez vivante. Plus que jamais.

« Tu es mon bébé, pour la vie, ma girl, laisse-moi te montrer, montrer mon corps et mes faiblesses. »

Satisfaite de vos premiers lyrics, vous achetez une canette de bière Bavaria chez l'épicier.

La forte dose d'alcool vous monte rapidement à la tête.

Vos textes deviennent de plus en plus intenses.

« Bébé, mets-toi à l'aise, ce soir c'est ton moment, l'instant présent entre toi et moi et peut-être une autre amie à toi, si tu daignes accepter ma proposition au sujet de ce plan à trois, ma lady. »

Vous vous endormez sur le canapé avec un large sourire.

Vous venez de vous trouver, oui.

Vous marquez des points, bordel, tout simplement.

Choisissez d'aller à la **page 468** pour l'enregistrement de votre premier EP ou à la **page 469** pour une évasion dans le Vercors afin d'écrire encore plus de tubes.

VOUS ALLUMEZ VOTRE PC et trouvez l'application Microphone.

Vous entamez un freestyle bien senti pour vous mettre en condition.

Vous êtes décidément dans une forme olympique. #Diagana

Vous enregistrez votre flow suave sur un beat ternaire.

Vous gagnez 4 points de talent grâce à votre oreille musicale.

Rendez-vous à la **page 486** pour envoyer un mail à un producteur véreux.

Sinon, **page 526 B** pour envoyer un mail à un producteur gentil.

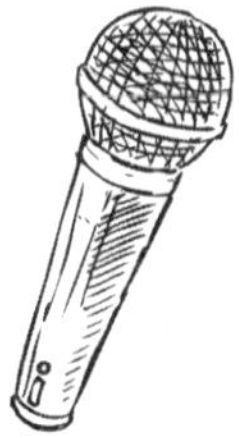

VOUS ÊTES À PRÉSENT DANS UN TRAIN NOMMÉ DÉSIR, qui vous emmène tout droit en ce moment même au paradis sur terre, j'ai nommé le Vercors. Vous êtes aux anges et vous vous posez au coin bar/snack/restaurant du wagon 4. Pendant une seconde vous pensez que le titre *Wagon 4* sonnerait bien pour un livre de science-fiction visionnaire. Ou pour un tube de M Pokora.

– Qu'est-ce que vous prenez ?

Le barman vous sort de vos pensées avec cette question bien construite d'un point de vue littéraire.

Un peu dans les vapes, vous lui demandez s'il connaît un certain Henri Bédimusse.

Ce qui vous surprend autant que lui, c'est que cette personne n'a jamais existé et n'existera certainement pas. À moins que vous l'inventiez et ne la mettiez comme personnage principal du livre *Wagon 4*. Tout prend son sens.

Vous tirez la sonnette d'alarme et arrêtez le train en marche.

Vous ouvrez la porte et sortez du véhicule.

Des gens crient depuis le train pour vous faire revenir.

Vous regardez sous votre tee-shirt. Quelque chose est tatoué. Initiales « HB ».

Vous vous réveillez en sursaut dans le compartiment du train. Ce n'était qu'un rêve dû à un sommeil profond.

Mais ce rêve vous a quelque peu retournée. Vous commencez à gratter quelques phrases sur votre calepin à lyrics.

Le morceau s'appelle *Wagon 4*. Une histoire de love vous vient. Tout le texte défile dans votre tête, puis circule de votre stylo jusque sur la feuille, dans un mouvement fluide. C'est un de ces moments que seuls les vrais artistes peuvent connaître.

Dans son livre, Serge Lama faisait référence à ce moment de transe qui l'a possédé lorsqu'il a écrit le morceau *Singe savant*. Personne ne se souvient de ce morceau car il n'a jamais existé. Vous vous réveillez de nouveau en sursaut.

Votre cerveau s'est endormi pendant une quinzaine de secondes sur la partie Serge Lama, ou peut-être plus, ou peut-être moins. Décidément, ce train nommé *Désir* vous fait perdre la tête. Vous relisez votre calepin et, stupeur, il semblerait que vous ayez écrit des lyrics pendant votre sommeil. Voici les phrases que vous avez griffonnées :

« Tu étais ma source de plaisir, mon paradis terrestre, mon âme sœur charitable, ce soir je te veux à ma table, darling. »

Vous avez du mal à vous remettre de ces paroles. Elles semblent être arrivées grâce à la providence. Vous touchez votre rêve du doigt.

Vous commencez à improviser sur ces paroles. Un rythme cadencé voit le jour dans votre bouche. Ça swingue un max. Ce n'est pas vous qui le dites, mais le contrôleur qui vient de rentrer dans le compartiment.

– Billet, s'il vous plaît, vous demande-t-il.

– Le voici.

– Merci bien. Vous savez, j'ai l'oreille musicale et pour moi vous avez un très beau timbre, une belle identité vocale, une belle tessiture. Vous devriez persévérer là-dedans. J'ai le pif pour ça. ALLEZ ! je ne vous embête plus, bon voyage de la part de la SNCF.

Ce contrôleur a boosté votre ego. **Vous gagnez 1 point de charisme.**

Vous continuez à improviser et vous écrivez la suite de la chanson. Elle est tout bonnement parfaite. Pas loin d'être un tube. Il ne vous manque qu'un mot.

Peut être le mot « love » ?

OUI ! C'est ça, voilà, c'est bon. Il manquait juste le mot « love ». Vous auriez dû le savoir, étant donné que la phrase commençait ainsi : « J'aimerais t'aimer avec mon love, darling, je répète, je veux t'aimer avec mon… »

La boucle est bouclée, le titre est en place. Vous l'enregistrez immédiatement sur l'appli magnétophone. Mais au bout de 3 secondes votre portable s'éteint !

C'est pas vrai ! Et si vous oubliiez cette mélodie ?! Non, pas possible. Imaginez si Michael Jackson avait oublié l'air de *Billie Jean* et qu'à la place on lui avait conseillé un autre air, comme celui de *Zinédine*, de Obispo ?!

Il faut absolument que vous branchiez votre portable.

Vous circulez dans l'allée et vous demandez à chaque passager s'il possède un chargeur de téléphone. Après que vous ayez essuyé cinq refus, un dénommé Pierrick Kachemonnet vous tend généreusement son chargeur.

– Il s'appelle Reviens, dit-il en rigolant.

Cet homme avait toujours le mot pour rire. Ses copains l'appelaient « Pierrick le comique », alors pensez…

Pierrick était un saltimbanque, un artiste pur, sans volonté de se montrer, de se mettre en avant. À tel point qu'il ne faisait rien de sa vie. Par contre il était gentil comme tout. Ses copains l'appelaient « Pierrick le gentil », alors imaginez…

Vous devez une fière chandelle à Pierrick en tout cas, parce que, de retour dans votre compartiment, vous avez pu brancher votre portable.

Vous enregistrez votre son en une fois. C'est de toute beauté. C'est du papier à musique. C'est un récital.

Soudain Pierrick vient taper à votre porte.

– Voilà, je vous ai entendue, j'étais aux W-C juste à côté, je rentre pas dans les détails, hein, vous savez ce qu'on fait aux W-C, bref, vous m'avez bercé pendant que je faisais ma petite affaire aux toilettes. J'ai passé un vrai bon moment grâce à vous. Pourtant les W-C, c'est pas… bon, vous voyez, quoi, la merde et la pisse, quoi. Moi, je parle cash, enchanté, je m'appelle Pierrick Kachemonnet.

– Merci Pierrick. Je me lance dans une carrière de R'n'B depuis peu. Je tente ma chance.

– Je suis artiste moi aussi.

– OK.

Tellement concentrée sur votre tube, vous n'arrivez pas à vous concentrer sur autre chose.

– Donc je disais, je suis artiste… Un peu touche-à-tout…

– OK.

Vous n'écoutez pas ce que dit Pierrick. Il est en pleine recherche d'attention. Il a besoin d'amour, cet homme. Il est en perdition, à la dérive.

– Bon bah je peux reprendre mon chargeur ?

– OK.

Il vous l'arrache des mains violemment. Cette rage accumulée depuis tant de temps s'est matérialisée là tout de suite, sur vous.

– MEEEERDE !

Pierrick vient de hurler dans le compartiment.

– Ça fait combien d'années que je suis gentil avec tout le monde mais la récompense c'est quoi ?! C'est OK ! C'est on s'en fout de Pierrick. Pierrick gentil, Pierrick comique… Pierrick, il vous baise tous ! TOUS !

Vous êtes sous le choc. Vous n'avez jamais ressenti d'aussi près la sensation d'une personne en totale perte de contrôle. La crise de nerfs est bien là. C'est un burn out pour Pierrick. Il a pété un câble.

Le contrôleur arrive sur les lieux.

– Eh bien… en voilà, des manières !

– Quoi ?! C'est quoi, le problème !?

– Calmez-vous, monsieur.

– Je me calme si je veux… Voilà, je suis calme.

– Eh bien voilà. Alors, c'était pas si compliqué, hein, mon garçon ?

– Oui… Je m'excuse.

– Tu es un gentil garçon. Comment tu t'appelles ?

– Pierrick Kachemonnet.

– Gentil Pierrick.

– Oui, gentil ! Vous pouvez m'appeler Pierrick le gentil, si vous voulez.

La situation revient à la normale, mais bon sang que c'était difficile.

Cette situation vous a inspiré un tube. *W-C.*

Wilfried Carter. Votre double. Un peu à la manière de David Bowie, l'idée d'avoir plusieurs personnages en vous vous attire.

Revigorée par ce trajet, vous arrivez enfin dans le Vercors.

Vous vous apercevez que vous n'avez plus rien à faire ici vu que vous voulez maintenant proposer ces tubes à un producteur. Plus de temps à perdre.

Vous revenez dans la capitale et vous proposez vos deux titres au producteur du moment : Ramon Alvarez. Adjoint de Pedro Salsa, producteur reconnu dans le milieu street music, fondateur notamment du label Karismatik Records, qu'on ne présente plus.

Karismatik Records en chiffres, c'est quoi ? C'est plus de cinq cents millions de disques vendus à travers le monde, quinze studios d'enregistrement mais surtout, sept salles de réu' avec chauffage au gaz. C'est également le label sur lequel sont signés Diamond Brooks ou encore Thierry Amiel. En un mot, la classe.

Ramon Alvarez écoute attentivement votre son. Même si le morceau est enregistré à l'arrache, il en saisit directement l'essence. La vibe, comme on dit.

– Tu sais quoi ? Ton son, c'est une tuerie. Tu connais mon style, tu connais mon charisme... Je te le dis, là, ce que tu m'envoies, c'est du lourd de chez lourd. Diamond Brooks à côté c'est de la m...

Diamond Brooks rentre à ce moment-là.

– On parle de moi ? Ha ha ha !

– Comment tu sais ?

– Non, je disais ça comme ça.

Que décidez-vous de faire ?

Vous n'avez pas le choix vous allez en **page 475**.

– **TU SAIS QUOI, MON POTE ?** On parlait de toi, ouais, et on disait que c'était de la pure merde. Vraiment. La merde bien sèche qui sort du cul des vieux chiens des rues.

– Répète ça pour voir !

– En aucun cas !

– Je préfère ça !

– Carrément !

– Ouais !

Et vous partez sur un check ultra précis.

– Putain, Diamond B ! Ça fait plaisir !

– Grave !

Le producteur rentre dans la conversation.

– Vous vous connaissez ?

– Un peu, ouais ! On était ensemble au collège Jean-Ferry.

– Yes ! Toujours collés ! Comme du sperme ! HA HA HA HA !

– Excellent.

– Dites-moi, les jeunes, pourquoi vous feriez pas une collab' ? Un petit feat calibré ?

– Bah le problème, c'est que je suis également signé chez Karismatik, sous la houlette de Pedro Salsa, je sais pas si tu l'as déjà vu ?

– Mais qu'il est con, on bosse tous pour Pedro.

– Quand on parle du loup… une voix rauque ultra charismatique résonne soudainement dans la pièce.

Pedro Salsa en personne vient d'arriver dans le studio. Un cigare à la main. Il fume comme un pompier.

– Alors comment va le FDP ?

Ramon Alvarez interroge ainsi Pedro.

– Il se fume parfaitement, ma foi. Les saveurs sont là. Le Foin, le Divin et le Purin sont les arômes qui se développent dans chaque tiers du cigare. Et ouais, on parle de cigare, les gars, j'espère que vous êtes pas choqués ! Ha ha ha !

Vous ne pipez mot. Pedro possède un charisme de catégorie 14, vous ne pouvez pas rivaliser avec lui. Alors vous l'écoutez attentivement. Vous buvez ses mots comme si c'était du Coca-Cola Life.

– Tu tombes bien, Pedro, on parlait de toi. Qu'est-ce que tu dirais d'un duo entre mon poulain et le tien ?

– C'est qui, ton poulain ? C'est quoi son blase ?

– Bah on n'a pas trouvé encore.

– Trouve-moi son blase et on part sur un feat sur-le-champ.

Écrivez votre blase ici même : ....

– Voilà, il s'appelle comme ça.

Ramon montre le papier sur lequel vous avez écrit votre blase à Pedro.

– Ah ouais ! Ah ouais ! Ouais, ouais, ouais ! Ça ouais ! Ça j'adore par contre ! Ouais !

Incroyable, Pedro Salsa a utilisé sept fois le mot « ouais », ce qui ne lui était plus arrivé depuis la signature de Ricky Cooper dans son label !

C'est très bon signe pour vous.

– OK ! Cof, cof !

Pedro S. s'étouffe un peu dans son cigare.

– OK, cof, cof ! Ah ! Satané FDP. Donc je disais, je vous veux tous les deux tout de suite dans mon studio. Ramon, prends une bouteille de champagne chez l'épicier et rejoins-nous, veux-tu ?

– OK ! dit Ramon. T'as de la monnaie ? Ou alors chacun met 5 balles et on est bon.

Chacun donne 5 balles sauf Pedro qui met 6 euros. Il gagne 1 point de charisme.

Posée dans le studio, vous êtes face au micro. Le moment tant attendu est arrivé.

Vous. Seule face au mic'. Et face à Pedro. Le moment est à marquer d'une pierre blanche.

La pression est telle que ça ne va pas être une partie de plaisir.

Il va falloir tester votre talent.

Pour réussir, vous devez obtenir plus de 8. Lancez le dé et ajoutez à ce résultat vos points de talent.

Vous réussissez, **page 478**, ou vous échouez, **page 486**.

DÈS LA PREMIÈRE NOTE, vous attaquez pied au plancher. Il semblerait que le trac se soit évanoui d'un coup d'un seul. Sans doute la marque des grands. Pedro Salsa a même arrêté d'aspirer son purin.

Le temps s'arrête. Un moment inoubliable est en train de se produire. Il était une voix.

– « … tu es ma miss ! »

Voilà, vous venez de finir en apothéose le morceau. C'est le moment choisi par Ramon pour rentrer dans le studio avec une bouteille de Jack Dan'.

– Désolé, j'avais pas assez pour du champagne.

– C'est parfait. Ça ira très bien avec mon cigare. Un cigare sans whisky, c'est comme David Guetta sans Usher en featuring, c'est décevant.

Sur ce, vous célébrez cette collaboration fructueuse.

Dans la foulée, vous signez votre contrat et acceptez le gros chèque que Pedro Salsa vous tend : 100 000 euros !

Banque !

La suite est limpide. Vous enregistrez votre album dans la foulée avec le soutien d'un orchestre philharmonique sur trois tracks. Le résultat est bluffant, sans doute l'un des albums qui fera date dans l'histoire de la musique. Vous enchaînez les concerts, en tournée dans toute la France intra-muros. Le succès est limpide comme une frappe de Frédéric Née. Tout le monde n'a d'yeux que pour vous. Vous flirtez avec tout ce qui bouge, sans distinctions de sexe.

Tout y passe, c'est portes ouvertes. Vous n'attrapez aucune maladie sexuelle car vous aviez parfaitement suivi les conseils en la matière à l'école. Comme lorsque vous aviez dû enfiler un préservatif sur une banane. À ce moment-là, la classe tout entière vous avait applaudie, reconnaissant votre dextérité précoce. Vous avez toujours été extrêmement attirée par tout ce qui touche de près ou de loin au sexe. Et c'est tout à votre honneur.

Vous devenez l'égérie de la marque Lubrisex. Le concept est simple, chacun met sa photo sur la pub pour montrer qu'il soutient la cause.

Collez votre photo :

Suite à cela, vous êtes contactée par un producteur de films de fesse.

Vous acceptez de tourner pour lui et prenez un rendez-vous intime à la **page 484**.

Si vous refusez, vous passez directement à la **page 480**.

VOUS VOUS SENTEZ QUELQUE PEU SOUILLÉE qu'une telle proposition vous ait été faite. Vous avez besoin de prendre du recul par rapport à ce monde qui marche sur la tête. Le sexe, toujours le sexe, il n'y a donc que ça qui les intéresse ? Et l'art ? Le talent ? L'amour ? Tout ça n'existe-t-il donc plus ? ***Vous gagnez 1 point d'intelligence.***

Soit vous vous lancez en politique, **page 483**.
Soit vous continuez votre carrière musicale, **page 481**.

FORTE DE VOTRE EXPÉRIENCE ET DE VOTRE VÉCU, vous naviguez entre les styles musicaux avec l'aisance d'Élie Semoun. Du jazz au metal progressif, en passant par l'électro tech jusqu'à la chanson pour enfants, tout vous réussit. Cet insolent succès fait quelques envieux. Notamment Abdellatif Rodriguez, le chanteur danois du moment.

Abdellatif était programmé pour buzzer. Rapidement étiqueté « talent précoce », il explose à son quinzième anniversaire avec son tube *Branchies*.

Amateur de poissons et de la faune aquatique en général depuis son plus jeune âge, il a toujours su nager à contre-courant. Aller là où on ne l'attendait pas.

Mais quand il sortit son morceau *Téléphérique*, plus personne ne le suivit dans sa démarche. L'essai de trop.

Depuis, Abdellatif rame pour revenir en haut de l'affiche. Voyant votre succès croissant, il a glissé un courrier de fan rempli de cyanure dans votre boîte aux lettres. Fort heureusement vous avez un secrétaire qui s'occupe de réceptionner les lettres de fans et c'est lui qui meurt à votre place.

Au courant de cette affaire, vous ébruitez la chose dans la presse à scandale. Et fort justement, Abdellatif s'est retrouvé en prison. Désormais, plus rien ne vous empêchera de devenir la plus grande artiste de tous les temps !

Vous avez gagné le trophée Talent d'or ! Bravo à vous ! Vous pouvez d'ores et déjà appeler les membres de votre famille et votre entourage proche afin de les avertir.

Moralité : « Lao Tseu l'a dit, il faut trouver la voie !... Moi je l'ai trouvée !... Il faut donc que vous la trouviez aussi. Et ensuite vous connaîtrez la vérité !... Mais tout d'abord, je dois vous couper la tête !... »

Les Aventures de Tintin, Le Lotus bleu

Direction la **page 590**.

VOUS VOUS PORTEZ CANDIDATE pour les prochaines élections départementales. Vous échouez de peu devant le député du front de gauche Georges-Alain de Lastarac.

Votre carrière s'arrête ici.

C'est la défaite de trop.

Moralité : La politique, c'est comme les colonies de vacances, ça se prépare en amont, notamment la brosse à dents dans le sac.

Direction la **page 590**.

VOUS METTEZ ENTRE PARENTHÈSES VOTRE CARRIÈRE MUSICALE pour aborder un nouveau chapitre de votre vie.

La première journée de tournage se passe très bien, trop bien peut-être. Vous tombez en amour avec chacun de vos partenaires. Vous vous montrez très sensible chaque fois que vos partenaires quittent le plateau. Et puis vous avez l'impression de les tromper pendant leurs absences. C'est très compliqué à gérer sur le plateau. Vous êtes renvoyée le soir même.

Au fond du gouffre, vous remontez la pente en vous positionnant sur votre fameux piano blanc.

Vous allez écrire la chanson la plus nulle jamais écrite. Mais, tellement à fleur de peau, vous ne vous en rendez même pas compte.

Pedro Salsa meurt d'une crise cardiaque en entendant cette diarrhée musicale. Vous n'êtes définitivement plus dans le coup. C'est une fin de carrière qui se profile.

Et ce qui devait arriver arriva. Un dragon magique débarqua sur terre et détruisit la surface du monde.

Moralité : Quand on n'a plus d'idées de fin, on écrit de la merde.

Rendez-vous en **page 591**.

– « JE ME METS À L'AIIIIIIISE SUR LE MIC' ! »

Aïe ! C'est la fausse note. Vous avez trop fait vibrer votre corde vocale, ce qui a impliqué un déraillement de tessiture. Une grossière erreur qui pourrait vous être fatale.

Pedro s'allume dès lors un nouveau cigare. Il n'y a plus un bruit dans le studio.

Dix minutes s'écoulent.

Vingt minutes s'écoulent.

À la trentième minute, Pedro Salsa vient de finir son cigare et ouvre la bouche.

– Casse-toi de mon studio. À tout jamais.

C'est le moment choisi par Ramon pour rentrer dans le studio avec une bouteille de Jack Dan'.

– Désolé, j'avais pas assez pour du champagne !

Au bout de quelques secondes, Ramon saisit la situation. Par son langage du corps sans équivoque, vous comprenez que vous devez quitter les lieux.

Une fois sortie, vous entendez Pedro et les autres en train de trinquer au Jack Dan' comme des kings. Ces gens-là sont des pros, vous les avez déçus. Triste sort. Surtout que vous adorez le Jack Dan'…

Complètement au fond du gouffre, ***vous perdez 10 points de charisme***.

Soit vous partez renouer vos liens avec l'alcool à la **page 343 B**, soit vous rentrez chez vous, direction la **page 8**.

VOUS RÉDIGEZ UN MAIL À TONY GARCIA, le poids lourd du hip-hop music français. Il a quand même produit Daddy Bounce et Ziggy Freaks, qui seront d'ailleurs les têtes d'affiche du festival estival Les Canapés du Nord.

Un peu stressée, vous appuyez sur le bouton « envoyer » et hop ! vous n'avez plus qu'à attendre.

Une minute passe, toujours rien.

Sept minutes passent, vous mangez un cookie de marque Houpsro, une marque qui vous tient à cœur.

Soudain vous vous étouffez, car vous voyez que Tony vous a répondu.

Rendez-vous **page 487 A** pour lire le message, ou **page 487 B** pour l'effacer sans le regarder.

A

VOUS LISEZ LE MESSAGE DE TONY QUI DIT :

Ceci est un message automatique. La messagerie de Tony Garcia a changé, veuillez le contacter ici : TonyG@TonyProd-MusicRapGarciaLourd.ko

Vous décidez d'utiliser la technologie copier-coller pour envoyer votre mail à la nouvelle adresse de Tony. ***Vous gagnez 1 point de talent.***

Fière de vous, vous appuyez avec entrain sur « envoyer ».

Vous attendez.

Une heure plus tard, le message tombe. Tony veut vous rencontrer, et rapidement.

Le rendez-vous est pris station La Motte-Picquet-Grenelle dans un bar extrêmement lounge.

Vous vous habillez dans un style ghetto urban, **page 494**.

Vous y allez en costard, **page 488**.

B

VOUS PLACEZ LE MESSAGE DE TONY DANS LA CORBEILLE.

Vous regrettez de ne pas avoir regardé mais en même temps c'était si tentant de le mettre à la poubelle sans raison.

Vous prenez un Doliprane accompagné d'un antidépresseur puissant.

Vous vous endormez en faisant des rêves de mails et de processeur japonais. ***Vous gagnez 5 points de folie.***

Vous vous réveillez chez vous à la **page 8**.

VOUS ARRIVEZ SUR PLACE parfaitement apprêtée. Didier Esposito, votre pote de primaire, vous aborde à l'entrée et vous reluque de bas en haut. Quoi de plus normal. ***Vous gagnez 1 point de charisme.*** Il vous invite à boire un smoothie mojito framboise. De fil en aiguille vous parlez chiffons. Le morceau *Sapés comme jamais* de Maître Gims retentit dans le club. Les gens commencent à se déhancher de manière extrêmement lounge. Tout d'un coup vous parlez de vos velléités de devenir une nouvelle voix du R'n'B à Didier. Il n'en a cure mais vous fait remarquer que Tony Garcia, le célèbre mécène du Raï'n'B en France, est présent au carré VIP.

Que choisissez-vous ?

Vous allez voir Tony Garcia, **page 494**.

Vous continuez la soirée avec Didier Esposito, **page 489**.

– **C'EST FOU, ON SE VOIT PAS PENDANT DES TAS D'ANNÉES** et on se retrouve là, comme si de rien n'était, comme si demain était déjà loin, dites-vous.

– Copains comme cochons… ouais… Dis-moi, tu serais pas poète, toi ?

– Oh ! tu sais, j'écris quelques lyrics, rien de plus. Ma plume vague à l'âme.

– Y a un vrai talent, je suis désolé. C'est du génie.

– Tu es sûr ? Tu n'exagères pas un peu ?

– Noooon. Pour moi tu es le nouveau Mick Jagger.

Didier dit cette phrase en scrutant à droite à gauche. Il n'a pas l'air serein.

– Ah ouais quand même.

– Bon écoute, je vais pas te cacher plus longtemps. Tu me fais un peu honte.

– Quoi ?!

– Je sais pas, t'as vu comment t'es fringuée ? On dirait un vieux cul.

– Bah dis donc, t'es direct, toi !

Soudain, une personne arrive dans le dos de Didier.

– Eh ben alors, on se met à l'aise ? Comment ça se passe ? Paco Lopez, enchanté. Producteur dans le X business. À qui ai-je l'honneur ?

Vous vous présentez succinctement. Didier est gêné.

– Bah Didier, tu m'avais pas dit que t'avais des copains dans le porno !

– Bah attends, Didier, c'est une star du X. T'as pas vu ses dernières prod' ?

Vous tombez des nues. Didier est rouge comme du vin de table.

– Bon bah voilà, je t'ai menti, je suis un gros acteur hard-core, mais j'avais honte de te le dire. Toi au moins t'as la belle vie avec tout ce que tu m'as dit. Moi, je coïte à droite à gauche, voilà ma vie.

Que choisissez-vous de faire ?

Avouez la vérité, **page 18**.

Mentez et utilisez 1 point mytho, **page 492 A**.

– BAH SI TU VEUX TOUT SAVOIR, je t'ai menti moi aussi. En ce moment je suis un peu dans le dur. J'ai pas trop d'argent, là, parce que j'ai pas de boulot, je suis au chômage et…

– Ah… Bon, tu viens, Paco ? On s'arrache.

Et c'est ainsi que Didier Esposito vous fausse compagnie comme un vulgaire chien de la casse.

En revanche, Paco Lopez est toujours là, à l'affût.

Il vous propose une place de choix dans le milieu de la fesse.

Vous acceptez, **page 493 B**.

Vous préférez aller voir Tony Garcia, **page 494**.

A

– **QU'EST-CE QUE TU VEUX QUE JE TE DISE ?** Tu m'as extrêmement déçue. Je t'ai jamais menti, moi. Je te mentirais jamais. Je suis désolée mais je préfère qu'on arrête de se voir, je suis beaucoup trop vraie.

– Écoute, je peux pas te contredire, t'as parfaitement raison, t'es exemplaire, tout simplement.

Didier Esposito s'en va la tête basse. Le chibre entre les jambes.

Paco Lopez est toujours présent, félin comme à son habitude.

– Écoute-moi bien, dit-il. On a besoin de personnes comme toi dans le milieu de la fesse. Des personnes authentiques, courtoises et sacrément racées. T'es quelqu'un de racé ?

Oui, **page 492 B**.

Non, **page 492 C**.

B

– **OUI.**

Rendez-vous **page 493 A**.

C

– **NON.**

Rendez-vous **page 493 A**.

A

– **BON ALORS QU'EST-CE QUE TU DÉCIDES ?** C'est à prendre ou à lécher ! Ha ha ha ! Ah, moi, je suis comme ça. J'envoie du bois. Bandé.

Vous acceptez la propal de Paco, **page 493 B**.

Vous préférez allez voir Tony Garcia, **page 494**.

B

VOUS COMMENCEZ UN NOUVEAU CHAPITRE DE VOTRE VIE. La première journée de tournage se passe très bien, trop bien peut-être. Vous tombez en amour avec chacun de vos partenaires. Vous vous montrez très sensible chaque fois que vos partenaires quittent le plateau. Et puis vous avez l'impression de les tromper pendant leurs absences. C'est très compliqué à gérer sur le plateau. Vous êtes renvoyée le soir même. L'aventure du X business s'arrête ici pour vous. Paco Lopez ne vous en veut pas, il a le cœur sur la main.

Vous avez appris énormément sur les relations humaines.

Vous gagnez 1 point d'intelligence.

Rendez-vous à la **page 8**.

VOUS ARRIVEZ SUR PLACE avec l'élégance de Kamel Ouali.

Vous apercevez Tony dans le bar. Il est habillé façon bling-bling. Cela vous impressionne au plus haut point.

Vous le saluez avec respect et fraîcheur et osez un check sympa.

Le courant passe bien jusqu'au moment où Tony vous propose de partir sur une vibe, là tout de suite, sans réfléchir.

Waaaaouh ! Dans votre tête c'est l'ébullition, en mode riz gluant.

Vous improvisez sur le riz gluant, ce qui provoque un sourire chez Tony.

Ceux qui le connaissent savent qu'il ne sourit jamais, sauf quand la conversation part sur du riz gluant.

Votre propal est un succès et tout le bar vous applaudit.

Tony sort un contrat sur lequel il est écrit « Pour devenir une star, signez ici ».

Vous n'hésitez pas une seule seconde et apposez votre signature.

Tony vous laisse, il doit y aller.

Vous lui serrez la main. Vous la rouvrez. Il y a 100 000 euros à l'intérieur.

Just waouh !

Que décidez-vous de faire avec ces 100 000 euros ?

Vous les donnez à une association pour les animaux marron, **page 516.**

Vous achetez un cabriolet, **page 517.**

Vous achetez des piles Varta, **page 524**.
Vous donnez l'argent à Honoré du Bénin, **page 332**.
Vous lancez votre carrière solo, **page 496 A**.

A

VOUS FAITES VOTRE PREMIER CONCERT ACOUSTIQUE À PARIS sur la péniche *Costa*.

Du beau monde est présent, Carlos Diamanti entre autres.

Vous commencez à stresser dans les coulisses.

Vous prenez de la C, **page 496 B**, ou vous y allez comme ça, les « couilles à l'air », **page 497**.

B

VOUS VOUS FAITES UN RAIL DE C AUX SANITAIRES.

Vous êtes revigorée.

Vous gagnez 3 points de vitamine B1 et B2.

Vous arrivez sur scène plus confiante que jamais, « *tonight's gonna be a good night* ».

Vous n'avez le droit d'interpréter qu'un morceau. Lequel choisissez-vous de jouer pour la musique du concert ?

Dirty Lady on the Moon, **page 499**.

Passion soleil, **page 500 A**.

VOUS ARRIVEZ PAR L'ENTRÉE DES ARTISTES et demandez au vigile de vous laisser passer.

Celui-ci est en train de fumer une cigarette.

Il vous dit de patienter jusqu'à la fin de sa cigarette.

Impatiente, vous lui dites que vous êtes pressée car vous devez jouer sur scène.

Il vous répète qu'il finit sa cigarette en vous demandant en sus si vous êtes sourde, ou peut-être simplement conne, ou les deux.

Cet homme est très agressif.

Vous décidez d'attendre que sa clope soit finie.

Vous commencez à amorcer un pas en voyant qu'il écrase sa clope mais il vous barre le passage avec le bras et se saisit d'une autre clope.

Vous sentez l'énervement monter en vous.

Il vous met sa clope dans la bouche et vous allume.

– Qui allume encule… dit-il dans un langage châtié.

Vous esquissez un rictus pour ne pas le froisser.

Vous en concluez intérieurement que cet homme est manifestement un énorme con. Malheureusement vous l'avez dit à haute voix, sans vous en rendre compte.

Vous décidez de l'embrasser pour ne pas envenimer les choses.

Il vous remercie et vous laisse passer.

Vous pénétrez enfin dans les coulisses et répétez tranquillement vos deux morceaux acoustiques.

Il y en a un que vous ne sentez pas trop ce soir, un je-ne-sais-quoi qui vous rend chafouine. Mais vous n'arrivez pas à déterminer lequel.

Lequel choisissez-vous ?

Dirty Lady on the Moon, **page 499**.

Passion soleil, **page 500 A**.

« **DIRTY LADY ON THE MOON,** tu sais bien que je t'écoute. »

Ah là, là ! Vous vous rendez compte juste avant d'entrer sur scène que votre refrain ne rime pas. Comment avez-vous pu vous laisser tromper à ce point par vos oreilles, décollées de surcroît ?

C'est dans un état de confiance proche de celui d'un lama qui doit affronter un crocodile géant dans un combat à mort dans une cage respectant les normes de sécurité que vous entrez sur scène.

Vous apercevez votre père au loin. Il roule des palots monstrueux à une jeune métisse aux longs cheveux blonds.

Cela vous perturbe mais vous met un peu à l'aise, bizarrement.

Vous tournez votre regard vers le producteur phare de ces 10 dernières années, j'ai nommé l'inénarrable Carlos Diamanti, dit l'Émeraude des Balkans.

Il est accompagné de douze gorilles. Plus balèzes les uns que les autres. (+ 2 points hipster bonus à l'auteur pour l'emploi du mot « balèze ».)

Vous vous saisissez du micro et ouvrez grande la bouche.

Que choisissez-vous de dire ?

« Salut Bercy ! Ça va ?! », **page 504**.

« Je suis chanteuse ! », **page 507**.

A

– « PASSION SOLEIL… PASSION RÉVEEEEIL. »

Le charme opère très vite. La chanson est juste, les paroles, diablement efficaces. La salle a des étoiles dans les yeux.

Une jeune femme possédant des seins vous fait du gringue au strapontin numéro 4. Vous vous sentez pousser des ailes. Mais qu'est-ce qui vous arrive ? Vous commencez à voler. C'est incroyable. Et vous emportez votre groupie sur votre dos et l'emmenez loin du tumulte de la ville.

Vous choisissez de l'emmener au-dessus d'une montagne environnante, **page 501**.

Vous choisissez de ne pas croire du tout à ce délire nul de l'auteur et vous revenez à la case chanson avec la meuf qui vous regarde, **page 500 B**.

B

VOUS AVEZ CHOISI DE DÉSAVOUER L'AUTEUR, donc vous mourez d'une crise cardiaque. Et la fille va passer la soirée avec votre père, ainsi que sa métisse d'Ibiza. Une soirée à marquer d'une pierre rouge. Elles lui feront d'ailleurs un massage aux pierres chaudes.

Nuit magique. Catherine Lara. 1986.

Moralité : *Nuit magique*, Catherine Lara, 1986.
Direction la **page 591**.

SUR VOTRE DOS MUSCLÉ, LA JEUNE FEMME EST AUX ANGES. Elle passe un merveilleux moment en votre compagnie.

– Oh, regarde, un goéland ! s'écrie-t-elle, radieuse.

– Oh, un bohémien.

Tout va pour le mieux dans le meilleur des mondes. Et vous arrivez enfin sur la plus haute montagne de la région.

Vous vous posez dans un endroit calme et aéré. D'ailleurs, ça tombe bien, quelqu'un, sans doute un randonneur aguerri, a laissé son climatiseur allumé.

La température est idéale. De plus, il reste une bouteille de champagne millésimé ainsi que deux verres en cristal immaculé sur un carré de pelouse recouvert de pétales de rose.

Il y a aussi un ouvre-bouteille. C'est pratique. Tous les ingrédients sont réunis pour passer un moment de féerie à la Disney.

Si vous avez choisi le ghetto blaster dans l'inventaire, rendez-vous **page 503**.

Si vous avez choisi la rose, **page 502**.

Si vous avez choisi le pâté de tête, **page 502 B**.

Si vous avez choisi le préservatif, **page 506 B**.

A

VOUS COMMENCEZ À CARESSER LA FEMME d'une main ferme et moelleuse à l'aide de la rose rouge.

– Aïe ! Ça pique ! Tu vois pas qu'il reste les épines ?! Tu gâches toujours tout !

Un barbu hipster qui s'appelle Hervé Henricksen, arrivé pile à ce moment, profite de l'instant pour dérober votre fruit convoité. Fruit = femme, ici.

Moralité : Quand t'as une go entre les mains, ne la laisse pas tomber, elle est si fragile.

Vous buvez seule votre bouteille de champagne et retournez, dépitée et bourrée, à la **page 8**.

B

Vous le dressez sur la table. Vous le mangez ensemble. Malheureusement l'odeur est plus que douteuse, puisque cette nourriture fermente dans votre poche depuis bien trop longtemps. Écœurée, votre partenaire effectue le vomi. Écœurée et utilisant la technique de synchronisation du PNL, vous effectuez à votre tour le vomi. La femme est séduite. Dès lors une divine idylle voit le jour.

Moralité : La PNL ça fonctionne. Mais c'est un peu sale comme concept.

Direction la **page 590**.

VOUS INSTALLEZ LE GHETTO BLASTER avec double boomer et mettez « lecture » sur le son *Temperature* de Sean Paul.

L'équipement high-tech est de tout dernier cri. À n'en pas douter, le son va envoyer du très lourd. Puis vous terminez de brancher votre matos.

Il est 23 h 30, samedi soir, la soirée peut commencer.

Attirés par la douce mélodie provenant de vos enceintes Beats By Dr. Dre, des badauds commencent à affluer près de vos platines.

Vous vous mettez derrière celles-ci et commencez un set calibré, à la fois électro lounge et un peu South Dynamic.

Le mélange est du plus bel effet. De surcroît, la lune vous regarde. (+ 2 points poésie pour l'auteur).

Soudain, vous posez les yeux sur la jeune femme que vous convoitiez. Elle est en train de se déhancher au rythme caliente de vos beats.

Malheureusement, elle danse collé serré avec un barbu hipster qui s'appelle Hervé Henricksen. Il est suédois. C'en est terminé de la cible que vous convoitiez. Elle est déjà loin à l'heure qu'il est. Il est temps de revenir sur terre.

Après votre set, vous vous enfilez votre bouteille de champagne seule et retournez cuver tout ça à la **page 8**.

LA BOUTADE TOMBE À L'EAU ET LE PUBLIC VOUS HUE.

Vous évitez une orange qui frôle votre nuque.

Vous évitez une Livebox d'Orange qui frôle votre nuque.

Le public, épaté par vos réflexes, vous laisse une seconde chance et scande votre nom.

Vous commencez les premières notes de votre tube et, à la surprise générale, le public se divise en deux.

La moitié se casse en insultant l'organisateur et en crachant sur le sol.

L'autre moitié est complètement folle, comme devant un set live de Christophe Hondelatte.

Vous terminez votre morceau et partez en remerciant tout le monde.

– À bientôt, osez-vous lâcher.

Vous êtes sur un petit nuage, tel Sangoku.

Ce soir, c'était vraiment sympa !

Vous rentrez vous isoler en coulisse et sirotez un verre d'eau fraîche, mais pas trop, sinon c'est trop froid après.

Vous vous assoupissez 1 minute 20 à peu près et êtes réveillée par le toc-toc-toc de la porte.

– Qui est là ? demandez-vous d'un air renfrogné.

– C'est Carlos Diamanti ! Le producteur de musique ! J'ai un label et des connaissances dans le milieu de la musique !

Ça par exemple ! Carlos Diamanti est là ! Ça, pour une surprise, c'est une grande surprise.

Vous vous regardez dans la glace et apercevez un point noir de 3 centimètres de diamètre autour de votre menton. Mince alors.

Faisant fi de tout cela, vous ouvrez la porte en grand. Et la lumière fut.

A

Vous acceptez la proposition que Carlos vous fait les yeux fermés, **page 510**.

Vous levez la main en l'air pendant 45 secondes, puis faites un petit prout dans le creux de la main de Carlos, **page 511**.

B

Vous mettez un peu de champagne dans le préservatif. Il ne se passe rien de spécial. C'est juste du champagne dans un préservatif. C'est une drôle d'idée que vous venez d'avoir. Soudain, Gaétan Le Singe, un artiste de rue qui passait par là, immortalise l'objet avec son vieux Kodak. Il gardera cette photo précieusement, et la mettra dans son album de Singe. Vous gagnez 3 points de folie au contact de cet homme et perdez votre copine. Rendez-vous en **page 8**.

LES GENS PRÉSENTS DANS LA SALLE ne comprennent pas et s'en vont petit à petit, la queue entre les jambes. Vous décidez de sortir de scène et d'aller vous boire un cocktail alcoolisé pour oublier cette triste soirée.

Alors que vous buvez votre boisson avec élégance, une tierce personne arrive près de vous. Il s'agit de Christian Jean-Pierre, commentateur de football sur TF1. Il commande un bo-bun. En effet, ils font aussi à manger ici.

Vous regardez ça d'un œil agile. Puis vous engagez la conversation.

– Alors c'est vous qui…

Vous n'avez pas le temps de finir votre phrase que Christian vous a éternué son repas dessus.

Il se confond en excuses et se propose de vous nettoyer l'entrejambe.

Vous êtes un peu gênée par la situation. Mais d'un autre côté vous pensez que cela peut faire du buzz et relancer votre carrière.

Vous vous laissez donc faire. Christian est très habile et vous nettoie parfaitement.

La foule qui était partie tout à l'heure revient petit à petit et assiste à la scène, médusée. Un journaliste se trouve être dans la foule. Il s'agit d'Enrico Passione (prononcez Pazio-né, il est italien), célèbre paparazzi, spécialisé people. Entre autres.

Ci joint le CV d' Enrico.

ENRICO PASSIONE

0769126969

E.Passione@picturebuzz.fr

69 rue de lappe Ibiza
1995 Cedex

Profil

Photographe spécialisé people. Entre autre.

Expérience

Paparazzi pour le magazine BuzzMag' — 2012-Présent

C'est là ou j'ai fais mes armes, j'ai pris en photo moult people totalement nu à leur insu, tel que Robert Charlebois. C'est ma plus grande fierté.

DJ résident au « Palazzio" — 2009-2011

J'ai écumé ce club de fond en comble et pu affiner mon set electro summer deep. À la fois minimaliste et sélect, c'est le haut lieu de la fête de la capitale. Le samedi l'happy hour dure jusqu'à 1h du matin.

Cuisinier à « La belle bolée » — 2006-2008

Apprenti cuisinier dans ce petit restaurant breton, j'ai servi moult crêpes sarrasin et moules marinières. Une révélation.

Chauffeur de salle de « Attention à la marche » — 2003-2005

J'ai beaucoup appris au contact de Jean-Luc REICHMANN. Un homme facétieux et haut combien jovial.

Études

Lycée René Mulot à Argenteuil — Baccalauréat ES avec mention assez bien.

Compétences

À l'aise en société, je saurais me fondre comme dans du beurre dans n'importe quel entreprise. Passionné de cinéma et de peinture, je vais régulièrement visiter des expositions pour accroitre ma culture générale. Je pratique le sport et apprécie la musique dans sa globalité.

Références

Grand fan de photographie, j'apprécie énormément Doisneau, Newton, Cartier-Bresson ou encore Elfassi.

Celui-ci vous mitraille avec son flash.

Christian Jean-Pierre s'en rend compte et s'en va en courant. Oubliant même de payer son repas.

Enrico Passione ne loupe rien de la scène et en fait ses choux gras.

Le gros titre le lendemain est sans équivoque : « Buzz ! »

Vous devenez une icône people convoitée. Plateau télé, interview de Matt Delormeau, vous allez même dans le bain de Jeremstar, le journaliste people le plus influent du moment. C'est la consécration la plus totale. Vous êtes quelqu'un d'entier, de vrai. Vous auriez pu faire « Secret Story » à la manière d'Aziz du « Loft ».

Vous êtes au sommet de l'ascension humaine, au-dessus de Bill Gates.

Vous avez gagné le jeu de la vie ! Bravo !

Moralité : Buzz.fr, le meilleur du buzz en seulement un clic ! Inscrivez-vous à notre newsletter et recevez des goodies ainsi que 250 cartes de visite gratuites !

Rendez-vous en **page 590** !

VOUS ÊTES MORTE.

Carlos vous proposait en effet de le suivre dans un parking afin de vous tuer à l'aide d'un revolver. Vous avez accepté sur-le-champ, ayant trop de respect pour ce grand nom de la musique.

Moralité : Il ne faut pas rentrer dans la voiture de gens inconnus dans la rue, parce que après on finit dans « Faites entrer l'accusé ».

Rendez-vous en **page 591**.

CARLOS ÉCLATE DE RIRE comme il ne l'avait pas fait depuis une vieille blague que lui avait faite un pote il y a de ça au moins 15 ans. À vue de nez.

Carlos vous raconte cette anecdote dans les moindres détails, même les plus croustillants, notamment le passage sur les beignets de poulet croustillants.

Il vous engage en tant que chauffeuse de salle avant les matchs des Milwaukee Bucks.

Vous acceptez en vous disant que parfois la vie, c'est mettre ses rêves entre parenthèses, voire foutre du gros Tipp-ex dessus.

Cela vous inspire un début de chanson, et puis merde, à quoi bon. En plus le basket, c'est bien après tout.

Vous faites une association d'idées basket/basket-chaussure. Et vous pensez à Christian Lacet, votre prof de SVT qui sentait le civet de lapin.

Vous vous marrez toute seule.

Ce qui déplaît fortement à Carlos qui vous renvoie. Non sans vous avoir balancé un gobelet de sa propre urine à la tronche.

Vous vous sentez humiliée. Cela vous inspire un tube en *ré* bémol.

Malheureusement ce tube a déjà été écrit, il s'agit de *Get Lucky*.

Vous allez manger un burger au Lion Data Club, dans le 8e.

Ce burger a été contaminé au HIV.

Vous êtes séropositive sans le savoir. Il est 20 h 14, nous sommes un jeudi. Bonsoir.

Vous allez rencontrer la femme de votre vie, **page 514**.

Vous avez mal au ventre, **page 513**.

VOUS ÊTES UN ALIEN. Vous pouvez regarder le film du même nom en streaming illégal et revenir plus tard reprendre la lecture de ce livre culte à la **page 8**.

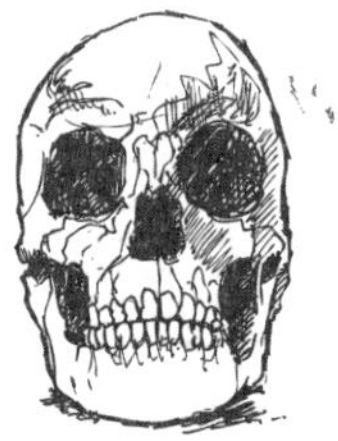

CINDY TOPALOUF A 53 ANS, des mamelons grotesques et une barbe de quatre jours. Son style est calibré.

Elle n'a que faire du qu'en-dira-t-on. Ce qui lui va bien au teint.

Assise par terre dans la rue en mode Louisy Joseph, vous abordez les problèmes de vos enfances respectives.

Un clochard vous accoste et vous demande si vous avez pas 100 balles.

Vous lui dites qu'il a une tête à s'appeler Jacob.

Il rigole, prétextant un mal de gorge, et s'en va. Il boite.

Cindy vous embrasse dans le cou.

Vous rougissez.

Vous copulez avec fougue et unité.

Vous êtes deux séropositives sans le savoir. Il est 24 h 21. Nous sommes un lundi.

24 h 22. Les infos retentissent du transistor positionné dans votre poignet.

« Le sida n'est plus une menace à partir de maintenant, nous avons les remèdes qu'il faut, cela est soignable gratuitement. Il suffit d'aller à la pharmacie et de demander la petite pastille goût orange spécial anti-HIV. Sans transition, Didier Vidange, célèbre laveur de vitres, a été jugé coupable dans l'affaire du Long Island… »

Vous coupez la radio car trop, c'est trop.

Vous n'irez jamais faire le test du HIV et mourrez 2 mois plus tard, dans un accident de moto. Près de Lorient. Dans une crêperie.

Bon vent.

Moralité : La Bretagne, c'est pour les cons.

Direction la **page 591**.

LA RUMEUR SE RÉPAND comme une traînée du bois du Boulogne : vous êtes officiellement une personne qui a le cœur sur la main. Vous intégrez la troupe des Enfoirés. Vous proposez une chanson qui s'appelle *Je distribue*. Elle se vend à 800 000 exemplaires. Chapeau. Vous êtes interviewée chez Drucker mais vous dérapez.

Fin de carrière, vous finissez dans un vieux club de jazz à jouer des morceaux de rhythme'n'blues. Un certain Sylvain Robino, qui a eu son moment de gloire il y a de cela 19 ans, vous repère. La machine est relancée. Rendez-vous chez Sylvain Robino, au quatrième étage d'un appartement haussmannien.

Indice : il n'y a pas de digicode pour rentrer.

Vous prenez l'ascenseur, **page 525 A**.

Vous montez par les escaliers, **page 525 B**.

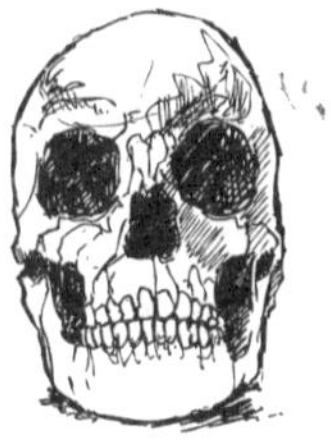

VOUS VOILÀ CHEZ LE CONCESSIONNAIRE où vous choisissez un cabriolet à la fois calibré et rouge.

Vous en jetez un max. Avec ça, à vous le sexe et les grandes chevauchées nocturnes.

Vous allez néanmoins attirer les jalousies. Notamment celle de Dominique Glarard, votre voisin de palier.

Déjà qu'il ne vous aimait pas trop, mais là c'est le pompon. Le gars est même allé jusqu'à rayer votre caisse. À votre place, je ne le laisserais pas s'en tirer à si bon compte.

Pour appeler Julien Courbey, direction la **page 518**.

Pour appeler Julien Courbet, rendez-vous téléphonique à la **page 519**.

– **ALLÔ JULIEN COURBEY ?**

– Lui-même.

– Voilà, j'ai un problème de voisinage et…

– Oh ! Zut à la fin ! C'est encore une blague, c'est ça ?! Moi, je suis Julien Courbey avec un « Y » à la fin, l'acteur du *Ciel, les oiseaux et ta mère*, c'est lourd à force.

– Ah, désolée.

– Non mais vous pouviez pas forcément savoir, c'est juste que bon, voilà, j'adore Julien Courbet, attention, ne me faites pas dire ce que j'ai pas dit.

– Aucun problème. Merci de votre gentillesse.

– Aucun problème. Une excellente fin de journée et puis… bonne année, on est encore en janvier alors…

– Vous avez raison. Bonne année.

Une belle rencontre que celle que vous venez de faire. Très sympa, ce Juju Courbey.

Moralité : Un Julien vaut mieux que deux tu l'auras.

Direction la **page 519**.

– **ALLÔ ? JULIEN COURBET ?**

– Oh c'est pas vrai ! C'est quoi, c'est une blague, c'est ça ? Moi, je suis l'animateur télé, bordel !

– Oui, non, pardon, c'est à vous que je voulais parler justement. J'ai un souci de voisinage.

– Ah ! Bah vous tombez bien, alors. Passez-le-moi.

– Tenez, je vous donne son numéro de téléphone.

– Très bien, restez en ligne, mais ne faites pas de bruit pour le moment.

– D'accord.

C'est alors que Julien appelle votre voisin.

– Allô ?

– Bonjour monsieur, c'est Julien Courbet au téléphone.

– Non, c'est pas vrai ?! Je suis un grand fan ! J'adore vos films !

– NOOOOOON ! Je suis l'autre Julien Courbet. Avec un « T » comme dans « toilettes publiques ».

– Ah pardon. Que se passe-t-il alors ?

– Eh bien il se trouve, monsieur, que vous avez dégradé un véhicule, n'est-ce pas ?

– Non, c'est faux.

Vous pouvez intervenir pour dire la vérité, **page 521**, ou laisser faire Julien, **page 520**.

– **ÉCOUTEZ, NOUS SAVONS DE SOURCE SÛRE QUE TEL EST LE CAS.**

– « Télé le cas ». *Un cas pour deux*, série sur France 3.

– Écoutez, ce n'est pas le moment de plaisanter. Quoique, c'est joliment trouvé. Écoutez, je vous propose un deal. Vous enlevez les rayures que vous avez faites sur la belle voiture que vous avez rayée et moi, je vous propose de coécrire mon one-man-show. Deal ?

– Patrick Dils.

– Oh ! Je sens qu'on va en écrire des belles, croyez-moi !

– « Belle toute nue » sur M6 en accès prime time le mercredi !

– Ha ha ha ! Gardez-en sous le coude quand même.

– Ça marche. À très vite !

Et voilà, Julien a encore une fois fait preuve d'impartialité et a trouvé le consensus parfait. Que demande le peuple ?

Vous voilà à nouveau à même de piloter votre fameux bolide.

Alors, heureux ?

Sans aucun doute…

Moralité : Quand on a un humour de merde, n'hésitons pas à le partager avec le plus grand nombre.

Direction la **page 590**.

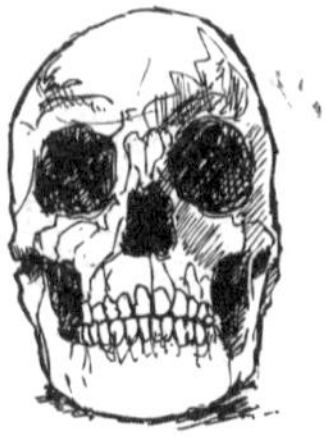

– **C'EST FAUX** ! Tu as bousillé ma caisse, connard ! vous emportez-vous au téléphone.

– Oh putain, mais alors toi… Tu vas voir ! J'arrive, je vais te casser la gueule !

– Attendez, calmez-vous ! Je suis Julien Courbet !

À peine le temps de réaliser tout ce qu'il se passe qu'on tape violemment à votre porte. C'est votre voisin qui veut en découdre mano a mano.

– Ouvre ! Que je te casse ta gueule, toi !

Vous ouvrez la porte. Le voisin est bel et bien là, prêt au combat.

Votre voisin est de calibre 7.

Battez-vous, s'il vous plaît. Depuis le temps, vous devez savoir comment ça marche. Lancez votre dé, additionnez au résultat votre nombre de points de puissance. Dépassez le 7 et c'est la victoire.

Si vous gagnez, **page 522**.

Si vous perdez, **page 523**.

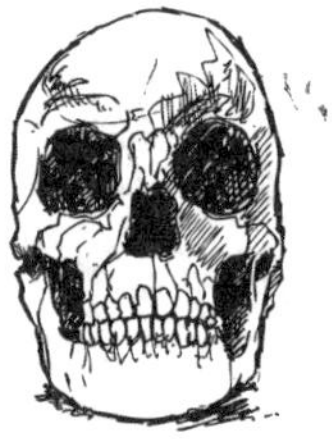

VOUS FONCEZ SUR VOTRE ASSAILLANT EN MODE CHABAL. Le mec a pas compris sa douleur. Vous lui avez cassé le dos, à cet enfant de salaud. En effet, Dominique Glarard avait un père forgeron, Anatole Glarard. Celui-ci chassait le bouquetin tous les dimanches. Or, Anatole avait pour habitude de maltraiter les bouquetins en leur donnant des coups de journaux dans le museau puis en les tuant. Quel exemple pitoyable pour un fils ! Le résultat fut escompté, Dominique Glarard suivit les traces de son père et devint, lui aussi, un bon gros con.

Moralité : Quitte à frapper quelqu'un, autant que ce soit un enfant de salaud.

Direction la **page 590**.

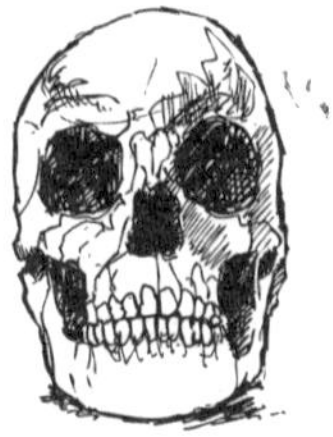

DOMINIQUE GLARARD AVAIT QUELQUES NOTIONS DE FREE FIGHT et vous l'apprenez à vos dépens. Low kick, high kick, middle kick, middle high kick et j'en passe. Vous passez le pire quart d'heure de votre vie, après l'intro des *Trois frères : Le Retour*. Le bilan est lourd voire difficile. En effet, vous venez de trépasser. Tout simplement. Dans le plus grand des calmes. Domi Glarard claque la porte derrière lui.

Les médecins légistes ne découvrirent votre corps que 6 mois après. Votre mère commençait à s'inquiéter.

Moralité : Si on est davantage sympa avec ses parents, il se pourrait qu'ils s'inquiètent un peu plus.

Rendez-vous en **page 591**.

VOUS ACHETEZ DES PILES VARTA afin de jouer aux courses de petites voitures télécommandées.

Les piles Varta étant de très longue durée, vous vous faites un torticolis à force de tourner la tête pour suivre la course des voitures. C'est une anecdote en plus que vous pourrez raconter à vos petits-enfants plus tard.

Moralité : Si vous voulez ne pas vous faire de torticolis, investissez davantage sur Energizer.

Direction la **page 590**.

A

VOUS ARRIVEZ À VOUS GLISSER juste avant que les portes ne se referment. Elle vous dit :

– Quel étage ?

Et sa voix vous fait quitter la terre ferme.

Une femme très belle est avec vous.

Vous ne le savez pas encore mais elle s'appelle Simona Rider.

– Bonjour, dites-vous d'un air posé.

– Bonsoir, vous répond-elle.

– Ha ha ha, faites-vous.

Vous sortez au quatrième étage. Simona est sortie entre-temps au deuxième.

Vous pénétrez chez Sylvain Robino, **page 527 B**.

B

VOUS MONTER LES ESCALIERS UN À UN PUIS DEUX PAR DEUX. Petit à petit vous prenez goût à cette activité. Vous allez de plus en plus vite et commencez à vous chronométrer. Votre meilleur temps est de 45 secondes et 12 centièmes pour monter les huit étages. C'est pas mal du tout. Vous regardez sur Google, votre temps se situe entre Bobby Williams, 34 ans, jamaïcain, et Stéphane Carpentrasse, vice-champion d'Europe de free scale.

Vous tapez à la porte de Sylvain Robino, **page 527 B**, ou vous rentrez chez vous en courant avec la ferme intention de battre le record du monde de montage d'escalier, **page 526 A**.

A

C'EST LE GRAND JOUR. Le monde entier est là pour assister au record du monde. Vous êtes devant votre télé, vous regardez une course de 100 mètres. En effet, après réflexion, vous avez eu le temps de méditer sur l'avenir de la discipline de free scale, ainsi vous avez décidé de mettre entre parenthèses cette carrière. Posée comme un coprolithe vous décidez finalement de repartir chez Sylvain. Un feeling. En plus, on est en hiver.

Rendez-vous **page 527 B**.

B

VOUS COMMENCEZ À TAPOTER SUR VOTRE CLAVIER D'ORDINATEUR. Il s'agit d'un mail. Vous incorporez un fichier audio de votre démo dans votre mail à l'adresse de Sylvain Fraugier, producteur le plus gentil du milieu selon une récente étude. Au bout de 20 secondes, Sylvain vous a répondu et insiste expressément pour vous voir dans les plus brefs délais.

Quel moyen de locomotion choisissez-vous ?

Le métro, **page 527 A**.

La marche, **page 527 B**.

A

VOUS ÊTES DONC DANS LE MÉTRO. Posée à côté d'un homme qui sent le chou. Il pue. Vraiment. Vous êtes très mal à l'aise. Peut-être le pire moment de votre existence en réfléchissant bien. Vous tombez dans les pommes.

Allongée à l'hôpital, vous avez mal à la tête. Et vous sentez le chou.

Vous ne le savez pas encore, mais l'homme sale du métro a tenté le bouche-à-bouche sur vous pour vous réanimer.

Il vous a sauvé la vie. Ah ça, pour sûr !

Pendant que vous essayez de recoller les morceaux de cet événement, une surprise de taille va survenir.

page 551 si vous voulez savoir la suite !

B

VOUS TOQUEZ À SA PORTE. Un homme d'une soixante d'années vous ouvre. Il meurt.

Vous allez directement dans la salle d'attente.

Trente minutes plus tard, Sylvain arrive et vous prie de bien vouloir le suivre.

page 528 pour le suivre avec déférence.

page 533 pour lui dire à voix haute : « J'AI MANGÉ UN HARICOT ROUGE ET APRÈS J'AI COURU DANS LA FORÊT, LA LU LU LI LA LU LU ! »

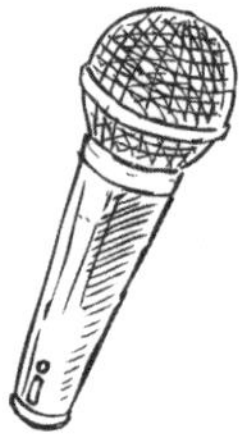

VOUS EMBOÎTEZ LE PAS DE VOTRE HÔTE avec le plus grand des respects. Il vous en sait gré. Sylvain vous montre le studio. Il est resplendissant. On dirait un palais de prince oriental. C'est vraiment très beau.

Il vous dit d'attendre là 5 minutes.

Cinq minutes passent et Sylvain n'arrive pas seul.

En effet, Sylviana Washington, chanteuse à texte, est avec lui.

Sylvain vous introduit.

– Écoutez, je dois y aller parce que j'ai des affaires de business à faire, mais vous n'avez qu'à apprendre à vous connaître et, pourquoi pas, plus si affinités…

Clap.

La porte se referme sur Sylvain, vous voilà donc seule avec Sylviana.

Le lendemain, vous vous réveillez chez Sylviana. Son chien Pilou vous lèche l'index. Quel coquin, alors !

À peine le temps de boire une tasse de café arabica que votre cellulaire sonne.

– Allô ? Ah, c'est toi ? Ça va ?

Il s'agit en fait de René Brakiozaure, célèbre présentateur télé.

– Ça te dirait de boire un verre avec moi ?

– Oui mais quand ?

– Je sais pas, là je suis pris, dans 2 ans ?

Deux ans plus tard, à une terrasse de café.

Vous attendez René Brakiozaure.

Toujours en retard, celui-là, vous dites-vous.

Soudain vous sentez les mains moites de René sur vos yeux.

– Hey !

– Hey !

Vous refaites le monde comme au bon vieux temps. Vous avez gardé cette complicité hors norme.

Vous décidez de prendre un mojito. Lui, il choisit de prendre un mojito.

Vous trinquez. C'est la dolce vita.

Vous êtes saoule à présent. Et vous demandez à René Brakiozaure s'il veut aller en boîte de nuit.

Il dit oui.

Vous dansez avec des femmes noires pendant la soirée. Il s'agit d'une soirée Madinina Summer Prime.

L'ambiance est chaude. Ça suinte le sexe ici.

Malheureusement vous réalisez que vous avez oublié de vous laver ces derniers jours. Vous sentez mauvais. Surtout au niveau des parties génitales. C'est vraiment gênant.

Vous partez aux toilettes et vous commencez nonchalamment mais assidûment à vous laver l'entrejambe. À ce moment-là, un homme dont vous ne voyez pas le visage arrive.

Sacrebleu ! Il s'agit de Tony Garcia ! Le producteur de gros son ! Vous aviez oublié qu'il était passionné de soirée Madinina. Vous l'aviez pourtant vu dans le magazine *Puissance Ragga.*

Amusé de vous voir, Tony vous propose de venir à sa table VIP.

Vous acceptez avec délectation.

Arrivée à la table de Tony, vous avez devant vous énormément d'alcool à disposition.

Vodka, whisky, tequila, champagne, rhum, cointreau, pastis, vin rouge, vin blanc, vin rosé, vin en brique, mousseux, bière, et j'en passe.

Que choisissez-vous ?

Vous ne savez pas, **page 532 B**.

Vous partez sur une pinte de vin en brique, **page 531**.

VOUS TRINQUEZ AU SUCCÈS AVEC TOUS VOS AMIS. La soirée bat son plein, les rires fusent, c'est une ambiance du tonnerre. Vous êtes une meuf de la nuit. Vous accompagnez Tony dehors, il va fumer la cigarette.

Vous entendez une détonation à l'intérieur de la boîte, comme un bruit de pétard. Puis la musique aussi sec. C'est du très gros son, ce soir. Vous voyez un homme à la nuque longue sortir de la boîte avec un fusil à pompe. Il semblerait que ce soit Tony Vairelles, ancienne gloire du racing club de Lens. Surprenant.

Soudain vous sentez une main sur votre épaule gauche, vous vous retournez. Personne. Vous vous tournez de l'autre côté, votre nez rentre dans la paume de Tony qui vous faisait la fameuse blague du mec qui tape sur l'épaule. Le courant passe bien. C'est un homme de valeur. Vous en feriez bien votre quatre-heures.

– Bon, je rentre, il est 4 heures, dit Tony.

Son charisme est tel que vous le laissez partir sans rien dire. Tony était inaccessible, on ne va pas se mentir. C'est du calibre haut de gamme.

Vous vous rabattez sur René Brakiozaure, le présentateur télé.

Vous couchez avec lui pour jouer dans un jeu télé, **page 532 A**, ou vous rentrez chez vous pour repartir sur des bases saines, **page 8**.

Sinon vous pouvez toujours partir seule au strip-club, **page 144**.

A

VOUS COUCHEZ AVEC RENÉ. Il vous a régalée de A à X. Bravo à lui. Il gagne 5 points de charisme. Comme convenu il vous place sur l'émission phare du moment, « Boule à face 7 ». Un homme droit, ce René.

Rendez-vous **page 453**.

B

APRÈS QUE LE BARMAN EUT ÉNUMÉRÉ LES TREIZE ALCOOLS différents qu'il y avait à disposition, vous lui demandez s'il n'a pas autre chose. Il vous gueule dessus. Soudain Tony Vairelles arrive dans la boîte et vous bute au fusil à pompe. Le bruit du fusil à pompe est tombé pile poil sur le drop de la basse.

La foule est en délire.

Le DJ renommera plus tard son morceau *Pomp From the Bass,* avec le succès que l'on connaît.

Vous êtes morte.

Moralité : Ne pas sous-estimer la puissance d'un drop. #Michalak

Direction la **page 591**.

SYLVAIN RESTE BLOQUÉ, IMPASSIBLE, PENDANT 5 SECONDES. Puis il brise le silence.

– Refaites ce que vous avez fait, dit-il.

– J'AI MANGÉ UN HARICOT ROUGE ET APRÈS J'AI COURU DANS LA FORÊT, LA LU LU LI LA LU LU !

– Oui, ça ! La fin.

– LA LU LU LI LA LU LU !?

– Ouiiii ! Ça, c'est bon ! s'extasie Sylvain. Ça swingue, ça balance. C'est ce que veulent écouter les djeuns de nos jours, ils veulent ce swag !

Une heure plus tard, le titre est enregistré. L'accompagnement au piano est composé par Garou que vous avez eu en duplex sur Skype pendant toute l'heure d'enregistrement. Il a vraiment capté l'essence même du morceau. Ce gars-là, c'est quelque chose, quand même.

Et c'est ainsi que le tube est lancé 2 mois plus tard sur les ondes hertziennes.

La presse est unanime, les critiques se régalent les oreilles. Vous êtes le nouveau Pat Hernandez.

Le succès vous monte à la tête très rapidement. Vous enchaînez les femmes, vous enchaînez les hommes, vous collectionnez les pin's. Plus rien ne vous arrête. Votre seule limite, c'est le ciel. Puis vous enchaînez avec un feat avec 2 Unlimited qui fera un bide retentissant. Le groupe américain n'ayant pas réussi à comprendre le morceau que vous aviez écrit.

Pourtant, *Châtaigne de tournesol* était programmé pour cartonner dans les bacs. Comme quoi, la musique n'est pas une science exacte.

Avec tout l'argent accumulé, que voulez-vous faire à présent ?

Partir sur la Lune, **page 540 A**.

Faire les courses à ED l'épicier d'ici 3 minutes, juste le temps de passer chez vous prendre un sac pouvant contenir l'équivalent de 10 litres de nourriture, **page 535 A**.

Aider Honoré au Bénin, **page 332**.

Vous les donnez à une association pour les animaux marrons, **page 516**.

Vous achetez un cabriolet, **page 517**.

Vous achetez des piles Varta **page 524**.

A

À PEINE ENTRÉE DANS L'HYPERMARCHÉ, vos yeux parlent d'eux-mêmes. Vous êtes émerveillée, comme un bambin. Tant de choix, de diversité. Cette nourriture comme s'il en pleuvait. C'est un ravissement pour vous. Vous commencez vos courses par une boîte de conserve de flageolets. Vous enchaînez très vite avec un pot de miel. Il coûte 3,21 euros mais il est bio. Cela vaut le coup, vous dites-vous. Vous apercevez une promo sur les cannelés au rayon dégustation. Vous en prenez deux boîtes, pour rentabiliser l'offre au maximum. C'est une très belle affaire que vous avez faite, là. Ce n'est pas Gustave van den Cunningham qui vous dira le contraire. Gustave se présente à vous à cet instant T. Il est trader à La Défense. Mais depuis quelque temps, vous confesse-t-il, ce n'est plus ça. Il ne « sent » plus les choses. Il ne sent plus les bons coups. Il a perdu de son aura. C'est pour cela qu'il vous propose un poste de trader partner à partir de demain dans son bureau.

Vous refusez, **page 536**.

Vous acceptez, **page 535 B**.

B

VOUS VOILÀ TRADER.

Direction la **page 590**.

– **DÉSOLÉ, MONSIEUR GUSTAVE,** je décline votre offre, j'ai du pain sur la planche.

C'est en ces termes que vous mettez fin à la conversation avec Gustave.

Il ne vous en veut pas, et gardera un très bon souvenir de vous.

Vous continuez vos courses avec entrain. Vous circulez entre les rayons tel un serpent entre les rochers brûlants de la vallée de la Mort. À l'aise dans vos baskets, vous achetez une crème antirides. Vous prenez soin de votre plastique.

Et vous voilà arrivée au moment tant attendu de la caisse.

Les articles passent un à un au laser du caissier. Aucun article n'est laissé de côté. Tous bipent les uns après les autres. Tout votre plan marche comme sur des roulettes. Vous n'oubliez pas de présenter votre carte de fidélité. Vous avez accumulé 1 800 Candy's. Il s'agit de points convertissables en avoirs dans n'importe quelle enseigne d'un magasin partenaire. Vous êtes classée troisième régionale au nombre total de Candy's accumulés.

Le gérant de l'hypermarché, alerté de cela, arrive à votre encontre.

– Permettez-moi de vous signaler que, en tant que troisième plus grande accumulatrice de points Candy's, vous gagnez ce stylo à bille, scellé du seau de notre magasin. Bien à vous, Ernest Petitjean, à votre service.

Vous n'avez pas le temps de le remercier qu'Ernest est déjà reparti travailler sur son IBM.

Cette journée est vraiment spéciale, vous dites-vous. Que de plaisir, que de moments de grâce. Vous êtes sur un petit nuage à la manière de Sangohan.

Vous ne comptez pas vous arrêter en si bon chemin et vous décidez de tenter de passer deuxième, voire première du classement Candy's, et donc d'acheter encore plus d'articles dans le magasin.

Vous mettez vos courses sur le côté, et commencez votre nouveau périple. Un concombre, 100 grammes de tomates grappes, 200 grammes de raisin blanc, une échine de porc « origine landaise », une bouteille de rosé Le Vin de chez nous, un dentifrice Dans ta dent chlore max, etc. Vous arrivez avec une nouvelle salve de courses qui va atteindre les 2 500 euros.

Vous voilà de nouveau à la caisse.

Le constat est sans appel, vous montez sur la première marche du podium ! Vous êtes première régionale !

Ernest Petitjean, le gérant de l'hypermarché, descend à la vitesse de la lumière à votre rencontre.

Il vous donne une peluche à l'effigie de la mascotte du magasin. Une sorte de rat muté en langouste. C'est très beau.

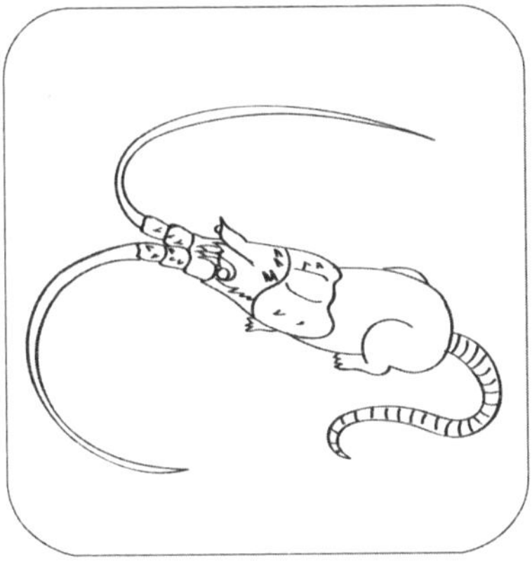

Il vous signale qu'avec vos derniers achats, en plus d'arriver première régionale, vous entrez directement cinquante-huitième au classement national. Ce qui est une progression énorme !

Ernest est déjà parti que vous avez des étoiles plein les yeux.

Vous avez le droit de rêver plus grand encore. Surtout qu'à votre plus grande surprise, dans le creux de votre main, se trouve un avoir de 4,56 euros à valoir sur le plus grand hypermarché national. L'hypermarché Priba de Mantes-la-Jolie.

Encore une aventure, vous dites-vous.

Vous décidez de rentrer chez vous, non sans avoir au préalable souscrit à l'offre vous permettant qu'un coursier vous livre vos 2 tonnes de nourriture.

Fatiguée de votre journée, vous vous endormez paisiblement à la maison, entre un paquet de papier toilette et des yaourts 0 %. *Vous gagnez 2 points de puissance.*

Le lendemain matin. 7 h 42.

Vous allez directement en direction de l'hypermarché Priba de Mantes-la-Jolie, poursuivre votre rêve de devenir le numéro 1.

Arrivée au supermarché Priba, vous achetez carrément tout le magasin, vous n'avez pas de temps à perdre.

Vous êtes à présent le numéro 1 national. On vous remet une gourmette Priba.

– Si à 50 ans t'as pas ta gourmette Priba, t'as raté ta vie, déclarez-vous lors d'un passage télé.

La presse vous tombe dessus. Vous êtes menacée de mort, et sur Twitter votre compte est bloqué jusqu'à nouvel ordre.

Vous décidez donc de mener une expérience unique chez vous. Laisser pourrir et macérer toutes vos courses et voir ce qu'il se passe. Ce choix implique que vous fassiez un aller-retour à la Fnac, acheter des caméras et des ordinateurs pour filmer et montrer en direct l'évolution de votre expérience. Ce choix vous coûtera 10 K.

Vous tentez l'expérience ? Rendez-vous à la **page 36**.

Sinon, rendez-vous à la **page 8**.

A

VOUS ARRIVEZ À LA BASE D'ENTRAÎNEMENT située à Saint-Breugy-les-Mironiettes. Vous allez d'abord devoir réussir le test d'apesanteur.

Test talent. Lancez le dé, additionnez-y vos points de talent. Si le résultat dépasse 10, vous gagnez, sinon, tant pis.

Vous échouez à ce test, **page 540 B**.

Vous réussissez le test haut la main, avec des résultats jamais atteints même par des champions de kick boxing surentraînés, **page 541**.

B

MALHEUREUSEMENT POUR VOUS et malgré toute la bonne volonté qui vous caractérise, vous échouez d'un chouia au test de l'apesanteur. #Calogero

C'est donc la queue entre les jambes, et le cul bordé de nouilles, que vous rentrez chez vous, avec la tête des mauvais jours.

Arrivée chez vous, vous allumez la télé. Rendez-vous à la **page 14**.

INCROYABLE ! DANTESQUE ! FARAMINEUX ! « Saramuliesque », ira même inventer le sociologue Mikaelis Groutchev pour caractériser les résultats de votre test de l'apesanteur.

Vous enchaînez par la suite tous les tests avec une facilité déconcertante.

Vous voilà donc à l'heure H dans le cockpit de l'appareil qu'on appelle également fusée dans mon patelin.

3, 2, 1, GOOOOOOO !

Et c'est parti, l'engin monte dans le ciel à une vitesse défiant les lois de la gravité.

Quelques heures plus tard, vous voilà arrivée à bon port. Posée sur la Lune.

Vous vous apprêtez à faire un selfie pour buzzer sur les réseaux sociaux mais ça capte pas.

Vous perdez 10 points de street crédibilité.

Néanmoins les ondes vibratoires de votre portable ont semble-t-il été captées par une présence inconnue.

Un vaisseau immense de la taille d'une pastèque de 700 mètres vient se poser sur la Lune.

Stupeur.

Vous n'avez pas le choix et vous entrez directement dans l'astronef.

– Le commandant XANIURX PREMIER veut vous parler.

Tels furent les mots prononcés par le petit être marron châtain, qui mesurait la taille de Passe-Temps et vous faisait face à l'intérieur du vaisseau.

Vous acquiescez de la tête.

Mais que se passe-t-il ?! Voilà que le petit soldat dégaine son arme et vous tire dessus.

Vous avez juste le temps de vous mettre à l'abri.

Vous lui faites un bras d'honneur, **page 544**.

Vous agitez un drapeau blanc de fortune pour montrer votre soumission et votre bienveillance, **page 543**.

TOUT EN AGITANT VOTRE DRAPEAU BLANC en signe de reddition, vous montrez au soldat que vous êtes là en ami. Vous lui précisez qu'en plus vous êtes Charlie. Ni une ni deux, le soldat court vers vous et vous tue. Vous venez de mourir. Il semblerait que sur cette planète le langage soit inversé. Et que le soldat ait pris votre mouvement de tête initial pour un affront. Votre comportement par la suite n'ayant fait qu'aggraver les choses. Désolé.

Moralité : La politesse est un vilain défaut.

Rendez-vous à la **page 591**.

VOUS N'ENTENDEZ PLUS LES TIRS DU SOLDAT. La situation a l'air de se calmer. Il semblerait que sur cette planète le langage soit inversé. Et que le soldat ait pris votre mouvement de tête initial pour un affront. Ce bras d'honneur bien agressif a fini de le convaincre de votre bienséance.

– Je me prénomme Anne Raille, dit le soldat.

– Vous êtes une femme ? dites-vous.

– Moi pas connaître, répondit le soldat avec un accent africain prononcé.

Et un silence pesant s'instaura brutalement.

Pendant le voyage que votre vaisseau effectue dans un tube transparent, vous avez pu admirer la magnificence du Système solaire. C'est beau, pensez-vous. Vous avez toujours su vous montrer poète lorsque les choses s'y prêtent.

Vous gagnez 1 point de fair-play.

Soudain, pendant la traversée étoilée, un choc terrible retentit. Un radar chinois sorti de l'orbite terrestre est rentré en collision avec le tuyau de voyage. Vous avez le choix entre sauver le soldat Anne Raille qui a été littéralement embroché par le satellite, **page 548 A**, ou alors lui cracher au visage, **page 545**.

COMME CONVENU, VOUS LUI CRACHEZ UN ÉNORME MOLLARD au niveau du faciès.

Il sourit d'un large sourire avec ses dents.

Vous réitérez l'expérience.

Il sourit d'un large sourire avec ses dents.

Malgré tous vos efforts, le soldat lâche prise et tombe dans le néant abyssal.

– Espèce de connard ! Je te déteste ! crie le soldat pendant sa chute.

C'est de cette façon qu'il vous remercie d'avoir tout fait pour l'aider. Vous laissez couler une larme.

Rendez-vous **page 546**.

APRÈS AVOIR TENTÉ DE RÉCUPÉRER UN UBER DE L'ESPACE en faisant la technique du pouce sans succès, vous réitérez mais en faisant un doigt d'honneur.

Vous êtes prise en charge par Amine BX-53.

Il vous balance une bouteille de Flakiax à la gueule. C'est comme de l'eau mais avec un peu plus d'oligoéléments.

Vous partez en direction de la planète FalaFail. Jeune exoplanète conçue en 3499 après Jésux Crix par le mécène, Jean-Klode J-3. FalaFail est composée essentiellement de matière organique et de terre glaise. De nombreux tournois de tennis aliens ont notamment été joués sur cette surface. La seule différence notable avec le tennis tel que nous le connaissons est que la petite balle jaune est remplacée par une balle verte. Ce qui change considérablement la donne.

Arrivée à destination, vous faites l'acquisition d'une arme biochimique. La restructuration de particule est de ratio un quart, ce qui n'est pas rien, surtout sur la planète Falfa, comme on l'appelle en argot. Croyez-moi.

Vous avancez prudemment, sur la pointe des pieds, en direction de la station orbitale Krayon 6, le quartier des affaires. Pour se ravitailler, il n'y a rien de mieux à des kilomètres à la ronde et le mirfo (mardi sur Terre) il y a des promotions sur les mirfos (poissons sur terre).

Il existe un seul mot sur la planète Falfa, seule la prononciation diffère. Ça peut aller du chuchotement (qui voudra dire « proposition annuelle ») à la grosse vibe R'n'B (qui voudra dire « poisson », comme vu tout à l'heure).

Arrivée à la station, vous achetez, avec vos dollars, une navette de catégorie 8.

Les dollars américains sont bien sûr valables sur la planète.

Direction le swag si vous voulez tuner votre navette, rendez-vous **page 548 B**.

Rendez-vous directement à la **page 549** si vous voulez effectuer une pisse au calme dans une taverne de l'espace.

A

VOUS TENDEZ LA MAIN AU SOLDAT. Celui-ci, coupé en deux, est réellement choqué que vous lui manquiez de respect à ce point. Il crie dans un ultime effort, pendant qu'il tombe dans les abysses :

– XANIURX PREMIER te dira bonjour ! Je te le promets !!! Amour sur toi !

Voilà une curieuse rencontre, pensez-vous.

Rendez-vous **page 546**.

B

VOTRE VÉHICULE EST À PRÉSENT TUNÉ. Le résultat est probant. Vous pesez. À présent vous allez pisser.

Vous gagnez 1 point d'intelligence.

Rendez-vous **page 548 B**.

PRIXMO JOUFZAT AKA @'»2 est comme d'habitude ouvert 37 heures sur 39. En plus vous tombez en happy hour, vous allez pouvoir pisser sans payer la dime. Ce qui n'est pas rien. Croyez-moi.

Vous croisez un Zorglub maître qui vous dévisage. Il vous dit que vous avez un petit air de Gregory Peck.

Vous lui faites un jeu de mots avec « pec » pour « pectoraux ». Il éclate de rire et vous file 800 briktus, la vraie monnaie d'échange ici. Ça pourra vous être utile. Croyez-moi.

Vous sortez et vous vous rendez compte que votre véhicule de catégorie 8 a disparu. À la place, il y a un mot qui a été laissé.

Le message traduit dit : Voiture, prise, parce, je, besoin, aller, retour, vacance, amuse, Cap, agde, porn, beurette, tits, et tutti quanti. »

Vous n'en croyez pas vos yeux, mais les faits sont là. Le constat est amer.

Soudain un taxi G7 de l'espace arrive vers vous. Ouf. En plus le conducteur a l'air de parler français.

– Ou est-ce que je vous pose ?

– Je veux rentrer sur Terre.

– Ha ha ha ha ! Vous êtes une drôle, vous. Vous avez fait l'école du rire, non ?

Vous lui donnez 500 briktus sur les 800 que vous avez reçus tout à l'heure, pour le soudoyer.

Le regard du taxi man s'est assombri d'un coup. Il n'est pas dupe…

Vous vous retrouvez dans une geôle, où il fait chaud.

Un garde arrive et vous emmène dans une salle qui semble être la salle du trône.

En effet, c'est la salle du trône.

Le trône immense qui est présentement dos à vous pivote. Au-dessus est écrit en symboles chinois : « XANIURX PREMIER ».

Le doute n'est plus permis. Il s'agit bien là de XANIURX PREMIER.

Celui-ci vous adresse la parole :

– Salut biloute, c'est Danny Boon.

Fin.

Moralité : *Bienvenue chez les Ch'tis* est bel est bien le prequel d'*Alien*.

Direction la **page 590**.

SYLVAIN FRAUGIER EST DANS VOTRE CHAMBRE D'HÔPITAL ! Il a été tenu au courant de ce fait divers et a réussi, grâce à son esprit d'analyse, à arriver jusqu'à votre lit. Incroyable mais vrai. On dirait un scénario de ouf dans un film culte.

Sylvain vous tend un papier. Vous avez du mal à lire. Vous lui demandez de quoi il s'agit.

Il s'agit d'un contrat en bonne et due forme. Un contrat d'artiste véritable.

Sylvain vous signe dans sa maison de disques pour une durée de 5 ans. Le salaire est mirobolant.

Vous signez dans la foulée. C'est incroyable.

Et comme un bonheur n'arrive jamais seul, le docteur entre dans la chambre et vous dit que vous êtes totalement guérie ! C'est juste énorme, ce qu'il se passe ! On dirait un scénario de ouf dans un film culte.

Vous vous rendez au studio d'enregistrement Les Bonnes Décibels à Levallois.

– Bonjour, dit le vigile.

Ce vigile est très accueillant, vous dites-vous intérieurement, c'est un plaisir. Un réel plaisir. Vous prenez un café à la machine à café, avant d'attaquer votre album qui s'annonce très, très lourd.

Arrivée dans la salle d'enregistrement, il y a un problème…

Le micro ne marche pas…

Heureusement, après 1 heure de réparation, il remarche.

Ouf, vous dites-vous.

Vous gagnez 18 points de talent.

Le moral au top, vous commencez à chanter. C'est magnifique. À la fois cristallin et singulier.

Sylvain Fraugier tombe sous le charme, il est ému de votre prestation. D'autant plus que, comble du malheur, il vient de perdre toute sa famille voilà 4 minutes. Vous êtes en train de panser sa plaie sans le savoir.

Trop, c'est trop, il vous pose un ultimatum.

Vous acceptez l'ultimatum, **page 554**.

Vous regardez avec Sylvain le film *Banlieue 13 : Ultimatum*, interprété entre autres par La Fouine, **page 553**.

VOUS VOILÀ POSÉS EN TRAIN DE REGARDER CE FILM CULTE. Sylvain, qui a déjà vu le film, commence à s'endormir. Le moment est très doux, très tendre, comme une chocolatine. Vous bordez gentiment Sylvain. Il ronfle à gorge déployée. Ce con vous empêche de suivre le déroulé du film. Vous décidez de l'étouffer avec un sac plastique Auchan. Ça le réveille.

– Wow ! Qu'est-ce qu'il se passe ?

– Non, rien.

– OK, bon je rentre chez moi, je vais me coucher. Pas la peine de revenir demain.

– Ça marche.

Vous voilà enfin tranquille pour finir votre film du vendredi soir. *Vous gagnez 1 point d'intelligence* à la vue de cette œuvre du septième art.

Rendez-vous **page 8**.

L'ULTIMATUM EST SANS ÉQUIVOQUE : Sylvain vous demande en mariage !

Oh le choc ! Renversement de situation.

Vous acceptez sans coup férir. Sachant que ça pourrait vous ouvrir les portes d'une carrière grandiose.

La fête est splendide. Il y a des petits-fours et du champagne, c'est géant.

Il y a le gratin du showbiz, dont un certain Tony Garcia, poids lourd dans le marché du disque.

Pendant que la fête bat son plein et que le beat est bon, vous vous saisissez du micro comme si c'était une banane, et vous commencez à chanter une chanson que vous aviez composée il y a de cela 3 ans.

Les gens sont subjugués par la performance hors du commun.

Rendez-vous **page 555** si vous voulez monter d'une octave sur le bridge.

Rendez-vous **page 556** si vous vous arrêtez d'un coup, prétextant une émotion trop forte, traduisant une sensibilité à fleur de peau.

ARRIVÉE SUR LE PONT DE VOTRE CHANSON, vous montez d'une octave à la surprise générale. C'est absolument merveilleux. Le public est aux anges.

Vous décidez alors d'encore monter d'une octave, mais uniquement sur le « chemise », qui va arriver sur le refrain.

– « Et c'est alors que je mets ma CHEMIIIISE ! »

Wooooooh ! Mais c'est énorme. Encore une fois la magie a opéré. Le public prend son pied comme jamais.

Rendez-vous **page 556**.

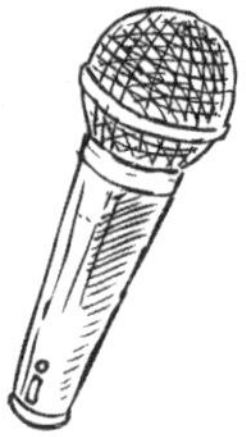

STUPEUR DANS L'AUDITOIRE car vous commencez à pleurer toutes les larmes de votre corps, là, sur scène, comme un animal endeuillé par la mort de son petit. L'émotion qui se dégage de ce moment n'est pas sans rappeler l'épopée des Bleus en 98. À l'unisson, toutes les personnes réunies autour de vous laissent échapper leur tristesse par l'intermédiaire de leurs yeux mouillés. Elles pleurent littéralement. À présent ressurgissent en chacun d'eux de vieux chagrins enfouis. Tous leurs démons refont surface tels des requins dans un lagon paradisiaque où des touristes allemands auraient trouvé refuge. La somme de tous ces pleurs tombe sur le sol, rendant humide la terre que vous foulez. Terre aride depuis des centenaires, qui abritait autrefois un lac mythique. À force de pleurs, la terre se trouve à présent mouillée. C'est une véritable gadoue qui commence à poindre. Incroyable, la gadoue est submergée et à présent c'est un véritable lac qui ressurgit sous vos pieds. Le sol vrombit comme une Yamaha. Boom ! Ça y est, tout l'auditoire est baigné de cet élément magique qu'on appelle l'eau. Les femmes, qui prévoient toujours tout, enlèvent leur robe de cérémonie au profit de leurs maillots de bain tous plus beaux les uns que les autres. Les hommes, virils et robustes, gardent leurs tenues chics. Et voilà que le soleil vient darder ses rayons. Une atmosphère Tahiti douche s'empare du lieu. C'est extraordinaire. Tous les habitants de la région, qui ont entendu la rumeur, commencent à affluer. Comprenant l'affaire en or que ça pourrait être, vous installez une entrée payante pour cette nouvelle piscine. 3 euros + une conso à valoir sur le snacking tenu par Sylvain, rayonnant. Les affaires vont bon train.

Puis des commerciaux viennent montrer le bout de leur nez, s'intéressant de près à ce système florissant. Une équipe de « Zone interdite » a même fait le déplacement pour faire un reportage sur ce nouvel eldorado « Ils sont beaux, ils sont jeunes, ils vivent la vida loca, qui sont cas nouveaux riches qui ont révolutionné le business aquatique ? C'est un reportage d'Abdellatif Glückenbauer et de Pierre Émmanuel Sémence ».

Sentant à nouveau la bonne affaire, vous faites installer des ballons de distillation afin de filtrer l'eau déjà pure qui jaillit du sol.

Vous hésitez entre trois noms : la Pascaline, **page 561**, la Cristaline, **page 558**, ou la Crassarde, **page 559**.

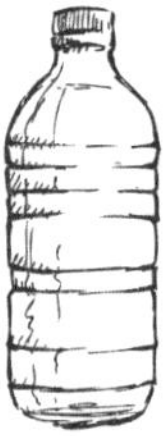

VOUS RECEVEZ UN PROCÈS DE LA MARQUE ET LE PERDEZ. Vous êtes ruinée. Et en prison.

Moralité : Le plagiat, c'est bien, mais mieux vaut le faire en toute discrétion.

Direction la **page 590**.

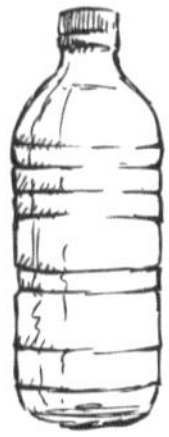

LA SOIRÉE DE LANCEMENT A LIEU LE 28 JUILLET, en grande pompe. Tout le monde a reçu son carton d'invitation, même Jacques Higelin, partenaire minceur. Vous découpez le ruban à l'aide de ciseaux et lancez officiellement la commercialisation de votre eau Crassarde dans le commerce ainsi que dans le e-commerce, sur le site en ligne CrassardeWater.org. C'est un buzz sans précédent. Le monde boit de plus en plus d'eau grâce à vous, retrouvant son allant d'antan. L'économie est florissante, la culture des rizières a doublé en 2 ans, etc. C'est une période faste et vous en êtes le principal artisan.

« Crassarde : l'eau tirée de la crasse. » Tel est le slogan percutant de votre campagne marketing. Et ça marche. Vous êtes à l'affiche du prochain numéro d'*Entrepreneur d'aujourd'hui*.

Un jour, ou plutôt un soir, alors que le petit microcosme dort à poings fermés, un être aidé d'une petite loupiotte déambule entre les ballons de distillation.

Vous avez le choix entre deux ennemis : Titus Robokop, infiltré russe rodé à l'art de la lutte gréco-romaine et au maniement des armes lourdes, **page 562**, ou Bartholomé Fouchard, député vert, réputé agressif en interview, **page 564**.

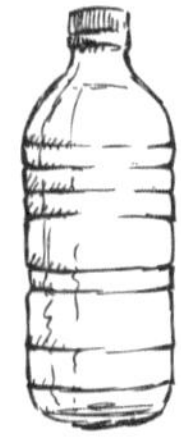

LA SOIRÉE DE LANCEMENT A LIEU LE 28 JUILLET, en grande pompe. Tout le monde a reçu son carton d'invitation, même Jacques Higelin, partenaire minceur. Vous découpez le ruban à l'aide de ciseaux et lancez officiellement la commercialisation de votre eau Pascaline dans le commerce ainsi que dans le e-commerce, sur le site en ligne PacalineWater.org. C'est un buzz sans précédent. Le monde boit de plus en plus d'eau grâce à vous, retrouvant son allant d'antan. L'économie est florissante, la culture des rizières a doublé en 2 ans, etc. C'est une période faste et vous en êtes le principal artisan.

« Pascaline, l'eau qui vient des larmes de la terre. » Tel est le slogan de votre campagne marketing. Et ça marche. Vous êtes à l'affiche du prochain numéro d'*Entrepreneur d'aujourd'hui*.

Un jour, ou plutôt un soir, alors que le petit microcosme dort à poings fermés, un être aidé d'une petite loupiotte déambule entre les ballons de distillation.

Vous avez le choix entre deux ennemis : Titus Robokop, infiltré russe rodé à l'art de la lutte gréco-romaine et au maniement des armes lourdes, **page 562**, ou Bartholomé Fouchard, député vert, réputé agressif en interview, **page 564**.

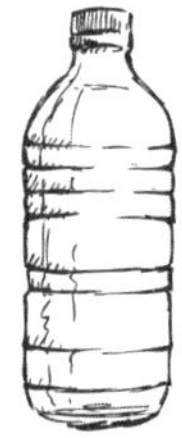

SOUS LA LUMIÈRE INCANDESCENTE DE LA LAMPE TORCHE, le visage émacié du mystérieux intrus commence à poindre. Les traits sont durs, virils, lourds, massifs, contrastant avec une bouche extrêmement pulpeuse, comme un fruit mûr. On aurait envie d'y presser ses lèvres pour en récolter la sève, qui, à n'en pas douter, serait miraculeuse et sauverait des vies. Comme par exemple lors d'une morsure de crotale géant. Une goutte de sève sur la plaie et hop ! plus de poison. Tout ça pour dire que le personnage que nous avons là pourrait changer la face du monde, à n'en pas douter. Il a tout le potentiel pour cela. « Vas-y, Titus ! Crois en toi ! Tu as tout pour réussir ! » lui criaient sans cesse ses parents lorsqu'il était petit.

Maintenant Titus Robokop est un homme accompli, aguerri, rompu aux activités guerrières et aux actes barbares. Il n'a qu'un seul objectif aujourd'hui. Détruire. Réduire au néant.

Titus sort de son sac à dos une pipette. Il prélève un échantillon d'eau. Il met l'échantillon dans une machine qui calcule l'état de l'eau. Plus de doute dans l'esprit de Titus, il faut ajouter une dose de granium de cynaldéhide pour que l'eau n'ait plus ses bienfaits naturels…

L'insémination faite, Titus s'en va du camp, non sans avoir frappé au menton les quatre gardes qui dormaient à poings fermés.

Au petit matin, le petit microcosme se réveille doucement. Les énormes haut-parleurs crachent un énorme Black M à toute berzingue. C'est un vrai plaisir auditif.

Les gens se lèvent du bon pied. Chantal Dumont, jeune gruyeriste du Jura, commence à prendre sa douche tranquillement. Quand elle boit la tasse par mégarde. Le résultat ne se fit pas attendre bien longtemps. Elle recracha l'eau immédiatement. Bah oui, c'est toujours bien relou de boire la tasse.

Titus a, malheureusement pour lui, complètement raté sa tentative de contamination. Le petit peuple peut donc continuer à vivre tranquillement. La journée se déroule sans accrocs.

Direction la **page 570 B**.

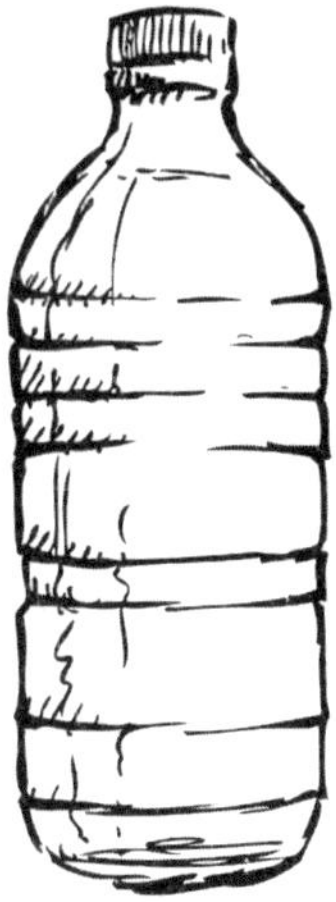

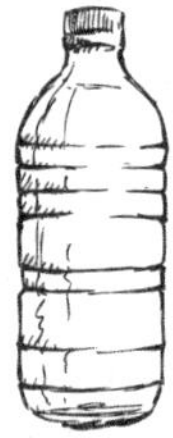

LE PETIT ÊTRE CONTINUE SA ROUTE dans la zone de distillation, circulant entre les ballons et autres machines high-tech. Bartholomé Fouchard est né il y a de cela 55 ans, dans le Gers. D'une famille aisée, il a toujours préféré aux voisins ses voisines. Adorateur de Stendhal et Tolstoï, il décide de monter sur Paris pour continuer ses études en ingénierie mécanique. Surdoué depuis son plus jeune âge, il échoue contre toute attente au concours d'entrée à l'École polytechnique. Coup de massue pour Bartholomé qui se réfugie dans les clopes roulées. N'ayant pas d'attaches à Paris, il revient dans le Gers, avec la ferme intention de se venger de ces « singes » parisiens, hautains et pédants. S'occupant de son père et de sa mère jusqu'à leur mort paisible, il reprend l'entreprise familiale, composée d'un lopin de terre et d'une ferme spécialisée dans l'élevage de bœufs.

Tout allait bien jusqu'à ce que vous donniez naissance à une nouvelle eau de source. Cette eau, ô combien bénéfique pour l'être humain, avait en revanche des effets néfastes sur certains animaux. En effet, cette eau provoque des réactions chimiques désastreuses sur les bœufs. Leurs pattes tombent en lambeaux. Si elles ne s'arrachent pas, elles pendent par terre comme du vieux chewing-gum, faisant ramper les bœufs sur le sol, comme des paramilitaires à l'entraînement.

Trop, c'est trop pour Bartholomé Fouchard qui décide cette nuit-là de sauver son cheptel, envers et contre tout.

Armé de sa fourche légendaire, il empale un premier garde qui tombe sur le sol, raide mort, baignant dans son propre sang.

Fouchard continue son expédition en empalant un nombre incalculable de gardes. Quatre, puis cinq, puis dix, la folie meurtrière de Fouchard n'a donc pas de limites ?

Réveillée par le coq, vous sautez de votre lit en sueur.

Qu'allez-vous faire pour éradiquer cette série noire ?

Vous saisissez un fusil d'assaut, **page 566**, ou vous y allez à mains nues en mode bonhomme, **page 569**.

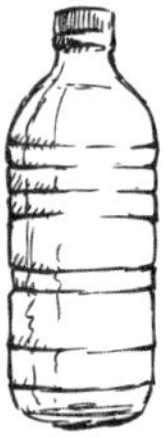

ENCORE EN CULOTTE, car vous n'avez pas trouvé votre pantalon, vous avancez lentement mais sûrement en direction des bruits de métal. Ça cogne sur la tôle. On dirait la batterie d'un groupe d'indus allemand.

Mais pas le temps de claquer des doigts sur le beat aujourd'hui.

Vous rampez à présent sur le sol, comme un ver de terre. L'élégance dont vous faites preuve est remarquable, c'est d'ailleurs dommage que personne ne vous voie. Ça aurait été à montrer dans toutes les écoles militaires.

Pensez à un chiffre.

Si ce chiffre est supérieur à 400, vous venez d'augmenter votre vitesse au sol de 30 %.

Si ce chiffre est inférieur à 400, vous n'augmentez que de 20 %.

Soudain vous entendez un bruit. Vous vous arrêtez.

Vous regardez à l'aide d'un miroir ce qu'il se trame.

Bartholomé Fouchard est là, la fourche à la main. Dos à vous.

Vous épaulez votre fusil.

Pour savoir si vous allez oui ou non toucher Bartholomé Fouchard, vous allez devoir trouver la réponse à ce problème :

Le petit Nicolas vient de s'acheter un paquet de bonbons. Il y a X bonbons dans le paquet. Devinez le nombre de bonbons qu'il y a dans le sachet de Nicolas.

Réponse A : 4 bonbons
Réponse B : 5 bonbons
Réponse C : 0 bonbon.

La réponse était 4 bonbons. Si vous avez trouvé la bonne réponse, vous tuez Bartholomé Fouchard. Et vous serez débarrassée de lui pour de bon. Direction la **page 570 B**.

Si vous avez trouvé une autre réponse, rendez-vous en terre inconnue, **page 568**.

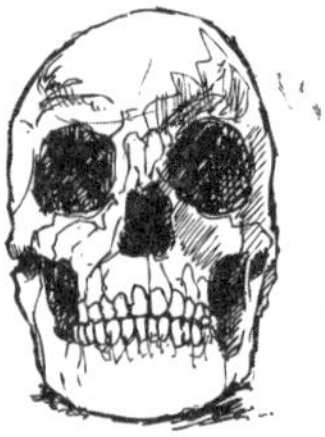

MALHEUREUSEMENT POUR VOUS, VOTRE FUSIL S'ENRAYE. Bartholomé Fouchard vous a entendue et se retourne avec rapidité. Il se rapproche dangereusement de vous avec sa fourche légendaire.

Puis il tente un coup que vous esquivez avec un mouvement rotatif de la tête.

Il tente un autre coup que vous esquivez avec un saut les pieds joints.

Il tente enfin un dernier coup qui sera malheureusement mortel pour vous.

Vous avez été tuée par Bartholomé Fouchard, et celui-ci va prendre le contrôle de la ville et instaurer une dictature ultra répressive. C'est la période la plus noire de l'humanité. Le Fouchardisme toucha petit à petit toutes les régions puis tous les pays environnants, se répandant comme une chromatographie. Un de vos descendants se mettra en travers de la route de Bartholomé Fouchard. Vous saurez s'il a réussi à stopper cette expansion dans le prochain numéro de *La Guerre des fourches*.

Moralité : Quand on meurt, on ne compte pas.

Rendez-vous en **page 591**.

VOUS SORTEZ PRÉCIPITAMMENT DE VOTRE CHAMBRE et courez en direction de Bartholomé Fouchard !

Vous vous trouvez nez à nez avec votre assaillant. Il dépose sa fourche par terre, pour vous défier dans un combat singulier.

Un enfant filme avec son iPhone depuis sa fenêtre. Cet enfant aura une importance capitale 50 ans plus tard.

La puissance de Bartholomé Fouchard est de 7. Si vous estimez que vous êtes plus forte que lui et que votre force est de 13, par exemple, vous l'envoyez au tapis et vous vous débarrassez de lui en le jetant dans une poubelle environnante et continuez l'aventure **page 570 B**.

En revanche, si vous estimez, avec jugement et impartialité, que vous êtes nettement inférieure à Bartholomé Fouchard, notamment du fait que vous vous êtes levée il y a de cela 2 minutes et que par conséquent vous n'avez pas toutes vos facultés, vous tombez sous les coups de fourche légendaires de votre adversaire, **page 570 A**.

A

VOUS AVEZ ÉTÉ TUÉE PAR BARTHOLOMÉ FOUCHARD, et celui-ci va prendre le contrôle de la ville et instaurer une dictature ultra répressive. C'est la période la plus noire de l'humanité. Le Fouchardisme toucha petit à petit toutes les régions puis tous les pays environnants, se répandant comme une chromatographie. Un de vos descendants se mettra en travers de la route de Bartholomé Fouchard. Vous saurez s'il a réussi à stopper cette expansion dans le prochain numéro de *La Guerre des fourches*.

Moralité : Aucun Bartholomé célèbre n'existe. Cherchez, vous n'en trouverez pas : si vous en trouverez, faites-vous rembourser ce livre en caisse, et dites que vous venez de la part de Nicolas.

Rendez-vous en **page 591**.

B

LE LENDEMAIN MATIN.

Le soleil brille haut dans le ciel en ce mardi 29 août. Il fait bon vivre.

Une partie de foot s'improvise dans un champ de magnolias.

Vous choisissez votre équipe.

L'équipe rouge dirigée par Emmanuel Da Silva, jeune milieu de terrain brésilien, talentueux et orgueilleux, **page 571**.

L'équipe mauve, **page 572**.

VOUS DONNEZ LE COUP D'ENVOI EN BALANÇANT LE BALLON TRÈS LOIN. Trop loin malheureusement, puisque le ballon atterrit dans un nid de guêpes. Vous devez aller le chercher avant que les guêpes ne se réveillent.

Vous utilisez une carte Échelle magique pour monter jusqu'à la ruche.

Vous grimpez comme un chat et vous récupérez le ballon. Mais c'était sans compter sur la reine des guêpes, Maeva. Elle se réveille et vous pique avec son dard.

Vous tombez lourdement de l'échelle. ***Vous perdez 2 points de puissance.***

La piqûre est chargée d'un poison inconnu. Votre bras enfle à vue d'œil.

Vos coéquipiers sont inquiets mais ont continué le match sans vous attendre. Jonathan, un ami de Christophe, est arrivé en courant pour leur donner son ballon de compétition.

Le résultat est de 3-1 pour le moment pour l'équipe mauve. Pourtant c'est bien l'équipe rouge qui domine. En effet, la possession de balle est de 78 % en leur faveur, ce qui est beaucoup, surtout dans un match avec autant d'intensité.

Le fait de vous divertir à regarder ce match au loin fait disparaître l'effet du poison inconnu.

Vous gagnez 2 points de puissance.

Vous avez le choix entre revenir sur le terrain pour jouer le match, **page 573**, ou rentrer au vestiaire prendre une douche tiède avec du savon, **page 574**.

APRÈS 90 MINUTES DE MATCH INTENSE, vous avez gagné 7-2.
Bravo.
Direction la **page 574**.

VOUS RENTREZ SUR LE TERRAIN COMME UNE FLEUR. Petit à petit, vous devenez de plus en plus influent sur le jeu de votre équipe, vous êtes un peu le maître à penser. Vous êtes dans un très bon jour. Le soleil se couche petit à petit et les éclairages s'allument. Le public arrive au compte-gouttes. Il y a maintenant plus de quatorze personnes qui sont posées dans le stade.

Une pluie fine commence à tomber. L'atmosphère est chaude comme les grands matchs. Vient le moment fatidique.

88e minute : vous êtes à présent menés 7 à 1 et le temps presse.

Vous obtenez un bon coup franc après avoir simulé. Votre adversaire s'est expulsé de lui-même, croyant avoir fait une faute à votre encontre. Il s'agit d'un match amateur, vous vous arbitrez entre vous.

Vous frappez dans le ballon avec une force encore rarement vue.

Le temps s'arrête. Le ballon semble filer inexorablement dans le but adverse. Ouiiiiiiiii ! Il s'agit d'un but. Et quel but ! Énorme !

Vous êtes portée en triomphe par votre équipe. L'équipe d'en face, fair-play, vous porte en triomphe à son tour.

À peine le temps de fêter ce moment que le match est fini.

7-2 score final. Tout se jouera au match retour.

Rendez-vous à la **page 574**.

VOUS ARRIVEZ DANS LE VESTIAIRE NUMÉRO 2. Vous prenez une douche tiède. La mousse parcourt votre corps. Ce moment est le vôtre. Un moment de réflexion intense. Sur la vie, le monde.

Vous voyez passer un chien au loin.

Vous l'appelez, en vain.

Ce chien s'appelle Mirza, c'est un teckel. Malheureusement il mourra 8 ans plus tard, de vieillesse.

Continuant votre douche, vous chantonnez DJ Bobo. Cet air est sympa et entraînant.

Soudain le trou qui laisse passer l'eau se détruit petit à petit. Bientôt le trou atteint 1 mètre de diamètre. Vous êtes tétanisée et finissez par tomber dans la canalisation.

Après cette chute vertigineuse, vous atterrissez dans un monde souterrain. Les égouts.

Étrangement, l'odeur y est fort agréable. Tout est lavé et propre. Tout est blanc. Pur.

L'eau est claire et limpide. D'un bleu azur.

Une nymphe se baigne au loin sous une petite cascade.

Elle possède des courbes hors du commun.

Cette femme ne se rend pas compte que vous êtes là.

Et pourtant vous êtes là, bien posée.

– Bonjour, dites-vous d'un air mutin.

La nymphe vous répond avec un battement de cils.

Puis elle vous raconte son histoire.

Une histoire extraordinaire, sans doute la plus belle jamais racontée. Si son histoire était adaptée en film, ce serait sans doute le film le plus rentable ever.

Que décidez-vous de faire ?

Vous partez discrètement pour essayer de contacter des producteurs afin de réaliser le film, **page 576**.

Vous suivez la nymphe dans la salle suivante pour voir dans quel délire elle se trouve, **page 582**.

VOUS ÊTES À L'AVANT-PREMIÈRE DU FILM *JUST FOR A WILD.* Votre film.

Vous n'avez pas eu à parler longtemps aux producteurs pour les convaincre de produire cette œuvre.

Le Tout-Hollywood est là, de même que Rachid Cervikal, célèbre cuisinier étoilé.

Quentin Kraksen, jeune DJ suédois en devenir, commence le show.

Suivi d'une troupe de danseurs, Les Décalqués, récent vainqueur d'« Incroyable talent » au Québec. (On dit à « Québec ».)

À présent, vous entamez un discours sur l'élaboration du film. Ses tenants et ses aboutissants.

Au moment où vous commencez la conclusion, la nymphe qui vous avait raconté cette histoire vient vous interrompre.

– Vous n'avez pas honte ? s'écrit-elle.

Elle a à peine le temps de finir sa phrase qu'elle est rouée de coups par le service de protection. En effet, la nymphe était full naked en mode Miley Cyrus. Chose incongrue lors d'une telle représentation.

La nymphe succomba à ses blessures et vous avez pu engranger un max de tunes comme prévu initialement.

Votre nom est à présent déposé.

Vous êtes à la tête d'une entreprise qui pèse à la Bourse.

Que dire à part « bravo » ?

Vous pouvez donner à des associations caritatives, **page 580**, ou investir dans un nouveau parc d'attractions, **page 578**.

Vous les donnez à une association pour les animaux marrons, **page 516**.

Vous achetez un cabriolet, **page 517**.

Vous achetez des piles varta, **page 524**.

VOUS DÉCIDEZ DE CONSTRUIRE un nouveau parc d'attractions et de concurrencer Disney et autres Mer de sable.

Votre attraction phare est La Montée de la vie. Installée dans un wagon, vous êtes tractée à 70 degrés pour monter sur plus de 100 mètres comme sur des montagnes russes classiques. Une fois arrivée en haut, il y a une descente d'une demi seconde à 1 000 km/h. Point barre. Vous n'avez plus qu'à attendre votre tour pour recommencer l'attraction. C'est extrêmement addictif. Malheureusement, l'attraction est jugée trop dangereuse par un jury corrompu par Disney et votre parc commence à se vider progressivement. Votre faillite est inéluctable. À moins que…

Non il n'y a pas de « à moins que » et votre entreprise coule comme les hanches de Jane Fonda.

Vous n'avez plus un rond. Vous êtes seule. Vous vous retrouvez à la rue.

Vous écrivez sur une pancarte : « J'ai faim. »

Malheureusement un plaisantin du nom de Yves, qui a un air de ressemblance avec vous, viendra un soir modifier votre pancarte. « J'ai pas faim » est inscrit à la place.

Les conséquences seront terribles pour vous. Plus personne ne viendra vous donner quoi que ce soit. Pourtant vous verrez dans le regard des gens un respect immense pour votre conviction.

Vous êtes morte avec une dignité exemplaire.

Moralité : La Fin du fin, c'est Plantafin.
Rendez-vous en **page 591**.

VOUS DÉCIDEZ DE DONNER TOUTE VOTRE FORTUNE à des associations à travers le monde. La paix mondiale a été décrétée. La faim dans le monde n'existe plus. Tout est parfaitement prospère et équilibré. Vous avez accompli la mission suprême. Vous êtes le nouveau dieu sur terre. Vous êtes la réponse à toutes les questions qui restaient en suspens depuis des millénaires. Pourquoi la vie ? Pourquoi le big-bang ? Pourquoi Thierry Lhermitte ?

Tout, absolument tout, a été résolu. L'humanité ne connaît plus de problèmes. Le sida se guérit. De même que les cancers. Le monde entier vit en harmonie et ne fait qu'un. Il n'y a qu'un seul État : le monde.

Du coup, aucun pays ne s'affronte en compétition sportive. Le sport n'existe plus. Plus personne ne veut être supérieur à un autre. Tout le monde veut être à égalité. Il n'y a plus de compétition dans aucun domaine.

Tout le monde est gentil et identique. Tout le monde copule avec tout le monde. Les enfants, les chiens, les insectes. De nouvelles races apparaissent grâce à ces mélanges improbables. Les Fnuviens entre autres, mélange de taureau, de grenouille, de géranium et de Ch'ti.

La croissance démographique de la population va être tellement grande que la Terre ne pourra supporter le poids de tous ces gens. À la manière d'un bateau ou d'un ascenseur qui contiendrait trop de personnes, la conséquence directe est que la Terre, au lieu de tourner autour du Soleil, est poussée vers le bas en permanence.

Pendant des années, la planète va voyager aux confins de l'univers, poussée par cette attraction terrestre.

Le résultat tombe : c'est bien l'infini qui nous entoure. La Terre n'a pas rencontré de mur signifiant la limite.

Au fur et à mesure que le temps passe, le comportement des races présentes ne changera pas. Plus aucun meurtre ne sera commis jusqu'à la fin des temps. Enfin jusqu'à l'infini. Bref, la vie continue. Il n'y aura donc jamais de fin. À part celle-ci tout de suite.

Moralité : Fin.

Direction la **page 590**.

LA NYMPHE VOUS EMMÈNE DANS UNE SALLE PRIVÉE. Elle l'a privatisée pour la soirée. L'ambiance est esprit red light show room. C'est tamisé, c'est lounge, c'est tout ce qu'on aime.

Elle commence un show dansant des plus volatiles.

Une enceinte Bose place un petit Usher bien calibré. Le son est cristallin, on n'en attendait pas moins de la dernière trouvaille de l'entreprise référence en matière sonore. À la fois doux et épuré, le son saura retranscrire, dans les basses comme dans les hautes fréquences, l'identité sonore qui fait de Bose le pilier dans le domaine électro-acoustique.

Accompagné de son câble USB et d'une prise jack 3 millimètres, vous pourrez à votre guise écouter vos hits préférés partout où vous le souhaitez, alors pourquoi attendre ? Moins 20 % avec le code promo « Bose nazi ».

Suite à cette grossière erreur dans le plan marketing, vous intentez un procès au community manager de Bose.

Celui-ci devra vous verser 6 milliards d'euros pour dommages et intérêts et usage de faux.

Vous êtes à présent à la tête d'une boîte de consulting qui pèse 12 % sur le marché mondial.

Vous décidez d'intégrer les francs-maçons, **page 583**.

Vous décidez d'intégrer les illuminatis, **page 586**.

Vous décidez d'intégrer les scientologues pour rencontrer Tom Cruise, **page 584**.

APRÈS UNE PREMIÈRE ÉVALUATION CONCLUANTE, vous êtes entrée chez les francs-maçons. Vous croisez Pierre Perret qui se fait une crêpe au sésame. Il a l'air radieux.

Finalement l'ambiance est plus conviviale qu'on pourrait le croire.

Une odeur de barbecue surgit dans vos narines dilatées.

C'est Christian Clavier à la baguette, il a décidé de mettre les petits plats dans les grands.

Saumon, bœuf, viande hallal, poivrons rouge et vert, patates douces et de terre et j'en passe.

Tout y est.

Claude Barzotti chante sur scène ses plus grands succès, ce qui veut dire qu'il chante « je suis rital et je le reste » en putain de boucle. Façon Niggaz in Paris.

Bertrand Houssenot, du Front de gauche, est là aussi. Il sert de l'absinthe à Ricky Davis, célèbre jockey.

La soirée est parfaite. Tout va pour le mieux dans le meilleur des mondes.

La soirée se finit avec un joint de beuh devant *La Guerre des mondes*.

Vous hésitez à intégrer la scientologie.

Puis vous n'hésitez plus : rendez-vous **page 584**.

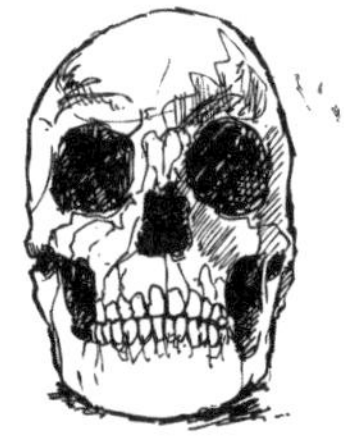

TOM CRUISE VOUS ACCUEILLE EN STRING-CHAUSSETTES devant l'immense building dédié à la scientologie.

Il est en pleine possession de ses moyens. Il a, semble-t-il, absorbé une quantité de prot' astronomique, à en juger par ses muscles saillants. Notamment le long fessier.

Il vous amène à un stand de tir à la carabine. En mode fête foraine. Vous lui signifiez que vous préférez la pêche aux canards.

Il vous accompagne à la pêche aux canards. Vous avez gagné au stand de tir une peluche Dumbo. Vous pouvez l'écrire dans votre feuille d'aventure.

Face aux canards, vous êtes prise d'une crise d'angoisse. Vous avez l'impression qu'ils vous parlent. Leurs cris résonnent dans votre tête. Vous tombez dans les pommes.

Une minute plus tard, Tom Cruise vous amène un verre d'eau Pascaline. Vous en buvez et vous vous sentez nettement mieux. Net, rien à voir. ***Vous gagnez 14 points de placement de produit.***

Lorsque vous retrouvez vos esprits, vous retombez dans les pommes à la vue d'un autre canard.

Ce nouveau choc vous sera fatal. Vous succombez à une attaque cardiaque. Sur votre tombe sera inscrit : « Scientologue 4 Ever. »

Moralité : Scientologie sans conscience n'est que ruine de l'âme.

Direction la **page 591**.

A

VOUS TOQUEZ À LA PORTE D'UN IMMENSE CHÂTEAU, EN ALLEMAGNE. Près de la forêt de Buddenwald.

Une fois à l'intérieur, la musique de *Requiem for a Dream* résonne comme dans une église.

Jared Leto se regarde dans une glace.

Un servant du nom de Gunter vous tend un saladier. Il y a dans celui-ci deux fascicules des éditions Del Prado, les numéros 4 et 13 de la collection « Construire son bateau de pêche en 13 étapes ».

Sous ces fascicules se trouvent deux pilules.

Vous gobez la pilule verte, **page 587**.

Vous gobez la pilule multicolore, **page 589**.

B

LA PETITE VILLE DE FARZINAC EST RÉPUTÉE POUR SA PURÉE. La purée de Farzinac aurait des vertus, selon la légende. En effet, en 1243 après J-C, un petit druide du nom de Apostolo souffrait de maux récurrents. Une fois c'était la tête, l'autre, le ventre et j'en passe. Un jour, alors qu'il souffre le martyr, Ernest de Fitok, preux chevalier du compté du Moulinier, fit apporter à Apostolo une marmite de purée faite maison.

Dès lors, Apostolo se sentit pousser des ailes. On apprit bien plus tard qu'Ernest de Fitok avait juste mis de la grosse cocaïne de banlieue dans la purée. Ainsi s'achève la légende de la purée de Farzinac…

Vous pouvez retourner à la **page 390**.

LA PILULE INGÉRÉE ÉTAIT UN DÉRIVÉ D'OPIUM mélangé à de l'acide bubonique. Vous moussez de la bave pendant 30 minutes avant de commencer à tripper méchamment.

Ça y est, vous êtes dans un délire. Vous pensez croiser Jeanne Mas en train de lire *Le Rouge et le Noir* près d'une fontaine.

Juste fontaine.

L'atmosphère est calme, des petits cumulus couvrent vos pieds. Vous ne les voyez plus. Vous avancez bon gré, mal gré. Enora Malagré chante une berceuse à Gloria et Stéphane.

Vous vacillez de droite à gauche comme un ivrogne. Mais vous vous sentez légère comme une plume.

Béatrice Dalle bouffe un Twix sur votre gauche.

Stephan et Cher jouent une partie d'échecs sous l'œil avisé d'un sultan Qatari.

Guy Carlier joue aux billes, tout seul.

Un criquet saute de branche en branche.

Martine Sarkouzy, du Front de gauche, fait la vaisselle en prenant soin de ne pas mouiller d'eau le pourtour du robinet.

Une mouche se pose sur votre nez et s'en va après vous avoir parlé d'algèbre.

Soudain tout devient noir.

Vous voyez les flammes de l'enfer face à vous.

Une porte en fer vous fait face.

Vous tapez le digicode.

Vous mettez vos mains sur la porte pour l'ouvrir. Vous vous brûlez au huitième degré.

Vous vous étiez en fait réincarnée en BBQ ribs.

Et ce que vous preniez pour l'enfer était en fait le barbecue qui chauffait chez les francs-maçons.

D'ailleurs, c'est toujours Christian Clavier qui contrôle les braises.

Il est doué, celui-là, vous dites-vous.

Avant d'être mangée par la bouche à Jean Saint-Josse.

Vous êtes un acide gras.

Vous venez d'enlever l'oculus rift de vos yeux. C'était vraiment très immersif. Vous décidez de privilégier la vie virtuelle à la vraie vie. Et si c'était l'inverse, et si la vraie vie était virtuelle ? *Vous gagnez 1 point d'intelligence* et pensez écrire un roman de science-fiction.

Avec le recul, vous n'en avez aucune envie. Vous n'avez envie de rien, envie de toi. Vous vous endormez en pensant à Peter et Sloane. Vous mourez dans votre sommeil par overdose.

Peter et Sloane seront absents de vos funérailles, à l'instar de Patrick Hernandez.

Moralité : Les années 80, c'était sympatoche.

Rendez-vous en **page 591**.

LA PILULE INGÉRÉE VOUS FAIT VOIR LA GAY PRIDE. Vous êtes posée sur un char. La musique est bonne. Vous êtes en minishort. Manuel, un hétéro curieux, vous plaque sa main ferme au niveau de la fesse gauche. Puis il fait de même avec sa main droite. Vous remarquez qu'il réitère ces gestes sur le beat du gros son assené par les enceintes énormes du char. Un jeune réalisateur suédois sort son appareil photo Canon 5D et commence un travelling sur vous. Tout n'est qu'art ici. Tout n'est que création. On se croirait à Woodstock. Soudain vous chutez du char. Heureusement, vous êtes tombée sur un pompier. Il vous pose par terre gentiment et vous propose de boire un verre. Vous acceptez en dodelinant du bassin. Arrivée au bar, vous prenez un Tequila Sunrise.

Vous apercevez un teckel dans la rue en train de bronzer. Vous faites une projection astrale et vous suivez le parcours de ce chien. Ce dernier va tout droit dans une Cacanisette. Vous l'observez attentivement. Il continue son chemin et arrive dans les cuisines d'un restaurant chinois. Il se fait tuer. Vous pleurez. Entre-temps, votre corps, resté au bar, est en train de se faire caresser par le pompier. Vous ne pouvez rien y faire, vous n'arrivez plus à relier votre corps et votre esprit. Vous êtes devenue spectatrice de votre corps. Vous vivrez ainsi jusqu'à votre mort. L'expérience s'avérera super sympa et, si c'était à refaire, vous le referiez. Et plutôt deux fois qu'une.

Moralité : « Vis ma vie » présenté par Laurence Ferrari, c'était quelque chose quand même sans déconner.

Rendez-vous en **page 591**.

VOUS
ÊTES
ICI

Mise en pages PCA
44400 Rezé

Imprimé en Espagne

Dépôt légal : mai 2016
N° d'impression : 01
ISBN : 978-2-7499-2895-1
LAF 2184